KB250625

비밀의 화원

THE SECRET GARDEN

프랜시스 호지슨 버넷 지음
박현주 옮김

현대문학

| 차 례 |

제1장

모두 다 떠나고

메리 레녹스가 고모부 댁에 살러 미슬스웨이트('미슬'은 지빠귀란 뜻이고, '스웨이트'는 황무지를 개간하여 만든 목초지라는 뜻. 즉, 이곳은 지빠귀가 울고 황무지 속에서 일군 마을이라는 의미를 갖고 있다―옮긴이) 장원에 갔을 때 모두들 메리를 보고 세상에서 제일로 정 안 가는 아이라고 하였다. 맞는 말이기는 했다. 작은 얼굴과 작은 체구는 비쩍 말랐고 색이 옅은 머리는 성기었으며 얼굴 표정은 뚱했다. 머리카락도 노리끼리하고 얼굴도 노리끼리했는데, 인도에서 태어난지라 항상 이런저런 병을 달고 살았기 때문이었다. 메리의 아비지는 잉국 성무 소속의 관리로 항상 바쁜 데다 본인이 몸이 편치 않았고, 어머니는 아주 미인으로 파티에나 가고 유쾌한 사람들과 어울려 놀기만 좋아했다. 어머니는 딸을 원했던 적이 없어서 메리가 태어나자 아기를 아야(인도인 유모―옮긴이)의 손에 맡겨 버렸다.

아야는 멤 사히브(백인 마님—옮긴이)의 비위를 맞추려면 아기를 가능한 한 마님의 눈길이 닿지 않는 곳에 두어야 한다는 사실을 깨달았다. 그래서 메리가 자주 아프고 칭얼대고 못생긴 아기였을 때는 방해가 되지 않도록 떨어져 자랐고, 자주 아프고 칭얼대고 못생긴 아이로 아장아장 걸음마를 하게 되었을 때도 역시 방해가 되지 않도록 한구석에서 살았다. 메리는 아야와 다른 인도인 하인들의 짙은 피부색 얼굴 말고는 익숙한 모습을 본 기억이 없었고, 그들은 아기가 울면 마님이 화를 낼까 두려워 항상 메리 말에 순순히 따르며 매사 자기 맘대로 할 수 있게 해 주었다. 그래서 메리가 여섯 살쯤 되었을 때는 세상에 보기 드물게 제멋대로고 자기만 아는 어린아이가 되어 버렸다. 읽기와 쓰기를 가르치러 온 젊은 영국인 가정교사는 메리가 너무 싫었던 나머지 세 달 만에 그만두었고, 빈자리를 채우러 온 다른 가정교사들 역시 항상 전임자만큼도 버티지 못하고 떠나고 말았다. 그러니 메리가 진심으로 책을 읽는 법을 배우고자 하지 않았다면, 글자조차 익히지 못할 뻔했다.

아홉 살 되던 해, 무시무시할 정도로 더웠던 어느 날 아침에 메리는 약간 찌뿌듯한 기분으로 깨어났는데, 침대 옆에 서 있는 하인이 아야가 아닌 것을 보자 한층 더 앵돌아졌다.

"왜 네가 온 거야?" 메리는 낯선 여자에게 말했다. "너 여기 있는 거 싫어. 아야를 보내 줘."

여자는 겁에 질린 얼굴을 하면서도 아야는 올 수 없다고 웅얼거릴 뿐이었다. 메리가 울화통을 터뜨리며 여자에게 덤벼들어 때리고 발로 차자, 여자는 한층 더 겁먹은 표정을 지으며 아야가 아가씨를 모시러 올 수는 없다는 말을 반복할 뿐이었다.

그날 아침에는 뭔가 수수께끼 같은 분위기가 감돌았다. 평소대로 질서 정연하게 이루어지는 일이 하나도 없었고 원주민 하인 중 몇은 없어진 듯했다. 메리가 본 사람들은 잿빛 얼굴에 두려운 표정을 하고 슬금슬금 걸어 다니거나 허둥댔다. 하지만 아무도 메리에게 아무 말 해 주지 않았고 아야는 오지도 않았다. 메리는 오전 내내 거의 혼자 있다시피 하다가 마침내 정원으로 어슬렁어슬렁 나가 베란다 가까이 에 선 나무 아래서 홀로 놀기 시작했다. 메리는 화단을 만드는 척하며 커다란 선홍색 히비스커스 꽃을 작은 흙더미 위에 꽂았다. 하지만 그 러는 동안 점점 화가 치밀어 아야가 돌아오면 뭐라고 할지, 어떤 욕을 해 줄지 중얼거렸다.

"돼지야! 돼지! 돼지 새끼야!" 메리는 말해 보았다. 이 동네 원주민 들에게는 돼지라고 부르는 것이 가장 심한 욕이기 때문이었다.

메리가 이를 득득 갈면서 몇 번이고 이 말을 반복하고 있을 때 어 머니가 어떤 사람과 함께 베란다로 나오는 소리가 들렸다. 어머니는 금발의 젊은 남자와 함께 있었고 두 사람은 서서 낯선 목소리로 소곤 소곤 이야기를 나누었다. 메리는 소년처럼 보이는 이 금발 젊은이가 누군지 알았다. 영국에서 갓 온 아주 젊은 장교라는 소문을 들은 적 이 있었다. 아이는 그를 쳐다보았다. 하지만 주로 바라본 대상은 엄마 쪽이었다. 메리는 엄마를 볼 기회가 있을 때마다 빤히 쳐다보는 습관 이 있었다. 멤 사히브는—메리는 다른 어떤 호칭보다도 이 이름으로 어머니를 부르곤 했다―키가 크고 늘씬하고 아름다운 사람으로, 항상 예쁜 옷들을 입었기 때문이었다. 머리카락은 돌돌 말린 비단 같았고 섬세한 작은 코는 세상일들을 죄다 무시하는 듯했으며 커다란 눈에는 웃음기가 돌았다. 어머니의 옷은 다 얇고 살랑거려서 메리는 '레이스투성이'라고 말하곤 했다. 오늘 아침에는 레이스가 훨씬 더 많았지만 어머니의 눈에는 웃음기가 없었다. 커다란 눈은 두려운 빛을 띠고 애원하듯 금발 청년 사관의 얼굴을 올려다보았다.

"그렇게 심해요? 아, 그 정도예요?" 메리는 엄마가 하는 말을 들었다.

"심각해요." 젊은이는 떨리는 목소리로 대답했다. "심각합니다, 레녹스 부인. 2주 전에 언덕 지역으로 피난을 가셨어야 했어요."

멤 사히브는 맞잡은 두 손을 쥐어짰다.

"아, 이젠 그걸 누가 몰라요!" 그녀가 외쳤다. "그 시시한 디너파티에 간답시고 머물렀던 거죠. 얼마나 멍청했는지!"

바로 그 순간 시끄러운 울음소리가 하인 숙소에서 터져 나와 어머니는 젊은이의 팔을 꽉 잡았고, 메리는 머리부터 발끝까지 떨면서 일어섰다. 울음소리는 점점 더 걷잡을 수 없어졌다.

"뭐죠? 뭐예요?" 레녹스 부인이 숨을 헐떡였다.

"누군가 죽었네요." 청년 장교가 말했다. "댁의 하인들 중에서도 발병한 사람이 있다는 이야기는 안 하셨잖아요."

"몰랐어요!" 멤 사히브가 외쳤다. "나랑 같이 가요! 같이 가자고요!"
어머니는 몸을 돌리더니 집 안으로 뛰어 들어갔다.

그 이후, 소름 끼치는 일들이 벌어졌고, 아침의 기이한 분위기가 메리에게도 설명이 되었다. 치명적인 콜레라가 발발했으며 사람들이 파리 떼처럼 죽어 갔다. 아야는 밤새 병에 시달렸고 오두막에서 하인들이 그처럼 통곡한 건 아야가 방금 죽었기 때문이었다. 다음 날이 되기도 전에 하인 세 명이 더 죽었고 다른 하인들은 공포에 질려서 도망쳤다. 사방에는 공포가 넘쳤고 방갈로 곳곳에서 사람들이 죽어 나갔다.

뒤죽박죽이 되어 수선스러운 둘째 날 동안 메리는 아이 방에 숨어서 모든 이에게 잊혔다. 아무도 메리를 생각하지 않았고 찾는 사람도 없었으며 메리가 전혀 알지 못하는 기이한 일들이 벌어졌다. 메리는 내처 울다가 자다가를 반복했다. 사람들이 아프고, 이상하고 무서운 소리만 들린다는 것밖에 알 수가 없었다. 식당으로 슬금슬금 기어 들어가 보니 사람은 하나도 없었지만, 식탁 위에는 반쯤 먹다 만 음식들이 그대로 있었고 마치 저녁을 먹던 사람들이 웬일인가 갑자기 일어나느라 허둥지둥 밀어내기라도 한 양 의자와 접시가 흐트러져 있었다. 아이는 과일과 비스킷을 먹었고, 목이 말라서 잔 위까지 찰랑찰랑 차 있는 포도주를 마셨다. 포도주가 달콤한지라 메리는 그게 독한 술이라는 것을 몰랐다. 곧 졸음이 무겁게 밀려왔고 메리는 다시 아이 방으로 돌아갔다. 그리고 오두막에서 들려오는 울음소리와 허둥지둥 걸어 다니는 발걸음 소리가 무서웠던 나머지 문을 꼭 닫았다. 포도주 때문에 몹시도 졸려서 눈을 채 뜨고 있을 수 없었다. 메리는 침대에 눕자마자 세상모르고 잠이 들었다.

메리가 깊은 잠에 빠져 있는 동안 많은 일이 일어났지만 메리는 방 갈로 안팎에서 들려오는 울음과 온갖 소리에도 깨지 않고 푹 잠들어 있었다.

깨어났을 때 메리는 누운 채로 벽을 바라보았다. 집은 완전히 잠잠했다. 이처럼 조용했던 때가 없었다. 목소리도 발소리도 들리지 않았기 때문에 메리는 모두들 콜레라에서 나았고 골칫거리가 전부 끝났을지 모른다고 생각했다. 또 아야가 죽었으니 이제 누가 돌봐 주나 싶기도 했다. 새 아야가 오겠지.. 어쩌면 다른 이야기를 알지도 모른다. 옛날에 들었던 이야기는 이제 지겨웠다. 보모가 죽었다고 울음을 터뜨리진 않았다. 메리는 그다지 정이 많은 아이가 아니었고 누구도 그렇게 썩 좋아한 적이 없었다. 시끄러운 소리와 허둥지둥 돌아다니는 발소리, 콜레라 때문에 나는 통곡 소리에 겁을 먹긴 했지만 자기가 살아 있다는 것을 기억하는 이가 아무도 없는 듯하여 이젠 화가 났다. 다들 너무 겁에 질려서 아무도 좋아하지 않는 꼬마 계집애는 생각할 겨를이 없었다. 사람들은 콜레라에 걸렸을 때는 자기 생각만 하는 듯 보였다. 하지만 이제 다들 병에서 나았으니 분명, 누군가 기억하고 메리를 찾으러 올 것이었다.

그러나 아무도 오지 않았고 메리가 누워서 기다리는 동안 집 안은 고요해져만 갔다. 깔개 위에서 무언가 버스럭거리는 소리가 들려 내려다보았더니 작은 뱀 한 마리가 슬그머니 기어와서 보석 같은 눈으로 메리를 쳐다보고 있었다. 아이는 겁이 나지는 않았다. 작고 무해한 뱀은 메리를 해칠 것 같지 않았고, 서둘러 집 밖으로 빠져나가려는 듯했다. 메리가 쳐다보고 있는 가운데 뱀은 문 아래로 쏙 빠져나갔다.

"참 이상하고 조용하네." 메리는 혼잣말했다. "이 방갈로에 나하고 저 뱀하고만 남은 것 같아."

바로 다음 순간, 메리는 집 안 부지 쪽에서 다가오는 발소리를 들었다. 소리는 베란다까지 올라왔다. 남자들의 발소리였다. 남자들은 방갈로 안으로 들어오며 낮은 목소리로 속닥거렸다. 아무도 나가 그들을 맞아 주지 않았고, 남자들은 문을 열어 방 안을 들여다보며 다니는 모양이었다.

"텅 비었군!" 한 목소리가 말하는 것이 들렸다. "저 여자 참 예뻤지, 예뻤어. 아이도 저렇게 예쁘겠지. 아이가 있었다고는 하는데, 아무도 본 사람은 없다는 거야."

메리는 어린이 방 한가운데 서 있었고 몇 분 후 그들이 문을 열었다. 메리는 못생기고 심통맞은 어린아이인 데다 배가 고프고 창피스럽게도 무시당했다는 생각이 들어서 얼굴을 찡그리고 있었다. 먼저 들어온 남자는 이전에 아버지와 얘기하는 모습을 본 적이 있는 덩치 큰 장교였다. 그는 피곤하고 어수선해 보였지만 메리를 마주하자 어찌나 놀랐는지 펄쩍 뒤로 뛸 뻔했다.

"바니!" 그는 외쳤다. "여기 아이가 있어! 아이 혼자서! 이런 곳에! 세상에, 얘는 누구지?"

"전 메리 레녹스예요." 여자아이는 뻣뻣하게 몸을 펴며 말했다. 메리는 남자가 아버지의 방갈로를 '이런 곳'이라고 하다니 무례하기 짝이 없다고 생각했다.

"다른 사람들이 콜레라에 걸렸을 때 잠들었다가 지금 깨어났어요. 왜 아무도 안 와요?"

"아무도 못 봤다는 아이가 앤가 봐!" 남자는 동료들에게 몸을 돌리며 외쳤다. "정말로 다들 까맣게 잊어버렸군!"

"나를 왜 잊어버려요?" 메리는 발을 쾅쾅 굴렀다. "왜 아무도 안 오냐고요!"

바니라는 이름의 젊은이는 구슬프게 메리를 바라보았다. 메리가 보기엔 심지어 그 남자가 눈물을 삼키려는 듯 눈을 깜박이는 것 같았다.

"어린 게 불쌍하기도 하지!" 남자는 말했다. "모두 다 떠나고 와 줄 사람이 아무도 없단다."

이처럼 기이하고도 갑작스럽게 메리는 이제 아버지도 어머니도 없다는 사실을 알아 버렸다. 부모님은 밤새 죽어서 실려 갔고 죽지 않고 살아 있던 몇몇 원주민 하인들은 할 수 있는 한 빨리 서둘러서 집을 떠나느라 꼬마 백인 아가씨가 남아 있다는 사실을 아무도 기억하지 못했다. 그래서 그곳이 그처럼 조용했던 것이었다. 정말로 방갈로에는 메리와 작은 뱀 말고는 아무도 없었다.

제2장

심술궂은 메리 양

메리는 먼발치에서 엄마 모습을 보길 좋아했고 엄마가 아주 예쁘다고 생각하기는 했지만, 엄마에 관해서 아는 것이 너무도 없었기 때문에 사랑한다거나 없다고 그리울 것 같지는 않았다. 실로 메리는 자기밖에 모르는 아이인지라 언제나 그렇듯이 제 생각에만 정신이 홀딱 빠져서 엄마를 그리워할 겨를이 없었다. 메리가 좀 더 나이가 들었더라면 분명히 세상에 혈혈단신으로 남겨졌다는 사실에 걱정부터 되었겠지만, 너무 어렸고 항상 남의 보살핌을 받았던 터라 앞으로도 누가 날 돌봐 주겠거니 하고 막연히 생각할 따름이었다. 메리가 한 생각이라고는 아야나 다른 원주민 하인들이 그랬던 것처럼 메리를 정중히 모시고 메리가 마음대로 하도록 놔두는 착한 사람들에게 가게 되었으면 좋겠다는 정도였다.

메리는 맨 먼저 맡겨졌던 영국인 목사님 댁에는 머무르게 되지 않으리라는 것은 알았다. 머무르고 싶지도 않았다. 영국인 목사님은 가난했고 나이가 고만고만한 아이 다섯이 있었다. 아이들 옷차림은 구저분했고 늘 저희들끼리 서로 다투고 장난감 쟁탈전을 벌였다. 메리는 깔끔하지 못한 방갈로가 싫어서 그 가족에게 밉살스럽게 구는 바람에 처음 하루 이틀 지난 후에는 아무도 메리와 놀지 않았다. 이틀째가 되었을 때 그 집 식구들은 메리가 성을 벌컥 낼 만한 별명을 붙여 주었다.

그 별명을 맨 처음 생각한 사람은 배질이었다. 배질은 뻔뻔한 푸른 눈과 들창코를 가진 꼬마 남자아이였고 메리는 그 애를 싫어했다. 그때 메리는 콜레라가 터졌던 날 그랬듯이 나무 아래서 혼자 놀고 있었다. 흙으로 둔덕을 쌓고 정원으로 가는 길을 만드는데 배질이 오더니 근처에 서서 구경했다. 이윽고 배질도 약간 흥미가 동하는지 불쑥 말을 꺼냈다.

"저기 돌멩이를 쌓아 놓고 바위 정원이라고 하자." 배질이 말했다. "거기 한가운데 말야." 그러면서 메리 쪽으로 몸을 숙이고 가리키려 했다.

"가 버려!" 메리가 소리를 질렀다. "남자아이들은 싫어! 가 버리란 말이야!"

잠깐 동안 배질은 화난 표정을 지었다가 이내 놀려 대기 시작했다. 그 아이는 항상 누이들을 놀려 댔다. 배질은 춤을 추며 메리 주위를 빙글빙글 돌면서 얼굴을 찡그리고 노래를 부르고 웃어 댔다.

"심술궂은 메리 양

정원은 어떤가요?

흰 방울꽃과 조가비,

금잔화가 모두 한 줄로."

배질이 줄곧 노래를 부르자 마침내 다른 아이들도 듣고 웃어 댔다. 메리가 성을 낼수록 아이들은 더 요란하게 '심술궂은 메리 양'을 불러 댔다. 그 후 메리가 그 집에 있는 동안 아이들은 메리를 '심술궂은 메리 양'이라고 불렀다. 자기들끼리 메리 이야기를 할 때도 그랬고, 메리에게 말을 걸 때도 그랬다.

"너, 집으로 보내진대." 배질이 말했다. "이번 주말에. 네가 가 버려서 우리 다 진짜 좋아."

"나야말로 좋아." 메리가 말했다. "그런데 어디 집?"

"얘, 집도 모른대!" 배질은 일곱 살짜리다운 무시하는 말투로 이야기했다. "영국이지, 당연히. 우리 할머니가 영국 살고 메이벨 누나가 작년에 할머니 집에 갔어. 넌 할머니네 가는 게 아니래. 할머니도 없다며. 친척 아저씨에게 간대. 아저씨 이름이 아치볼드 크레이븐이래."

"난 친척 아저씨는 하나도 모르는데." 메리가 딱딱거렸다.

"모를 줄 알았지." 배질이 대답했다. "너 아는 거 하나도 없잖아. 여자애들이란 다 그렇지. 아빠 엄마가 너네 아저씨 얘기 하는 소리 들었어. 아주 크고 쓸쓸한 시골집에서 산대. 아무도 아저씨 옆에 가까이 안 간다더라. 성질이 무지 괴팍해서 사람들을 근처에 얼씬도 못하게 하고, 너네 아저씨가 허락을 한대도 사람들이 옆에 안 가려고 한다던 걸. 게다가 곱사등이고 아주 흉측하다고."

"네 말 안 믿어." 메리는 등을 돌리고 손가락으로 귀를 틀어막았다. 더 이상 듣고 싶지 않았기 때문이었다.

하지만 메리는 후에 그 말을 한참 생각했다. 크로퍼드 부인이 그날 밤 며칠 뒤면 배를 타고 영국으로 가서 미슬스웨이트에 사는 친척 아저씨, 아치볼드 크레이븐 씨에게 가게 된다고 말했을 때 메리는 돌처럼 무표정했고 고집스럽게 아무런 관심을 보이지 않아서 크로퍼드 식구들은 메리를 어떻게 생각해야 할지 몰랐다. 그들은 메리에게 친절하게 대하려고 했지만 메리는 크로퍼드 부인이 뽀뽀하려 하자 고개를 돌렸고 크로퍼드 씨가 어깨를 토닥였을 때는 뻣뻣하게 가만히 있었다.

"예쁜 구석이 없는 아이예요." 크로퍼드 부인은 나중에 안됐다는 듯 말했다. "그 애 어머니는 참 예쁜 사람이었는데. 예의도 발랐고. 그런데 메리는 내가 본 아이 중에서도 참 정이 안 가지 뭐예요. 아이들이 다 걔를 '심술궂은 메리 양'이라고 불러요. 못된 말이긴 하지만 그럴 만하다 싶어요."

"어쩌면 어머니가 그 예쁜 얼굴과 올바른 태도를 좀 더 자주 아이방에 들러서 보여 주었으면 메리도 예쁜 태도를 배웠을지 모르지. 참슬프군. 그렇게 예쁜 사람은 이제 죽었고, 많은 사람들은 그 사람에게 아이가 있었다는 것도 몰랐으니 말이야."

"엄마가 애를 거의 보지도 않았나 봐요." 크로퍼드 부인이 한숨을 지었다. "아야가 죽고 나서 저 어린것을 신경 쓰는 사람이라곤 하나 없었대요. 하인들은 다 도망가고 애 혼자 그 황량한 방갈로에 남겨졌다는 생각을 해 봐요. 맥그루 대령은 문을 열었을 때 애가 방 한가운데 서 있는 걸 보고 간이 떨어질 만큼 놀랐다고 하더군요."

메리는 어떤 장교 부인의 보호를 받으며 영국으로 향하는 긴 항해를 떠났다. 장교 부인은 아이들을 기숙학교에 입학시키려고 데려가는 길이었다. 부인은 자기의 어린 아들과 딸에만 신경이 쏠려 있어서, 런던에 도착해서 아치볼드 크레이븐 씨가 마중 보낸 여자에게 메리를 넘겨주자 속이 시원했다. 마중 나온 여인은 미슬스웨이트 장원의 가정부로서 메들록 부인이라는 이름이었다. 체구가 건장한 여자로 뺨이 아주 붉었고 검은 눈은 날카로웠다. 진자줏빛 드레스 위에, 가장자리에 흑옥 술 장식이 달린 검은 비단 망토를 둘렀다. 검은 보닛(턱 밑에서 끈을 묶게 되어 있는 모자─옮긴이)에는 위로 곤두선 자주색 벨벳 꽃이 달려 있어서 부인이 머리를 움직일 때마다 까닥거렸다. 메리는 부인이 전혀 마음에 들지 않았지만 어차피 메리가 사람을 좋아하는 경우 자체가 드물었으므로 그렇게 놀랄 만한 일도 아니었다. 게다가 메들록 부인도 메리를 딱히 좋게 여기지 않는 기색이 역력했다.

"맙소사! 평범하게도 생긴 어린애네요." 부인이 말했다. "그 어머니는 예뻤다고 들었는데. 딸에게는 미모를 별로 물려주지 않았나 봐요, 그렇죠?"

"나이가 들면 애도 나아질지 모르죠." 장교 부인은 사람 좋게 말했다. "게다가 이처럼 혈색이 나쁘지 않고 표정만 좀 더 예쁘게 지으면,

아이 외모도 괜찮을 거예요. 아이들은 많이 변하니까요."

"그러자면 참 많이 변해야겠는데요." 메들록 부인이 대꾸했다. "게다가 미슬스웨이트는 애들이 나아질 만한 곳이 아니라서. 굳이 말하자면 말이죠!"

세 사람은 어떤 호텔로 들어왔고 메리는 약간 떨어져 창가에 서 있었기 때문에 두 부인은 자기들이 나누는 이야기가 메리에겐 들리지 않는다고 생각했다. 메리는 지나가는 버스와 택시, 사람들을 바라보았지만 두 부인이 하는 얘기도 똑똑히 잘 들었고 그로 인해 친척 아저씨와 아저씨가 산다는 곳에 대해서 호기심을 가지게 되었다. 거기는 어떤 곳이고 친척 아저씨는 어떤 분일까? 곱사등이가 뭐였지? 메리는 한 번도 그런 사람을 본 적이 없었다. 어쩌면 인도에는 곱사등이가 없는지도 몰랐다.

메리는 남의 집을 이리저리 옮겨 다니게 되고 아야도 곁에 없자 점점 쓸쓸해졌고, 이제까지 해 보지 않은 기이한 생각들을 하게 되었다. 메리는 아버지와 어머니가 살아 계셨을 때도 어째서 누구의 품 안에 있었던 것 같지 않았는지 궁금증이 일기 시작했다. 다른 아이들은 다들 부모님의 품 안에 있는 듯했지만 메리는 한 번도 정말로 누군가의 어린 딸로서 지낸 적이 없는 것 같았다. 메리에게는 하인이 있었고 음식도 옷도 충분했지만 아무도 관심을 기울여 주지 않았다. 메리는 자기가 정이 가지 않는 아이기 때문에 그랬다는 것을 알지 못했다. 물론 그땐 자기가 정이 가지 않는 아이라는 것도 알지 못했다. 종종 다른 사람들이 그렇다고 생각하긴 했지만 자기 자신이 그런 줄은 몰랐다.

메리는 메들록 부인이야말로 이제껏 본 중에 가장 정이 가지 않는 사람이라고 생각했다. 평범하고 상기된 얼굴과 평범하고 고급스러운 보닛. 다음 날 둘이 요크셔로 떠날 때, 메리는 역 안을 지나 객차로 걸어가면서 고개를 꼿꼿이 들었고 부인과 일행인 양 보이고 싶지 않아서 될 수 있는 한 멀찍이 떨어져 걸었다. 사람들이 자기를 메들록 부인의 딸이라고 여길지도 모른다는 생각을 하니 화가 날 것만 같았다.

하지만 메들록 부인은 메리가 어떻든 무슨 생각을 하든 조금도 개의하지 않았다. 부인은 '어린애들이 지껄이는 헛소리를 봐주지 않는' 성격의 여자였다. 적어도 누가 물어보면 저렇게 대답을 할 것이었다. 부인은 여동생 마리아의 딸이 결혼하는 시기에 공교롭게도 런던에 가고 싶지는 않았다. 하지만 미슬스웨이트 장원의 가정부로서 편안하고 보수도 두둑한 직책을 맡고 있었으므로 그 자리를 유지하려면 아치볼드 크레이븐 씨가 하라는 대로 즉시 따르는 수밖에 없었다. 감히 이의를 제기할 생각조차 하지 못했다.

"레녹스 대위와 그 부인이 콜레라로 죽었소."

크레이븐 씨는 평소대로 짧고 냉담하게 말했다. "레녹스 대위는 내 아내의 오빠였고 나는 그들 딸의 후견인이오. 아이를 여기로 데려와야 해요. 부인이 가서 직접 데려와요."

그래서 부인은 작은 트렁크에 짐을 싸서 길을 떠났다. 메리는 객차 구석에 앉아 못난 얼굴로 짜증을 냈다. 읽을거리도 볼거리도 없었으며 검은 장갑을 낀 깡마른 두 손을 포개 무릎 위에 놓았다. 검은 옷 때문에 피부색이 더 누르게하게 보였으며 힘없이 늘어진 옅은 머리가

까만 크레이프(겉면에 오글오글한 잔주름을 잡은 얇고 가벼운 직물
—옮긴이) 모자 아래로 삐져나와 헝클어졌다.

'평생 살면서 저렇게 망친 아이는 처음 보네.' 메들록 부인은 생각
했다. ('망치다'는 건 요크셔 말로 버릇없고 뾰루퉁하다는 뜻이었다.)
부인은 그렇게 꼼짝도 않고 가만히 앉아 있는 아이를 본 적이 없었다.
메리를 보고 있다가 진력이 난 부인은 마침내 무뚝뚝하고도 엄격한
목소리로 말하기 시작했다.

"아가씨가 가게 될 곳에 대해서 말을 좀 해 주는 게 좋겠군요." 부
인은 말했다. "아가씨 고모부님에 대해 아는 게 있나요?"

"아니요." 메리가 대답했다.

"아버님이나 어머님께서 저희 주인님 이야기 하시는 것 들은 적 없
나요?"

"없어요." 메리는 얼굴을 찡그리며 말했다. 찡그린 이유는 어머니나
아버지가 딱히 무엇에 대해서 메리에게 이야기해 준 적이 없다는 사
실이 떠올랐기 때문이었다. 분명히 부모님은 메리에게 무슨 얘기도 한
적이 없었다.

"흠." 메들록 부인은 괴상하고 별 반응이 없는 작은 얼굴을 바라보
며 웅얼거렸다. 부인은 몇 분 동안 아무 말 않다가 다시 입을 열었다.

"미리 말을 들어 놓는 게 좋겠죠, 대비 차원에서. 아가씨는 기이한
곳에 가게 될 테니까."

메리는 아무 말도 하지 않았다. 메들록 부인은 메리가 보이는 무관
심한 태도에 다소 당황했지만, 숨을 한 번 들이마시고 말을 이었다.

"음울할 정도로 장대한 저택이고 크레이븐 씨는 그 집을 자랑스러워하시지만, 어쨌든 음울하긴 음울한 곳이지요. 저택은 6백 년이나 되었고 황야 가장자리에 있어요. 또 저택에는 백 개에 가까운 방이 있는데 대부분은 자물쇠로 잠겨 있죠. 그림과 오래된 고급 가구, 몇 세대를 거친 물건들도 있고요. 저택 주변에는 커다란 공원이 있고 정원들, 가지를 땅까지 드리운 나무들도 있지요. 몇 그루는 그렇다는 거예요." 부인은 잠시 틈을 두었다가 다시 한 번 숨을 들이켰다. "하지만 그 외엔 아무것도 없어요." 그리고 갑작스럽게 끝을 맺었다.

메리는 자기도 모르게 귀를 기울이기 시작했다. 모든 것이 인도와는 사뭇 다르게 느껴졌고 새로운 건 약간 매혹적이었다. 하지만 메리는 관심이 있는 티를 내고 싶진 않았다. 그런 점이 바로 안타깝게도 메리에게 정이 가지 않는 이유 중 하나였다. 그래서 메리는 가만히 앉아 있었다.

"음." 메들록 부인이 말했다. "어떻게 생각해요?"

"아무 생각도 안 해요." 메리는 대답했다. "그런 곳들에 대해선 아무것도 모르니까요."

이 말에 메들록 부인은 짧게 웃음을 터뜨렸다.

"하!" 부인이 말했다. "어린 아가씨가 할머니 같네요. 신경 안 쓰여요?"

"무슨 상관이에요." 메리가 대답했다. "내가 신경을 쓰건 안 쓰건."

"그 말은 맞네요." 메들록 부인이 말했다. "상관이 없죠. 어째서 아가씨를 미슬스웨이트에 두기로 했는지는 저도 모르겠네요. 그게 가장 쉬운 방법이기 때문이라는 이유 말고는. 아가씨 고모부님은 아마 굳이 수고롭게 아가씨 일에 상관하지 않으실 거예요. 주인님은 누구에게든 상관하는 분이 아니시니까."

메들록 부인은 때마침 무엇이 생각났다는 듯 말을 멈췄다.

"주인님은 등이 굽었답니다." 부인은 말했다. "그 탓에 비뚤어지셨지요. 젊으셨을 땐 매사에 삐딱하셨고 결혼하실 때까지만 해도 돈이나 대저택은 아무 쓸모도 없다 여기셨어요."

메리는 관심을 보이지 않을 작정이었지만 눈이 부인 쪽으로 저절로 돌아갔다. 곱사등이가 결혼을 할 수 있다고는 생각해 보지 않았기 때문에 살짝 놀랐다. 메들록 부인은 이를 눈치챘고, 원래 수다스러운 여자였던 터라 한층 신이 나서 말을 이었다. 어쨌든 이런 식으로 이야기를 하다 보면 시간은 가기 마련이었다.

"마님은 다정하고 예쁜 분이셨죠. 그래서 주인님은 마님이 원하는 거라면 풀 한 포기까지 가져다주기 위해서 전 세계를 돌아다닐 수 있을 정도였어요. 아무도 마님이 주인님과 결혼하리라고는 생각하지 않았지만, 두 분은 결혼을 하셨죠. 사람들은 마님이 주인님의 돈을 보고 결혼했다고 하지만 그렇지 않았어요. 마님은 그런 분이 아니었죠." 메들록 부인은 단언했다. "마님이 돌아가셨을 때……"

메리는 자기도 모르게 살짝 움찔했다.

"아, 돌아가셨어요!" 메리는 그럴 작정은 아니었지만 소리를 질렀다. 언젠가 읽었던 프랑스 동화 「고수머리 리케」가 생각났다. 그 동화는 불쌍한 곱사등이와 아름다운 공주가 나오는 이야기였고, 그 덕에 메리는 갑자기 아치볼드 크레이븐 씨가 가여워졌다.

"네, 돌아가셨답니다." 부인이 대답했다. "그래서 주인님은 이전보다 한층 더 괴팍해지셨지요. 이제 아무에게도 관심을 보이지 않는답니다. 사람들을 만나려 하지 않아요. 대개 남들을 멀리하시죠. 미슬스웨이트에 있을 때는 서관에 혼자 틀어박혀서 피처 씨 말고는 아무도 들여보내지 않으세요. 피처 씨는 이제 나이가 꽤 들었지만 젊었을 적부터 주인님을 돌봐 왔던 터라 요령을 안답니다."

메들록 부인의 이야기는 책에나 나올 법하게 들렸고 메리의 기운을 북돋아 주지도 못했다. 방이 백 개나 있는 집이지만 거의 자물쇠로 잠겨 있다니. 황야 가장자리에 있는 집이라니, 황야가 뭔지는 몰라도 쓸쓸하게 들렸다. 또 혼자 틀어박힌 등이 굽은 사람이라니! 메리는 입술을 앙다물고 창밖을 내다보았다. 꽤나 마침맞게도 빗줄기가 쏟아져 회색 빗금을 그리고 유리창 위에 튀며 줄줄 흘러내렸다. 예쁜 아내가 아직도 살아 있었다면 메리의 어머니 같은 존재가 되어 여기저기 드나들고 '레이스투성이인' 드레스를 입고 파티에 다니면서 주위를 명랑하게 만들었겠지. 하지만 이제 그 고모님은 그 집에는 없었다.

"주인님을 만나게 되리란 기대는 할 필요 없어요. 십중팔구 만나지 못할 테니까." 메들록 부인이 말했다. "또 사람들이 말을 걸 거라는 생각은 안 해도 돼요. 혼자서 놀고 알아서 자기 앞가림을 해야 할 거예요. 어떤 방에는 들어갈 수 있고 어떤 방에는 가면 안 되는지 알려 드릴 거예요. 정원은 충분히 넓으니까. 하지만 집에 있을 때는 어슬렁거리면서 헤집고 다니면 안 된답니다. 크레이븐 씨가 못 하게 하실 테니."

"헤집고 다니고 싶지도 않아요." 매사에 삐딱한 꼬마 메리가 말했다. 아치볼드 크레이븐 씨를 갑작스레 가엾게 여겼던 것과 마찬가지로 그 마음이 갑자기 싹 달아났다. 성격이 그렇게 불쾌한 사람이니 그런 일들을 다 당해도 싸다는 생각이 들기 시작했다.

그런 후 메리는 물이 줄줄 흐르는 객실 차창으로 고개를 돌려 언제까지나 쏟아질 듯한 회색 폭풍우를 내다보았다. 어찌나 오래, 빤히 바라보았는지 회색이 눈앞에서 점점 무거워졌고 메리는 마침내 잠에 빠져들고 말았다.

제3장

황야를 지나

       메리가 한참을 자고 깨어났더니 메들록 부인이 어떤 역에서 사 놓은 도시락을 꺼냈다. 두 사람은 닭고기와 쇠고기를 얇게 자른 냉육, 빵과 버터를 먹고 뜨거운 차를 조금 마셨다. 비는 이전보다도 좀 더 세차게 흘러내리는 듯했고 역에 있는 사람들은 모두 비에 젖어 번들거리는 방수복을 입고 있었다. 차장이 객실 안에서 등불을 켰고, 차를 마시고 닭고기와 냉육을 먹은 메들록 부인은 한결 기운이 넘쳤다. 부인은 배터지게 먹은 후에 잠이 들어 버렸고 메리는 앉아서 부인을 쳐다보며 보닛이 옆으로 기울어지는 모습을 구경했다. 그러다 메리도 다시 한 번 객실 구석에 기대 유리창을 찰싹찰싹 치는 빗소리를 자장가 삼아 잠에 빠졌다. 다시 잠에서 깼을 땐 깜깜했다. 기차가 어떤 역에 멈춰 있었고 메들록 부인이 메리를 흔들었다.

       "잠들어 버렸네요!" 부인이 말했다. "이제 눈뜰 시간이에요! 스웨이트 역에 도착했지만 앞으로도 마차를 타고 한참 가야 한다고요!"

메리는 일어서서 메들록 부인이 짐을 챙기는 동안 눈을 뜨려 애썼
다. 꼬마 소녀는 부인을 도울 생각을 하지 않았다. 인도에서는 원주민
하인들이 항상 짐을 들고 날랐기 때문에 다른 사람들이 자기를 시중
드는 건 지극히 당연한 일이었다.

역은 작았고 그들 말고는 아무도 기차에서 내린 것 같지 않았다.
역장은 메들록 부인에게 거칠지만 사람 좋은 태도로 말을 걸었다. 단
어들을 아주 이상하게 발음했는데 나중에 메리가 알게 된 바에 따르
면 요크셔 방언이었다.

"돌아오셨구먼." 역장이 말했다. "게다가 저 꼬맹이를 달고 오셨는
갑네."

"아, 예. 바로 쟤여라." 메들록 부인도 요크셔 사투리로 말하며 고
갯짓으로 메리 쪽을 가리켰다. "댁 마나님은 어떠셔라?"

"일없지, 뭐. 마차가 댁네들을 바깥에서 기다리는구먼."

브루엄 마차(상자형 객석이 달리고 말 한 필이 끄는 사륜마차―옮
긴이) 한 대가 작은 야외 플랫폼 앞 길 위에 서 있었다. 메리는 마차도
근사하고 올라탈 때 도와준 시종도 근사하다고 생각했다. 그의 긴 방
수 외투와 방수 모자 덮개는 체구가 우람한 역장이나 다른 모든 것들
처럼 비를 맞아 번들거렸다.

시종이 마차 문을 닫고 마부 옆자리에 올라앉자, 마차는 출발했다.
소녀는 편안한 방석이 깔린 마차 구석에 앉아 있었지만 다시 잠들고
싶은 마음은 없었다. 그대로 앉아 창문을 내다보며 메들록 부인이 말

한 괴상한 저택으로 향하는 길 위에서 무엇을 보게 될까 호기심 어린 마음으로 궁금히 여겼다. 메리는 소심한 아이는 절대 아니었고 굳이 말하면 겁이 나지도 않았는데, 백 개나 되는 방이 자물쇠로 잠겨 있다는 집에서 무슨 일이 일어날지 도저히 알 수가 없다는 기분이 들었다. 황야 가장자리에 서 있다는 집에서.

"황야가 뭐예요?"

메리는 메들록 부인에게 불쑥 물었다.

"10분 후 창문을 내다보면 알게 될 거예요." 여자는 대답했다. "미슬 황야를 8킬로미터는 지나야 장원에 도착할 테니까요. 깜깜한 밤이라 보이는 것이 많지는 않겠지만 뭔가 볼 순 있겠지요."

메리는 더 묻지 않고 어두컴컴한 구석에 앉아 창문을 빤히 쳐다보며 기다렸다. 마차 등불이 바로 앞, 얼마 안 되는 거리에 빛을 던져서 메리는 스쳐 지나는 것들을 언뜻언뜻 볼 수 있었다. 역을 떠난 이후로 작은 마을을 통과했고 회반죽을 바른 오두막들과 선술집에서 흘러나오는 등불들이 보였다. 그런 후에는 교회 하나와 목사관 하나, 장난감과 사탕, 과자 및 잡동사니를 내다 파는 오두막의 작은 진열장을 지나쳤다. 그다음 큰길에 올라섰을 때 메리는 산울타리와 나무들을 보았다. 그 이후로는 한참 동안 별다른 것이 없었다. 적어도 메리로서는 한참 시간이 흐른 기분이었다.

마침내 오르막길로 접어들었는지 말들이 좀 더 천천히 걷기 시작했고 이윽고 울타리도 나무도 더 이상 보이지 않았다. 사실 메리는 양쪽에서 짙은 어둠 이외에 아무것도 볼 수 없었다. 메리가 앞으로 몸을 내밀고 창문에 얼굴을 꼭 댔을 때 마차가 한 번 크게 덜커덕 흔들렸다.

"아! 이제 확실히 황야 위에 올라섰나 보네." 메들록 부인이 말했다.

마차는 울퉁불퉁해 보이는 길 위로 노란 불빛을 던졌다. 덤불숲과 야트막하게 자란 식물들이 길 앞을 가로막았고, 그조차도 그들 앞과 주위에 광활히 펼쳐진 어둠 속에서 딱 끊긴 듯했다. 바람이 일어 특이하고 거친 저음으로 밀려왔다.

"이건, 이건 바다는 아니죠?" 메리는 동행인을 돌아보며 물었다.

"아니, 아니지요." 메들록 부인이 대답했다. "들판도 산맥도 아니에요. 그저 히스와 가시금작화, 양골담초밖에 자라지 않고 야생 조랑말과 양 떼밖에는 살지 않는 황야가 몇 킬로미터씩 뻗어 있을 뿐이에요."

"마치 바다 같은 느낌이 들어요. 물 위에 떠 있는 것처럼." 메리가 말했다. "지금 막 바닷소리도 났어요."

"덤불숲을 지나는 바람이랍니다." 메들록 부인이 말했다. "내가 보기엔 거칠고 황량하기 짝이 없는 곳이지만 이런 걸 좋아하는 사람도 많이 있지요. 특히 히스가 활짝 피는 시기에는."

마차는 쉼 없이 어둠을 뚫고 달려갔다. 비는 멈추었지만 바람이 불어와 휘파람을 불면서 으스스한 소리를 냈다. 길은 울퉁불퉁했고, 여러 번 마차는 물이 엄청나게 시끄러운 소리를 내며 흘러가는 다리 위를 지나쳤다. 메리는 이 여행이 영원히 끝나지 않을 듯한 기분이 들었

The Secret Garden

다. 넓디넓고 황막한 황야는 광활한 검은 대양이고, 메리는 그 바다 위에 드러난 마른땅 한 줄기 위로 지나는 느낌이었다.

"마음에 안 들어." 메리는 혼잣말을 했다. "마음에 안 들어." 그러면서 얄따란 입술을 더욱 꼭 다물었다.

말들이 언덕길을 올랐을 때 메리는 처음으로 빛을 보았다. 메들록 부인도 빛을 보자마자 안도의 한숨을 길게 내쉬었다.

"아이고, 반가워라. 반짝이는 작은 불빛이 보이네." 부인은 외쳤다. "관리인 주택 창문에서 나오는 빛일 거예요. 여하튼 금방 뜨끈한 차 한잔 마실 수 있겠네."

'금방'이라고 말했지만 장원 정문을 지나 3킬로미터는 더 달려야 했다. 머리 위에서 가지들이 서로 맞대고 있는 울창한 나무숲 사이를 지나노라니 길고 어두운 아치 지붕 아래를 달리는 듯했다.

아치문처럼 늘어선 나무 사이를 지나자 너른 공터가 나왔고 마차는 양쪽으로 한없이 길지만 야트막하게 지어진 집 앞에 멈춰 섰다. 저택은 돌 마당 둘레를 빙 두르며 제멋대로 뻗은 듯한 모습이었다. 처음에 메리는 어느 창문에서도 불빛이 비치지 않는다고 생각했지만 마차에서 내리자 구석 위층에서 흘러나오는 어렴풋한 빛이 보였다.

현관문은 둔중하고 기묘한 모양의 참나무로 만들어졌으며, 커다란 강철못들이 박혀 있고 큰 강철 비녀장으로 연결되어 있었다. 문을 열자 거대한 홀이 나오고 그 안에는 침침히 빛이 비쳐, 메리는 벽에 걸린 초상화 속 얼굴과 갑옷을 갖춰 입은 조각상들을 보고 싶지 않다는 생각을 했다. 돌바닥 위에 서 있는 메리는 작고 기이한 검은 형체

같이 보였고, 메리는 그 모습만큼이나 자기가 작고 길 잃었으며 어울리지 않는 사람이 된 듯한 느낌이 들었다.

단정하고 마른 노인이 문을 열어 준 남자 하인 가까이에 서 있었다.

"아가씨를 방까지 모셔다 드리게." 늙은 남자가 쉰 목소리로 말했다. "주인님은 보고 싶지 않다고 하시는군. 아침에 런던에 가신다지."

"알겠습니다, 피처 씨." 메들록 부인이 대답했다. "저한테 뭘 기대하시는지 아는 이상, 제가 알아서 할 수 있어요."

"메들록 부인에게 기대하는 건 말이지." 피처 씨가 말했다. "주인님이 방해받지 않으시도록 하는 것과 보고 싶지 않으시다는 것은 보시지 않게 해 드리는 거네."

그런 후 메리 레녹스는 넓은 계단 위로 안내를 받아 긴 복도를 지났다. 그리고 짧은 계단을 오른 후 복도를 또 하나, 다시 복도를 또 하나 지난 후 마침내 어떤 문 앞에 이르렀다. 벽에 있는 문이 열리자 메리는 어떤 방에 들어섰다. 안에는 불이 지펴 있고 탁자 위에 저녁 식사가 차려져 있었다.

메들록 부인이 무뚝뚝하게 말했다.

"자, 왔네요! 이 방과 옆방이 아가씨가 살게 될 곳이에요. 그리고 여기에만 있어야 하시고요. 잊으면 안 돼요!"

이렇게 메리 아가씨는 미슬스웨이트 장원에 도착했다. 메리는 생전 이처럼 심술궂은 기분이 들었던 적은 처음인 것만 같았다.

제4장

마사

아침에 메리는 잠에서 깼다. 젊은 하녀가 불을 피우려고 방 안으로 들어와서 난로 깔개 위에 무릎을 꿇고 깜부기불을 시끄럽게 긁어내고 있었기 때문이었다. 메리는 자리에 누워 잠깐 동안 하녀를 쳐다보다 방 안을 두리번거리기 시작했다. 메리는 이와 같은 방을 본 적이 한 번도 없었다. 기이하고 우울해 보이는 방이었다. 벽에는 어떤 숲의 광경이 수놓아진 태피스트리가 걸려 있었다. 벽걸이 그림 속에는 나무 아래 멋지게 옷을 차려입은 사람들이 있고 저 멀리에는 성의 탑이 언뜻 보였다. 사냥꾼들과 말, 개와 숙녀들도 있었다. 메리는 그 사람들과 함께 숲 속에 있는 기분이었다. 깊숙이 들어앉은 창문 바깥으로는 나무 한 그루 없어 보이는 땅이 한없이 위로 뻗어 있었다. 마치 가없고 지루한 자줏빛 바다 같았다.

"저건 뭐지?" 메리는 창문 밖을 가리켰다.

젊은 하녀 마사는 막 일어서다 돌아보고 마찬가지로 가리켰다.

"저기 저거요?"

"그래."

"저것이 황야지요." 마사는 사람 좋은 웃음을 띠며 대답했다. "마음에 안 드셔라?"

"그래." 메리가 대답했다. "싫어."

"아직 익숙하지 않으셔서 그렇지요." 마사는 다시 난로로 돌아가며 대꾸했다. "지금은 크기만 크고 휑뎅그렁해 보이겠죠. 하지만 좋아하게 되실 거여요."

"넌 좋아해?" 메리가 물었다.

"아이고, 그럼요." 마사는 기운차게 벽난로를 닦았다. "겁나게 좋아하지요. 전혀 황량하지가 않아요. 그 위에 이것저것 잔뜩 돋아나면 냄새가 달짝지근하지요. 가시금작화와 양골담초, 히스가 활짝 피는 봄과 여름에는 얼마나 이쁘다고요. 꿀 냄새가 솔솔 풍기고 공기도 참말로 신선하다니께요. 하늘이 엄청 높고 벌들이랑 종다리랑 윙윙 날아다니며 노래를 부른답니다. 아! 저는 천금을 준대도 저 황야에서 떨어져 살지는 않을 거여요."

메리는 심각하고도 당황스러운 표정을 지으며 마사의 말에 귀를 기울였다. 인도에 있을 때 익숙했던 원주민 하인들은 마사와 전혀 비슷하지 않았다. 그들은 주인의 비위를 살랑살랑 맞추며 굽실거렸고, 결코 자기들이 메리와 동등한 위치에 있지 않다는 듯 감히 말을 붙이지도 않았다. 그들은 존경의 뜻으로 살람(오른손으로 이마를 만지며

절을 하는 것—옮긴이)을 했고, 주인들을 '가난한 사람들의 수호자'
나 그런 비슷한 이름으로 불렀다. 인도 하인들에게는 무얼 하라고 명
령을 내렸지, 부탁을 하지 않았다. '부디'나 '고맙다'는 말을 하는 관
습도 없었고 메리는 화가 날 때면 아야의 따귀를 때리곤 했다. 메리는
자기가 만약 따귀를 때리면 이 하녀가 뭐라고 할지 살짝 궁금했다. 둥
그런 장밋빛 얼굴을 한 마사는 착해 보이는 사람이었지만 기골이 강
건한 데가 있어 메리 아가씨는 이 하녀가 어쩌면 도로 따귀를 때리지
나 않을까 하는 생각이 들었다. 뺨을 때린 사람이 꼬마 여자애라면.

"넌 하인치고 참 이상하구나." 메리는 베개 위로 누운 채 다소 거만
하게 말했다.

마사는 손에 구둣솔을 들고 쭈그리고 앉은 채로 웃었다. 화가 난
기색은 전혀 없었다.

"아! 지도 아는데요." 마사가 대답했다. "미슬스웨이트에 마님이 계
셨다면 전 아씨 하녀가 될 수도 없었을 거여라. 식기실 하녀면 모를까
위층에는 올라가도록 허락도 못 받았을 거여요. 전 품위라고는 없고
요크셔 사투리가 너무 심하지라. 하지만 이 집은 엄청 크기는 하지만
괴상한 집이라서요. 주인님도 마님도 없는 것 같아라. 피처 씨와 메들
록 부인 말고는요. 크레이븐 주인님은 여기 계실 때도 방해하지 말라
시고 거지반 항상 집을 비우시니까. 메들록 부인이 맘 좋게도 제게 일
자리를 주셨당께요. 미슬스웨이트가 다른 큰 집들과 똑같다면 그럴
수 없었을 거라고 하시던데."

"그럼 네가 내 하인이 되는 거야?" 메리는 여전히 도도한 인도식

태도를 버리지 못했다.

마사는 다시 벽난로를 닦기 시작했다.

"저는 메들록 부인의 하인이지요." 마사는 딱 잘라 말했다. "메들록 부인은 크레이븐 주인님의 하인이고요. 하지만 내가 여그 와서 하녀 일을 하게 될 거고 아씨 시중도 좀 들어 줄 거여요. 그런데 아씨는 별로 시중이 필요 없겠네요."

"내 옷은 누가 입혀 주는데?" 메리가 따져 물었다.

마사는 다시 쭈그리고 앉아 빤히 쳐다보았다. 하녀는 놀랐는지 더 심한 요크셔 사투리로 말했다.

"아씬 지 손으로 옷도 못 쩌입는갑네."

"그게 무슨 말이야? 난 네가 하는 말 못 알아듣겠어." 메리가 말했다.

"아이고, 깜박했네." 마사가 말했다. "조심하지 않으면 아가씨가 내 말을 못 알아들을 거라고 메들록 부인이 일렀는데. 제 말은 아씨는 옷도 혼자 못 입으시냐는 거죠."

"못 입어." 메리는 아주 분개해서 대답했다. "한 번도 해 본 적이 없는걸. 당연히 아야가 옷을 입혀 줬지."

"뭐." 마사는 자기가 버릇없이 군다는 사실을 전혀 깨닫지 못하는 게 분명했다. "이제 그럼 배우실 때가 됐네. 더 어려서 배우지 못했으니께. 자기 앞가림 정도는 알아서 하는 게 좋을 거여요. 저희 엄니는 항상 그러셨지라. 어째서 있는 집안 아이들이 바보 천치가 되지 않는지 모르겠다고요. 보모가 씻겨 주고 입혀 주고 강아지 새끼처럼 산책도 시켜 주니 말이지요!"

"인도에선 안 그랬어." 메리 아가씨는 깔보듯 말했다. 이런 이야기들을 참을 수가 없었다.

하지만 마사는 꿈쩍도 하지 않았다.

"아이고, 딱 보면 알겠구먼." 마사는 거의 동정하듯 대꾸했다. "거긴 점잖은 백인 나리들 대신 흑인들이 그렇게 많이 사니까 그렇겠죠. 아가씨가 인도에서 온다는 얘길 들었을 땐 아가씨도 흑인이려니 생각했는데."

메리는 분통을 터뜨리며 침대에 벌떡 일어나 앉았다.

"뭐! 내가 원주민인 줄 알았다고! 너, 이 돼지 새끼야!"

마사는 빤히 쳐다보았다. 성이 잔뜩 난 표정이었다.

"대체 누구한테 욕을 하는 거라요?" 마사가 말했다. "그렇게 앵돌아질 필요는 없잖아요. 어린 숙녀분이 말본새가 그래서 쓰겠어요. 난 아가씨랑 있었던 흑인들에겐 뭐 하나 나쁜 마음이 없다니께요. 교회 책자에서 읽어 보니 신앙심이 아주 깊은 사람들이라던데. 흑인들도 인간이고 우리 형제라고 항상 그러들 않아요. 저야 흑인 한 명 본 적이 없어서 가까이에서 보는 줄 알고 참내 기뻤지 뭐여요. 오늘 아침에 아씨 난로에 불 때러 왔을 때 침대로 슬금슬금 가서 이불을 살짝 젖히고 아씨를 슬며시 보았지요. 자, 그런데 말이지요." 실망한 말투였다. "저보다 하나도 거멓지가 않더만요. 아씨가 조금 더 누렇기는 해도."

메리는 분노와 굴욕감을 참으려는 노력도 하지 않았다.

"내가 원주민인지 알았다고! 어찌 감히! 원주민에 대해선 아무것도 모르면서! 걔들은 사람도 아냐. 우릴 보면 살람을 해야 하는 하인들이라고. 인도에 대해서는 쥐뿔도 모르면서. 뭐 하나 아는 게 없으면서!"

메리는 엄청나게 화가 났고 처녀의 순박한 눈길 앞에서 어쩔 줄 모르는 기분이 들었다. 어쩐지 갑자기 끔찍할 만큼 외로워졌으며, 자기가 알고 자신을 알아주는 모든 것으로부터 멀리 떨어진 것 같았다. 메리는 얼굴을 베개에 묻고 격렬하게 훌쩍거리기 시작했다. 메리가 심하게 엉엉 울자 마음 착한 요크셔 처녀는 약간 겁을 먹기도 하고 미안한 마음도 들었다.

"아, 거기서 그렇게 울면 어쩌셔요!" 마사는 빌었다. "그렇게 울면 안 되지라. 아씨가 짜증이 났는지 몰랐구먼요. 제가 아는 게 뭐 하나 있겠어요. 아씨 말대로지요. 지송해요, 아씨. 그만 그치셔라."

마사의 이상한 요크셔 사투리와 투박한 태도에는 안심되고 정말로 친근한 데가 있어 메리의 기분은 나아졌다. 메리는 차츰 울음을 그치고 잠잠해졌다. 마사는 안심한 표정이었다.

"이제 일어나실 시간이어요." 마사가 말했다. "메들록 부인은 저보고 여기 옆방으로 아씨 아침 식사와 차, 저녁을 날라다 드리라고 했어라. 아씨가 쓸 어린이 방이에요. 아씨가 침대에서 일어나시거든 제가 옷가지를 챙겨 드릴게요. 단추가 등에 있으면 혼자서 채우실 순 없잖겠어요."

메리가 마침내 일어나기로 했을 때 마사가 옷장에서 꺼내 온 옷은 그 전날 밤 메들록 부인과 함께 도착했을 때 입고 온 옷이 아니었다.

"그거 내 옷 아냐. 내 옷은 검은색이란 말야."

메리는 하얀 모직 외투와 드레스를 넘겨보더니 쌀쌀하게 응낙하는 투로 덧붙였다.

"내 옷보다 낫네."

"아가씨가 입으셔야 하는 옷이어요." 마사가 대답했다. "크레이븐 주인님이 메들록 부인에게 런던에서 사 오라고 명령을 내리셨어라. 주인님이 그러시더라고요. '난 까만 옷을 입은 어린애가 길 잃은 영혼처럼 돌아다니도록 놔둘 순 없소. 그럼 이곳이 더 우중충해질 테니까. 그 애한테는 색깔 있는 옷을 입히도록 해요.' 엄니는 주인님이 무슨 뜻으로 그런 말씀을 하셨는지 알겠다고 했어요. 엄니는 늘 다른 사람이 무슨 뜻으로 말하는지 다 아신다니께요. 엄니도 껌정 옷 입는 것 좋아하지 않으시고."

"난 검정 옷이 싫어." 메리가 말했다.

옷을 입는 과정에서 둘 다 무언가를 깨달았다. 마사는 동생들이 옷을 입을 때 '단추를 채워 준' 적은 있었지만 어린아이가 자기 손이나 발이 없는 사람인 양 꼼짝도 않고 서서 딴 사람이 옷을 입혀 주기를 기다리는 것은 처음 보았다.

"어째서 아가씨는 직접 신발을 안 신으신데요?" 메리가 조용히 발을 내밀자 마사가 물었다.

"이전엔 아야가 해 줬는걸." 메리가 쏘아보며 대답했다. "그게 관례야."

아야는 그 말을 자주 했다. "그게 관례예요." 원주민 하인들은 항상 그렇게 말했다. 어떤 사람이 그들의 선조가 천 년 동안 한 적이 없는 일을 시키면, 하인들은 그 사람을 온화하게 바라보며 말하곤 했다. "그건 관례가 아닙니다." 그러면 그 사람은 그걸로 얘기는 끝이라는 것을 알았다.

메리 아가씨가 가만히 서서 입혀 주는 대로 옷을 입는 것 이외에 다른 행동을 해야 한다면 관례에 어긋났다. 하지만 아침 식사 채비를 마치기도 전에 메리는 미슬스웨이트 장원에서 살다 보면 결국에는 상당히 새로운 사실들을 여럿 깨닫게 되지 않을까 하는 생각이 슬슬 들기 시작했다. 직접 구두와 스타킹을 신거나 자기가 떨어뜨린 물건을 주워서 챙기거나 하는 일. 마사가 훈련을 잘 받은 몸종이라면, 좀 더 알랑거리고 공손한 태도를 보였겠으며 머리를 빗겨 주고 장화의 단추를 채워 주고 물건들을 챙겨서 치우는 것이 자기가 할 일임을 알았을 터였다. 그러나 마사는 제대로 된 하녀 훈련을 받지 못했고, 어린 동생들이 우글거리는 황야 오두막에서 자라난 요크셔 촌 아가씨일 뿐이었다. 다들 자기 치다꺼리를 하거나 엄마 품에 안긴 갓난쟁이나 이제 고작 걸음마를 배워 여기저기 부딪치고 다니는 꼬마 동생 봐주는 것 말고는 다른 걸 할 꿈도 꾼 적이 없는 아이들이었다.

메리 레녹스가 무엇에든 즐거워하는 어린아이였다면 아마도 마사가 수다스럽게 떠들면 웃음을 터뜨렸을지도 모르겠다. 하지만 메리는 그저 차갑게 마사의 말에 귀를 기울이며 예의를 차리지 않는 스스럼없는 태도에 어안이 벙벙할 따름이었다. 처음에는 전혀 흥미가 없었지만, 마사가 착하고도 편안하게 늘어놓는 수다를 듣노라니 차차 자기도 모르게 귀를 기울이고 있었다.

"아! 아가씨도 다 봐야 할 건데." 마사가 말했다. "우리 형제자매가 모두 열둘인데, 아버지는 고작 일주일에 16실링을 번다니까요. 엄니가 우리 애들을 다 먹일 포리지(오트밀에 우유나 물을 부어 걸쭉하게 죽처럼 끓인 음식—옮긴이)를 쑤느라 얼마나 고생을 하시는지. 애들은 온종일 황야 위를 굴러다니면서 놀고 어머니는 황야 공기가 애들을 살찌운다고 혀요. 어머니 말씀으로는 애들이 야생 조랑말처럼 들판의 풀을 먹을 거라나. 우리 디컨은 열두 살인데 자기 거라고 하는 어린 조랑말을 가지고 있지요."

"조랑말이 어디서 났는데?" 메리가 물었다.

"그게 새끼 말일 때 어미랑 같이 있는 걸 황야에서 찾았다지요. 말이랑 살살 친해지면서 빵 조각을 주고 갓 돋은 이파리를 뽑아다 주고 그랬어요. 그랬더니 조랑말도 디컨을 좋아하고 따르게 되었지 뭐여요. 등에도 타게 해 주고. 디컨은 착한 애라서 동물들도 그 애를 다 좋아라 혀요."

메리는 한 번도 애완동물을 가져 본 적이 없었고 좋아하게 될 것 같지도 않다고 생각했었다. 그래서 디컨이라는 아이에게 슬며시 관심이 생겼다. 메리는 이선에는 사기 말고 다른 사림에게 관심을 가져 본 적 없었기 때문에 이는 건강한 감정이 서서히 떠오른다는 징후였다. 메리 몫으로 만들어 놓은 어린이 방에 들어가 보니 간밤에 잤던 방하고 비슷했다. 그곳은 어린이 방이 아니라 어른의 방으로, 벽에는 우울한 옛날 그림들이 걸려 있고 육중한 참나무 의자들이 있었다. 가운데에 있는 큰 탁자에는 푸짐한 아침 식사가 차려져 있었다. 하지만 메리는 늘 별로 입맛이 없어서 마사가 앞에 놓아둔 첫 번째 접시도 심드렁하게 쳐다보기만 했다.

"먹기 싫어." 메리는 투정했다.

"포리지를 먹기 싫다니요!" 마사가 못 믿겠다는 듯 소리를 질렀다.

"안 먹어."

"얼마나 맛있는지 몰라서 그려요. 여기 당밀 조금이랑 설탕 조금 쳐서 먹어 봐요."

"먹기 싫다니까." 메리가 되풀이했다.

"어이쿠!" 마사가 외쳤다. "이런 맛난 음식이 쓰레기통에 가는 꼴을 가만히 두고 볼 수는 없지라. 우리 애들이 이 식탁에 있었더라면 5분 안에 싹싹 닦아 먹었겠네."

"어째서?" 메리가 매몰차게 말했다.

"어째서긴요!" 마사가 따라 했다. "걔들이야 생전 배가 터지도록 먹어 본 적이 없으니 그러지요. 새끼 매나 새끼 여우맹키로 배를 곯거든요."

"배를 곯는다는 게 뭔지 모르겠어." 메리는 무지에서 우러난 심드렁한 태도로 대꾸했다.

마사는 성이 난 얼굴이었다.

"뭐, 그러면 한번 해 보는 것도 아가씨에겐 괜찮겠네요. 내 눈엔 훤히 보이는구먼." 마사는 거리낌 없이 말했다. "지는 멀쩡한 빵과 고기를 가만히 앉아서 말똥말똥하게 쳐다보는 사람을 못 참지요. 세상에 나! 여기 있는 걸 우리 디컨과 필, 제인이랑 다른 애들 배 속에 넣어 줄 수 있으면 얼마나 좋을까요!"

"애들한테 좀 갖다 주지그래?" 메리가 제안했다.

"이건 제 것이 아니잖아요." 마사가 단호하게 대답했다. "게다가 외출 날도 아니구먼요. 지도 다른 사람들맹키로 한 달에 한 번만 외출을 혀요. 그땐 집에 가서 엄니 대신 청소를 해서 엄니가 하루 쉬실 수 있도록 하지라."

메리는 차를 약간 마시고 토스트에 마멀레이드를 조금 발라 먹었다.

"뜨듯하게 옷을 입고 밖에 뛰어나가 노셔요." 마사가 말했다. "몸에도 좋고 배 속이 허해져서 고기를 드시고 싶으실 께니."

메리는 창문으로 갔다. 정원과 오솔길, 큰 나무가 있기는 했지만 모든 것이 침침한 겨울 색이었다.

"밖에? 이런 날 왜 밖에 나가야 해?"

"뭐, 밖에 나가지 않으면 집 안에 있어야 하는데, 뭘 할 게 있겄어요?"

메리는 힐끔 둘러보았다. 할 일이 없긴 없었다. 메들록 부인은 어린이 방을 꾸밀 때 놀 거리는 하나도 마련하지 않았다. 어쩌면 나가서 정원이 어떤지 보는 편이 더 나을지도 몰랐다.

"누가 나랑 같이 가는데?" 메리가 물었다.

마사는 빤히 쳐다보았다.

"혼자 가셔야죠. 형제자매가 없으면 다른 애들처럼 혼자 노는 법을 배우셔야 할 거 아녀라. 우리 디컨은 혼자 황야에 나가서도 몇 시간이고 잘 논다니까요. 그렇게 해서 조랑말이랑 친해진 거 아녀요. 황야에 가면 걔를 아는 양 떼도 있고, 손에서 먹이를 받아먹는 새도 있지요. 먹을 거라곤 별로 없는데도 걔는 항상 빵 부스러기를 아껴서 애완동물을 먹인다니께요."

메리가 미처 깨닫지는 못했지만 밖으로 나가야겠다고 결심한 건 바로 이 디컨 얘기 때문이었다. 조랑말이나 양 떼는 없을지 몰라도 새는 있을 것이었다. 인도에서 본 새와는 다를 테니 구경하면 재미있을 것 같았다.

마사는 외투와 모자, 튼튼한 장화를 찾아 주었고 아래층으로 내려가는 길도 알려 주었다.

"저쪽으로 돌아가면 정원들이 나와요." 마사는 관목 울타리 속 문을 가리켰다. "여름에야 꽃이 많이 피지만, 지금은 아무것도 피어 있는 게 없어라." 마사는 순간 망설이다가 덧붙였다. "정원 하나는 잠겼어라. 10년 동안 그 안에 들어간 사람이 없지요."

"왜?" 메리는 자기도 모르게 물었다. 이 이상한 집 안, 백 개의 잠긴 방에 또 하나의 닫힌 문이 더해졌다.

"마님이 그렇게 갑자기 돌아가시자 크레이븐 주인님이 닫아 버리셨지요. 아무도 들어가지 못하게 하셨어요. 마님 정원이었으니까요. 문을 잠그고 구멍을 파서 열쇠를 묻어 버렸어라. 아이코, 메들록 부인이 종을 울리네. 지는 가 봐야겠어요."

마사가 나간 후 메리는 관목 문으로 이르는 산책로를 따라 내려갔다. 10년 동안 아무도 들어간 적이 없다는 정원에 대한 생각을 떨칠 수 없었다. 지금은 어떤 모습일지, 아직도 그 안에 살아 있는 꽃이 있을지 궁금했다. 관목 숲 문을 지나쳐 가자 너른 잔디밭과 경계선의 풀을 바짝 다듬어 표시한 구불구불한 산책로가 있는 커다란 정원이 나왔다. 나무, 화단, 이상한 모양으로 다듬어 놓은 상록수들이 있었고 한가운데는 오래된 회색 분수가 자리한 커다란 연못도 있었다. 하지만 화단은 황량한 겨울빛이었고 분수에서는 물이 나오지 않았다. 여긴 닫혀 있는 정원이 아니었다. 어떻게 정원을 닫을 수 있담? 정원은 언제든지 들어갈 수 있는 곳 아니었나?

이런 생각을 하고 있을 때 메리가 따라 걷고 있던 길 맨 끝에 담쟁이덩굴이 기어 올라간 기다란 벽 같은 것이 보였다. 메리는 영국에는 익숙하지 않았기 때문에 자신이 들어선 곳이 채소와 과일이 자라는 채마밭이라는 것을 몰랐다. 메리가 벽으로 가니 담쟁이덩굴 사이로 녹색 문이 보였고, 문은 열려 있었다. 여긴 분명히 닫힌 정원이 아니었기 때문에 안으로 들어갈 수 있었다.

문 안으로 들어가 보니 사방이 담으로 둘러싸인 정원이 있었다. 또한 담으로 둘러싸인 정원이 여러 개고 서로 연결되어 있다는 것도 알 수 있었다. 초록 문 하나가 더 열려 있었고 그 너머에는 겨울 재소가 자라는 두둑 사이에 만들어진 덤불과 오솔길이 보였다. 과일나무는 줄줄이 담에 바짝 붙어 서 있었고, 두둑 몇 개 위에는 유리 틀을 세워 놓았다. 메리는 정원에 서서 둘러보면서 여긴 횅하고 흉하다고 생

각했다. 식물들이 푸릇푸릇한 여름에는 훨씬 더 보기 좋을지도 모르지만, 지금은 예쁜 것이 하나도 없었다.

이윽고, 어깨에 삽을 멘 한 노인이 두 번째 정원에서 이어지는 문으로 들어왔다. 노인은 메리를 보고 퍼뜩 놀라더니 모자를 살짝 들어 인사했다. 무뚝뚝한 늙은 얼굴은 메리를 보고도 전혀 반가운 기색이 아니었다. 하지만 메리도 그 노인의 뜰이 마음에 들지 않아서 '아주 심술궂은' 표정을 짓고 있었으므로 역시 전혀 반가운 기색이 아니었을 것이었다.

"여긴 뭐예요?" 메리가 물었다.

"채마밭." 노인이 대답했다.

"저건 뭔데요?" 메리는 다른 녹색 문 너머를 가리켰다.

"저기도 채마밭이제." 짤막한 대답이었다. "담 너머에는 또 채마밭이 있고 그 너머는 과수원이고."

"그 안에 들어갈 수 있어요?"

"그러고 싶으면 그래야지. 하지만 지금은 볼 게 암것도 없는디."

메리는 대답하지 않았다. 그저 길을 따라 내려가 두 번째 초록 문을 지났다. 거기에는 또 담과 겨울 채소, 유리 틀이 있었지만 두 번째 담에 난 초록 문은 열려 있지 않았다. 아마도 이 문은 10년 동안 아무도 본 사람이 없다는 정원으로 연결되어 있는 것 같았다. 메리는 전혀 소심한 아이가 아니었고 항상 제멋대로 하는지라, 초록 문으로 가서 손잡이를 돌려 보았다. 메리는 수수께끼의 정원을 찾아냈다고 자신했기 때문에 문이 열리지 않으리라고 예상했으나 문은 스르르 쉽게 열렸고 안으로 들어가 보니 과수원이었다. 그곳도 역시 사방이 담이었고 나무들이 줄줄이 담에 붙어 서 있었다. 겨울이 되어 누렇게 말라 버린 풀숲에는 헐벗은 나무들이 서 있었다. 하지만 여기에는 초록 문이 보이지 않았다. 메리는 문을 찾아보았고 정원 위쪽 끝에 갔을 때는 담이 과수원에서 끝난 게 아니라 건너편에 있는 어떤 공간을 두른 듯 그 너머까지 뻗어 있다는 것을 알았다. 담 너머로 나무 우듬지가 보였고 메리가 가만히 서서 보고 있으려니 가슴 깃털이 환한 빨간색인 새 한 마리가 가장 높은 나뭇가지에 앉아 있다가 느닷없이 겨울 노래를 불러 댔다. 마치 메리를 보고 부르는 듯한 노랫소리였다.

메리는 발길을 멈추고 새소리에 귀를 기울였다. 명랑하고 친근한 휘파람 소리를 들으니 기분이 좋아졌다. 정 가는 데 없는 꼬마 소녀도 외로움을 탈 수 있었다. 잠겨 있는 커다란 집과 황량한 황야, 벌거벗은 커다란 정원은 이 아이에게 세상에 자기 말고 아무도 없는 듯한 느낌을 주었다. 만약 이 아이가 정이 많고 사랑받는 데 익숙했더라면 마음 아파 했으리라. 하지만 아무리 '심술궂은 메리 양'이라도 쓸쓸한 기분은 들었고 가슴 깃털이 빨간 작은 새 덕분에 뚱한 작은 얼굴에도 미소에 가까운 표정이 떠올랐다. 메리는 새가 날아갈 때까지 귀를 기울였다. 빨간 새는 인도 새와는 사뭇 달랐고 메리는 새가 마음에 들어서 다시 볼 수 있을까 생각했다. 어쩌면 새는 그 수수께끼의 정원에 살면서 그곳을 속속들이 알지도 몰랐다.

어쩌면 달리 할 일이 없었기 때문에 그 버려진 정원에 대해 그처럼 많이 생각하는 것일 수도 있었다. 메리는 호기심이 들었고 그 정원이 어떤 모양인지 보고 싶었다. 어째서 아치볼드 크레이븐 씨는 열쇠를 묻어 버렸을까? 아내를 그처럼 사랑했다면서 어째서 정원은 그렇게 싫어했을까? 메리는 고모부를 볼 수나 있을까 궁금했지만 보더라도 자기도 고모부를 좋아하지 않고 고모부도 자기를 좋아하지 않으리라는 것은 알았다. 어째서 그처럼 이상한 짓을 했느냐고 몹시 물어보고 싶다 한들 가만히 서서 고모부를 빤히 쳐다보면서 아무 말 못 하리라는 것을.

'사람들은 날 좋아하지 않고 나도 사람들을 좋아하지 않아.' 메리는 생각했다. '크로퍼드 아저씨네 애들처럼 떠들 수도 없고. 걔네들은 항상 떠들고 웃고 야단을 떨잖아.'

메리는 새와 자기에게 불러 주던 노랫소리를 생각하다, 새가 앉아 있던 나무 꼭대기를 떠올리고 약간 느닷없이 길 위에 멈췄다.

"그 나무는 비밀의 정원 안에 있는 거야. 확실해." 메리는 혼잣말했다. "둘레에 담이 있고 문이 없잖아."

맨 먼저 들어왔던 채마밭으로 돌아갔더니 노인이 땅을 파고 있었다. 메리는 노인에게로 가서 옆에 선 후 평소대로 쌀쌀맞게 잠깐 쳐다보았다. 노인이 메리를 본체만체했기에 마침내 메리가 말을 걸었다.

"다른 정원에 가 봤어요."

"누가 가지 말라고 붙잡은 사람 없는디." 노인은 불퉁스럽게 대꾸했다.

"과수원에도 가 봤어요."

"문 앞에 문지기 개가 있어서 무는 것도 아니니께."

"다른 정원으로 들어가는 문이 없던데요."

"뭔 정원?" 그는 잠깐 삽질을 멈추고 거친 목소리로 물었다.

"담 너머에 있는 정원요." 메리 아가씨가 대답했다. "거기 나무가 있던데요. 꼭대기가 보였어요. 가슴 깃털이 빨간 새 한 마리가 앉아서 노래했어요."

놀랍게도 무뚝뚝하고 날씨에 찌든 늙은 얼굴의 표정이 확 달라졌다. 웃음이 천천히 얼굴에 퍼져 나가더니 정원사는 아주 다른 사람처럼 보였다. 메리는 사람이 웃으면 훨씬 더 멋있어 보인다니 참 이상하지, 라는 생각을 했다. 이전에는 해 본 적이 없는 생각이었다.

노인은 정원의 과수원 쪽으로 몸을 돌리더니 휘파람을 불기 시작했다. 낮고 부드러운 휘파람 소리. 메리는 무뚝뚝한 사람이 어쩌면 그렇게 살살 구슬리는 소리를 낼 수 있는지 알지 못했다.

바로 그다음 순간, 놀라운 일이 벌어졌다. 공기 중에서 무언가가 부드럽게 휙 날아드는 소리가 들렸다. 빨강 가슴 깃털 새가 두 사람을 향해 날아오더니 정원사의 발치 가까이에 있는 커다란 흙덩이 위에 내려앉았다.

"여기 왔구먼." 정원사는 킥킥 웃더니 어린아이에게 말을 걸듯 새에게 말을 걸었다.

"어디 갔었냐, 이 뻔뻔한 거지 새야?" 노인이 말했다. "오늘은 하루 종일 못 봤구먼. 이런 계절에 이처럼 일찍 암컷에게 구애를 하려는 거냐? 그거 좀 일되지 않느냐."

새는 작은 머리를 한쪽으로 기울이고 까만 이슬방울처럼 부드럽게 반짝이는 눈망울로 정원사를 올려다보았다. 새는 정원사와 무척 친해 보였고 겁내는 기색이 전혀 없었다. 새는 주위를 콩콩 뛰면서 땅을 씩 씩하게 쪼아 대며 씨앗과 곤충을 찾아다녔다. 그 모습을 보자 정말로 메리의 마음속엔 이상한 느낌이 솟았다. 새가 무척이나 예쁘고 명랑 하며 사람 같았기 때문이었다. 몸통은 통통했고 부리는 섬세했으며 역시 섬세한 다리는 날씬했다.

"부르면 늘 이렇게 와요?" 메리는 속삭이다시피 물었다.

"허, 그렇제. 나는 이놈이 새끼 때부터 알고 지냈는디. 저기 다른 정원에 있는 둥지에서 나와서 처음 담을 넘어 날아왔을 때 비실비실 혀서 며칠 동안은 도로 날아갈 수가 없었구먼. 그래서 우린 친구가 되 었제. 저 담 너머로 다시 넘어갔을 땐 다른 식구들이 몽땅 사라져서 외톨이가 되었거든. 그랬더니 다시 이쪽으로 날아온 거라."

"이거 무슨 새예요?" 메리가 물었다.

"보면 모르나? 붉은가슴울새라고 세상 새 중에 가장 살갑고 호기 심 많은 녀석이제. 강아지 새끼맹키로 살가워. 제대로 다룰 줄만 알 면. 저기 저 녀석이 흙을 쪼면서 간간이 우리를 둘러보는 걸 보라지. 우리가 지 얘기 하는 줄 안다니께."

이 노인의 모습은 세상에서 가장 기이한 광경이었다. 늙은 정원사 는 새가 자랑스럽나는 듯 정나운 표성으로 진홍색 조끼를 입은 통통 한 새를 바라보았다

"얼마나 거만한지 몰러." 노인은 다시 킬킬 웃었다. "사람들이 자기 얘기를 하면 좋아한다니께. 호기심도 많고. 맙소사, 호기심 많아서 여

기저기 끼어드는 걸로 치면 이만한 녀석이 없제. 항상 내가 뭘 심나 와서 보고. 크레이븐 주인님이 굳이 귀찮게 알려고 하지 않는 것까지 이놈은 다 알고 있다니께. 이 녀석이 여기 대장 정원사여. 아무렴, 그렇고말고."

울새는 부산하게 땅을 콕콕 쪼며 주변을 돌아다니다가 이따금씩 멈춰서 두 사람을 힐끔 쳐다보았다. 메리는 새가 까만 이슬 눈망울에 크나큰 호기심을 담고 자기를 쳐다보는 것 같았다. 메리에 대해서 뭐든 알아내고 있는 듯했다. 가슴속 기묘한 느낌이 점점 커져 갔다.

"다른 새끼들은 어디로 날아갔어요?" 메리가 물었다.

"그거야 모르제. 부모 새들이 새끼들을 둥지에서 쫓아내서 다들 뿔뿔이 흩어져 버리니 알 도리가 있나. 이놈은 영리한 녀석이라 지가 외톨이가 되었다는 걸 알았겠제."

메리 아가씨는 울새를 향해 한 발 더 가까이 다가가 아주 열심히 쳐다보았다.

"나도 외톨이인데."

이전에는 외로움이 뚱한 기분이 들고 심통이 나는 원인이라는 것을 몰랐었다. 울새가 메리를 쳐다보고 메리도 울새를 쳐다보고 있을 때야 깨닫게 된 듯했다.

나이 지긋한 정원사는 대머리에 쓴 모자를 뒤로 젖히고 메리를 한참 바라보았다.

"애기씨가 인도에서 왔다는 그 아씨여?" 그가 물었다.

메리가 고개를 끄덕였다.

"그럼 외톨이인 것도 당연허네. 앞으로는 지금까지보다 더 외로울 거고."

정원사는 다시 땅을 파기 시작했다. 노인이 기름진 검은흙에 삽을 깊이 박는 동안 울새는 자기 일에 골몰해서 부산히 뛰어다녔다.

"이름이 뭐예요?" 메리가 물었다.

정원사는 대답하기 위해 허리를 폈다.

"벤 웨더스태프여." 그러더니 퉁명스럽게 쿡쿡 웃었다. "이 새랑 같이 있지 않을 때는 나야말로 외톨이지."

벤은 엄지손가락을 꺾어 울새를 가리켰다. "야야말로 내 유일한 친구여."

"난 친구가 아예 없어요." 메리가 말했다. "한 명도 없었어요. 아야는 날 좋아하지 않았고 난 누구랑도 같이 논 적 없어요."

자기 생각을 퉁명스러울 정도로 솔직하게 말하는 게 요크셔 관습이었고 벤 웨더스태프 노인은 요크셔 황야 출신이었다.

"아씨랑 나랑은 꽤 닮았구먼." 그가 말했다. "우린 똑 닮은 모양이여. 둘 다 얼굴도 잘나지 못했지, 표정도 뚱하고. 우리 둘 다 맘씨도 고약할걸. 내 딱 보면 알제."

이는 참으로 솔직한 말이었고, 메리 레녹스는 태어나서 한 번도 자기 자신에 대해 이렇게 신실된 말을 들어 보지 못했다. 원수민 하인들은 항상 살람 인사나 하면서 뭘 하든 순순히 따라 주었다. 메리는 자기 생김새를 많이 생각해 본 적도 없었지만, 벤 웨더스태프처럼 못난 건지 궁금해졌고 또한 울새가 날아오기 전의 정원사 얼굴처럼 그렇게 뚱하게 보이는지도 궁금해졌다. 아울러 자기가 '맘씨가 고약한지'도 궁금해지기 시작했다. 마음이 거북해졌다.

불현듯 조용히 물결처럼 맑은 소리가 가까이에서 들려와 메리는 몸을 돌렸다. 몇 미터 옆에는 어린 사과나무가 서 있었고 울새가 그 나뭇가지로 날아가 노래를 부르기 시작한 것이었다. 벤 웨더스태프는 껄껄 웃었다.

"왜 저러는 거예요?" 메리가 물었다.

"아씨랑 친구가 되기로 한 모양인갑네." 벤이 대답했다. "아씨가 저 녀석 마음에 든 게 확실혀. 아니면 내 장을 지지지."

"내가요?" 메리는 작은 나무로 살며시 다가가 올려다보았다.

"나랑 친구가 되어 줄래?" 메리는 사람에게 말을 걸듯 울새에게 말했다. "되어 줄 거야?"

이 말을 할 때 메리의 목소리는 평소처럼 딱딱한 작은 소리도 아니었고 인도식으로 거만한 목소리도 아니었다. 참으로 부드럽고 열심스럽고 살살 달래는 목소리라 벤 웨더스태프는 아까 메리가 그의 휘파람 소리를 들었을 때만큼 놀랐다.

"어이쿠야." 그가 외쳤다. "까다로운 할망구가 아니라 진짜 아이처럼 다정하고 정이 넘치는 말이구먼. 디컨이 황야에서 만나는 들짐승한테들 하는 말 같은디."

"디컨을 알아요?" 메리는 약간 급하게 몸을 획 돌렸다.

"디컨 모르는 사람도 있나. 디컨은 어디든 싸돌아다니거든. 블랙베리도 히스도 걜 알 텐데. 여우들도 개한테는 자기 새끼들이 어디서 자는지 알려 주고 종다리도 둥지를 감추지 않는다고 내 장담혀."

메리는 더 캐묻고 싶었다. 버려진 정원이 궁금한 만큼 디컨도 궁금했다. 하지만 바로 그 순간, 울새가 노래를 마치고 날개를 살짝 흔들어 펴더니 날아가 버렸다. 이제 놀러 온 용건을 다 끝냈고 다른 할 일도 많이 있었던 것이다.

"담 너머로 날아가 버렸어요!" 메리가 새를 보면서 외쳤다. "과수원으로 날아갔다가 다른 담도 넘어서 문이 없는 정원으로 들어갔어요!"

"거기 살어." 벤 노인이 말했다. "거기서 알에서 깼으니께. 짝짓기를 할라면 저기 오래된 장미 나무 사이에 사는 울새 아가씨랑 해야겠지."

"장미 나무요." 메리가 되뇌었다. "저 안에 장미 나무가 있어요?"

벤 웨더스태프는 다시 삽을 들어 파기 시작했다.

"10년 전엔 있었제." 그는 웅얼거렸다.

"나도 보고 싶은데." 메리가 말했다. "초록 문은 어디 있어요? 어딘가 문이 있을 거잖아요."

"10년 전엔 있었다니께. 지금은 없지만."

"문이 없다니!" 메리가 외쳤다. "있을 거예요."

"없으니께 찾을 수 없는 거 아녀. 아무도 상관할 바가 아니고. 아씨도 오시랖 넓게 괜히 살 이유가 없는 데 쑤시고 다니지 마쇼. 자, 나는 내 일을 계속해야 하니까, 저기 가서 노소. 난 시간이 없으니께."

그러면서 벤은 땅을 파다가 말고 삽을 어깨에 멘 후 떠나 버렸다. 메리를 흘끔 쳐다보지도 않고 잘 가란 인사를 하지도 않았다.

제5장

복도에서 들리는
울음소리

처음에는 지나가는 하루하루가 메리 레녹스에게
는 다 똑같아 보였다. 매일 아침 태피스트리가 걸린 방에서 깨어나면
마사가 벽난로 앞에 무릎을 꿇고 불을 지피고 있었다. 매일 아침 아
무것도 놀 거리가 없는 어린이 방에서 아침을 먹었다. 아침 식사 후에
는 창밖을 내다보며 그 건너에 사방팔방으로 뻗어 있고 하늘까지 솟
은 거대한 황야를 구경했다. 잠시 그렇게 물끄러미 쳐다본 후에는 밖
에 나가지 않으면 안에서 아무 할 일 없이 빈둥대야만 한다는 사실을
깨달았으므로 밖으로 나갔다. 메리는 달리 할 수 있는 일이 있었더라
도 이게 자기에겐 가장 좋은 일이라는 것을 알지 못했다. 빨리 걷거나
오솔길을 뛰어가 큰길로 내려가기 시작하면서부터는 황야를 쓸고 오
는 바람과 싸우면서 피의 흐름이 좋아지고 더 튼튼해졌다는 사실도
깨닫지 못했다. 그저 몸을 따뜻하게 하려고 뛰었을 뿐이고, 얼굴에 부

딮치면서 보이지 않는 거대한 거인인 양 포효하며 뒤로 밀어내는 바람이 싫었을 뿐이었다. 하지만 히스 위로 불어오는 거칠고도 신선한 공기를 한껏 들이켜면 자기도 모르는 새 여윈 몸에 좋은 무언가로 허파가 가득 찼으며 뺨에는 불그스레 홍조가 돌고 흐릿한 눈은 반짝였다.

그렇게 며칠을 완전히 야외에서 보낸 후 어느 날 아침, 메리는 드디어 배가 고프다는 것이 어떤 기분인지 느끼면서 깨어났다. 그래서 아침을 먹으려고 자리에 앉았을 때는 포리지를 깔보듯 쳐다보면서도 치워 버리지 않고 숟가락을 들고 먹기 시작해서 그릇을 싹싹 비웠다.

"오늘 아침에는 그게 입에 잘 맞으시나 보네. 그렇지 않아요?" 마사가 말했다.

"오늘은 맛있네." 메리는 자기도 살짝 놀라서 대답했다.

"황야 공기 때문에 속이 허해서 입맛이 도는 게죠." 마사가 대답했다. "입맛 도는 대로 먹을 음식이 있다니 아가씬 얼마나 다행이어요. 우리 집에는 애들이 열두 명이나 있는데 배 속에 넣을 건 아무것도 없다니께요. 그렇게 매일 쭉 밖에 나가 노서요. 그러면 뼈에 살도 붙고 낯빛도 그렇게 노리끼리하지 않을 테니."

"나는 노는 게 아냐." 메리가 대답했다. "가지고 놀 게 아무것도 없는걸."

"가지고 놀 게 없다고요!" 마사가 소리쳤다. "우리 애들은 막대기와 돌멩이를 가지고 놀아요. 그저 뛰어다니고 소리치고 이거저거 구경한다니께요."

메리는 소리치진 않았지만 구경하기는 했다. 그 외에는 달리 할 일도 없었다. 정원들을 빙빙 돌아다니면서 너른 공터 안 오솔길에서 헤맸다. 이따금 벤 웨더스태프를 찾아보기도 했지만, 여러 번 벤이 일을 하고 있는 걸 보았어도 그는 너무 바빠서 메리를 쳐다보지도 않거나 너무 무뚝뚝할 뿐이었다. 한 번 벤이 일하는 쪽으로 걸어가 보았지만 그는 삽을 들고 일부러 그러는 양 등을 휙 돌려 가 버렸다.

메리가 다른 곳보다 더 자주 가는 장소가 하나 있었다. 정원을 둘러싼 담 바깥에 난 긴 산책로였다. 길 양쪽에는 메마른 화단이 있고 담벼락에는 담쟁이덩굴이 무성하게 자라는 곳이었다. 담 한쪽에는 다른 곳보다도 더 울창하게 진녹색 이파리로 덮인 부분이 있었다. 오랫동안 내버려 둔 자리처럼 보였다. 나머지는 이파리를 쳐서 깔끔하게 보였는데, 산책로 이쪽의 아래 끝은 전혀 다듬어 놓지 않았다.

벤 웨더스태프와 말을 나눈 며칠 후, 메리는 이곳을 발견하고 멈칫하며 어째서 그런가 궁금하게 여겼다. 그저 멈춰 서서 바람에 흔들리는 긴 담쟁이덩굴을 올려다보고 있을 때 선홍색이 언뜻 비친다 싶더니 환하게 지저귀는 소리가 들려왔다. 바로 거기, 담 꼭대기에 벤 웨더스태프의 붉은가슴울새가 앉아서 작은 머리를 한쪽으로 갸우뚱하며 몸을 내밀어 메리를 보고 있었다.

"아!" 메리가 외쳤다. "너였니, 너였어?"

새가 이해하고 대답해 주리라고 굳게 믿는 양 말을 거는데도 메리는 그 사실이 이상하다 느끼지 못했다.

새는 대답했다. 새는 메리에게 온갖 이야기를 하듯 짹짹대고 지저귀며 담 위에서 콩콩 뛰었다. 새가 말을 한 건 아니지만 메리 아가씨도 그 뜻을 이해할 것만 같았다. 마치 이렇게 말한 듯했다.

"좋은 아침이에요! 바람이 참 좋지 않아요? 햇빛이 참 좋지 않아요? 모든 게 참 좋지 않아요? 우리 둘 다 지지배배 지저귀고 콩콩 뛰고 짹짹 노래해요. 자요! 자!"

메리는 웃음을 터뜨렸고 새가 콩콩 뛰며 담을 따라 살짝 날자 그 뒤를 따라 뛰어갔다. 불쌍하고 작은 아이, 마르고 혈색이 누르스름하고 못생긴 메리가 순간 정말로 예쁘게 보일 정도였다.

"난 네가 좋아! 네가 좋아!" 메리는 외치면서 산책로를 깡충깡충 뛰어갔다. 메리는 지저귀듯 외치다 휘파람을 불려고 했지만 어떻게 부는지 전혀 알지 못했다. 하지만 울새는 아주 만족한 듯했고 메리에게 답례로 지저귀고 휘파람을 불었다. 마침내 울새는 날개를 쫙 펼치고 나무 꼭대기 위로 화살처럼 날아가 자리를 잡더니 큰 소리로 노래를 불렀다.

그 모습을 보니 처음으로 새를 보았을 때가 떠올랐다. 울새는 나무 꼭대기 위에서 흔들흔들 앉아 있었고 메리는 과수원에 서 있었다. 이제 메리는 과수원 반대편, 담 바깥의 길 위에 서 있었다. 훨씬 더 아래였다. 그리고 새가 앉은 나무는 정원 안에 있던 바로 그 나무였다.

"아무도 들어갈 수 없는 정원 안이구나." 메리는 혼잣말을 했다. "문이 없는 정원이야. 울새는 저기 살지. 그 정원이 어떤지 나도 한 번 봤으면!"

메리는 산책로를 뛰어가 맨 첫날 들어왔던 초록 문까지 갔다. 그런 후에는 길을 쭉 따라 달려 다른 문을 지나 과수원으로 들어갔다. 서서 위를 올려다보니 담 너머에 그 나무가 있었고 울새는 막 노래를 마치고 부리로 깃털을 다듬고 있었다.

"저기가 그 정원이야." 메리가 말했다. "확실해."

메리는 둘레를 돌며 과수원 담 저편을 자세히 보았지만 이전에 알아냈던 사실만 다시 확인했을 뿐이었다. 그 안에는 문이 없다는 사실. 그러자 메리는 다시 채마밭을 지나 밖으로 나가서 담쟁이덩굴이 덮은 기다란 담 바깥의 산책로로 갔다. 끝까지 내려가서 살펴보았지만 문은 없었다. 그런 후에 메리는 다른 쪽 끝까지 걸어가서 찾아보았지만 역시 문은 없었다.

"아주 이상하네." 메리가 말했다. "벤 웨더스태프 할아범이 문이 없다고 했으니 정말 문은 없겠지. 하지만 10년 전에는 있었을 텐데, 크레이븐 고모부가 열쇠를 묻었다고 하니까."

이 말을 떠올리니 생각할 게 아주 많아서 메리는 부쩍 흥미가 생겼고 미슬스웨이트 장원에 와서 아쉽다는 기분도 느끼지 않았다. 인도에서는 늘 너무 덥고 나른한 기분이라 무엇에도 심드렁했었다. 사실, 황야에서 불어오는 신선한 바람이 메리의 어린 머리에 꼈던 거미줄을 걷어 헤치고 잠들었던 정신을 살며시 깨웠던 것이었다.

메리는 온종일 야외에 나가 있다시피 했고 저녁을 먹으러 식탁에 앉았을 때는 배고프고 나른하며 편안했다. 마사가 수다를 떨어도 거슬리지 않았다. 외려 마사의 이야기를 듣는 게 좋았고 급기야는 뭐하나 물어봐야겠다는 생각까지 들었다. 메리는 저녁을 다 먹고 난로 앞 양탄자에 앉았을 때 그 질문을 했다.

"어째서 크레이븐 고모부는 정원을 싫어하는 거야?"

메리는 마사에게 같이 있다 가라고 했었고 마사도 전혀 꺼리지 않았다. 마사 또한 아직 어렸고 동생들이 득시글거리는 오두막에 익숙했기 때문에 아래층의 거대한 하인 숙소는 지루했다. 거기서는 남자 시종들이나 좀 더 직급이 높은 여자 하인들이 마사의 요크셔 사투리를 놀리고 상스럽다고 얕보았으며 자기들끼리 앉아서 속닥거렸다. 마사는 수다 떨기를 좋아했는데, 인도에서 살면서 '흑인'들의 시중을 받았던 이 이상한 아이는 충분히 신기한 존재인지라 마사의 관심을 끌었다.

마사는 앉으라는 말을 기다리지 않고 알아서 난롯가에 앉았다.

"아직도 그 정원 생각 하시는 거여요?" 마사가 물었다. "그러실 줄 알았지. 지도 처음 그 얘기를 들었을 때 똑같이 그 생각만 했으니께."

"어째서 싫어하는 건데?" 메리는 끈질기게 물었다.

마사는 다리를 깔고 편안하게 앉았다.

"집 둘레에 휘부는 날파람 소리를 들어 보셔요." 마사가 말했다. "오늘 밤 같은 날 밖에 나가시면 황야에서는 서 있지도 못할걸요."

메리는 '휘분다'는 게 무슨 말인지 몰랐지만 귀를 기울이니 이해할 수 있었다. 보이지 않는 거인이 집을 지고 벽과 창문을 때려 부수고 들어오려는 양 몸이 부들부들 떨리는 공허한 포효 소리가 집 둘레를 돌고 돌면서 밀려왔다. 하지만 거인이 들어올 수 없다는 것을 알고 있기에 빠알간 석탄불이 타오르는 집 안에서는 아주 안전하고 따뜻한 기분이 들었다.

"하지만 어째서 그렇게 싫어하는 거야?" 메리는 잠깐 귀를 기울인 후에 물었다. 마사가 알고 있다면 메리도 그 속사정을 알아낼 작정이었다.

마침내 마사는 그동안 쌓아 놓았던 정보를 풀어 놓았다.

"그게요." 마사가 입을 열었다. "메들록 부인이 그 얘기를 떠들지 말라고 혔어요. 이 집엔 하면 안 될 얘기가 너무 많다니까요. 그게 크레이븐 주인님의 명령이라나. 주인님 문제는 우리 하인들이 상관할 바가 아니라고 하신다죠. 하지만 그 정원이 아니었다면 주인님도 지금 같진 않으셨을 거여요. 거기는 크레이븐 마님 정원으로 두 분이 신혼일 때 만드신 건데, 마님이 되게 좋아해서 꽃도 직접 심으셨지라. 정원사 한 명도 얼씬 못하게 했다고 하고, 주인님이랑 마님이랑 문을 잠그고 몇 시간이나 있으면서 책도 읽고 얘기도 하고 그랬다네요. 마님은 그때도 어린아이 같은 데가 있었다지요. 그 정원에는 가지가 의자처럼 구부러진 오래된 나무가 있었다는데 그 위로 장미를 심어 키우면서 앉아 계시곤 했다는구먼요. 그런데 어느 날 마님이 앉아 계시는데 그 나뭇가지가 우지끈 부러져서 땅에 떨어져 몸이 호되게 상하신 거여요. 그러고 그 이튿날 돌아가셨지라. 의사들은 주인님도 정신이 휙 나가서 돌아가시는 줄 알았다지 뭐여라. 그래서 주인님이 그 정원을 싫어하시는 거여요. 그 이후로는 아무도 들어간 적 없고, 주인님은 말도 못 꺼내게 하셔요."

메리는 더 물어보지 않았다. 빨간 불꽃만 바라보며 '휘부는 날파람'

소리에 귀를 기울였다. 아까보다도 훨씬 더 휘휘 휘부는 것 같았다.

그 순간 메리에겐 아주 좋은 일이 일어나고 있었다. 사실, 미슬스웨이트 장원에 온 이래로 메리에게는 네 가지 좋은 일이 일어났다. 울새의 말을 이해하고 울새가 자기 말을 이해한다고 느낀 것. 피가 따뜻해질 때까지 바람 속을 뛰어다닌 것. 태어나서 처음으로 배가 고프다고 느낄 만큼 건강해진 것. 누군가를 불쌍하다고 여기는 감정이 무엇인지 알게 된 것. 메리는 좋은 방향으로 변하고 있었다.

하지만 바람 소리에 귀를 기울이고 있노라니 다른 소리도 들리기 시작했다. 메리는 그게 무슨 소리인지 알지 못했다. 처음에는 바람 소리와 구분하지 못했기 때문이었다. 기이한 소리였다. 어딘가에서 아이가 우는 소리와 비슷하게 들렸다. 가끔 바람 소리는 아이 울음소리처럼 들리기도 하지만 이윽고 메리 아가씨는 이 소리가 집 밖이 아니라 집 안에서 나는 소리라고 확신했다. 멀리서 들리긴 했지만 집 안이었다. 메리는 몸을 돌려 마사를 보았다.

"누가 우는 소리 안 들려?"

마사는 급작스레 딴청을 부렸다.

"아니요. 바람 소리구먼요. 가끔 누가 황야에서 길을 잃어 먹고 엉엉 우는 소리처럼 들릴 때도 있으니께요. 별 소리가 다 난다니께요."

"아냐, 들어 봐." 메리가 밀했다. "집 안에서 나는 거야. 저기 긴 복도 아래에서."

바로 그 순간, 아래층 어딘가에서 문 하나가 분명 열렸다. 복도로 돌풍이 몰려들었고 두 사람이 앉아 있는 방의 문이 바람에 날려 쾅 열렸다. 두 사람이 펄쩍 일어나자 등불이 꺼졌다. 우는 소리가 저 먼 복도 아래를 쓸고 가 이전보다 더 똑똑히 들렸다.

"저 봐!" 메리가 말했다. "내가 그랬잖아! 누가 우는 거라니까. 어른 소리가 아니야."

마사는 뛰어가서 문을 닫고 열쇠를 돌렸지만 문을 다 닫기 전 저 먼 복도에서 문이 쿵 닫히는 소리를 둘 다 똑똑히 들었다. 그다음에는 모든 것이 잠잠해졌다. 심지어 바람도 잠시간 '휘불지' 않았다.

"바람 소리였구먼요." 마사가 고집스레 우겼다. "바람 소리가 아니라면 베티 버터워스일 거여요. 식기실 하녀 말여라. 걘 온종일 이가 아프다고 했으니께요."

하지만 마사의 태도에는 뭔가 불편하고 어색한 점이 있어서 메리 아가씨는 마사를 빤히 쳐다보았다. 마사가 솔직하게 말하고 있다고 믿을 수가 없었다.

제6장

"누가 울고 있었어.
누가 있었어."

이튿날 아침, 다시 장대비가 쏟아졌고 메리가 창
문 밖을 내다보니 황야는 회색 안개와 구름에 가려서 보이지 않았다.
오늘은 도무지 밖에 나가서 놀지 못할 것 같았다.

"이렇게 비가 오면 너네 오두막에서는 뭘 해?" 메리는 마사에게 물
었다.

"다들 서로 거치적거리지 않으려고 하는 편이죠." 마사가 대답했
다. "허! 그런데도 애들이 겁나게 많거든요. 엄니는 참 자상한 분이지
만 고생이 너무 많으셔요. 큰 애들은 밖으로 나가서 외양간에서 놀
아요. 디콘은 좀 섞는 것 정도는 신경 쓰시 않어요. 햇빛이 쨍쨍힐 때
나 똑같이 나가서 놀지라. 걔 말로는 비 오는 날에는 화창한 날에 보
지 못하는 걸 볼 수 있다나. 한번은 물이 가득한 구멍에 빠져 반쯤 죽
을 뻔한 작은 여우 새끼를 찾아 가지고는 뜨뜻하게 셔츠 속에 품어서

집에 가지고 왔지 뭐여요. 그 어미는 근처에서 죽어 있고 구멍에 물이 넘치는 바람에 나머지 새끼들도 죽었다더라고요. 그래서 지금은 여우 새끼를 집에서 키워요. 걘 또 전번에는 물에 빠져 죽을 뻔한 까마귀도 찾아서 집에 데려와 길들였답니다. 이름을 '검댕이'라고 지었는데 아주 새까만 까마귀거든요. 이젠 디컨 주위를 깡총깡총 뛰면서 날아다녀요."

이쯤 되자 메리도 마사가 주절대는 소리에 익숙해져서 그 수다가 싫었던 게 언제인가 싶었다. 이젠 심지어 그 얘기가 재미있었고 마사가 말을 하다 말거나 다른 데로 가 버리면 아쉽기까지 했다. 인도에 살 때 아야가 해 주었던 이야기는 마사가 해 주는 황야 오두막 이야기와는 사뭇 달랐다. 열네 명의 식구가 조그마한 방 네 개에 옹기종기 살면서 끼닛거리도 제대로 없다니. 아이들은 천연 그대로의 온순한 콜리 강아지 떼처럼 한데 뒹굴뒹굴 구르면서 재미있게 놀았다. 메리는 그중에서도 어머니와 디컨 이야기에 가장 끌렸다. 마사가 '엄니'가 무슨 말씀을 하셨다거나 어떤 행동을 했다는 이야기를 할 때면 언제나 참 편안하게 들렸다.

"나도 같이 놀 갈까마귀나 꼬마 여우가 있었으면 좋겠다." 메리가 말했다. "하지만 나한테는 아무것도 없어."

마사는 어안이 벙벙한 표정을 지었다.

"아씨, 뜨개질하셔요?"

"아니."

"그럼 바느질은 하시나?"

"아니?"

"글자는 읽을 줄 아시고?"

"응."

"그럼 뭔가 읽거나 쓰는 걸 배우시면 어때요? 아가씨는 이제 책을 가지고 공부할 만큼 충분히 컸잖아요."

"책이 하나도 없는데." 메리가 말했다. "있었던 건 다 인도에 놔두고 왔어."

"거 참 짠하네요. 메들록 부인이 도서관에 들어갈 수 있게 허락을 해 주면 거긴 책이 수천 권이 있던데."

메리는 도서관이 어디냐고 묻지는 않았다. 별안간 새로운 생각이 반짝 떠올랐기 때문이었다. 메리는 직접 가서 찾아보기로 결심했다. 메들록 부인이 뭐라 하든 신경 쓰이지 않았다. 메들록 부인은 늘 아래층의 편안한 가정부 응접실에만 있는 듯 보였다. 이 기묘한 집에서는 사람을 만나게 되는 일이 거의 없었다. 사실 하인 말고는 볼 사람도 없긴 했다. 주인님이 안 계신 동안, 하인들은 아래층에서 유유자적하게 지냈다. 거기에는 반짝이는 놋쇠와 백랍 식기들이 걸린 커다란 부엌이 있고, 하인들이 매일 네다섯 끼를 배부르게 먹을 수 있고 메들록 부인이 야단만 하지 않으면 시끌벅적하게 놀 수 있는 거대한 식당이 있었다.

메리의 식사는 때맞춰 나왔고 마사가 시중을 들었지만 아무도 메리 사정은 요만큼도 신경 쓰지 않았다. 메들록 부인이 하루나 이틀마다 한 번씩 들러 들여다보긴 했지만 메리가 뭘 하는지 물어보거나 뭘 할지 얘기해 주는 사람은 아무도 없었다. 메리는 이것이 어쩌면 영국 사람들이 아이들을 대하는 방식일지 모른다고 생각했다. 인도에서는 아야가 항상 따라다니면서 머리부터 발끝까지 시중을 들며 보살폈다. 그땐 종종 사람들과 같이 있어야 하는 게 귀찮기도 했다. 이젠 아무도 따라다니지 않았고, 옷도 혼자 입는 법을 배웠다. 물건을 달라거나 옷을 입혀 달라고 했더니 마사가 자기를 멍청하고 어리석게 생각하는 듯했기 때문이었다.

"아가씨는 머리가 없어요?"

한번은 메리가 가만히 서서 장갑을 끼워 주기를 기다리고 있으니 메리가 이렇게 핀잔을 주었다. "우리 수전 앤은 고작 네 살이지만 아가씨보다 곱절은 더 똑똑혀요. 가끔 아가씨는 머리가 아주 말랑말랑하게 보인다니께요."

메리는 그로부터 한 시간 동안 심술궂게 얼굴을 찌푸리고 있었지만 그 덕분에 완전히 새로운 것들을 몇 가지 생각해 냈다.

이날 아침, 마사가 마지막으로 난로의 재를 쓸고 아래층으로 내려간 후 메리는 10분 정도 창가에 서 있었다. 메리는 도서관 얘기를 들었을 때 마음에 떠올랐던 새로운 생각에 대해 궁리하고 있었다. 이제까지 읽은 책이 몇 권 없기 때문에 도서관 자체는 별로 좋아하지 않았다. 그렇지만 도서관 얘기를 들으니 문이 닫혀 있는 백 개의 방이 마음속에 다시 되살아났다. 그 방들이 정말로 다 잠겨 있는지, 그중 어느 방이라도 들어갈 수 없는지 궁금했다. 정말로 백 개가 있을까? 가서 문이 몇 개나 되는지 세어 보면 안 될 이유가 있을까? 밖에 나갈 수 없는 오늘 아침에 시간을 때울 만한 일일 듯했다. 메리는 뭘 하기 전에 허락을 얻으라는 가르침은 한 번도 받은 적이 없었고 권위에 관해서는 아무것도 몰랐기 때문에 메들록 부인을 보았다 쳐도 집 안을 돌아다녀도 되는지 부인에게 물어봐야 한다고는 꿈에도 생각하지 않았다.

메리는 방문을 열고 복도로 나가서 헤매기 시작했다. 복도는 길고 다른 복도들로 갈라져 있었다. 그 복도를 따라 올라가면 짧은 계단들이 나왔고, 이 위에는 다시 또 다른 계단들이 있었다. 문을 지나면 또 문이 나왔고 벽에는 그림들이 걸려 있었다. 어떤 것은 침침하고 기괴한 풍경화기도 했지만 보통은 새틴과 벨벳으로 만든 기묘하고 장엄한 의상을 입은 남자와 여자의 초상이었다. 메리는 어쩌다가 이런 초상화들로 벽이 덮여 있는 기다란 복도에 들어섰다. 어느 집이든 이렇게 초상화가 많이 있으리라고는 생각도 못했다. 이곳을 천천히 걸으면서 초상화 속의 얼굴들을 찬찬히 쳐다보았다. 그 얼굴들도 메리를 쳐다보는 듯했다. 인도에서 온 이 소녀가 자기 집에서 뭐 하나 궁금히 여기는 것 같았다. 간혹 아이들의 초상화도 있었다. 발까지 치렁치렁 내려와 눈에 띄는 두꺼운 새틴 드레스를 입은 어린 소녀들이나 부풀린 소매와 레이스 칼라가 달린 옷을 입고 머리가 긴, 혹은 목 주변에 커다란 주름 장식을 단 소년들의 초상화였다. 메리는 이런 아이늘의 초상화가 나올 때마다 발길을 멈추고 아이들의 이름이 뭔지, 어디로 갔을지, 어째서 저렇게 이상한 옷을 입었는지 생각했다. 어떤 초상화에는 메리처럼 뻣뻣하고 평범하게 생긴 소녀가 있었다. 소녀는 녹색 문직 드레스를 입고 손가락에 녹색 앵무새를 얹어 놓았다. 눈동자에는 날카롭지만 호기심 가득한 빛이 떠올라 있었다.

"넌 지금 어디 사니?" 메리가 소리 내어 말했다. "네가 여기 있었으면 좋겠다."

분명히 다른 꼬마 소녀들은 그처럼 이상한 아침을 보낸 적이 없었던 듯싶었다. 이 거대하고 사방팔방 뻗어 있는 집 안에는 아무도 없이 오로지 자그마한 자기만이 계단을 오르락내리락하며 좁고 넓은 복도를 헤매는 듯했고, 이 집에는 메리 말고 다른 사람은 한 번도 걸어 다닌 적이 없는 것 같았다. 이렇게 많은 방이 있으니 분명 그 안에 산 사람이 있을 테지만, 모두들 텅 비어 보여서 메리는 과연 누가 살았을지 의심이 들었다.

3층에 올라가서야 문손잡이를 돌려 볼 생각을 했다. 메들록 부인이 말한 대로 문은 모두 닫혀 있었지만, 마침내 어떤 문손잡이 하나는 돌려 보니 돌아갔다. 손잡이가 쉽사리 돌아가는 느낌이 나자 메리는 거의 기겁했다. 문을 밀어 보았더니 천천히 무겁게 열렸다. 육중한 문이었고 그 안은 거대한 침실이었다. 벽에는 자수 벽걸이가 있고 이전에 인도에서 봤던 것과 비슷한 상감 장식 가구들이 방 여기저기에 놓여 있었다. 유리판을 납테로 나눈 널따란 창문 너머로는 황야가 내다보였다. 벽난로 선반 위에는 뻣뻣하고 평범한 외모의 소녀의 초상화가 하나 더 있었고, 소녀는 이전보다 훨씬 더 호기심 어린 눈으로 메리를 쳐다보는 듯했다.

"어쩌면 저 애가 이 방에서 잤을지도 몰라. 저 눈길에 기분이 이상

해지네."

그 이후로 메리는 더 많은 문을 열어 보았다. 방을 너무 많이 봐서 무척 피곤해졌고, 세어 보진 않았지만 정말 백 개가 있을지도 모른다는 생각이 들기 시작했다. 그 방 모두에 오래된 그림이나 이상한 장면들이 벌어지는 오래된 장식 태피스트리가 있었다. 거의 방방마다 기묘한 가구와 기묘한 장식이 있었다.

숙녀의 응접실처럼 보이는 방에는 벽걸이 장식은 모두 자수를 놓은 벨벳이고, 장식장에는 상아로 만든 작은 코끼리가 백 개는 들어 있었다. 코끼리는 모두 크기가 달랐고, 그중 어떤 건 코끼리 몰이꾼이나 등에 가마가 딸려 있었다. 어떤 코끼리는 다른 것들보다 훨씬 컸고 또 어떤 코끼리는 아주 조그마해서 아기 코끼리 같았다. 메리는 인도에서 조각한 상아를 보았고 코끼리를 매우 잘 알았다. 메리는 장식장 문을 열고 발걸이 의자 위에 올라가서 그중 몇 개를 가지고 한참 동안 놀았다. 그것도 지루해지자 코끼리를 원래대로 가지런히 놓고 장식장 문을 닫았다.

긴 복도를 지나 텅 빈 방들을 누비며 돌아다니는 동안에도 살아 있는 것은 하나도 보지 못했다. 하지만 이 방에는 뭔가 있었다. 막 장식장 문을 닫고 난 후에 바스락거리는 작은 소리가 났다. 그 소리에 메리는 펄쩍 뛰면서 소리가 들린 것 같은 난롯가 소파 쪽을 둘러보았다. 소파 구석에는 쿠션이 있었는데 그 위를 덮은 벨벳 천에 구멍이 하나 나 있었다. 그 구멍 속에서 겁에 질린 눈을 한 작은 머리가 삐죽 올라왔다.

The Secret Garden

메리는 방을 살금살금 걸어가서 들여다보았다. 빛나는 눈동자의 주인은 작은 회색 생쥐로, 쿠션에 구멍을 갉아 놓고 거기 편안한 보금자리를 지어 놓았다. 작은 꼬마 생쥐 여섯 마리가 엄마 쥐 근처에서 웅크리고 자고 있었다. 백 개나 되는 방에 달리 살아 있는 생물이 없다고 해도 이 일곱 마리의 생쥐들은 전혀 외로워 보이지 않았다.

"얘네가 그렇게 겁만 먹지 않았어도 데려갈 텐데." 메리가 혼잣말했다.

메리는 무척 피곤해져서 더 돌아다닐 수 없을 때까지 돌아다니다 돌아왔다. 두세 번 다른 복도로 들어섰다 길을 잃기도 해서 원래 복도를 찾을 때까지 올라갔다 내려갔다 해야 했다. 하지만 마침내 자기 방이 있는 층으로 돌아올 수는 있었다. 여전히 방에서는 멀고 어디 있는지 정확히 모르긴 했어도.

"또 길을 다른 데서 돌았나 봐."

메리는 벽에 태피스트리가 걸린 짧은 통로 같은 곳에 가만히 섰다. "어느 곳으로 가야 할지 모르겠네. 모든 게 너무 고요해!"

거기 서서 이 말을 한 순간 바로 어떤 소리에 이 고요가 깨졌다. 이번에도 우는 소리였지만 지난밤 들었던 소리와는 사뭇 달랐다. 이번에는 아주 짧았고, 아이가 칭얼대는 듯한 소리가 벽을 거쳐 오면서 먹먹하게 들렸다.

"어제보다 가깝네." 메리의 심장이 더 빨리 뛰었다. "그리고 울고 있어."

메리는 우연히 옆에 있는 벽걸이 위에 한 손을 놓았다 화들짝 놀라 뒤로 펄쩍 물러났다. 벽걸이 아래 가려졌던 문이 열리면서 그 뒤에 또 다른 복도가 보였다. 거기서 메들록 부인이 손에 열쇠 꾸러미를 들고 나왔다. 얼굴에는 아주 성난 표정이 떠올랐다.

"여기서 뭘 하는 거죠?"

부인은 메리의 팔을 잡고 끌어당겼다. "제가 뭐라고 말했죠?"

"길을 잘못 들었어요." 메리가 설명했다. "어느 길로 가야 할지 몰랐는데, 누가 우는 소리를 들었어요."

메리는 그 순간 메들록 부인이 너무 미웠지만, 다음 순간에는 훨씬 더 미워졌다.

"그런 소리는 못 들은 거예요." 가정부가 말했다. "아가씨 방으로 곧장 가세요. 아니면 뺨을 찰싹 때려 줄 테니까."

그러면서 부인은 메리의 팔을 잡고 밀듯 끌듯 그 복도를 올라가 다른 복도로 내려가더니 메리를 문으로 밀어 넣었다.

"자, 있으라고 한 곳에 가만히 있어요. 아니면 아예 문을 잠가 버리는 수가 있으니까 말이죠. 주인님이 가정교사를 구해 주시는 게 좋을 텐데. 그러겠다고 하긴 하셨지만. 누가 바짝 감시를 하면서 돌봐 줘야 하는 아가씨네요. 난 그렇지 않아도 할 일이 많은데."

부인은 방을 나가면서 문을 쾅 닫았다. 메리는 성이 나서 하얗게 질린 얼굴로 난로 옆 깔개에 가서 앉았다. 그렇다고 울지는 않았고 이만 득득 갈았다.

"누가 울고 있었어. 누가 있었어. 있었다고!" 메리는 혼잣말했다.

메리는 이미 그 소리를 두 번이나 들었고 언젠가는 누군지 찾아내고 말 것이었다. 오늘 아침에는 많은 것들을 알아냈다. 긴 여행을 떠났다 돌아온 기분이었고, 어쨌든 그동안 무척 즐거운 것들을 많이 찾았다. 상아 코끼리들을 가지고 놀기도 했고, 벨벳 쿠션 안에 보금자리를 튼 회색 생쥐와 새끼들도 보았으니까.

"누가 울고 있었어. 누가 있었어."

제7장

정원으로
들어가는 열쇠

이날로부터 이틀 후, 메리는 아침에 눈을 뜨자마자 침대에서 벌떡 일어나 앉으며 마사를 불렀다.

"황야를 봐! 봐!"

폭풍우가 걷히고 회색 물안개와 구름이 밤새 바람에 쓸려 갔다. 바람도 잦아들어 환한 짙푸른 하늘이 황야 높이 떠 있었다. 메리는 하늘이 그렇게 파랄 수 있다고 한 번도, 단 한 번도 생각해 보지 못했다. 인도의 하늘은 뜨겁고 활활 타올랐다. 지금 하늘 색깔은 깊고 시원한 푸른색으로 바닥이 들여다보이지 않는 아름다운 호수의 물처럼 반짝거리는 듯했고, 아치문 같은 푸른 하늘 높이 높이 여기저기 눈처럼 하얀 양떼구름이 두둥실 떠 있었다. 저 멀리까지 뻗은 황야 세상 자체가 음울한 검자줏빛이나 끔찍하게 황량한 회색이 아니라 부드러운 파란색으로 보였다.

"허." 마사는 명랑하게 생긋했다. "폭풍우가 잠깐은 멎었네요. 1년 중 이때는 이렇답니다. 폭풍우가 온 적도 없고 다시는 올 리도 없다는 양 밤새 싸그리 사라진다니까요. 봄이 오고 있기 때문일 거여요. 아직 오려면 한참 남았지만 오긴 오는구먼요."

"난 영국은 어쩌면 항상 비가 오고 흐릴지도 모른다고 생각했어." 메리가 말했다.

"어이쿠, 그렇지 않아요!" 마사는 검은 솔로 난로 검댕을 닦다 말고 뒤로 쭈그리고 앉았다. "당체 아녀라!"

"그게 무슨 말이야?" 메리가 진지하게 물었다. 인도에선 원주민들이 몇 사람끼리만 알아듣는 다 다른 사투리를 썼기 때문에 마사가 자기가 모르는 말을 써도 놀랍지 않았다.

마사는 첫날 그랬던 것처럼 깔깔거렸다.

"에구머니나. 메들록 부인이 그렇게 쓰지 말라고 했는데도 요크셔 사투리를 또 써 버렸네. '당체'라는 건 '당최'라는 말이어요. 전혀 그렇지 않다는 거죠." 마사는 천천히 조심스레 설명했다. "하지만 그런 말을 쓸 날은 오래가지 않아요. 햇빛이 비칠 때 요크셔는 세상에서 가장 화창한 곳이지라. 아가씨도 쪼끔 지나면 황야를 좋아하게 될 거라고 했잖어요. 쫌만 기다리면 금색 가시금작화와 양골담초 꽃을 볼 수 있을 거고 히스기 지주색 종 같은 꽃을 피울 거라요. 그러면 수백 마리의 나비들이 팔랑팔랑 날아오고 벌이 윙윙대고 종달새가 하늘 높이 날아오르며 노래를 혀요. 아가씨도 디컨처럼 해 뜨자마자 나가서 종일 거기서 살고 싶을 거여요."

"저기까지 갈 수 있을까?"

메리는 창문 너머로 저 먼 곳의 푸르른 하늘을 보며 간절히 바라는 눈으로 물었다. 무척 새롭고 커다랗고 굉장한, 천국의 색깔이었다.

"모르겠네요." 마사가 대답했다. "아가씨는 태어난 이후로 그 다리를 제대로 써 본 적이 없잖아요. 8킬로미터는 걸을 수 없을걸요. 제 오두막까지 8킬로미터 거리랍니다."

"마사네 오두막 보고 싶어."

마사는 기묘하다는 듯 잠깐 바라보더니 다시 청소 솔을 들고 난로살을 닦기 시작했다. 그 순간 마사는 꼬마 아가씨의 못생긴 얼굴이 첫날 아침 보았을 때만큼 그렇게 뚱하지는 않다는 생각이 들었다. 꼬마 수전 앤이 뭘 몹시 갖고 싶어 할 때와 살짝 비슷하기도 했다.

"엄니에게 물어볼게요." 마사가 말했다. "엄니는 거진 늘 해결책을 생각해 내시는 그런 분이니께요. 오늘은 내가 휴일이라 집에 가요. 아! 좋아라. 메들록 부인은 저희 어머니를 참 좋게 생각하셔라. 아마도 엄니가 말해 줄 수 있을 거여요."

"나도 마사 어머니가 좋아." 메리가 말했다.

"그럴 줄 알았당께요." 마사가 빡빡 닦아 청소하며 인정했다.

"난 한 번도 본 적 없지만 말이야."

"그려요, 본 적이 없지라."

마사는 다시 몸을 일으켜 쭈그려 앉으면서 순간 어안이 벙벙한 듯 손등으로 코를 닦았다. 하지만 꽤 긍정적으로 말을 맺었다.

"뭐, 엄니는 그렇게 사리분별이 똑똑하고 열심히 일하고 착하고 깔끔한 분이니께 본 사람이든 아닌 사람이든 엄니를 좋아할 수밖에 없어라. 휴일이라 엄니를 만나러 집에 갈 때면 참 좋아서 팔짝팔짝 뛰면서 황야를 건너간당께요."

"디컨도 좋아." 메리가 덧붙였다. "한 번도 못 봤지만."

"뭐," 메리가 씩씩하게 말했다. "새들이 걔를 좋아하고 토끼, 야생양 떼랑 조랑말, 여우 새끼들까지 좋아한다는 말을 제가 했기 때문이었죠." 마사는 곰곰이 생각하는 눈으로 메리를 쳐다보았다. "디컨이 아씨를 어떻게 생각할까나?"

"별로 좋아하지 않을 거야." 메리는 평소대로 뻣뻣하고 매몰차게 말했다. "날 좋아하는 사람은 없으니까."

마사는 다시 곰곰이 생각하는 눈으로 바라보았다.

"어째서 아가씨 자기를 좋아하지 않으신다요?" 마사는 정말 알고 싶다는 듯 물었다.

메리는 잠깐 머뭇거리며 생각해 보았다.

"좋아하지 않아, 정말로." 메리가 대답했다. "하지만 그전에는 한 번도 생각해 본 일이 없었어."

마사는 무슨 편안한 기억이라도 떠오른 양 잠깐 생긋 웃었다.

"엄니가 한번은 이런 말을 하셨어라." 마사가 말했다. "엄니는 빨래통에 빨래들 하고 세셨고 서는 기분이 나빠서 사람들 흉을 보고 있었어라. 그랬더니 엄니가 저를 휙 돌아보시면서 말씀하시더랑께요. '여우맹키로 심술궂기도 하구먼! 거기 서서 애도 싫다, 쟤도 싫다 조잘대기만 할 뿐이잖어. 그러고서 너 자신을 좋아할 수 있었어?' 그 말씀을 들으니 웃음이 나왔고 금방 정신이 다시 들지 뭐여요."

마사는 메리에게 아침 식사를 차려 주자마자 명랑한 기분으로 집을 나섰다. 집까지 8킬로미터 거리를 걸어 황야를 건너갈 것이고 어머니가 빨래를 하고 그 주에 먹을 빵을 굽는 걸 도와 드린 후 아주 재미있게 놀다 올 작정이었다.

메리는 마사가 집에 없다는 걸 생각하자 한층 더 외로워졌다. 될수 있는 한 빨리 정원으로 나갔다. 가장 먼저 한 일은 분수 화단을 빙글빙글 열 번이나 돈 것이었다. 메리는 숫자를 꼼꼼하게 셌고 다 돌았을 때는 훨씬 기분이 좋아졌다. 햇빛이 비치니 정원 전체가 무척 달라보였다. 높고 깊고 푸른 하늘이 황야처럼 미슬스웨이트 장원 위에도 뻗어 있어서 메리는 얼굴을 처든 채로 저 작은 눈 같은 구름 속에 누워 두둥실 떠다니면 기분이 어떨까를 상상하며 계속 올려다보았다. 메리는 첫 번째 채마밭으로 들어갔다가 다른 정원사 두 명과 함께 일하는 벤 웨더스태프를 보았다. 바뀐 날씨가 벤에게도 좋은 기운을 끼친 듯했다. 벤이 먼저 메리에게 말을 걸었다.

"봄이 오는구먼." 벤이 말했다. "냄새 안 나나?"

메리는 킁킁대면서 냄새가 난다고 생각했다.

"뭔가 좋고 신선하고 축축한 냄새가 나요."

"그거이 기름진 땅 냄새여." 벤이 땅을 파면서 대꾸했다. "이제 흙이 아주 기분이 좋아서 식물이 자랄 준비를 마쳤제. 꽃과 나무를 심는 때가 오니 기쁜 거여. 암것도 할 일이 없을 때는 지루했지. 저기 화원에는 뭔가 꿈틀대고 있을 거여. 햇볕이 뜨뜻이 데우지. 이제 조금만 지나면 초록 새순들이 검은흙 위로 삐쭉 얼굴을 내미는 걸 볼 거구먼."

"어떤 꽃이 나오나요?" 메리가 물었다.

"크로커스와 스노드롭, 수선화지. 아직 본 적 없는가?"

"없어요. 인도에선 비가 온 후에는 모든 게 뜨겁고 촉촉하고 초록색인걸요." 메리가 말했다. "그리고 난 꽃들은 밤에 자라는 줄 알았는데."

"이 꽃들은 밤에 자라지 않제." 벤이 말했다. "이 꽃들을 보려면 기다려야 혀. 여기 높이 슬쩍 얼굴을 내밀었다 저기 잠깐 꽃줄기를 밀어내. 그러다 오늘내일 잎을 피우는 거여. 두고 보랑께."

"그럴게요." 메리가 대답했다.

날개가 부드럽게 퍼덕이는 소리가 들려와 메리는 울새가 다시 날아왔다는 것을 금방 알았다. 울새는 아주 기운이 넘치고 팔팔했다. 새가 발치에서 콩콩 뛰어다니다 머리를 한쪽으로 갸우뚱 기울이고 아주 영리하게 쳐다보는 터라 메리는 벤 웨더스태프에게 물었다.

"쟤가 절 기억하는 것 같아요?" 메리가 물었다.

"기억하냐고!" 벤은 부르르 화를 냈다. "쟤는 이 정원에 있는 양배추 밑동도 다 기억하는데 사람을 모르겠어. 여기서는 꼬마 아가씨를 한 번도 본 적이 없기 때문에 아씨에 관해 모든 걸 알아내려고 열심이라고. 쟤한테는 뭘 숨기려고 할 필요가 없어."

"저 새가 살고 있는 정원에도 깜깜한 땅 밑에서 뭔가 꿈틀대고 있나요?" 메리가 물었다.

"무슨 정원?" 벤이 갑자기 퉁명스러워져서 툴툴거렸다.

"오래된 장미 나무가 있는 정원요." 메리는 너무 궁금해서 물어보지 않을 수가 없었다. "거기 꽃들은 다 죽었나요? 아니면 몇 송이는 여름에 다시 피나요? 장미가 있긴 있어요?"

"쟤한테 물어보든가." 벤 웨더스태프는 울새를 향해 어깨를 웅크렸다. "아는 건 쟤뿐이니께. 그 밖에 다른 사람들은 거기 10년 동안이나 들어간 적이 없어."

10년이면 긴 시간이네, 메리는 생각했다. 메리는 10년 전에야 태어났다.

메리는 천천히 생각하면서 그 자리를 떴다. 울새와 디컨과 마사의 어머니가 슬슬 좋아지기 시작한 것과 마찬가지로 정원도 슬슬 좋아지기 시작했다. 마사도 점점 마음에 들었다. 여긴 좋아할 만한 사람들이 많은 듯했다. 남을 좋아하는 마음에 익숙하지 않은 이라도. 메리는 울새를 그런 사람처럼 여겼다. 메리는 나무우듬지만 보이는, 담쟁이덩굴이 덮인 긴 담장 바깥을 따라 걸어갔다. 두 번째로 그 담장을 따라 올라갔다가 내려왔을 때 아주 재미있고 신 나는 일이 메리에게 일어났다. 모두 벤 웨더스태프의 울새 덕분에 일어난 일이었다.

메리는 새가 재잘재잘 비비배배 지저귀는 소리를 들었다. 왼쪽의 텅 빈 화단을 보자 새가 콩콩 뛰면서 메리를 따라온 게 아니라고 말하려는 듯 땅에서 뭔가 쪼는 척했다. 하지만 메리는 울새가 자기를 따라왔다는 것을 알았고, 기쁨이 섞인 놀라움이 마음을 가득 채워 약간 몸이 떨릴 지경이었다.

"나 기억하는구나!" 메리가 소리를 질렀다. "기억하고 있어! 넌 세상 무엇보다도 예뻐!"

메리도 재잘거리며 말을 걸고 새를 살살 꾀었고, 새는 콩콩 뛰고 꽁지를 살랑살랑 흔들면서 비비배배 지저귀었다. 마치 말을 거는 듯했다. 빨간 조끼는 새틴으로 만든 것 같았다. 작은 가슴에 공기를 잔뜩 불어 넣어 부풀린 모습이 무척 곱고 당당하고 예뻤다. 메리에게 자기가 얼마나 대단한 존재고, 얼마나 사람처럼 보일 수 있는지 알려 주려는 것 같았다. 좀 더 다가가는데도 울새가 가만히 있자, 메리 아가씨는 평생 남한테 심술궂게 굴었던 걸 다 잊어버리고 새소리처럼 속삭이면서 말을 걸었다.

아! 메리가 가까이 가는데도 울새는 어찌나 얌전히 기다리고 있던지! 새는 이 세상 어떤 일이 있어도 메리가 자기에게 손을 내밀거나 놀라게 하지 않으리라는 것을 알고 있었다. 새는 진짜 사람이었기 때문에 알았다. 다만 세상의 어떤 사람보다도 더 다정했다. 메리는 무척이나 행복해서 감히 숨을 내쉴 수도 없었다.

화단이 아주 휑한 것만은 아니었다. 여러해살이식물의 경우, 겨울 동안 쉴 수 있도록 잘라 냈기 때문에 꽃은 없었지만 화단 뒤에는 크고 작은 관목들이 자라고 있었다. 울새가 그 아래서 콩콩 뛰어다닐 때 메리는 새가 갓 뒤집어엎은 삭은 흙더미에서 상충거리고 있는 것을 보았다. 새는 벌레를 찾는 양 그 위에 멈추어 섰다. 개가 두더지를 찾으려고 깊이 구덩이를 파 놓았기 때문에 땅은 막 파헤쳐져 있었다.

메리는 어째서 구덩이가 거기 있는지 잘 모르고 들여다보았다. 한

참 보노라니 새로 뒤집힌 흙 속에 뭔가 묻혀 있는 것이 눈에 들어왔다. 녹슨 철이나 놋쇠 고리 같은 것. 울새가 가까이 있는 나무 위로 날아가자 메리는 손을 내밀어 그 고리를 주웠다. 하지만 그건 단순히 고리가 아니었다. 오랫동안 묻혀 있었던 듯 보이는 오래된 열쇠였다.

메리 아가씨는 고리를 손가락에 걸고 기겁한 표정으로 쳐다보았다.

"어쩌면 10년 동안이나 묻혀 있었는지 몰라." 메리가 속삭였다. "이거 어쩌면 정원으로 들어가는 열쇠일지도 몰라!"

제8장

길을 알려 준 울새

메리는 열쇠를 한참 쳐다보았다. 뒤집어 보고 또 뒤집어 보면서 생각했다. 이전에 말한 대로, 메리는 어른들에게 허락을 구하거나 상의하는 아이가 아니었다. 열쇠를 보고 든 생각이라고는 이 열쇠가 닫힌 정원의 열쇠라면 정원을 열고 안에 뭐가 있는지, 오래된 장미 나무가 어떻게 되었는지 볼 수 있겠다 하는 것이었다. 메리가 그 정원을 보고 싶은 까닭은 그저 그 정원이 오랫동안 잠겨 있었기 때문이었다. 다른 정원들하고는 판이할 것 같았고 지난 10년 동안 무언가 신기한 일이 일어났을 것 같았다. 또, 그 정원이 마음에 든다면 매일 들어가서 문을 닫고 자기만의 놀이를 만들 수도 있고 조용히 혼자 놀 수도 있었다. 다들 메리가 어디 있는지 모를 테고 문은 여전히 잠겨 있으며 열쇠는 땅에 묻혀 있을 테니. 그 생각을 하니 기분이 무척 좋아졌다.

수수께끼처럼 닫힌 방이 백 개나 있는 집에서 달리 재미있는 놀잇거리 하나 없이 홀로 지내려니 그동안 느른했던 머리가 돌기 시작했고 실로 상상력이 깨어났다. 황야에서 실려 오는 신선하고 힘차며 순수한 공기와 밀접한 관계가 있는 것이 분명했다. 그 덕에 식욕도 돋았고, 불어오는 바람과 싸우느라 혈색이 돌았던 것처럼 공기와 바람이 정신도 휘저었다. 인도에서는 항상 너무 더워서 나른했고 기운이 없어서 주변 일엔 별로 관심이 가지 않았다. 하지만 이곳에서는 새로운 일들에 관심도 갔고 하고도 싶었다. 벌써 심술이 좀 줄어든 기분이었지만 왜인지는 알 수 없었다.

메리는 주머니에 열쇠를 넣고 길을 따라 위아래로 오갔다. 다른 사람은 오지 않았기 때문에 느긋하게 걸으면서 담, 아니 그보다는 그 위에 자란 담쟁이덩굴을 쳐다보았다. 담쟁이는 참으로 알쏭달쏭했다. 아무리 꼼꼼하게 들여다봐도 무성히 자란 반들반들한 진녹색 이파리 말고는 아무것도 눈에 띄지 않았다. 메리는 몹시 실망했다. 서성거리며 정원 안쪽의 나무우듬지를 넘겨다보고 있으려니 예전의 심술이 다시 솟아났다. 거기까지 가까이 가 놓고도 들어갈 수 없다니 너무 멍청하다고, 메리는 혼자 중얼거렸다. 그리고 돌아가면서 열쇠를 주머니에 넣었고, 밖에 나갈 때는 항상 가지고 다녀야겠다고 다짐했다. 혹여나 숨겨진 문을 찾으면 언제든지 들어갈 수 있도록.

메들록 부인은 마사에게 집에서 하룻밤 자고 와도 된다는 허락을 내주었으나 마사는 갈 때보다 더 붉어진 빰을 하고 기운이 팔팔해져서 아침에 일하러 나타났다.

　　　　　The Secret Garden

"아, 전 새벽 네 시에 일어났지 뭐여요. 새들이 일어나서 지저귀고 토끼들이 깡충깡충 뛰어가며 태양이 높이 떠오른 황야는 얼마나 기똥차던지요. 그래도 줄창 걸어온 건 아니어라. 어떤 남자가 수레 마차에 태워 주더라고요. 어찌나 재미지던지."

하루 외출을 하고 온 마사는 이야깃거리가 한가득이었다. 마사의 어머니는 딸을 보고 반가워했고 두 사람은 일주일 치 빵도 다 굽고 빨래도 죄다 해 버렸다. 심지어는 동생들에게 각기 하나씩 흑설탕을 넣은 케이크를 구워 주기까지 했다.

"애들이 황야에서 놀고 들어오자 뜨끈뜨끈한 케이크를 하나씩 안겼지요. 빵을 갓 굽고 불을 뜨듯하게 피운지라 집에는 어찌나 좋은 냄새가 나던지, 아이들이 환성을 지르고 야단법석이었어라. 우리 디컨은 집에 임금님이 와서 살아도 되겠다고까지 하더라고요."

저녁이 되자 모두들 불가에 둘러앉았고 마사와 어머니는 해진 옷에 천을 대서 수선하고 구멍 난 양말을 기웠다. 마사는 동생들에게 인도에서 온 꼬마 아가씨 얘기를 했다. 마사가 '흑인'이라고 부르는 사람들에게 평생 시중을 받아서 자기 양말조차 제대로 신을 줄 모르는 아가씨였다.

"어이코! 애들이 얼마나 아가씨 얘기를 좋아했는지 몰러요." 마사가 말했다. "그 흑인들이랑 아가씨가 다고 있다는 배를 궁금혜히더라고요. 그런데 제가 아는 게 있어야 자세히 얘기허지요."

메리는 잠깐 기억을 되살려 보았다.

"다음번에 외출하기 전에 좀 더 얘기해 줄게." 메리가 말했다. "그럼 할 얘기가 좀 더 생길 거 아냐. 내 생각엔 애들이 코끼리와 낙타 타는 얘기도 좋아할 거야. 장교 아저씨들이 호랑이 사냥 하러 가는 얘기도."

"에구머니나!" 마사가 좋아서 소리쳤다. "그런 얘기를 들으면 우리 애들 혼이 쑥 빠질 거여요. 정말로 해 주실 거죠, 아가씨? 애들한테는 요크에 가면 볼 수 있다고 하는 야생동물 쇼나 똑같은 얘기여요."

"인도는 요크셔하고는 아주 달라." 메리는 그 문제를 찬찬히 생각하며 느릿한 말투로 대꾸했다. "그런 생각은 한 번도 해 본 적 없는데. 디컨이나 마사 엄마도 내 얘기 듣고 싶어 했어?"

"그럼요. 우리 디컨 눈알이 아주 휘둥그레져서 머리에서 툭 튀어나오는지 알았다니께요." 마사가 말했다. "하지만 엄니는 아가씨가 혼자 쓸쓸해 보이신다고 했어요. '크레이븐 주인님이 아씨한테 가정교사나 보모를 붙이지 않았는가?' 그래서 제가 그랬지요. '아니, 아직 안 혔어라. 하지만 메들록 부인은 주인님이 생각만 하면 그렇게 하시겠지만 앞으로 2~3년은 아마 그런 생각 못하실 거라고 하더랑께요' 하고요."

"난 가정교사 필요 없는데." 메리가 톡 쏘아붙였다.

"하지만 엄니는 지금쯤이면 아씨가 글도 혼자 읽을 수 있어야 하고 아씨를 돌봐 줄 여자도 있어야 한다고 하셨어요. 그러더니 이러시더라고요. '그럼, 마사. 네가 입장 바꿔서 생각해 봐. 그렇게 큰 집에서 혼자 돌아다니고 엄마도 없다고. 온 힘을 다해서 아씨가 힘내실 수 있도록 해 드려야겠네.' 그래서 그러겠다고 했지라."

메리는 마사를 한참 뚫어져라 바라보았다.

"내가 힘내도록 해 주고 있는걸. 마사 얘기 듣는 거 좋으니까."

이윽고 마사가 방을 나가더니 곧 앞치마 밑에 뭘 숨겨 가지고 돌아왔다.

"이게 뭐게요." 마사는 명랑하게 생긋 웃었다. "아씨에게 주려고 선물 가지고 왔지요."

"선물이라니!" 메리가 외쳤다. 배곯는 사람 열넷이 오두막에서 살면서 다른 사람에게 선물을 줄 수 있다니!

"황야를 돌아다니면서 행상을 하는 사람이 있어라." 마사가 설명했다. "그 사람이 수레를 밀고 우리 집 앞에 들렀더라고요. 주전자랑 냄비랑 이런저런 잡동사니를 파는데 엄니는 살 돈이 없었어요. 그 사람이 막 가려고 하는데, 우리 리자베스 엘런이 소리쳤죠. '엄니, 저 아저씨한테 빨강 파랑 손잡이 달린 줄넘기가 있어요!' 그랬더니 어머니가 느닷없이 소리를 치셨어요. '여봐요, 아자씨, 잠깐 서 보랑께요. 그거 얼마여요?' 행상꾼이 '2페니요'라고 하자, 어머니는 주머니를 뒤적거리면서 제게 그러셨어요. '마사, 넌 착한 애처럼 내게 꼬박꼬박 월급을 갖다 줬제. 돈을 한 푼도 허투루 낭비하지 않고 쓸 데가 네 군데나 있지만 거기서 2페니를 빼서 그 아씨에게 줄넘기를 사 주고 싶구면.' 그러면서 하나 사 주셨어요. 여기요."

마사는 앞치마 밑에서 줄넘기를 꺼내 무척 뿌듯하게 보여 주었다. 빨강 파랑 줄무늬 손잡이에 질기고 가는 줄이 붙어 있었지만, 메리 레녹스는 이전에는 한 번도 줄넘기를 본 적이 없었다. 메리는 어안이 벙벙해서 바라보기만 했다.

"이게 뭐에 쓰는 거야?" 메리가 신기해하며 물었다.

"뭐에 쓰는 거냐니!" 마사가 소리를 질렀다. "인도에서는 코끼리나 호랑이, 낙타가 있으니까 줄넘기는 안 하는갑네! 다들 흑인이니 그럴 만도 하네. 자, 이건 이렇게 하는 거여요. 날 잘 보셔라."

마사는 방 한가운데로 뛰어가 양손에 손잡이를 잡고 폴짝폴짝 뛰었고, 메리는 의자에 앉아 몸을 돌리고 마사를 빤히 구경했다. 오래된 초상화의 기묘한 얼굴들도 마사를 쳐다보며 대체 이 시골 오두막 출신 평민 아가씨가 뻔뻔하게 코앞에서 뭘 하나 궁금히 여겼다. 하지만 마사는 초상화가 뭐라든 쳐다보지도 않았다. 메리 아가씨의 얼굴에 떠오른 흥미와 호기심 어린 표정에 기분이 좋아서 마사는 계속 폴짝 뛰면서 백까지 숫자를 셌다.

"이거보다 더 많이 넘을 수도 있는디." 마사는 멈추고 말했다. "열두 살 때는 5백 번을 넘었지만 그땐 지금처럼 살이 찌지 않았고 연습도 많이 했으니께요."

메리도 신이 나기 시작해서 의자에서 일어났다.

"멋지다." 메리가 말했다. "마사 어머니는 참 자상한 분이신가 봐. 나도 그렇게 넘을 수 있을까?"

"한번 해 보셔라." 마사는 줄넘기를 건네면서 부추겼다. "처음부터 백 번을 넘을 순 없겠지만, 연습하면 하실 거여요. 엄니가 그러셨어요. '줄넘기하는 것보다 아씨에게 더 좋은 건 없을 거여. 애들이 갖고 놀기엔 가장 참한 장난감이거든. 신선한 공기를 마시면서 줄넘기를 하면 팔다리도 길어지고 힘도 붙겄제' 하고요."

처음 줄을 넘어 보자 메리의 팔과 다리에 그다지 힘이 없다는 게 뻔히 보였다. 메리는 별로 잘하지는 못했지만, 무척 마음에 들어서 그만두고 싶지 않았다.

"옷 챙겨 입고 밖에 나가 노셔요." 마사가 권했다. "엄니 말로는 아씨에게 될 수 있는 대로 줄곧 밖에 나가서 놀라고 해야 한대요. 비가 약간 오더라도 뜨뜻이 싸매고 나가라고."

메리는 코트를 입고 모자를 쓴 후 줄넘기를 팔에 걸었다. 문을 열고 밖으로 나가려다 갑자기 어떤 생각이 들어 약간 천천히 뒤로 돌았다.

"마사, 이거 마사 월급이잖아. 이거 마사가 낸 2페니로 산 거잖아. 고마워."

메리는 사람들에게 고맙다고 하거나 자기를 위해 해 주는 일을 인정하는 데 익숙하지 않아서 약간 뻣뻣하게 말했다. "고마워."

메리는 달리 어찌해야 할지를 몰랐기 때문에 한 손을 내밀었다.

마사도 이러한 유의 인사에 역시 익숙하지 않은 듯 어색하게 메리의 손을 잡아 악수를 했다. 그러더니 깔깔 웃어 버렸다.

"아이코! 아가씨는 참 괴상하고 아줌마 같아요." 마사가 말했다. "우리 리자베스 엘런 같으면 뽀뽀를 해 주었을 텐데."

메리는 아까보다 더 뻣뻣해졌다.

"내가 뽀뽀해 줬으면 좋겠어?"

마사가 다시 웃음을 터뜨렸다.

"아니, 저는 됐어요. 아씨가 다른 애 같았다면 아마 자기가 먼저 그렇게 하겠다고 했겠죠. 하지만 그렇지 않잖아요. 자, 이제 밖에 나가서 줄넘기 갖고 노셔요."

메리 아가씨는 방 밖으로 나가면서 약간 어색한 기분이 들었다. 요크셔 사람들은 이상했고, 그중에서도 마사는 항상 알쏭달쏭했다. 처음에는 마사가 무척 싫었지만 이제는 그렇지 않았다.

줄넘기는 참 근사한 장난감이었다. 메리는 얼굴이 발그레해질 때까지 숫자를 세면서 폴짝 뛰기를 되풀이했다. 태어나서 이처럼 재미있었던 건 처음이었다. 햇빛이 반짝이고 바람이 살짝 불어왔다. 거친 바람이 아니라 활기찬 솔솔바람으로 갓 갈아엎은 흙의 신선한 냄새가 실려 왔다. 메리는 정원 분수 주위를 줄넘기를 넘으며 돌고 오솔길을 따라 오르내렸다. 급기야는 채마밭에서 줄넘기를 뛰다가 벤 웨더스태프가 땅을 파면서 주변에서 콩콩 뛰어다니는 울새에게 말을 거는 모습을 보았다. 메리가 줄을 넘으면서 다가가자 벤은 고개를 들고 호기심 어린 표정으로 쳐다보았다. 메리는 벤이 자기를 알아볼까 궁금했다. 줄넘기를 하는 모습을 보여 주고 싶었다.

"어이쿠!" 벤이 소리쳤다. "깜짝이야! 결국은 아씨도 애는 애로구먼. 핏줄 속에 쉰 탈지유만 든 줄 알았더니 그래도 애들 피가 흐르고 있었어. 줄넘기를 하면 얼굴이 발그레 혈색이 돌제. 내 이름이 벤 웨더스태프인 것맹키로 확실한 얘기여. 아씨가 그렇게 줄을 넘을 수 있다고 해도 못 믿었을 건디."

"이전에는 줄넘기를 해 본 적이 없어요." 메리가 말했다. "막 시작한 거예요. 이제 겨우 스무 번밖에 넘지 못하는걸요."

"계속 뛰시라고." 벤이 말했다. "이교도들이랑 산 애한테는 줄넘기를 하는 게 몸에 좋을 거니께. 쟤가 아씨 바라보는 것 좀 보소."

벤은 고개를 까닥하며 울새를 가리켰다.

"어제 아씨를 쫄래쫄래 잘 따라다니더니만, 오늘도 아마 그럴 거여. 줄넘기가 뭔지 알아내려고 마음을 먹었을 테니. 저런 거 한 번도 본 적이 없으니께, 응?" 벤은 새를 향해 고개를 절레절레 내둘렀다.

"하지만 너 정신 바짝 차리고 조심하지 않으면 호기심 땜시 언젠가 큰코다칠 거다."

메리는 몇 분마다 쉬어 가며 줄을 넘으면서 온갖 정원과 과수원을 빙빙 돌았다. 마침내는 자기만의 특별한 오솔길로 접어들었다. 메리는 그 길을 쉬지 않고 줄을 넘으며 갈 수 있는지 시험하겠다고 마음먹었다. 그러자면 한참 줄을 넘어야 했다. 느릿하게 시작하기는 했지만 반도 가기 전에 너무 덥고 숨이 차서 멈춰야만 했다. 그렇다고 크게 실망스럽진 않았다. 벌써 서른 번은 뛰었으니까. 재미있어서 키드득 웃으며 멈춰 섰더니, 어찌 된 영문일까, 울새가 기다란 담쟁이덩굴 위에서 흔들흔들 앉아 있었다. 울새는 메리를 따라온 모양으로 쩍쩍 지저귀며 인사했다. 줄을 넘으며 울새에게 다가가면서 메리는 풀쩍 뛸 때마다 주머니에서 뭔가 묵직한 게 쩔렁거리는 느낌을 받았다. 메리는 울새를 보고 다시 웃음을 터뜨렸다.

"너 이제 네게 열쇠 있는 곳을 알려 주었지." 메리가 말을 걸었다. "오늘은 문이 있는 곳을 알려 주렴. 하지만 네가 알 리가 없지!"

울새는 흔들리는 담쟁이덩굴에서 휙 날아올라 담 위로 내려앉더니 자랑이라도 하고 싶은 양 부리를 벌리고 크게 소리 내어 아름답게 찌

르륵거렸다. 허세 부리는 울새만큼 세상에 사랑스럽고 예쁜 건 없었
다. 게다가 이 새들은 거의 늘 허세를 부리는 편이었다.

메리 레녹스는 아야의 이야기 속에서 마법에 관해 많이 들었기
때문에 바로 그 순간에 일어난 사건은 메리에게 바로 그 마법처럼 보
였다.

온화한 흔들바람이 휙 오솔길로 불어왔다. 다른 번보다 좀 더 거센
바람이었다. 그 힘에 나뭇가지가 떨리고 벽을 덮고 내려오는 무성한
담쟁이덩굴이 뒤흔들릴 정도였다. 메리가 울새에 가까이 갔을 때 불
현듯 세찬 바람 한 줄기가 옆에서 불어와 느슨히 드리운 담쟁이덩굴
을 흔들었고, 메리는 느닷없이 그 덩굴로 폴짝 뛰어가 손으로 잡았다.
그렇게 한 이유는 그 아래서 무언가를 보았기 때문이었다. 길게 늘어
진 이파리로 덮인 둥근 손잡이, 어떤 문의 손잡이였다.

메리는 나뭇잎 아래에 두 손을 넣고 손잡이를 잡아당기기도 하고
옆으로 밀기도 해 보았다. 담쟁이덩굴이 두껍게 덮고 있어서 느슨히
흔들리는 커튼 같았지만 그중 몇 개는 나무와 철로 된 무엇 위를 기
어가고 있었다. 메리의 심장이 쿵쿵 뛰기 시작했고 기쁘고 신이 나서
손이 바르르 떨렸다. 울새는 메리만큼 신이 나는 듯 계속 노래하고 지
저귀면서 머리를 옆으로 갸웃했다. 손 아래 잡히는 이것은 무얼까?
각이 지고 쇠로 만들어졌으며 손가락에 구멍이 잡히는 이것은?

그 구멍은 10년 동안이나 잠겨 있던 문의 자물쇠 구멍이었다. 메리
는 주머니에 손을 넣어 열쇠를 꺼내서 구멍에 맞는지 넣어 보았다. 열
쇠를 넣고 옆으로 돌렸다. 그러기 위해 두 손을 다 써야 했지만 돌아

가긴 돌아갔다.

그런 다음 메리는 깊게 숨을 들이마시고 누구 오는 사람이 없나 뒤편 오솔길을 쓱 둘러보았다. 아무도 오지 않았다. 이쪽으로 왔던 사람은 아무도 없는 듯했다. 메리는 다시 한 번 자기도 모르게 심호흡을 하고 하느작거리는 담쟁이덩굴 커튼을 걷은 후 문을 뒤로 밀었다. 문은 천천히, 아주 천천히 열렸다.

그런 후 메리는 슬쩍 안으로 들어가 문을 닫고 기대서서 주위를 둘러보았다. 흥분과 놀람, 즐거움으로 숨이 마구 빨라졌다.

메리는 바로 비밀의 정원 안에 서 있었다.

제9장

세상에서
가장 이상한 집

그곳은 사람이 상상할 수 있는 장소 중에서 가장 곱고 가장 수수께끼처럼 보이는 곳이었다. 정원을 두른 높다란 담은 잎사귀가 달리지 않은 덩굴장미로 덮였고, 굵다란 덩굴들은 서로 한데 얽혀 있었다. 메리 레녹스는 인도에서 여러 품종의 다양한 장미를 본 적이 있어서 이 꽃이 장미라는 것은 알았다. 땅에는 겨울을 나며 누렇게 변한 풀이 덮여 있고 그 위에는 살아 있다면 장미 덤불일 관목들이 뻗어 있었다. 수직으로 곧게 자라난 장미 여러 그루가 가지를 펼쳐 작은 나무처럼 보였다. 정원에는 다른 나무도 있었는데, 이곳이 기묘하고도 사랑스럽게 보이는 이유는 그 나무들에도 장미 덩굴들이 둘둘 감고 올라가 긴 덩굴손을 마치 하느작거리는 커튼처럼 드리우고 있기 때문이었다. 여기저기 덩굴장미들은 서로, 혹은 저 멀리 뻗친 가지를 둘둘 감고 얽혀 있었고 한 나무에서 다른 나무까지 이어져 예

쁜 다리를 이루었다. 아직 그 덩굴에는 잎도, 장미도 맺혀 있지 않아서 살았는지 죽었는지는 알 수 없었다. 하지만 가느다란 회색과 갈색의 잔가지들은 흐릿한 망토처럼 담, 나무, 심지어 누런 풀까지 사방을 덮다가 뚝 떨어져 내려 땅 위까지 늘어졌다. 이곳이 이렇듯 신비스럽게 보이는 까닭은 나무와 나무가 흐린 안개처럼 얼기설기 얽혀 있기 때문이었다. 메리는 이곳이 아마도 오랫동안 홀로 내버려졌기 때문에 다른 정원들과는 사뭇 다른 광경이지 않을까 상상했었다. 실로 이곳은 메리가 이제껏 본 어떤 장소와도 달랐다.

"참 고요하다!" 메리는 속삭였다. "참 고요하네."

메리는 잠깐 멈칫하며 이 고요에 귀를 기울였다. 나무 꼭대기로 날아갔던 울새도 다른 사물들과 마찬가지로 잠잠했다. 날개를 파닥거리지도 않았다. 새는 움찔대지도 않고 앉아서 메리를 바라보았다.

"고요한 것도 당연하지." 메리가 다시 속삭였다. "10년 동안 여기서 말을 한 사람은 나뿐일 테니까."

메리는 기댔던 문에서 떨어지며 누구를 깨울까 두려운 사람처럼 살살 발을 내디뎠다. 발밑에 풀이 깔려 있어 발소리가 나지 않아 다행스러웠다. 메리는 나무 사이에 걸린 요정 나라 같은 회색 아치문 아래로 걸어가 그것을 이루는 잔가지와 덩굴손을 올려다보았다.

"다 죽어 버렸는지 궁금하네. 이제 모두 완전히 죽은 정원일까? 아니었으면 좋겠는데."

벤 웨더스태프였다면야 한 번 흘긋 보기만 해도 나무가 살았는지 죽었는지 알겠지만, 지금은 오로지 회색과 갈색의 잘고 굵은 가지들에 아주 작은 새순 하나도 돋을 기미가 보이지 않았다.

하지만 메리는 이 멋진 정원 안에 들어왔고 언제든 들어오고 싶을 때면 담쟁이덩굴 아래 문으로 들어올 수 있었다. 자기만의 세계를 발견한 기분이었다.

햇빛이 네 개의 담 안으로 쏟아지고 이 미슬스웨이트의 특별한 부분 위의 높은 아치문 같은 푸른 하늘은 황야에서보다도 훨씬 더 환하고 부드러워 보였다. 울새가 나무 꼭대기에서 날아 내려와 콩콩 뛰며 돌아다니거나 메리를 따라 이 덤불에서 저 덤불로 날아다녔다. 새는 메리에게 구경이라도 시켜 주듯이 요란히 지저귀면서 부산한 분위기를 풍겼다. 모두가 신기하고 조용했으며 다른 사람들로부터 수백 킬로미터 떨어진 듯했지만 전혀 쓸쓸하지 않았다. 마음에 걸리는 것이라고는 이 장미들이 다 죽었는지 아니면 몇 개는 살아서 날씨가 따뜻해지면 잎과 꽃봉오리를 피울 것인지 알고 싶다는 바람뿐이었다. 여기를 죽어 버린 정원으로 내버려 두긴 싫었다. 아직도 살아 있는 정원이라면 얼마나 멋질까! 사방에 수천 송이 장미들이 피어나겠지!

줄넘기를 팔에 걸고 메리는 안으로 들어갔다. 잠시 줄넘기로 이 정원을 다 돌아보면서 보고 싶은 게 있을 때마다 멈추면 어떨까 생각했다. 여기저기 풀길 같은 것이 나 있었고, 한두 군데 모퉁이에는 상록수 사이 후미진 공지에 돌의자가 놓여 있거나 이끼가 낀 높다란 꽃항아리가 있기도 했다.

이런 공지의 두 번째 모퉁이에 이르렀을 때 메리는 줄넘기를 멈추었다. 한때 화단이 있었던 자리 같았는데, 검은 땅에 삐쭉 내밀어진 무언가가 보였다. 뾰족한 연녹색 끄트머리. 메리는 벤 웨더스태프가 한 말을 기억하고 무릎을 꿇고 그것을 살폈다.

"아, 그래, 자그마한 새싹들이 자라고 있네. 크로커스나 스노드롭, 나팔수선화일지도 몰라." 메리는 소곤거렸다.

메리는 허리를 굽혀 가까이 얼굴을 들이댄 후 축축한 흙의 신선한 향기를 킁킁 맡았다. 무척 마음에 드는 냄새였다.

"어쩌면 다른 곳에선 또 다른 꽃들이 나오고 있을지도 몰라. 정원을 다 돌아보며 살펴야겠다."

이번에는 줄넘기를 하지 않고 걸었다. 메리는 땅에 시선을 꽂고 느긋하게 걸었다. 풀숲 사이의 오래된 가두리 화단을 들여다보았다. 뭐 하나 놓치지 않고 살피면서 한 바퀴 휙 돈 후에는 뾰족한 연두색 새순을 좀 더 발견하고 다시 무척 들떴다.

"아주 죽어 버린 정원은 아니야." 메리는 조용하게 혼잣말로 외쳤다. "장미가 죽었을지는 몰라도 다른 건 살아 있어."

메리는 원예에 관해선 아무것도 몰랐지만, 녹색 새순 끝이 밀고 나오는 어떤 땅에는 풀이 너무 우거져 있어 제대로 자랄 만큼 넉넉한 자리가 없을지도 모르겠다고 생각했다. 그래서 주변을 둘러보다가 약간 날카로운 나뭇조각을 찾아 무릎을 꿇고 땅을 팠다. 그 둘레에 깔끔하고 깨끗한 공간이 조그맣게 만들어지도록 잡초와 풀을 솎아 냈다.

"이제 숨 쉴 수 있을 거야." 메리는 맨 처음 작업을 끝낸 후 말했다. "좀 더 많이 해 놓아야겠다. 할 수 있는 건 뭐든 해야지. 오늘 시간이 없으면 내일 와도 되니까."

메리는 여기저기 옮겨 다니면서 땅을 파고 잡초를 솎았다. 무척 즐거워서 이 화단에서 저 화단으로 옮겨 다니다 나무 아래 풀숲까지 들어갔다. 이렇게 운동을 하다 보니 몸이 더워져서 메리는 외투와 모자를 벗어 던졌고 자기도 모르는 새 방그레 웃으면서 풀과 연두색 새순을 내려다보았다.

울새는 쉴 새 없이 분주했다. 울새는 누군가 자기 영역에서 풀을 기르고 가꾸면 무척 기뻤다. 새는 가끔 벤 웨더스태프를 보고 감탄하곤 했었다. 정원 손질이 끝나면 흙이 뒤집혀서 갖은 맛있는 먹을거리들이 위로 나오기 마련이었다. 이제 벤 덩치의 반도 안 되는 생물이 나타나더니 똑똑하게도 자기 정원으로 들어와 금방 정원을 가꾸기 시작했다.

메리 아가씨는 점심을 먹으러 갈 시간이 될 때까지 정원에서 열심히 일했다. 사실, 늦게야 생각이 나서 외투를 입고 모자를 쓴 후 줄넘기를 집어 들었을 때는 두세 시간이나 일했다는 게 믿어지지 않았다. 그동안 내내 즐거웠다. 이제 깨끗해진 자리에 수십 개씩 무리 지은 연두색 새순들이 여기저기 얼굴을 드러냈다. 풀과 잡초에 짓눌려 있을 때보다 훨씬 기운차 보였다.

"이따 오후에 돌아올게." 메리는 새로운 왕국을 둘러보며 나무와 장미 덤불에 귀라도 달려 있는 양 말했다.

그런 후에는 풀 위를 가볍게 달려서 느릿하게 움직이는 오래된 문을 열고 담쟁이덩굴 사이로 슬쩍 빠져나왔다. 메리의 볼이 발그레해지고 눈동자가 반짝거리는 데다 점심도 잔뜩 먹었기 때문에 마사가 기뻐했다.

"고기를 두 조각에, 쌀푸딩을 2인분이나!" 마사가 말했다. "어머나! 아씨가 줄넘기하고 기운이 펄펄 나더라는 얘기를 하면 엄니가 기뻐하시겠네."

뾰족한 나뭇조각으로 땅을 파다가 메리는 양파처럼 보이는 하얀 뿌리 같은 걸 파냈다. 그걸 도로 제자리에 놓고 흙을 조심스레 톡톡 두드려 묻어 놓았는데, 메리는 마사는 그게 뭔지 알까 궁금했다.

"마사, 양파처럼 생긴 하얀 뿌리는 뭐야?"

"그건 알뿌리라고 하는 거라." 마사가 대답했다. "여러 봄꽃들이 거기서 피어나요. 아주 작은 건 스노드롭과 크로커스고 큰 건 하양수선화, 실잎수선화, 나팔수선화 같은 것들이어요. 그중에서도 가장 큰 건 백합과 자주붓꽃이어요. 아! 얼마나 이쁜데요. 디컨이 그 꽃들을 한가득 우리 정원에 심었지요."

"디컨은 그 꽃들을 다 알아?" 메리는 새로운 생각이 떠올라 물었다.

"우리 디컨은 벽돌 길에서도 꽃을 피울 애여요. 엄니 말로는 걔는 땅에서 솟아난 것들에게 속삭인다나?"

"알뿌리는 오래 살아? 아무도 봐 주지 않아도, 몇 년씩 오래 사는 거야?" 메리가 불안하게 물었다.

"알아서 잘 크는 것들이어요." 마사가 대답했다. "그래서 가난한 사람들이 그걸 키울 여력이 되는 거라. 굳이 건드리지만 않으면 다들 평생 땅 아래서 잘 버티면서 신 나게 퍼져서 새 뿌리를 만들어 나가지요. 공원 숲 속에 스노드롭이 수천 송이 피는 곳이 있어요. 봄이 오면 요크셔에서 제일 예쁜 광경이지라. 누가 맨 처음 그걸 거기에 심었는지는 몰라요."

"여기도 지금 봄이었으면 좋겠다." 메리가 말했다. "영국에서 자라는 모든 꽃과 풀을 보고 싶어."

메리는 밥을 다 먹은 후 난롯가 앞 깔개 위 가장 좋아하는 자리에 앉았다.

"나 있잖아, 작은 삽이 하나 있으면 좋겠는데." 메리가 말했다.

"세상에 뭘 하시려고 삽이 필요한데요?" 마사가 깔깔 웃었다. "땅 파는 데 재미라도 들리셨나? 엄니에게 이것도 말해 드려야겠네."

메리는 불을 바라보며 잠깐 생각했다. 자신만의 비밀 왕국을 지키려면 조심해야 할 것 같았다. 딱히 무슨 나쁜 짓을 하려는 건 아니지만, 문을 열었다는 것을 알면 크레이븐 고모부가 노발대발하시면서 새 열쇠를 만들어 영원히 잠가 버릴 것 같았다. 그건 정말로 참을 수 없었다.

"여긴 참 크고 쓸쓸한 곳이야." 메리는 머릿속으로 그 문제를 골똘히 생각하며 천천히 말했다. "집도 쓸쓸하고 공원도 쓸쓸하고 정원도 쓸쓸하지. 닫혀 있는 곳들이 너무 많고. 인도에서는 별로 많은 일을 하진 않았지만 구경할 사람은 더 많았어. 원주민들도 있고 행진하는 군인들도 있고 말이야. 가끔은 악단이 연주도 하고 아야가 이야기도 해 주고. 여긴 마사와 벤 웨더스태프 말고는 얘기할 사람도 없어. 마사는 할 일이 많고 벤 웨더스태프는 나랑 얘기하려고 안 해. 작은 삽

하나만 있으면 나도 어디 가서 벤처럼 땅을 팔 수 있을 거야. 그다음에는 벤에게 씨앗을 좀 얻으면 나도 작은 정원을 가꿀 수 있을 거야."

마사의 얼굴이 환해졌다.

"바로 그거여요!" 마사가 외쳤다. "제 엄니가 하신 말씀에도 그런 게 있었지라. '그 큰 집엔 땅이 남아돌잖어. 아씨에게 좀 떼어 주면 어뗘. 거기 파슬리랑 순무밖에 안 심는다고 해도 말이여. 땅도 파고 갈퀴로 긁다 보면 좋아라 할 건디.' 엄니가 바로 그런 말씀을 하셨다니께요."

"그러셨어?" 메리가 말했다. "마사 엄마는 참 아는 것도 많으시다, 그렇지?"

"두말 마셔라!" 마사가 말했다. "엄니가 종종 하시는 말씀이랑 비슷하네요. '여자가 애를 열둘이나 키우다 보면 알파벳 말고도 배우는 게 있는 법이여. 애들은 수학만큼이나 공부할 게 많으니께.'"

"삽은 얼마나 해? 작은 건?"

"음." 마사가 곰곰이 따져 보며 대답했다. "스웨이트 마을에 가게가 하나 있나 그런데, 거기 삽이랑 갈퀴랑 쇠스랑이랑 다 해서 2실링에 파는 작은 원예 세트가 있는 거 봤어라. 그래도 쓸 만하니 튼튼해 보이던디."

"지갑에 그보다 돈은 좀 더 있을 기야." 메리가 대답했다. "모리슨 부인이 5실링 줬고, 메들록 부인도 크레이븐 고모부에게 받았다는 돈을 줬거든."

"그래도 주인님이 아씨를 그 정도는 생각하시는 갑네요?" 마사가 외쳤다.

"메들록 부인 말로는 일주일에 용돈으로 1실링을 받게 된대. 나한 테 토요일마다 줘. 그런데 그동안엔 쓸 데가 없어서."

"아이고머니나! 부자시네." 마사가 말했다. "그거면 세상에 원하는 건 뭐든 살 수 있겠어요. 우리 집 집세가 3페니밖에 하지 않는데, 그 걸 벌려면 똥줄 빠지도록 일해야 하는데 말이어라. 좋은 생각이 하나 났구먼요."

마사는 두 손을 허리에 짚었다.

"뭔데?" 메리가 몹시 궁금해서 물었다.

"스웨이트 마을에 있는 가게에선 씨앗 봉투 하나당 1페니에 팔아 라. 우리 디컨은 그중 가장 예쁜 꽃이 뭔지도 알고 어떻게 키우는지도 알아요. 하루에도 몇 번씩 스웨이트에 재미 삼아 걸어가니께. 활자체 쓰는 법 아시지라?" 마사가 불쑥 물었다.

"글씨 쓰는 법 알아." 메리가 대답했다.

마사는 고개를 저었다.

"우리 디컨은 활자체밖에 못 읽어라. 아씨가 활자체로 또박또박 편 지를 써서 개한테 가서 원예 도구랑 씨앗이랑 한 번에 사 오라고 부탁 해 보셔라."

"아, 마사는 참 착하구나!" 메리가 외쳤다. "정말이야! 그동안은 마 사가 얼마나 다정한지 몰랐지 뭐야. 노력하면 활자체로 편지 쓸 수 있 을 거야. 메들록 부인에게 펜과 잉크, 종이를 받아 오자."

"저도 제 필기도구가 있구먼요." 마사가 말했다. "어머니에게 일요일이면 편지를 보내려고 샀어라. 제가 가서 가져오지라."

마사가 방에서 뛰어나가자 메리는 불가에 서서 무척 기쁜 나머지 가늘고 작은 손을 맞잡고 배배 꼬았다.

"삽만 있으면 흙을 더 잘 갈고 잡초를 파낼 수 있을 거야. 씨앗이 있으면 꽃을 기를 수 있을 거고 정원은 더 이상 죽은 곳이 아니겠지. 살아날 거야!"

메리는 그날 오후에 다시 외출하진 않았다. 마사가 펜과 잉크와 종이를 가지고 왔지만 상을 치우고 접시를 아래층으로 날라야 했다. 게다가 부엌에 가 보니 메들록 부인이 있었다. 부인이 마사에게 이런저런 일을 시켰기 때문에 메리는 마사가 다시 올 때까지 한참처럼 여겨지는 시간을 기다려야만 했다. 그런 다음에는 디컨에게 편지를 쓴다는 중대한 일을 해내야 했다. 메리는 글자를 잘은 몰랐다. 그간 있었던 가정교사들이 메리를 너무 싫어해서 금방 그만두고 떠났기 때문이었다. 특히 철자를 잘 몰랐지만 노력해서 또박또박 글씨를 쓸 순 있었다. 마사가 불러 준 편지 내용은 이러했다.

디컨에게

지금 부치는 이 편지가 잘 도착했으면 좋겠구나.

메리 아씨는 돈이 넉넉히 있으셔서, 네가 스웨이드에서 꽃씨와 화단을 만들 수 있는 원예 도구를 사다 주었으면 하신다. 가장 예쁘고 기르기 쉬운 걸로 골라 와. 아씨는 이전에는 한 번도 해 본 적이 없고 여기와는 영 다른 인도에 살았으니까. 엄마와 동생들에게 안부 전해 줘. 메리 아씨가 얘기를 더 많이 해 줬으니까 다음에 집에 갈 땐 코끼리랑 낙타랑 사자와 호랑이 사냥을 하러 가는 신사분들 이야기를 더 많이 들을 수 있을 거야.

사랑하는 누나,
마사 피비 소워비

"돈을 봉투에 넣은 다음에 푸줏간에서 심부름 온 애한테 줘서 수레에 싣고 배달해 달라고 할게요. 걔랑 디컨은 절친한 친구 사이니께요." 마사가 설명했다.

"디컨이 물건을 사면 어떻게 받아?"

"걔가 직접 가지고 올 거여요. 걔는 여기까지 걸어오라면 좋아할 테니께."

"아!" 메리가 탄성을 질렀다. "그러면 나도 디컨을 볼 수 있겠네! 디컨을 만날 수 있으리라고는 생각도 못했는데."

"아씨도 디컨을 만나고 싶으셔라?" 메리가 무척 기쁜 얼굴을 했던지 마사가 불쑥 물었다.

"그럼. 난 여우랑 까마귀랑 사이좋게 지내는 남자애는 한 번도 본 적이 없거든. 무척 보고 싶어."

마사는 뭔가 생각이 난 듯 약간 움찔거렸다.

"생각해 보니께요." 마사가 느닷없이 외쳤다. "내가 그걸 계속 깜박하고 있었네. 오늘 아침 제일 먼저 말한다는 것을. 엄니께 여쭤 봤어라. 엄니 얘기로는 메들록 부인에게 직접 물어보신다고 하셨어라."

"그 말은……" 메리가 입을 열었다.

"화요일에 말했잖아요. 아씨가 언제 우리 집에 가서 뜨끈한 귀리 케이크에 버터 쓱쓱 발라 먹고 우유 한잔 마셔도 되는지 물어보겠다고."

하루에 신 나는 일이 모두 다 일어나는 느낌이었다. 대낮에, 하늘이 푸를 때 황야를 가로질러 갈 수 있다니! 열두 아이가 사는 오두막에 갈 수 있다니!

"어머니 생각엔 메들록 부인이 나를 보내 주실 것 같대?" 메리는 무척 불안해져서 물었다.

"예에, 그럴 거라고 하시던데요. 메들록 부인은 우리 엄마가 얼마나 깔끔한 사람인지 아시고 집도 말끔허니 정리해 놓는다는 걸 아시니까요."

"내가 가면 디컨처럼 마사 어머니도 만날 수 있겠지." 메리는 그 생각을 자꾸 하면 할수록 마음에 들었다. "마사 어머니는 인도 엄마들 같지는 않을 거야."

그날은 정원에서 일도 하고 오후에는 온갖 신 나는 일이 많았지만 결국 하루가 저물 때쯤 메리는 조용히 생각에 빠졌다. 마사는 차 마실 때까지 곁에 있어 주었으나 두 사람은 편안하게 조용한 분위기 속에 앉아서 별로 이야기를 나누지 않았다. 그런데 마사가 차 쟁반을 가지고 막 아래층으로 내려가려 할 때 메리가 질문을 던졌다.

"마사, 식기실에서 일하는 하녀가 오늘 또 치통이 있었대?"

마사는 놀란 기색이 역력했다.

"어째서 그런 걸 다 물으신다요?"

"아까 마사가 오는 걸 한참 기다리면서 하도 안 오길래 문을 열고 아래층에 내려가 봤거든. 저 멀리서 지난밤에 들었던 것 같은 울음소리를 또 들었어. 오늘은 바람이 안 불었으니까 바람 소리였을 리가 없잖아."

"어이코!" 마사가 불안스럽게 대답했다. "복도를 혼자 어슬렁거리고 돌아다니면서 엿들으시면 안 돼요. 크레이븐 주인님이 알면 노발대발하실걸요. 주인님이 무슨 짓을 하실지 아무도 몰러요."

"엿들은 게 아냐." 메리가 말했다. "난 그냥 마사를 기다리고 있었어. 그러다 그 소리가 그냥 들린 거지. 세 번이나 들렸는걸."

"맙소사! 메들록 부인이 종을 울리는구먼요."

마사는 거의 뜀박질하듯 방에서 뛰쳐나가 버렸다.

"여긴 세상에서 가장 이상한 집이야." 메리는 가까이에 있는 팔걸이의자의 폭신한 쿠션 위에 머리를 떨구면서 졸린 목소리로 중얼거렸다. 신선한 공기를 마시며 땅을 파고 줄넘기를 하느라 편안하게 피곤했다. 곧이어 잠이 찾아들었다.

제10장

디컨

비밀의 정원에는 일주일 가까이 해가 환히 빛났다. 비밀의 정원은 메리가 그곳을 생각할 때 부르는 이름이었다. 메리는 그 이름이 마음에 들었고, 오래되고 아름다운 담 안에 들어가 있을 때면 자기가 어디 있는지 아무도 모른다는 느낌에 그 이름이 훨씬 더 좋아졌다. 언제나 세계에서 빠져나와 요정 나라에 있는 듯한 기분이 들었다. 메리가 읽고 좋아한 몇 안 되는 책은 다 요정 이야기가 나오는 것으로, 그런 책들에서 비밀의 정원 이야기를 읽은 기억이 있었다. 그런 책을 보면 가끔 사람들은 백 년 동안 잠들어 있기도 했는데, 메리가 볼 때는 약긴 바보 같은 이야기였다. 메리는 잘 미음이 전혀 없었고, 사실 미슬스웨이트에서 보내는 매일매일 더 말뚱말뚱 깨어 있게 되었다. 밖에 나가는 것이 점점 좋아졌다. 이젠 더 이상 바람이 싫지 않았고 되레 즐거웠다. 더 빠르고 더 오래 뛸 수 있게 되었고 줄을 백 번까지 넘을 수 있었다. 비밀의 정원에 사는 알뿌리들은 깜짝 놀랐을 것이었다. 알뿌리가 마음껏 숨 쉴 수 있도록 메리가 그 둘레를 깔끔이 정리해 놓았기 때문이었다. 그리고 실제로, 메리는 아직 몰랐지만 이 알뿌리들은 어두운 흙 아래서 힘을 내고 영차영차 일을 하고 있었다. 햇빛이 뿌리까지 가닿아 따뜻이 데웠고 비가 내리면 금방 적실 수 있어서 알뿌리들도 훨씬 더 생생한 기분이 들기 시작했다.

메리는 엉뚱하지만 결심이 굳은 아이로, 이젠 굳은 의지로 하는 재미있는 것들이 생겼기 때문에 정말로 흠뻑 빠졌다. 꾸준히 일하고 땅을 파고 잡초를 뽑았으며, 힘들어도 지치기는커녕 매시간 자기가 해 놓은 일이 갈수록 더 뿌듯해졌다. 메리에게는 아주 흥미진진한 놀이 같았다. 원래 원했던 것보다 연두색 새순 끄트머리를 훨씬 더 많이 찾아냈다. 사방 여기저기에서 새순이 돋기 시작하는 것 같았고 매일 자그마한 새순을 좀 더 찾아냈다. 어떤 건 아주 자그마해서 간신히 땅 위로 삐쭉 끄트머리를 내밀었을 뿐이었다. 어찌나 많던지 마사가 스노드롭이 수천 송이 피어 있다고 한 것과 알뿌리가 퍼져서 새 어린 뿌리를 만든다고 한 얘기를 떠올렸다. 이 뿌리들은 10년 동안 그대로 내버려 두었기 때문에 스노드롭처럼 수천 개로 퍼졌을지도 몰랐다. 메리는 꽃이 피기까지는 얼마나 걸릴까 궁금했다. 어떨 때는 땅을 파다가 멈추고 정원을 들여다보며, 아름다운 꽃 수천 송이가 가득 피어 이 땅을 덮으면 어떤 모습일까 상상했다.

해가 화창했던 그 주에 메리는 벤 웨더스태프와 좀 더 친해졌다. 메리는 갑자기 땅에서 솟아난 양 그의 옆에 나타나는 바람에 몇 번이나 벤을 화들짝 놀라게 했다. 사실 메리는 벤이 자기가 오는 걸 보면 연장을 챙겨 가 버릴까 봐 걱정해서 늘 될 수 있는 대로 살금살금 걸 어왔다. 하지만 벤은 이제 처음에 그랬던 것만큼 메리를 꺼리지 않았 다. 어쩌면 속마음으로는 메리가 이 노인 곁에 있고 싶은 내색을 역력 히 보였기 때문에 그에 슬며시 우쭐해진 것일 수도 있었다. 또 메리가 이전보다 훨씬 더 얌전해지기도 했다. 맨 처음 메리가 그를 봤을 때 원주민에게 말하는 태도 그대로 했다는 것을 벤은 몰랐다. 그때 메리 는 억세고 늙은 요크셔 남자는 주인에게 고분고분 인사하는 데 익숙 하지도 않고 이리저리 하라고 명령받지도 않는다는 것을 몰랐었다.

"아씨는 울새 같구먼."

어느 날 아침 벤은 고개를 들어 옆에 서 있는 메리를 보더니 입을 열었다.

"언제 아씨를 볼지, 어느 쪽에서 올지 짐작도 할 수가 없다니까."

"이제 울새는 내 친구예요." 메리가 말했다.

"울새답구먼." 벤 웨더스태프가 딱딱거렸다. "그저 허영심과 변덕이 넘치는 녀석이라 여자들에게 슬슬 알랑거리는 거제. 허세 부리고 꼬 리 깃털을 흔들기 위해서라면 못 할 게 없는 녀석이라. 아주 지 잘난 줄 아는 녀석이제."

벤이 이처럼 말을 하는 선 드문 일이있다. 가끔은 메리가 질문을 해도 툴툴거리고 별다른 대답을 하지 않을 정도였다. 하지만 오늘 아 침엔 평소보다 훨씬 말이 많았다. 벤은 일어서서 밑창에 징을 박은 반 장화를 삽 위에 얹고 메리를 넘겨다보았다.

"아씨가 여기 온 지 얼마나 되었나?" 벤이 불쑥 물었다.

"한 달 정도 된 것 같아요."

"미슬스웨이트에 온 덕을 보기 시작하는데." 벤이 말했다. "이전보다 더 통통해졌고 낯빛도 덜 노리끼레해졌네. 처음 이 정원에 왔을 땐 털 뽑은 까마귀 새끼 같더니만. 이처럼 못생기고 심술궂은 얼굴의 어린아이는 처음 본다고 혼자 생각했었지."

메리는 허영심이 강한 아이가 아니었고, 자기 외모가 예쁘다 생각한 적도 없었기 때문에 그렇게 대단히 속상하지도 않았다.

"살이 좀 더 오른 건 알아요. 긴 양말이 꽉 끼기 시작했거든요. 이전에는 헐렁해서 쭈글쭈글했었는데. 저기, 울새가 있네요. 벤 웨더스태프 할아버지."

그때 정말로 울새가 날아왔다. 메리는 울새가 이전보다 더 멋지게 보인다고 생각했다. 빨간 조끼는 새틴처럼 반드르르했고 날개와 꼬리를 파닥이며 고개를 갸우뚱하고 기운차게 점잔 빼는 태도로 콩콩 뛰어다녔다. 울새는 벤 웨더스태프에게서 감탄을 이끌어 내려고 작정한 듯했다. 하지만 벤은 가소로워했다.

"아이쿠, 네가 왔구먼!" 벤이 말했다. "더 달리 나은 사람이 없다면 잠깐 동안은 내를 참고 놀아 주겠다 이거제. 2주 동안에 조끼가 더 빨개지고 깃털엔 더 윤이 자르르 흐르게 되었는디. 난 네가 무슨 일을 꾸미는 줄 다 안다니께. 어디 가서 뻔뻔한 암컷을 꼬이는 거 아니냐. 제가 미슬 황야에서 가장 멋진 수컷이고 다른 놈들에겐 다 대적할 준비가 되었다고 거짓부렁을 하면서."

"아, 저거 봐요!" 메리가 외쳤다.

울새는 확실히 흥겹고 대담한 기분인 듯했다. 점점 더 가까이 폴짝폴짝 뛰면서 벤 웨더스태프를 더욱더 애교 있게 쳐다보았다. 울새는 가장 가까이에 있는 까치밥나무로 날아가 고개를 갸웃하며 작은 노래를 부르기 시작했다.

"저 녀석 저러면 나를 홀릴 줄 안당께." 벤이 미간을 찌푸리면서 말했지만 메리는 벤이 재미있어하는 표정을 숨기려 하는 것이라 확신했다.

"녀석, 니가 그러면 누구든 니한테 버팅기지 못한다고 생각하는갑구먼."

울새는 날개를 쭉 펼쳤다. 메리는 자기 눈을 믿을 수가 없었다. 울새는 벤 웨더스태프가 든 삽자루 위로 포르르 날아와 사뿟 내려앉았다. 그때 노인의 얼굴에 천천히 주름이 지면서 새로운 표정이 떠올랐다. 벤은 숨쉬기가 두려운 사람처럼 가만히 서 있었다. 울새를 놀래쫓아 버리지 않으려고, 세상이 두 쪽 나도 꼼짝도 안 하려는 사람처럼. 벤은 조근조근 속삭였다.

"그래, 내가 졌다!" 그는 마치 완전히 다른 말을 하는 양 부드럽게 말했다. "넌 사내 마음을 읽는 법을 잘 아는구먼. 알아! 그 참 괴상하기도 하지, 참 눈치가 빨러!"

그러더니 꼼짝도 안 하고, 거의 숨을 죽이면서 기다렸고 마침내 울새는 한 번 더 날개를 파닥이더니 날아가 버렸다. 벤은 삽자루에 무슨 마법이라도 깃든 양 쳐다보더니 다시 땅을 파면서 몇 분 동안 아무 말 하지 않았다.

하지만 벤이 이따금씩 느릿느릿 싱긋거리자 메리는 겁내지 않고 말을 걸었다.

"할아버지도 자기 정원이 있어요?"

"아니, 나는 홀몸이고 문지기 마틴과 함께 살아."

"만약에 그런 정원이 하나 있다면 뭘 심을 거예요?"

"양배추와 감자, 양파."

"하지만 화원을 만들거라면요." 메리는 끈질겼다. "뭘 심을 거예요?"

"알뿌리와 향기가 달콤한 걸 심겠지. 하지만 주로 장미를 심지 않을까."

메리의 얼굴이 환히 밝아졌다.

"장미 좋아하세요?"

벤 웨더스태프는 잡초 한 포기를 뽑더니 옆으로 던져 버린 후에야 대답했다.

"음, 뭐, 그렇제. 내가 정원사로 일하며 모시던 숙녀분에게 배웠구먼. 그분은 좋아하는 장소에 장미를 많이 키웠는데 마치 자식이라도 되는 양 귀여워하셨제. 아니면 새라도 되는 양. 그분이 장미 나무 위에 허리를 굽히고 뽀뽀하는 모습을 보았구먼."

벤은 잡초를 한 포기 또 뽑더니 얼굴을 찌푸리며 쳐다보았다.

"거진 10년이나 된 얘기구먼."

"지금 그 숙녀분은 어디 있나요?" 메리는 무척 흥미가 동해서 물었다.

"천국에." 벤은 대답하며 삽을 땅속 깊이 박았다. "목사님이 그러 대."

"장미는 어떻게 됐어요?" 메리는 이전보다 훨씬 더 궁금해져서 물었다.

"지들끼리 남겨졌제."

메리는 점점 들떴다.

"완전히 죽었나요? 장미는 자기들끼리 남겨지면 완전히 죽어 버리지 않나요?" 메리는 과감히 말을 꺼냈다.

"음, 난 그 장미들을 좋아하게 되었구면. 게다가 그분을 좋아혔으니께. 그분은 장미를 좋아혔고."

벤 웨더스태프는 마지못해 인정했다. "1년에 한두 번 그 장미들한테 가끔 가서 봐주지. 가지도 쳐 주고 뿌리 둘레를 파 주기도 하고. 야생으로 제멋대로 자라긴 하지만 기름진 흙에 박혀 있으니 몇 그루는 살았겄지."

"이파리도 없고 회색과 갈색이 되어서 말라 있으면 죽었는지 살았는지 어떻게 아나요?" 메리가 물었다.

"봄이 올 때까지 기다려야제. 햇빛이 비 위에 비치고 빗방울이 햇빛 위에 떨어질 때면 알게 되야."

"어떻게, 어떻세요?" 메리는 조심해야 한다는 것도 잊고 외쳤다.

"크고 잔 가지를 찬찬히 살피다 보면 갈색 혹이 조금씩 여기저기서 부풀어 오르는 걸 볼 수 있을 거여. 뜨뜻한 비가 내린 후 어떻게 되나 봐야겄지." 벤은 말을 멈추고 열심인 메리의 얼굴을 미심쩍은 듯 바라보았다. "별안간 그 장미 같은 것에 어쩌다 관심이 생겼는가?" 그가 따져 물었다.

메리는 얼굴이 달아오르는 느낌이었다. 대답하기가 두려울 정도였다.

"나, 나만의 정원이 있다는 놀이를 하고 싶어서요." 메리는 더듬거렸다. "나, 할 일이 별로 없어서. 할 일도 없고 사람도 없고."

"그래." 벤 웨더스태프는 메리를 보면서 천천히 말했다. "그 말도 맞네. 여긴 아무도 없으니께."

벤이 그처럼 이상하게 말을 해서, 메리는 벤이 정말로 자기를 불쌍하게 여기는 게 아닌가 하는 느낌을 받았다. 메리는 한 번도 자기를 불쌍하게 여긴 적이 없었다. 그저 피곤하고 언짢았을 뿐이었다. 사람들과 사물들이 무척 싫었기 때문이었다. 하지만 이제 세계는 더 멋지게 변하고 있는 듯했다. 아무도 비밀의 정원을 발견하지 않는다면 메리는 항상 혼자 즐길 수 있을 것이었다.

메리는 10~15분 정도 더 벤과 함께 있으면서 용기 내어 이런저런 질문을 했다. 벤은 특유의 이상하게 툴툴거리는 말투로 하나하나 답해 주었지만 진짜로 그렇게 성이 난 것 같지도 않았고 삽을 집어 들고 가 버리지도 않았다. 메리가 떠나려 할 때 벤이 장미에 관해 무슨 이야기를 했고, 그 바람에 메리는 벤이 좋아했다고 한 장미를 떠올렸다.

"이 다른 장미들이 지금 어떻게 지내고 있는지 가서 보나요?" 메리가 물었다.

"올해는 아직. 류머티즘이 도져서 관절이 너무 뻣뻣해졌어."

벤은 이 또한 툴툴대는 목소리로 말했고, 다음 순간 갑자기 메리에게 아주 화난 듯한 모습이었지만, 메리는 어째서 그런지는 알 수 없었다.

"자, 이제 여기 보그레이!" 벤이 날카롭게 말했다. "그렇게 꼬치꼬치 캐묻지 마소. 이제까지 아씨처럼 질문을 퍼붓는 못된 계집아이는 내 일찍이 만난 적이 없구먼. 이제 가서 혼자 놀어. 오늘 얘기는 이걸로 끝이니께."

벤이 어찌나 성을 내며 말하던지 메리는 이제 더 얼쩡거려 봤자 아무런 소용이 없다는 것을 깨달았다. 메리는 천천히 줄을 넘으며 바깥쪽 오솔길로 내려가면서 벤에 관해 곰곰이 생각했다. 메리는 혼잣말로 참으로 이상하게도 자기에게 화를 내는데도 좋은 사람이 또 하나 생겼다고 중얼거렸다. 메리는 벤 웨더스태프 노인이 좋았다. 그래, 그 할아버지가 좋았다. 항상 벤에게서 이야기를 끌어내고 싶었다. 이제 꽃에 관해서라면 벤은 세상의 모든 일을 알고 있다고 서서히 믿기 시작했다.

오솔길 중에서 월계수 울타리가 서 있는 길이 하나 있었다. 이 길은 비밀의 정원을 빙 두르면서 공원 숲으로 뚫린 문에서 끝났다. 메리는 이 길을 따라 줄을 넘으면서 가다가 숲을 들여다보며 토끼가 뛰어다니고 있시 않나 확인해 봐야겠다고 생각했다. 줄넘기는 참으로 재미있었다. 메리는 작은 문 앞에 이르자 문을 열고 그 안으로 들어갔다. 낮고 기묘한 휘파람 소리가 들려서 그게 뭔지 알아보고 싶었기 때문이었다.

실로 아주 이상한 광경이었다. 메리는 그걸 보려고 멈춰 서면서 숨을 죽였다. 한 소년이 나무둥치에 등을 기대고 나뭇가지 아래에 앉아서 거칠한 나무로 만든 피리를 불고 있었다. 우스꽝스럽게 생긴 이 아이는 열두 살가량 되어 보였다. 무척 깔끔한 인상이었고 약간 들창코에 뺨은 양귀비처럼 빨갰다. 메리는 다른 소년의 얼굴에서는 이렇게 둥글고 푸른 눈을 한 번도 본 적 없었다. 소년이 기대앉은 둥치에는 갈색 다람쥐 한 마리가 매달려서 구경 중이었다. 그 뒤의 덤불에서는 수꿩 한 마리가 목을 쭉 빼고 내다보고 있었다. 그리고 소년의 바로 옆에는 두 마리 토끼가 앉아서 떨리는 코를 벌름대고 있었다. 정말로 이 모든 동물은 피리 소리에 이끌려 소년 옆으로 모여서, 피리가 자아내는 낯설고 나지막한 소리의 부름에 귀를 기울이고 있는 듯했다.

소년은 메리를 보자 한 손을 들더니 피리 소리만큼이나 나지막한 목소리로 말을 걸었다.

"움직이지 마." 그가 말했다. "놀라서 날아가 버리니께."

메리는 꼼짝도 하지 않고 가만히 있었다. 소년은 피리 불기를 멈추고 땅에서 일어났다. 어쩌나 천천히 움직이는지 움직이는 것처럼 보이지도 않았지만, 마침내 두 발을 딛고 일어섰고 다람쥐들은 나뭇가지 속으로 허둥지둥 도망쳐 들어갔으며 꿩은 머리를 도로 들이밀었다. 토끼들은 별로 겁먹은 것 같진 않지만 네발로 내려서서 콩콩 뛰어 도망갔다.

"난 디컨." 소년이 말했다. "메리 아씨제?"

그때 메리는 처음부터 이 소년이 디컨임을 알고 있었다는 것을 깨

달았다. 인도 원주민들이 뱀을 부릴 수 있는 것처럼 토끼와 꿩을 홀려 낼 수 있는 사람이 또 누가 있을까? 디컨은 부드럽게 휜 큰 입에 입술이 붉었고 얼굴 전체에 함박웃음을 머금었다.

"빨리 움직이면 애들이 놀랄까 봐 천천히 일어났어." 디컨이 설명했다. "야생동물이 주위에 있을 땐 몸은 부드럽게 움직이고 소리는 낮춰야 혀."

디컨은 지금 막 처음 본 사이가 아니라 이전부터 잘 알던 사이인 양 말했다. 메리는 남자애들에 대해서는 아무것도 몰랐고 좀 수줍기도 해서 약간 딱딱하게 대꾸했다.

"마사의 편지 받았어?"

디컨은 적갈색 곱슬머리를 끄덕였다.

"그래서 온 거제."

디컨은 허리를 굽혀 피리를 불 때 옆에 놓았던 뭔가를 집어 들었다.

"원예 도구 사 왔어. 작은 삽이랑 갈퀴, 쇠스랑과 괭이까지. 좋은 것들이여. 모종삽도 있어. 가게에 있는 아주머니가 다른 꽃씨도 사니까 흰양귀비랑 제비고깔도 싸 주셨고."

"씨앗 좀 보여 줄래?"

메리는 디컨처럼 말할 수 있었으면 좋겠다고 생각했다. 디컨은 술술 편하게 말했다. 메리가 마음에 든다는 투였다. 디컨은 덕지덕지 기운 옷을 입고 있었다. 우스꽝스럽게 생기고 헝클어진 적갈색 머리를 한 평범한 황야 소년이었을 뿐이었지만 디컨에게는 메리가 자기를 좋아하지 않을까 걱정하는 눈치는 전혀 없었다. 좀 더 가까이 가자 메리는 디컨 주위에서 히스와 풀, 이파리의 깨끗하고 신선한 냄새를 맡을 수 있었다. 마치 디컨이 그런 식물들로 만들어진 듯했다. 메리는 그 냄새가 무척이나 좋았는데, 볼이 불그레하고 둥근 눈이 푸르른 우스꽝스러운 얼굴을 보자 좀 전의 수줍었던 기분도 사라져 버렸다.

"이 통나무 위에 앉아서 구경하자." 메리가 말했다.

두 아이는 통나무 위에 앉았고 디컨은 외투 주머니에서 대충 둘둘 싼 갈색 종이 꾸러미를 꺼냈다. 디컨은 끈을 풀고 그 안에 들어 있는 더 깔끔하고 작은 봉투들을 꺼냈다. 하나하나마다 그 위에는 꽃 그림이 있었다.

"목서초와 양귀비가 많아." 디컨이 말했다. "목서초는 자라면서 무척 달콤한 향기를 내뿜지. 게다가 어디에다 뿌려 놓아도 잘 자라고, 양귀비도 마찬가지제. 그냥 휘파람만 불어도 꽃을 피울 거야. 그 꽃이 또 얼마나 예쁘다고."

디컨은 말을 멈추고 고개를 재빨리 돌렸다. 양귀비색 뺨이 환히 빛났다.

"우리를 부르는 저 울새는 어디에 있지?"

지저귀는 소리가 잎이 우거지고 빨간 열매가 달려 환한 서양감탕나무 덤불에서 들려오는 듯했다. 메리는 그 소리의 주인이 누구인지 알 것만 같았다.

"저게 정말로 우리를 부르는 거야?"

"그럼." 디컨이 세상에서 가장 당연한 얘기를 한다는 투로 말했다. "저 새는 친하게 지내는 사람을 부르는 거여. '여기 내가 있어, 나를 봐. 잠깐 수다 떨자'라고 말하는 거나 같아. 저기 덤불 속에 있네. 저 새는 누구 친구지?"

"벤 웨더스태프의 친구야. 하지만 나랑도 좀 아는 사이야."

"아, 아씨를 아는구나." 디컨은 다시 목소리를 좀 낮췄다. "그럼 아씨를 좋아하는 거네. 아씨를 따라왔어. 이제 곧 아씨에 관해 내게 모두 말해 주겠지."

디컨은 메리가 아까도 보았던 느릿한 동작으로 풀숲으로 무척 가까이까지 다가갔다. 그러더니 거의 울새의 지저귐과 똑같이 지지배배 소리를 냈다. 울새는 잠시 열심히 듣고 있다가 질문에 응답하듯 짹짹였다.

"아, 아씨 친구라는데." 디컨이 쿡쿡 웃었다.

"그런 거 같아?" 메리가 열을 띠며 물었다. 무척이나 궁금했다. "저 새가 정말로 나를 좋아하는 것 같아?"

"그러잖았으면 가까이 오지 않았을 거인디." 디컨이 대답했다. "새들은 사람을 까다롭게 고르고, 울새는 사람보다도 남을 깔보고 고분고분하게 따르지 않는 성격이야. 봐, 이제 아씨와 친해지고 싶어서 저런다. '여기 친구 안 보여?'라고 하네."

정말로 그 말은 사실 같았다. 울새는 덤불 위에서 폴짝폴짝 뛰며 옆걸음질 치고 지저귀면서 고개를 갸우뚱했다.

"새들이 하는 말 다 알아들어?" 메리가 물었다.

디컨이 어찌나 활짝 웃음을 지었던지 커다랗고 빨갛고 입꼬리가 둥근 입만 얼굴에서 보일 지경이었다. 디컨은 헝클어진 머리를 문질렀다.

"그런가 봐. 새들이 그렇게 생각하는 거 같아." 디컨이 말했다. "난 새들하고 황야에서 아주 오래 살았으니께. 새끼 새들이 알껍질을 깨고 나와 나는 법을 배우고 노래하기 시작할 때부터 봐 와서 이젠 나도 같은 무리에 있는 동무 같아. 가끔은 어쩌면 나도 새나 여우, 토끼나 다람쥐, 딱정벌레일지도 모른다는 생각이 든당께. 잘 모르겠지만."

디컨은 깔깔 웃으며 통나무로 돌아와 다시 꽃씨 얘기를 하기 시작했다. 디컨은 이 씨에서 꽃이 피면 어떤 모양일지 얘기해 주고 어떻게 심고 가꾸고 거름을 주고 물을 줘야 하는지도 가르쳐 주었다.

"여기 봐." 디컨은 갑자기 말하며 휙 돌아 메리를 보았다. "내가 아씨를 위해 씨앗을 심어 줄게. 아씨 정원이 어디여?"

메리는 무릎에 놓은 마른 두 손을 꽉 맞잡았다. 뭐라고 할 말을 찾지 못해서 한참을 아무 소리 못 했다. 이 생각은 미처 하지 못했다. 기분이 비참해졌다. 얼굴이 벌게졌다가 다시 하얗게 질린 것만 같았다.

"아씨 정원이 있는 건 맞제?" 디컨이 다시 물었다.

메리 얼굴이 벌게졌다가 하얗게 질린 건 사실이었다. 디컨은 그런 메리의 모습을 보았고 메리가 아무 말도 하지 않자 점점 당황하기 시작했다.

"정원을 못 얻었남?" 디컨이 물었다. "이직 정원이 없는겨?"

메리는 두 손을 꼭 잡은 채로 눈을 들어 디컨을 보았다.

"난 남자애들은 잘 몰라." 메리가 천천히 말했다. "내가 비밀을 말하면 지켜 줄 거야? 이거 정말 큰 비밀이야. 다른 사람이 알게 되면 난 어떻게 해야 할지 모르겠어. 죽을지도 몰라!"

메리는 마지막 말을 꽤 격하게 내뱉었다.

디컨은 이전보다 한층 더 당황한 표정으로 한 손으로 다시 헝클어진 머리를 문질렀지만 아주 사람 좋게 대답했다.

"난 비밀은 항상 지켜." 디컨이 말했다. "내가 아는 비밀, 여우 굴이나 새의 둥지, 야생동물 보금자리에 관한 비밀을 지키지 못했더라면 황야에서 안전한 건 아무것도 없었을 거여. 그럼, 난 비밀은 꼭 지키는걸."

메리 아가씨는 손을 내밀었다. 디컨의 소맷부리를 잡을 생각은 없었지만 얼결에 그러고 말았다.

"내가 정원을 훔쳤어." 메리는 아주 빨리 말해 버렸다. "그건 내 게 아니야. 다른 사람의 것도 아니지만. 아무도 원하지 않고 아무도 돌보지 않고 아무도 들어가지 않는 곳이야. 어쩌면 그 안의 모든 게 벌써 죽었을지 몰라. 난 모르겠어."

메리는 열이 오르기 시작했고 평생 최고로 뻐딱한 기분이 들었다.

"난 몰라, 난 상관없어! 아무도 그걸 내게서 빼앗아 갈 수 없어. 내가 정원을 보살피지만 다른 사람들은 아무것도 안 하잖아! 그냥 죽게 놔두었다고, 홀로 가둬 둔 채로!"

메리는 격하게 말을 쏟아 내고는 두 팔로 얼굴을 가리고 울음을 터뜨려 버렸다. 불쌍하고 조그만 메리 아가씨.

디컨의 조심스러운 푸른 눈이 점점 더 휘둥그레졌다.

"어어!" 디컨은 천천히 감탄사를 내뱉었다. 놀란 것 같기도 하고 동시에 안쓰러워하는 것 같기도 했다.

"난 할 일이 아무것도 없었어." 메리가 말했다. "내 건 아무것도 없어. 내가 그 정원을 찾아냈고 나 혼자 안으로 들어갔어. 나는 그저 울새나 같아. 사람들이 그걸 울새에게서 빼앗아 가진 않을 거 아냐."

"거기가 어디여?" 디컨이 낮은 목소리로 소곤거렸다.

메리는 즉시 통나무에서 일어났다. 다시 심술궂고 억지 부리고 싶은 기분이 들었지만 전혀 개의치 않았다. 메리 아가씨는 도도한 인도식 사람이었고, 성질이 괄괄하면서도 슬프기도 했다.

"같이 가자. 보여 줄게."

메리는 월계수 오솔길을 돌아서 담쟁이덩굴이 무성히 자란 길로 디컨을 데려갔다. 디컨은 미심쩍어하면서도 안쓰러운 표정을 지으며 따라왔다. 이제 어떤 낯선 새의 둥지를 들여다보러 가는 거나 다름없으니 슬몃슬몃 움직여야 할 것 같은 기분이 들었다. 메리가 벽으로 다가가서 늘어진 담쟁이를 걷자 디컨은 퍼뜩 놀랐다. 거기엔 문이 있었는데, 메리가 그 문을 천천히 밀어 열었고 두 아이는 안으로 함께 들어갔다. 그다음 메리는 서서 도전적으로 한 손을 들어 그 안을 두루뭉술하게 가리켰다.

"바로 여기야." 메리가 말했다. "여기가 비밀의 정원이야. 세상에 살아 있는 사람 중에서 이 정원을 바라는 사람은 나뿐이야."

디컨은 두리번두리번하다가 다시 휘둘러보았다.

"아이쿠!" 디컨은 속삭이다시피 말했다. "여긴 참 괴상하고 예쁜 곳이네. 마치 꿈속에 들어와 있는 거 같아."

제11장

울새 둥지

　　　　　메리가 지켜보는 가운데, 디컨은 2~3분가량 주위를 두리번거리더니 살포시 이곳저곳 걸어 보기 시작했다. 메리가 처음 담장 안으로 들어와서 걸었을 때보다 훨씬 더 가벼운 발걸음이었다. 디컨의 눈은 사물을 다 담으려는 듯했다. 회색 덩굴식물이 감겨 늘어진 회색 나무, 담벼락 위와 풀숲 사이에 마구 얽혀 있는 넝쿨, 돌의자가 놓인 상록수 사이의 우묵한 공지, 그 안에 서 있는 꽃 항아리.

　"이곳을 볼 수 있으리라고는 생각도 못했는디." 디컨은 마침내 속삭였다.

　"이런 데가 있는 건 알았어?"

　메리가 너무 큰 소리를 내어 물었는지 디컨이 신호를 보냈다.

　"소리를 낮춰야 혀. 아니면 누가 우리 얘기를 듣고 안에서 뭐 하는지 의심할 거여."

"아, 잊어버렸네!" 메리는 겁에 질려서 한 손으로 재빨리 입을 막았다. "정원이 있는지 알고 있었어?" 메리는 정신을 차리자 다시 물었다.

디컨은 고개를 끄덕였다.

"마사 누나가 아무도 들어갈 수 없는 정원이 있다고 말해 줬어. 우린 그 정원이 어떻게 생겼을까 줄곧 궁금하게 생각했제."

디컨은 발을 멈추고 주위에 있는 아름다운 회색 덩굴들을 보았다. 둥근 눈이 야릇하게 행복한 빛을 띠었다.

"아! 봄이 오면 새들이 여기에 둥지를 틀겠구먼. 여긴 영국에서 둥지를 틀기에 가장 안전한 곳이니께. 아무도 가까이 오지를 않고 둥지를 짓기 적당한 나무와 장미 덩굴이 있잖여. 황야의 모든 새가 여기 둥지를 틀지 않는 이유를 모르겄네."

메리 아가씨는 자기도 모르게 다시 한 손을 디컨 팔에 얹었다.

"여기 장미가 필까?" 메리가 소곤거렸다. "그럴 것 같아? 난 다 죽었을지도 모른다고 생각했는데."

"어이쿠! 아니! 그렇지 않어. 모두 다 죽은 건 아니여." 디컨이 대답했다. "여기 봐!"

디컨은 가장 가까운 나무로 걸어갔다. 늙디늙어서 온통 회색 이끼가 끼어 있지만, 잔가지와 큰 가지가 이리저리 얽혀 이루어진 커튼을 두른 나무였다. 디컨은 두꺼운 칼을 주머니에서 꺼내더니 날을 하나 폈다.

"죽은 나무가 많아서 베어 내긴 해야 하겠지만 말이여. 오래된 나무도 많지만 작년에 새순을 피웠네. 여기 새순이 있는디."

디컨은 단단하고 바짝 마른 회색이 아니라, 갈색이 도는 녹색으로 보이는 새순을 가리켰다.

메리도 열렬히, 하지만 조심스레 감탄하는 태도로 만져 보았다.

"저거? 저것 살아 있어? 잘 살아 있어?"

디컨은 함박웃음을 지었다.

"아씨나 나처럼 쌩쌩해."

디컨이 말했다. 메리는 마사가 '쌩쌩하다'는 말은 '살아 있다' 혹은 '활기가 있다'는 뜻이라고 이야기한 기억이 났다.

"쌩쌩해서 다행이야!" 메리는 소리 죽여 부르짖었다. "모두 다 쌩쌩 했으면 좋겠다. 정원을 둘러보면서 쌩쌩한 게 몇 개나 있는지 알아보 자."

메리는 열의가 뻗쳐 숨을 헐떡였고 디컨도 메리만큼이나 열의가 솟았다. 두 아이는 이 나무 저 나무, 이 덤불 저 덤불을 오갔다. 디컨 은 손에 칼을 들고 메리가 멋지다고 생각할 만한 것들을 보여 주었다.

"덩굴들이 제멋대로 퍼졌네." 디컨이 말했다. "하지만 가장 강한 덩 굴은 그 위에서도 잘 살아남았구먼. 가장 연약한 것들은 죽었지만 딴 것들은 계속 자라고 퍼져서 퍼뜩 놀랍게도 잘 자랐제. 이거 봐야!"

디컨은 짙은 회색에 건조해 보이는 나뭇가지를 끌어 내렸다. "많이 들 죽은 나무라 생각하겠지만, 내 생각은 달러. 뿌리까지 내려가면. 아래를 잘라서 봐야겠구먼."

디컨은 무릎을 꿇고 생명 없어 보이는 나뭇가지를 칼로 땅 바로 위 에서 잘라 냈다.

"이거 봐!" 디컨은 의기양양하게 외쳤다. "그럴 거라고 했잖어. 나무 속은 아직 녹색이여. 들여다봐."

메리는 디컨이 말하기도 전에 벌써 무릎을 꿇고 빤히 쳐다보고 있었다.

"이것처럼 살짝 초록색이 돌고 물이 나오면 쌩쌩한 거여." 디컨이 설명했다. "내가 잘라 낸 조각처럼 안까지 말라서 쉽게 부러지면 죽은 거고. 여기 살아 있는 나무가 뻗어 나온 커다란 뿌리가 있구먼. 오래 된 나무를 잘라 내고 주변을 파서 가꿔 주면……"

디컨은 말을 멈추고 나무를 타고 올라가 늘어진 잔가지들을 올려다보았다.

"올해 여름엔 여기 장미가 분수처럼 퍼질 거여."

아이들은 이 덤불에서 저 덤불로 갔다가 이 나무에서 저 나무로 옮겨 갔다. 디컨은 아주 힘이 셌다. 칼을 잘 다뤄서 말라 죽은 나무들을 잘라 내는 방법을 잘 알았고 별로 가망 없어 보이는 나뭇가지에도 아직 푸릇한 생명이 자라고 있는지 분간할 수 있었다. 30분 정도 돌아다니면서 메리는 자기도 구분할 수 있을 것 같은 생각이 들었고 디컨이 생명 없어 보이는 나뭇가지를 잘랐어도 그 안에 촉촉하고 푸릇한 기미가 보일 때면 숨을 죽이고 환호성을 질렀다. 삽과 괭이, 쇠스랑은 아주 유용했다. 디킨은 메리에게 쇠스랑 쓰는 법을 가르쳐 주었으며 그동안 자기는 삽으로 뿌리 주변을 파내어 흙을 헤집고 공기가 통하도록 했다.

가장 커다란 장미 나무 둘레를 열심히 파고 있을 때 디컨이 뭔가 발견하고는 놀라 소리를 질렀다.

"어!" 디컨은 몇 미터 떨어진 풀을 가리켰다. "누가 저걸 해 놓은 거여?"

메리가 정리해 놓은 연두색 새순 주위 자리였다.

"내가 했어."

"저런, 아씨는 정원 일에 대해선 아무것도 모르는 줄 알았는디." 디컨이 외쳤다.

"몰라. 하지만 저건 아주 작고 풀이 질기고 강해서 숨 쉴 공간이 없을 것 같았어. 그래서 자리를 만들어 준 거야. 사실 난 저게 뭔지도 몰라."

디컨은 가서 무릎을 꿇은 후 환히 웃었다.

"잘했어." 디컨이 말했다. "정원사가 있었어도 아씨에게 더 잘 가르쳐 주진 못했을 거여. 이제 잭이 심은 콩나무처럼 무럭무럭 자랄걸. 저건 크로커스와 스노드롭, 여기 있는 건 하양수선화야." 디컨은 다른 땅을 돌아보았다. "여기 있는 건 나팔수선화네. 어! 다 피면 이것 참 멋지겠는디."

디컨은 한 공터에서 다른 공터로 뛰어갔다.

"아씨는 체구도 작으면서 참 일을 많이도 했네." 디컨은 메리를 넘겨다보며 말했다.

"나 살이 더 찌고 있어." 메리가 말했다. "힘도 더 세지고 있고. 이전에는 항상 지쳤는데, 이젠 땅을 파도 전혀 힘들지 않아. 갓 뒤엎은 흙 냄새가 좋아."

"아씨한테는 정말 잘됐네." 디컨은 생각 깊게 고개를 끄덕였다. "신선하고 깨끗한 흙만큼 좋은 냄새가 나는 건 없어. 비가 내렸을 때 막 자라난 꽃과 풀 냄새 정도인가? 난 비가 오면 여러 날 황야에 나가서 덤불 아래 누워 히스 위에 부드럽게 떨어지는 물방울 소리를 들으면서 킁킁 냄새를 맡아. 엄마가 그러시는데, 내 코끝은 토끼처럼 파르르 떨린다고."

"그러다 감기 안 걸려?" 메리가 디컨을 쳐다보며 물었다. 메리는 이처럼 재미있고, 이처럼 좋은 남자애를 본 적이 없었다.

"난 안 걸려." 디컨은 빙그레 웃었다. "태어나서 한 번도 걸린 적이 없는디? 나 그렇게 살살 대접받으며 자라지 않아서. 토끼들마냥 날이 맑든 궂든 황야를 돌아다녀. 엄마 말씀으로는 12년 동안 신선한 공기를 너무 많이 맡아서 감기로 훌쩍대지도 않는다고. 난 서양산사나무로 만든 곤봉처럼 튼튼혀."

디컨은 이야기를 하는 동안에도 손을 쉬지 않았고 메리는 따라다니면서 쇠스랑이나 모종삽으로 도왔다.

"여기 할 일이 참 많어!" 디컨은 무척 환희에 넘치는 표정으로 말했다.

"또 와서 내가 꽃 심는 거 도울 거야?" 메리가 부탁했다. "나도 도울 수 있을 거야. 땅도 파고 잡초도 뽑고, 하라는 거 뭐든지 할게. 아! 제발 와 줘, 디컨!"

"아씨가 필요하면 비가 오든 맑든 매일 올겨." 디컨은 믿음직스럽게 말했다. "평생 해 본 일 중에서 제일 재미있었어. 여기 틀어박혀서 정원을 깨우는 일."

"디컨이 와 준다면, 이 정원이 살아나도록 도와준다면 나는……
난 뭘 해야 할지 모르겠네." 메리는 어쩔 줄 몰라 하며 말을 맺었다.
저런 소년에게 뭘 해 줄 수 있을까?

"아씨가 뭘 하게 될지 말을 해 줄게." 디컨은 기분 좋게 싱글거리며
대답했다. "아씨는 꼬마 여우처럼 통통해지고 배가 고파질 거여. 나처
럼 울새와 얘기하는 법을 배울 거고. 아! 무척 재미있겠네."

디컨은 아슬랑이면서 나무속과 벽, 덤불 속을 골똘히 생각하는 표
정으로 들여다보았다.

"여길 정원사들이 가꾼 정원처럼 만들고 싶지 않어. 다 잎을 바짝
쳐 버려서 말쑥하게 만든 그런 정원 말이여." 디컨이 말했다. "덩굴이
그냥 뻗어 나가고 흔들리면서 서로 얽히도록 놔두는 편이 훨씬 멋있
겠어."

"너무 깔끔하게 정리하진 말자." 메리가 불안하게 말했다. "깔끔하
면 비밀의 정원이 아니잖아."

디컨은 약간 당황스러운 표정으로 적갈색 머리카락을 북북 긁으면
서 서 있었다.

"여긴 비밀의 정원이긴 한데." 디컨이 말했다. "10년 전 잠긴 이래로
울새 말고 누가 있었던 것 같어."

"하지만 문은 잠겨 있고 열쇠도 묻혀 있었는데. 아무도 들어올 수
없었어."

"그 말도 맞어." 디컨이 대답했다. "여긴 참 기묘한 곳이야. 여기저

기 가지치기를 한 것 같단 말이여. 10년 전이 아니라 그보다는 나중에."

"하지만 어떻게 그럴 수가 있어?"

디컨은 똑바로 선 장미 나뭇가지를 살피다 고개를 저었다.

"아하! 할 수 있겠구나." 디컨이 중얼거렸다. "문이 닫히고 열쇠가 묻혀 있었어도."

메리는 아무리 오래 산다고 해도 정원이 자라기 시작한 첫 아침을 잊지 못할 것 같은 기분이었다. 물론, 메리에게는 그날 아침에 자라기 시작한 것처럼 보였다. 디컨이 꽃씨를 심으려고 땅을 고르자, 메리는 배질이 놀리려고 불렀던 노래가 떠올랐다.

"방울같이 생긴 꽃도 있어?" 메리가 질문했다.

"여긴 은방울꽃이 벌써 있어. 아까 봤는걸. 은방울꽃은 너무 바짝 붙어 자라기 때문에 떼어 놓아야 하지만 많이 있어. 다른 꽃들은 씨에서 피기까지 2년이나 걸리지만 우리 집 마당에서 화초를 몇 포기 가져다줄 수 있지. 그런데 왜 그 꽃을 갖고 싶은데?"

그때 메리는 인도에서 만났던 배질과 그 형제자매들 이야기를 하면서, 그 아이들이 얼마나 싫었고 그 아이들이 자기를 '심술궂은 메리 양'이라고 불렀다고 설명해 주었다.

"걔들은 내 주위에서 빙글빙글 춤을 추면서 노래를 불렀어.

'심술궂은 메리 양
정원은 어떤가요?

휜 방울꽃과 조가비,
금잔화가 모두 한 줄로.'

그게 생각나서 정말로 휜 방울처럼 생긴 꽃이 있나 궁금했었지."

메리는 얼굴을 살짝 찡그리면서 작은 모종삽으로 약간 앙심을 풀
듯 흙을 팠다.

"난 걔들만큼 심술궂지 않아."

하지만 디컨은 웃어 버렸다.

"하하!" 디컨은 기름진 검은흙을 잘게 부수었고 메리는 디컨이 그
흙냄새를 맡는 것을 보았다.

"그런 꽃들이 있고 정다운 들짐승들이 우리나 둥지를 만들려고 돌
아다니면서 노래하고 휘파람을 부는데 왜 심술궂게 굴어야 혀?"

씨를 손에 들고 디컨 옆에 무릎을 꿇고 앉아 있던 메리는 고개를
들면서 찡그린 얼굴을 폈다.

"디컨, 마사가 말한 것만큼 정말 착하구나. 네가 좋아. 내가 다섯
번째로 좋아하게 된 사람이야. 내가 다섯 명이나 좋아하게 될 줄은
몰랐는데."

디컨은 마사가 난로 쇠창살을 닦을 때 하는 것처럼 뒤로 쭈그려 앉
았다. 메리는 디컨을 보면서 둥근 푸른 눈과 빨간 뺨, 행복하게 느껴
지는 들창코를 가진 재미있고 유쾌한 얼굴이라고 생각했다.

"좋아하는 사람이 다섯 명밖에 없어?" 디컨이 물었다. "나머지 넷
은 누군디?"

"디컨 어머니와 마사." 메리는 손가락으로 꼽으며 셌다. "울새와 벤 웨더스태프."

웃음소리가 무척 크게 나와 디컨은 한 팔을 입에 대고 소리를 죽여야 했다.

"아씨는 내를 엉뚱한 애라고 생각하겠지. 하지만 아씨야 말로 내가 본 사람 중에 가장 엉뚱한 여자애여."

그때 메리는 이상한 일을 했다. 메리는 앞으로 몸을 숙이고 이제까지 누구에게도 물어볼 생각을 하지 않은 질문을 했다. 이 질문은 요크셔 사투리로 했는데, 그것이 디컨의 말이었기 때문이었다. 그리고 인도에서 원주민들은 자기네 말을 알면 항상 기뻐했다.

"디컨은 나 좋아혀?"

"그럼!" 디컨은 진심으로 대답했다. "좋아하고말고. 난 아씨를 겁나게 좋아하고 울새도 그런걸. 그렇다고 믿어!"

"그러면 둘이 되겠네." 메리가 말했다. "나를 좋아하는 사람이 둘."

그런 후에 두 사람은 더욱 열심히, 더욱 즐겁게 일했다. 마당의 큰 시계가 점심시간을 알리는 종을 울리자 메리는 화들짝 놀랐고 아쉽기도 했다.

"난 가야 해." 메리는 우울하게 말했다. "디컨도 가야 하지?"

디컨은 방그레 웃었다.

"난 편하게 도시락을 가지고 다녀." 디컨이 설명했다. "엄니가 늘 주머니에 뭘 넣어 주시니께."

디컨은 풀숲 위에 놓아두었던 외투를 집더니 주머니에서 아주 깨끗하고 거친 흰색과 푸른색 손수건으로 싼 불룩한 꾸러미를 꺼냈다. 그 안에는 가운데 무언가를 끼운 빵 두 조각이 들어 있었다.

"빵밖에 먹을 게 없는 날이 더 많지만. 오늘은 기름진 베이컨도 들어 있네."

메리는 점심치고는 빈약하다고 생각했지만 디컨은 즐겁게 먹을 준비가 된 듯했다.

"아씨도 가서 점심 먹어. 난 내 걸 먼저 먹을 테니까. 일 좀 더 해놓고 집에 갈게."

디컨은 나무에 등을 기대고 앉았다.

"저 울새를 불러서 쪼아 먹을 수 있게 베이컨 쪼가리를 좀 주어야겠다. 저 새들은 이 비계를 겁나게 좋아하거든."

메리는 디컨과 헤어지기가 싫었다. 갑자기 디컨이 어떤 나무 요정이라서 메리가 다시 정원에 왔을 때는 사라지고 없을 것만 같았다. 디컨은 굉장히 멋져서 실제로 존재하는 사람 같지 않았다. 메리는 느릿느릿 벽에 붙은 문으로 가다가 멈추고 돌아보았다.

"무슨 일이 있어도, 너…… 말 안 할 거지?"

빵과 베이컨을 한 입 베어 문 터라 양귀비꽃처럼 붉은 볼이 미어졌지만 어쨌든 디컨은 기운을 북돋우듯 미소를 지을 수 있었다.

"만약 아씨가 울새고 나한테 둥지가 있는 곳을 알려 줬다면 내가 누구에게 얘기할 것 같어? 난 아니여." 디컨이 말했다. "아씨는 울새맹키로 안전혀."

그래서 메리는 안전하다는 기분이 확실히 들었다.

The Secret Garden

제12장

"땅을 좀 받을 수 있을까요?"

메리는 어찌나 빨리 뛰었는지 방에 도착했을 땐 숨이 찼다. 머리카락은 이마 위에 헝클어졌고 뺨은 밝은 분홍색으로 빛났다. 점심은 식탁 위에 차려져 있었고 마사가 그 옆에서 기다리고 있었다.

"약간 늦으셨구면요? 어디 있었어라?"

"디컨 만났어!" 메리가 말했다. "디컨 봤어!"

"걔가 올 줄 알았지요." 마사는 기쁘게 말했다. "좋으셨어라?"

"그런 것 같아. 정말 멋져!" 메리가 확고하게 말했다.

마사는 약간 움찔 놀렸지만 기뻐하는 표정을 지었다.

"뭐, 걘 정말 착한 아이지만 우리도 디컨이 잘생겼다고 생각은 안 하는데. 코가 너무 들렸잖어요."

"코가 그렇게 들린 게 좋아." 메리가 말했다.

"눈도 너무 동그랗고." 마사는 한결 미심쩍은 말투였다. "눈 색깔은 이쁘지만요."

"그 눈이 그렇게 동그란 게 좋아." 메리가 말했다. "황야에 뜬 하늘 색깔이랑 똑같아."

마사는 만족해서 환히 웃었다.

"엄니 말씀으로는 항상 새들과 구름을 올려다보느라 그런 눈 색깔이 되었다고 혀요. 하지만 입이 참 크지요?"

"디컨 입이 큰 것도 좋아." 메리가 고집스럽게 말했다. "내 입도 그랬으면 좋겠어."

마사가 명랑하게 킥킥 웃었다.

"아씨 작은 얼굴에 입이 그렇게 커다라면 희한하고 아주 웃길 거여요." 마사가 말했다. "하지만 아씨가 디컨 첨 봤을 때도 그렇게 생각했을 거인데. 어떻게, 걔가 사다 준 씨앗이랑 원예 도구는 마음에 드셔라?"

"그거 사 왔는지 어떻게 알아?"

"아무것도 안 가지고 올 애가 아니지라. 물건이 요크셔에 있기만 했다면 반드시 사 왔을 거여요. 걘 믿을 만한 애니깐요."

메리는 마사가 곤란한 질문을 할까 봐 걱정했지만 마사는 아무것도 묻지 않았다. 씨앗과 원예 도구에 대단한 흥미를 보였는데, 메리가 두려웠던 건 딱 한 순간뿐이었다. 꽃을 어디 심을 거냐고 물었을 때였다.

"누구에게 물어봤어요?" 마사가 물었다.

"아직 아무한테도 안 물어봤는데." 메리는 머뭇거리며 대답했다.

"음, 나라면 수석 정원사에게는 안 물어볼 거예요. 어찌나 잘난 체가 심한지, 로치 씨는."

"난 그 사람 한 번도 못 봤는데." 메리가 말했다. "보조 정원사들과 벤 웨더스태프만 봤어."

"내가 아씨라면, 벤 웨더스태프에게 물어보겠어요." 마사가 충고했다. "그 할아범은 보기만큼 그렇게 무서운 사람은 아니거든요. 좀 괴팍하긴 혀도. 크레이븐 주인님은 벤 웨더스태프에겐 하고 싶은 대로 하라고 놔두셔요. 벤은 크레이븐 마님이 살아 계실 때부터 여기 있었고 마님을 한바탕 웃겨 드렸거든요. 마님은 벤을 좋아하셨지라. 어쩌면 벤이 큰길에서 벗어난 구석의 작은 땅뙈기 하나 떼어 줄지 몰러요."

"큰길에서 벗어났다면 아무도 갖고 싶어 하지 않을 거고, 내가 가진다고 해도 싫어할 사람은 없겠지?" 메리가 불안하게 중얼거렸다.

"그럴 이유가 있었어요." 마사가 대답했다. "그런들 아무에게 해를 끼치는 것도 아닌데."

메리는 점심을 될 수 있는 한 빨리 먹었다. 식탁에서 일어나자 방으로 뛰어가 모자를 쓰려고 했지만 마사가 말렸다.

"힐 말이 있어요." 마사기 말했디. "먼저 점심부텀 드시게 하고 말씀드리려고 했죠. 크레이븐 주인님이 오늘 아침에 오셨는데, 아씨를 만나 보고 싶은 모양이셨어요."

메리의 얼굴이 창백해졌다.

"어머! 왜! 왜! 고모부는 내가 왔을 때도 만나고 싶어 하지 않으셨
잖아. 만나고 싶지 않다고 했다고 피처가 말하는 것 들었어."

"뭐," 마사가 말했다. "메들록 부인 말로는 저희 어머니 때문이라
는데요. 저희 어머니가 스웨이트 마을에 갔다가 주인님을 만나셨다
지 뭐예요. 이전에는 주인님과 말을 해 본 적이 없었지만 크레이븐 마
님은 저희 집에 두세 번 오셨더랬지요. 주인님은 잊어버린 모양이지만
어머니는 기억하고 있어서 용기를 내어 주인님을 불렀대요. 어머니가
주인님께 아씨에 관해 뭐라 했는진 모르겠지만 주인님 마음을 움직
이는 무슨 말씀을 해서 주인님이 내일 다시 떠나기 전에 아씨를 보겠
다고 하셨나 봐요."

"아!" 메리가 외쳤다. "고모부가 내일 가셔? 잘됐다!"

"한참 가셔서 좀체 안 오실 거예요. 아마 가을이나 겨울이 되기 전
까지는 돌아오지 않으실 거라고. 외국으로 여행을 가신대요. 항상 그
러시니까."

"아, 잘됐어! 정말 좋아!" 메리는 고마운 마음이 들었다.

겨울, 적어도 가을까지는 돌아오지 않는다면 비밀의 정원이 살아
나는 것을 볼 수 있을 터였다. 크레이븐 고모부가 알아내서 빼앗아 간
다고 해도 적어도 그때까지는 가질 수 있을 테니까.

"고모부가 언제 나를 보고 싶어 하시는지……"

메리가 말을 미처 다 끝맺기도 전에 문이 벌컥 열리고 메들록 부
인이 들어왔다. 메들록 부인은 가장 좋은 검은 드레스와 모자를 썼고
옷깃에는 남자의 얼굴 그림이 있는 커다란 브로치를 달고 있었다. 그

림은 몇 년 전 죽은 메들록 씨의 유색 초상화로서, 메들록 부인은 옷을 차려입을 때면 꼭 그 브로치를 달았다. 부인은 약간 초조하면서도 들뜬 듯했다.

"머리가 엉망이네요." 부인이 재빨리 말했다. "가서 빗으세요. 마사, 아씨가 가장 좋은 옷을 입으실 수 있도록 시중들어. 크레이븐 주인님이 서재로 아씨를 데려오라고 나를 보내셨으니까."

메리의 뺨에서 분홍빛이 말끔히 사라졌다. 심장이 쿵쿵 뛰었고 메리는 다시 뻣뻣하고 못생기고 말 없는 아이로 돌아간 기분이 들었다. 메들록 부인의 말에 대답조차 않고 몸을 획 돌려서 침실로 들어가 버렸다. 마사가 뒤따랐다. 메리는 옷을 갈아입고 머리를 빗질하는 동안에도 아무 말 하지 않았고, 단정한 몸차림으로 메들록 부인을 따라 복도를 걸을 때도 입을 열지 않았다. 할 말이 뭐 있을까? 가서 만나 뵈어야 하기는 하겠지만 크레이븐 고모부는 메리를 좋아하지 않을 테고 메리도 고모부를 좋아하지 않을 텐데. 메리는 고모부가 자기를 어떻게 생각할지 잘 알았다.

메리는 이전에 가 본 적이 없는 저택의 방으로 이끌려 갔다. 마침내 메들록 부인이 문을 두드리자 어떤 이가 말했다.

"들어와요."

그 말에 누 사람은 안으로 함께 들어샀나.

한 남자가 난롯가 팔걸이의자에 앉아 있었고 메들록 부인이 말을 걸었다.

"여기 메리 양 모시고 왔습니다."

"애는 여기 두고 가서 일 봐요. 데려갈 때가 되면 종을 울릴 테니까." 크레이븐 고모부가 말했다.

부인이 문을 닫고 나가자 메리는 가만히 서서 기다릴 수밖에 없었다. 말라빠진 두 손을 이리저리 꼬고 있는 못생긴 어린애로 돌아가서. 메리는 의자에 앉은 남자가 심한 곱사등이라기보다는 등이 구부정하게 높이 솟은 사람 쪽에 가깝다는 것을 알았다. 검은 머리카락은 군데군데 희끗희끗했다. 고모부는 솟은 어깨 위로 고개를 들고 메리에게 말을 걸었다.

"이리 오너라!"

메리는 그쪽으로 갔다.

못생긴 사람은 아니었다. 얼굴에 비참한 빛을 띠고 있지 않았더라면 잘생겼다고 할 만한 외모였다. 고모부는 메리의 모습만 봐도 걱정스럽고 짜증스럽다는 듯, 대체 메리를 어떻게 해야 할지 몰라 하는 듯 보였다.

"잘 지내느냐?" 고모부가 물었다.

"네." 메리가 대답했다.

"사람들이 잘 돌봐 주고?"

"네."

고모부는 메리를 건너다보며 짜증스럽게 이마를 문질렀다.

"아주 말랐구나."

"점점 살이 찌고 있어요." 메리는 예의 그 뻣뻣한 태도로 대답했다.

얼마나 불행한 얼굴인지! 검은 눈은 메리를 쳐다보지 않고 다른 것을 바라보는 듯했다. 메리에게 집중하지 못하는 표정이었다.

"네 존재를 까맣게 잊어버렸구나." 고모부가 말했다. "어떻게 기억할 수 있겠니? 가정교사나 보모, 뭐 그런 사람을 붙여 줄 생각이었지만 잊어버렸어."

"부탁드려요." 메리가 말을 꺼냈다. "제발……" 덩어리가 치밀어 목이 메었다.

"무슨 말을 하려고 그러느냐?"

"전, 전 이제 보모가 보기에 너무 커요." 메리가 말했다. "그리고 제발, 제발 가정교사는 아직 붙이지 마세요."

고모부는 다시 이마를 문지르며 메리를 쳐다보았다.

"소위비 부인도 그런 말을 하더군." 고모부는 건성으로 중얼거렸다.

그 말에 메리는 일말의 용기를 얻었다.

"그분, 그분이 마사 어머니시죠?" 메리는 더듬거렸다.

"그래, 그런 것 같던데."

"그분은 애들에 관해선 잘 아세요." 메리가 말했다. "열두 명이나 자식이 있대요. 그분이 잘 알아요."

크레이븐 씨는 약간의 흥미가 돋는 듯했다.

"뭘 하고 싶으냐?"

"선 밖에서 놀고 싶어요."

메리는 목소리가 떨리지 않길 바라며 대답했다. "인도에서는 밖에 나가는 게 싫었는데요, 여기서는 입맛도 생기고 살도 더 찌고 있어요."

크레이븐 씨는 메리를 바라보았다.

"소워비 부인 말로는 그 편이 네게 좋을 거라고 하더구나. 어쩌면 그럴지도 모르지." 크레이븐 씨는 말했다. "가정교사를 붙이기 전에 먼저 기운부터 차리는 게 좋을 거라고 했어."

"밖에 나가서 놀고 황야 위로 바람이 불어올 때면 기운이 나는걸요." 메리가 주장했다.

"넌 어디서 노는데?" 크레이븐 씨가 곧이어 물었다.

"아무데서나요." 메리는 숨을 들이마셨다. "마사 어머니가 줄넘기를 보내 주셨어요. 줄을 넘으면서 뛰어다녀요. 그러면서 땅에서 얼굴을 내민 식물이 없나 둘러보고요. 그렇게 나쁜 짓 하지 않아요."

"그렇게 겁먹은 표정할 것 없다." 크레이븐 씨는 걱정스러운 목소리로 말했다. "네가 뭐 그리 나쁜 짓을 하겠느냐. 너같이 어린애가! 네좋을 대로 하렴."

메리는 무척 신이 나서 목구멍으로 덩어리가 치미는 것 같자 고모부가 볼까 봐 한 손으로 목을 가렸다. 메리는 한 발 고모부 곁으로 다가갔다.

"그래도 돼요?" 메리가 떨리는 목소리로 물었다.

걱정스러운 작은 얼굴에 크레이븐 씨는 한층 더 염려스러운 모양이었다.

"그렇게 겁먹은 표정 하지 말래도. 물론 마음대로 해도 되지. 내가네 보호자지 않느냐. 물론 난 어떤 아이도 잘 보살피진 못하지만 말이다. 네게 시간이나 관심을 줄 순 없다. 나도 몸이 아프고 괴롭고 다른 데 신경 쓸 일이 많으니까. 그렇지만 네가 행복하고 편안하게 지냈으면 좋겠구나. 난 아이에 관해선 아무것도 몰라. 하지만 네가 필요한 게 있으면 메들록 부인이 다 잘 살펴 줄 거다. 오늘 너를 오라고 한 건 널 만나 봐야 한다고 소워비 부인이 주장했기 때문이야. 부인의 딸이 너에 대한 이야기를 했나 보더구나. 부인은 네가 신선한 공기와 자유가 필요하고 뛰어 돌아다녀야 한다고 생각하던데."

"아주머니는 아이들에 대해선 모르는 게 없으세요." 메리는 다시 자기도 모르게 말했다.

"그렇겠지." 크레이븐 씨가 말했다. "황야에서 나를 불러 세우다니 참 뻔뻔한 사람이구나 했지만 그 부인이 그러더구나. 크레이븐 부인이 잘해 주셨다고."

죽은 아내의 이름을 꺼내기만 하는 것도 힘든 듯 보였다.

"존경할 만한 부인이었어. 이제 널 보니 그 부인이 똑똑한 말을 했다 싶다. 원하는 대로 밖에 나가서 놀려무나. 여긴 큰 저택이니 어디든 원하는 대로 가고 원하는 대로 즐기렴. 또 뭐 하고 싶은 게 있니?"

갑작스레 어떤 생각이 퍼뜩 들었다.

"뭐 원하는 게 있느냐? 장난감이나 책, 인형을 갖고 싶어?"

"원하는 게 있긴 한데요." 메리는 몸을 약간 떨었다. "땅을 좀 받을 수 있을까요?"

메리는 지나치게 집중하느라 그 말이 얼마나 이상하게 들리는지, 그리고 그게 자기가 하려던 말이 아니라는 것을 미처 깨닫지 못했다. 크레이븐 씨는 꽤 놀란 듯했다.

"땅이라니!" 그는 되뇌었다. "무슨 뜻이냐?"

"씨앗을 심어서, 식물을 가꿀 땅요. 살아 있나 보게." 메리의 목소리가 흔들렸다.

크레이븐 씨는 잠시 메리를 쳐다보더니 한 손으로 재빨리 눈 위를 훑었다.

"넌…… 정원을 참 좋아하는구나." 그가 천천히 말했다.

"인도에 있을 때는 정원을 잘 몰랐어요." 메리가 대답했다. "항상 아프고 피곤했고 날씨도 너무 더웠어요. 가끔은 모래 속에 작은 화단을 만들어 꽃을 꽂긴 했지만요. 하지만 여기선 달라요."

크레이븐 씨는 일어나더니 천천히 방 이편으로 걸어왔다.

"조금이라." 크레이븐 씨는 혼잣말했다. 메리는 고모부가 자기를 보고 무슨 기억을 떠올린 것 같다는 생각을 했다. 크레이븐 씨가 발을 멈추고 메리에게 말을 걸었을 땐 그의 검은 눈은 부드럽고 친절하기까지 했다.

"원하는 만큼 땅을 가지거라." 고모부는 허락을 해 주었다. "널 보니 땅과 식물을 사랑했던 어떤 사람이 생각나는구나. 원하는 땅을 보거든," 그러면서 고모부는 미소 비슷한 표정을 띠었다. "가지렴, 애야. 그리고 그게 살아나도록 해 봐."

"아무데서나 가져도 돼요? 아무도 원하는 사람이 없는 땅이면?"

"아무 데나." 크레이븐 씨는 대답했다. "자! 그럼 이제 가 봐라. 난 피곤하니 말이다."

고모부는 메들록 부인을 부르기 위해 종을 잡았다.

"잘 가라. 난 여름 내내 돌아오지 않을 거다."

메들록 부인이 어찌나 금세 나타났는지, 메리는 부인이 복도에서 대기하고 있었던 게 분명하다고 생각했다.

"메들록 부인." 크레이븐 씨가 지시했다. "이제 이 아이를 보니 소위비 부인이 한 말이 무슨 뜻인지 알겠군. 이 아인 공부를 시작하기 전에 일단 몸부터 튼튼해져야 할 것 같아. 아이에게 간소한 건강식을 줘요. 정원에서 마음껏 달리게 하고. 너무 지나치게 보살피지 마시오. 이 아이는 자유와 신선한 공기가 필요하고 마구 뛰어다녀야 할 테니. 소위비 부인에게 가끔씩 와서 아이를 돌봐 주라고 하고, 이 아이도 그 집에 이따금씩 보내요."

메들록 부인은 기쁜 표정이었다. 메리를 너무 많이 '보살피지' 않아도 된다는 얘기를 듣자 안심한 눈치였다. 부인은 메리를 귀찮은 일거리 정도로 여겼고 하인이 할 수 있는 한도 내에서는 메리를 꽤 하찮게 생각했다. 거기에 더해 메들록 부인도 마사 어머니를 좋아했다.

"감사합니다, 주인님." 부인이 말했다. "수전 소위비와 저는 학교를 같이 다녔죠. 길거리를 돌아다녀 봐도 그렇게 사리분별 있고 마음이 고운 사람은 만나기 어려울 겁니다. 저야 아이가 없지만 수전에게는 열둘이나 있고 모두 다 건강하고 착하지요. 메리 아씨가 그들과 함께 어울린다고 해도 전혀 해로울 일이 없을 겁니다. 전 항상 아이들에 관해서는 수선 소위비의 충고를 받아들이죠. 수전은 시쳇말로 긴깅한 정신을 가진 사람이거든요. 제 뜻을 잘 말씀드렸는진 모르겠습니다만."

"잘 알아들었소." 크레이븐 씨가 대답했다. "이제 메리 양을 데려가고 피처를 보내요."

메들록 부인이 메리를 방 옆의 복도에 놔두고 가자 메리는 날듯이 뛰어 안으로 돌아갔다. 마사가 방에서 기다리고 있었다. 사실 마사는 점심 설거지를 다 한 후 다시 서둘러 돌아온 참이었다.

"내 정원이 생겼어!" 메리가 외쳤다. "원하는 자리 아무 데서나 땅을 가져도 된대! 한동안은 가정교사도 없을 거고! 마사 어머니가 나를 만나러 오시고 나도 마사네 집에 가도 된다고! 고모부 말로는 나 같은 어린애가 무슨 나쁜 짓을 하겠냐고 원하는 대로 하래. 아무 데서나!"

"어머나!" 마사가 기쁘게 대답했다. "정말 다정하시구먼요, 그렇죠?"

"마사." 메리는 엄숙하게 말했다. "고모부는 정말 좋은 분이야. 하지만 얼굴이 너무 불쌍해 보이고 이마를 이렇게 찌푸리고 계셔."

메리는 할 수 있는 한 재빨리 정원으로 뛰어갔다. 생각보다 더 오래 자리를 비웠고 디컨은 8킬로미터를 걸어 집에 돌아가야 하기 때문에 일찍 떠나야 했다는 것도 알았다. 담쟁이덩굴 아래 문으로 슬쩍 들어갔을 때 아까 헤어졌던 자리에서 일하는 디컨의 모습은 볼 수 없었다. 원예 도구는 나무 아래 가지런히 놓여 있었다. 메리는 그리로 뛰어가며 주위를 둘러보았지만 디컨은 보이지 않았다. 디컨은 벌써 가 버렸고 비밀의 정원은 비어 있었다. 다만 담장 너머로 방금 날아온 울새만이 똑바로 선 장미 나무 위에 앉아 메리를 쳐다보고 있을 뿐이었다.

"가 버렸네." 메리는 구슬프게 중얼거렸다. "아, 그 애는 정말, 정말 그냥 나무 요정이었던 것 아닐까?"

그때 장미 나무에 매인 희끄무레한 것이 메리의 시선을 끌었다. 그것은 종이쪽지, 마사가 디컨에게 보냈던 편지였다. 쪽지는 큰 가시가 있는 덤불에 달려 있었고 순간 메리는 디컨이 거기 놔두고 갔다는 것을 알았다. 그 위에는 거칠게 쓴 글씨와 그림 같은 것이 있었다. 처음에 메리는 무얼 그린 건지 분간하지 못했다. 그렇지만 다음 순간, 새 둥지와 그 안에 앉아 있는 새를 그리려 했던 것임을 알아보았다. 그 아래에는 활자체로 이렇게 쓰여 있었다.

"돌아올게."

제13장

"난 콜린이야."

메리는 저녁을 먹으러 갈 때 그림을 도로 집에 가
져가서 마사에게 보여 주었다.

"어머나!" 마사는 대단히 뿌듯해했다. "우리 디컨이 이렇게나 솜씨
가 좋은 줄은 몰랐구먼요. 둥지 안에 있는 지빠귀 그림이네요. 진짜
새랑 크기는 똑같지만 배로 자연스럽네."

그때 메리는 디컨이 이 그림에 의미를 담았다는 것을 깨달았다. 비
밀을 지킬 테니 메리는 안심해도 좋다는 뜻이었던 것이다. 메리의 정
원은 둥지고 메리는 지빠귀와 같다고. 아, 이 별난 평민 소년을 얼마
나 좋아하게 되었는지!

메리는 디컨이 바로 다음 날 돌아오기를 바라면서 아침이 오길 고
대하며 잠이 들었다.

하지만 요크셔의 날씨가 어떻게 변할지는 아무도 모르는 법, 봄에

는 특히 그렇다. 메리는 한밤에 무거운 빗방울이 창문을 뚝뚝 두드리는 소리에 잠에서 깼다. 비가 억수같이 쏟아지고 바람이 거대한 옛 저택의 모퉁이와 굴뚝 속에서 '휘불고' 있었다. 메리는 비참하고 성난 기분으로 일어나 앉았다.

"이 비도 나만큼이나 심술궂네." 메리는 혼잣말했다. "바라지 않는 걸 뻔히 알면서 내리다니."

메리는 베개에 몸을 던지고 얼굴을 묻었다. 울지는 않았지만 가만히 누워서 부겁게 때리는 빗소리를 미워했다. '휘부는' 바람도 싫었다. 다시 잠도 오지 않았다. 구슬픈 소리에 마음도 슬퍼져서 잠을 이룰 수가 없었다. 기분이 행복했다면 되레 메리를 얼러 잠들게 했을 소리였다. 바람이 어찌나 '휘불고' 커다란 빗방울이 어찌나 세차게 퍼부으며 유리창을 두드리던지!

"마치 황야에서 길을 잃고 계속 헤매면서 우는 사람 소리 같아." 메리는 중얼거렸다.

메리는 한 시간 남짓 이리저리 뒤척이면서 잠을 이루지 못하다가 별안간 들려온 소리에 침대에 일어나 앉았다. 메리는 문 쪽으로 고개를 돌리고 귀를 기울이고 또 기울였다.

"지금은 바람이 아니었어." 메리는 큰 소리로 중얼거렸다. "바람이 아니야. 달라. 이전에 들었던 울음소리야."

방문이 빠끔 열려 있어서 소리가 복도를 타고 들어왔다. 저 멀리에서 희미하게 들리는 칭얼대는 울음소리였다. 메리는 잠깐 동안 귀를 기울였고, 매 순간 점점 더 확신하게 되었다. 뭔지 알아내야 할 것만

"난 콜린이야."

같은 생각이 들었다. 비밀의 정원이나 땅에 묻힌 열쇠보다도 더 기묘했다. 어쩌면 대들고 싶은 마음에 더욱 대담해진 건지도 몰랐다. 메리는 발을 침대에서 내딛고 바닥에 일어섰다.

"뭔지 알아내야겠어." 메리가 말했다. "모두들 자고 있을 테고 난 메들록 부인은 신경 쓰지 않으니까. 신경 안 써!"

침대 옆에 초가 하나 놓여 있어서 메리는 그것을 들고 방을 조심스레 나갔다. 복도는 무척 길고 어두웠지만 메리는 너무 들떠서 신경 쓸 겨를이 없었다. 메리는 태피스트리로 덮인 방이 있었던 짧은 복도로 돌아가는 길을 기억하고 있다고 생각했다. 메리가 길을 잃었던 날 메들록 부인이 나왔던 바로 그 방에 이르는 길. 소리가 그 통로에서 나왔다. 그래서 메리는 침침한 촛불을 들고 더듬거리며 나아갔다. 심장이 어찌나 뛰는지 귀에 들리는 것 같았다. 저 멀리에서 희미한 울음소리가 계속 들리며 메리를 이끌었다. 그 소리는 가끔은 일순 멈추기도 했다가 다시 이어졌다. 여기서 도는 게 맞는 걸까? 메리는 발길을 멈추고 생각했다. 그래, 맞았다. 이 통로 아래로 가서 왼쪽으로 돈 후 너른 계단 두 단을 올라서 다시 오른쪽으로, 그래, 여기가 바로 그 태피스트리가 걸렸던 문이다.

메리는 문을 아주 살며시 열고 들어가 등 뒤로 닫았다. 그 복도에서 있었더니 울음소리가 크지는 않았지만 아주 분명하게 들려왔다. 왼쪽 벽 건너편에서 들려오는 소리였고 몇 미터 앞에 문이 하나 있었다. 그 문 아래로 새어 나오는 불빛이 보였다. 누군가가 방 안에서 울고 있었다. 그것도 아주 어린 사람.

그래서 메리는 문으로 가서 밀어 보았다. 문이 열리면서 메리는 방 안에 들어섰다!

고풍스럽고 근사한 가구들이 있는 커다란 방이었다. 벽난로에는 잦아든 장작불이 희미하게 빛났고 밤을 지새울 등불이 네 기둥에 조각을 새기고 그 위에 차양을 드리운 침대 옆에서 빛났다. 침대에서는 한 소년이 누워 칭얼대며 울고 있었다.

메리는 여기가 진짜 공간인지 아니면 다시 잠에 빠져 자기도 모르는 새 꿈을 꾸는 건지 알 수가 없었다.

소년의 상아색 얼굴은 날카롭고 섬세했으며 눈은 얼굴에 비해 무척 컸다. 머리숱이 많아서 이마 위에 수북이 내려오는 바람에 그렇지 않아도 작은 얼굴이 더 작아 보였다. 소년은 아팠던 것 같았지만 아프다기보다 피곤하고 성이 나서 더 우는 듯했다.

메리는 초를 들고 숨을 죽인 채 문간에 서 있었다. 그러다 방 저편으로 슬금슬금 걸어갔다. 메리가 가까이 가자 빛이 관심을 끌었는지 소년이 베개에 묻은 고개를 들고 메리를 쳐다보았다. 소년의 회색 눈이 어찌나 휘둥그레 커졌는지 거대하게 보일 지경이었다.

"넌 누구야?"

마침내 소년은 반쯤 겁먹은 소리로 속삭였다.

"너, 유령이야?"

"아니, 난 아니야." 메리가 대답했다. 메리의 목소리도 반쯤 속삭이는 듯했다. "너야말로 유령이야?"

소년은 빤히 쳐다보고 또 쳐다보았다. 메리는 소년의 눈이 얼마나 이상한지 모르려야 모를 수가 없었다. 마노 구슬같이 회색이었고 짙은 검은 속눈썹이 그 둘레에 나 있어서 얼굴에 비해 지나치게 커 보였다.

"아니야." 소년은 잠시 뜸을 들이더니 대답했다. "난 콜린이야."

"콜린이 누군데?" 메리의 목소리가 떨렸다.

"콜린 크레이븐이야. 넌 누구니?"

"난 메리 레녹스. 크레이븐 씨가 내 고모부야."

"우리 아빠야." 소년이 말했다.

"네 아빠라고!" 메리가 숨을 헉 들이쉬었다. "고모부에게 아들이 있다는 말은 아무도 안 해 줬는데. 왜 안 했을까?"

"이리 와 봐." 콜린은 걱정스러운 표정으로 여전히 이상한 눈을 메리에게서 떼지 않았다.

"너 진짜지. 아니야?" 콜린이 물었다. "나, 이렇게 진짜 같은 꿈 자주 꿔. 너도 그런 꿈일지 모르잖아."

메리는 방을 나올 때 모직 가운을 걸치고 왔기 때문에 그 천을 소년의 손가락 사이에 끼워 넣었다.

"이거 문질러 보고 얼마나 두껍고 따뜻한지 봐." 메리가 말했다. "내가 진짜라는 걸 보여 주기 위해서 원하면 널 꼬집어도 줄 수 있어. 잠시 동안 나도 내가 꿈일지 모른다고 생각했거든."

"넌 어디에서 왔니?" 콜린이 물었다.

"내 방에서. 바람이 휘불어서 잠이 오지 않았는데, 우는 소리를 듣고 누군지 알아보러 나왔어. 너 왜 울었어?"

"난 콜린이야."

159

"왜냐하면 잠도 안 오고 머리도 아파서. 네 이름 다시 말해 줘."

"메리 레녹스야. 내가 여기 살러 왔다는 얘기, 아무도 안 해 줬니?"

콜린은 아직도 메리의 가운 주름을 만지작거리고 있었지만 이제 점점 메리가 실제로 존재하는 사람이라는 것을 믿는 눈치였다.

"아니. 아무도 그런 얘기 못 했지."

"왜?" 메리가 물었다.

"너랑 만나게 될까 봐 내가 두려워했을 테니까. 난 사람들이 나를 만나러 와서 말을 걸도록 하지 않거든."

"왜?" 메리는 매 순간 점점 수수께끼 같은 기분을 느끼면서 다시 물었다.

"난 항상 이런 식이었으니까. 아프고 자리에 누워 있어야 하거든. 아버지도 사람들이 내게 말을 걸도록 허락하지 않을 거야. 하인들은 내 얘기를 하지 말라는 명령을 받았어. 내가 살아 있으면 아마 곱사 등이가 되겠지만 그렇게까지 살지도 못할 거야. 아버지는 내가 아버지 처럼 된다는 생각을 싫어하셔."

"참, 정말로 이상한 집이다!" 메리가 말했다. "얼마나 이상한 집이 니! 모든 게 다 비밀이야. 방은 잠겨 있고 정원도 잠겨 있고. 너도! 너 도 잠긴 방 안에 있었니?"

"아니. 난 밖에 나가고 싶지 않아서 이 방에 있는 거야. 너무 지치 니까."

"아버지가 너를 만나러는 오셔?" 메리는 용기 내어 물어보았다.

"가끔은. 주로 난 자고 있어. 아버지는 날 보고 싶어 하지 않으니까."

"왜?" 메리는 다시 물어볼 수밖에 없었다.

성난 그림자가 소년의 얼굴을 스쳤다.

"내가 태어날 때 엄마가 죽어서 나를 보면 아버지가 괴로운 거야. 아버지는 내가 모른다고 생각하지만 사람들이 하는 얘기를 들었어. 아버지는 나를 싫어하는 거나 다름없어."

"네 아버지는 정원도 싫어하잖아, 네 엄마가 죽어서." 메리는 반쯤 혼잣말하듯 이야기했다.

"무슨 정원?"

"아! 그냥, 그냥 네 엄마가 좋아하던 정원이야." 메리가 더듬거렸다. "너는 항상 여기 있어?"

"거의 항상. 가끔은 바닷가가 보이는 별장으로 가곤 하지만 사람들이 나를 쳐다보기 때문에 거기 오래 있진 않아. 난 등을 곧게 펴려고 강철 등받이를 입어야 했는데, 런던에서 뛰어난 의사 선생님이 와서 진찰하더니 그건 어리석은 짓이라고 하셨어. 의사 선생님은 그걸 떼고 밖에 나가 신선한 공기를 쐬라고 하셨지. 하지만 난 신선한 공기도 싫고 밖에 나가고 싶지도 않아."

"나도 여기 처음 왔을 땐 그랬어." 메리가 말했다. "넌 어째서 나를 계속 그렇게 보는 거니?"

"너무 생생한 꿈이라 그래." 콜린은 약간 칭얼대듯 대답했다. "종종 눈을 뜨고도 내가 깨어 있다는 것을 믿을 수 없거든."

"우리는 둘 다 깨어 있어."

메리는 천장이 높고 모퉁이에 그늘이 졌으며 침침하게 난롯불이 비치는 방을 둘러보았다.

"꽤 꿈같이 보이기도 하네. 한밤중이고 집 안의 사람은 다 자고 있지. 우리 빼면 모두. 우리 둘은 맨 정신으로 깨어 있지만."

"이게 꿈이 아니었으면 좋겠다." 소년은 안절부절못하며 말했다.

메리는 문득 무언가를 깨달았다.

"사람들이 보는 게 싫다면, 내가 가 버렸으면 좋겠어?"

콜린은 아직도 잡고 있던 메리의 가운 자락을 약간 잡아당겼다.

"아냐." 콜린이 대답했다. "네가 가 버리면 난 정말 꿈이었다고 믿게 될 거야. 네가 진짜라면 그 큰 발걸이 의자에 앉아 애기 좀 해 봐. 너에 대해 듣고 싶으니까."

메리는 침대 가까이에 초를 내려놓고 쿠션을 깐 의자 위에 앉았다. 메리는 가고 싶은 마음이 전혀 없었다. 이 수수께끼처럼 숨겨진 방에 남아서 이 수수께끼 같은 소년과 이야기를 나누고 싶었다.

"무슨 얘기를 해 줬으면 좋겠어?" 메리가 물었다.

콜린은 미슬스웨이트에 온 지 얼마나 되었는지 알고 싶다고 했다. 메리의 방은 어떤 복도에 있는지도 궁금해했다. 또 이제까지 뭘 했는지도 알고 싶어 했다. 자기가 황야를 싫어하는 것처럼 메리도 황야를 싫어하는지, 요크셔에 오기 전에는 어디 살았는지 알고 싶다고 했다. 메리는 이 모든 질문에 대답을 하고 그 이상을 얘기해 주었다. 콜린은 도로 베개를 베고 귀를 기울였다. 콜린은 메리에게 인도 얘기와 바다 건너 온 항해 얘기를 많이 해 달라고 졸랐다. 메리는 콜린이 몸이 불편했기 때문에 다른 애들과는 다르게 배웠다는 것을 알아냈다. 보모 중 한 사람이 아주 어렸을 때 읽는 법을 가르쳐 주었고, 콜린은 항상 근사한 책을 읽고 그 속의 그림을 들여다보았다.

아버지는 콜린이 깨어 있을 때 자주 보러 오진 않았지만 혼자 재미 있게 놀 수 있는 멋진 장난감들을 많이 주었다. 하지만 그래도 재미있 게 놀아 본 적은 없는 것 같았다. 부탁하면 뭐든 받을 수 있었고 하기 싫은 일은 억지로 할 필요가 없었다.

"모두들 내 비위를 맞춰야 해." 콜린은 무심하게 말했다. "화가 나 면 몸이 아프거든. 아무도 내가 살아서 어른이 될 거라고 생각하지 않아."

콜린은 그런 생각에 너무 익숙해져서 이젠 중요하지도 않게 되었 다는 말투로 이야기했다. 콜린은 메리의 목소리를 좋아하는 듯했다. 메리가 얘기를 계속하자 콜린은 꾸벅꾸벅 졸면서도 재미있어했다. 이 따금 메리는 콜린이 점차 졸음에 빠져드는 건 아닐까 생각했지만 마 침내 콜린은 질문을 하며 새로운 화제를 꺼냈다.

"너 몇 살이야?" 콜린이 물었다.

"난 열 살이야." 메리는 그 순간 자기도 모르게 말해 버렸다. "너도 동갑이잖아."

"어떻게 알았어?" 콜린이 놀란 목소리로 물었다.

"넌 정원 문이 잠기고 열쇠가 묻혔을 때 태어났으니까. 그 정원은 10년 동안이나 잠겨 있었다고 했거든."

콜린은 팔꿈치로 몸을 괴고 반쯤 일어나 앉아 메리를 향했다.

"난 콜린이야."

"어떤 정원 문이 잠겼어? 누가 그랬어? 어디 열쇠가 잠겨 있어?"

콜린은 갑작스레 무척 흥미가 도는 듯 외쳤다.

"그건…… 그건 크레이븐 고모부가 싫어하는 정원이야." 메리는 초조하게 말했다. "고모부가 문을 잠갔어. 아무도, 아무도 고모부가 열쇠를 어디 묻었는지 몰라."

"무슨 정원인데?" 콜린은 열심히 캐물었다.

"10년 동안 아무도 그 안에 들어갈 수 있는 허락을 받지 못했어." 메리의 조심스러운 대답이었다.

하지만 이제 조심해 봤자 너무 늦었다. 콜린은 메리와 몹시도 비슷했다. 콜린도 달리 생각할 만한 거리가 없었고 메리가 정원에 끌렸듯 콜린도 정원에 끌렸다. 콜린은 연신 질문을 퍼부었다. 어디에 있어? 문을 찾는 봤어? 정원사들에게는 물어보지 않았니?

"사람들은 말을 하지 않으려 해." 메리가 대답했다. "물어봐도 대답하지 말라는 말을 들었나 봐."

"내가 말하라고 할게." 콜린이 말했다.

"그렇게 할 수 있어?" 메리는 겁이 나기 시작해서 목소리가 떨렸다. 콜린이 사람들에게 질문에 대답하도록 시킨다면, 무슨 일이 일어날지 어떻게 알고!

"모든 사람이 다 내 비위를 맞춰야 하니까. 말했잖아." 콜린이 말했다. "내가 만약 살아남으면 이곳은 언젠가 내 것이 돼. 다들 그 사실을 알아. 사람들에게 말하라고 할 수 있어."

메리는 자기 자신이 버릇없이 응석받이로 자랐다는 것은 몰랐지만 이제는 이 수수께끼 소년이 그렇다는 것은 확실히 알았다. 콜린은 전 세계가 자기 것이라 생각했다. 얼마나 특이한 아이인지. 자기가 살지 못할지도 모른다는 말을 저렇게 태연하게 하다니.

"넌 오래 살지 못할 거라고 생각해?" 메리가 물었다. 한편으로는 호기심이 돋기도 했지만 다른 한편으로는 정원 얘기를 잊어버리게 하고 싶었다.

"오래 살 것 같지 않아." 콜린은 좀 전처럼 무심하게 대꾸했다. "기억이 날 때부터 사람들이 내가 살지 못할 거라고 말하는 소리를 들었거든. 다들 처음에는 내가 어려서 이해하지 못한다고 생각했고, 이젠 내가 못 듣는다고 생각해. 하지만 다 듣고 있지. 내 의사 선생님은 아버지의 사촌이야. 아주 가난해서 내가 죽으면 아버지도 이 세상을 떴을 때 그 선생님이 미슬스웨이트의 모든 것을 가지게 돼. 그 의사 선생님은 내가 살길 원하지 않는 것 같아."

"넌 살고 싶고?" 메리가 물었다.

"아니." 콜린이 성나고 피곤한 어조로 말했다. "그렇다고 죽고 싶지는 않아. 몸이 아플 땐 여기 누워서 생각하다가 결국엔 울고 또 울지."

"네가 우는 거 세 번 들었어." 메리가 말했다. "하지만 누구인진 몰랐어. 그것 때문에 우는 거였어?" 메리는 콜린이 정원을 잊어버리길 바라며 화제를 돌리려 했다.

"아마 그럴 테지." 콜린이 대답했다. "다른 얘기 하자. 그 정원 얘기 해. 그거 보고 싶지 않아?"

"보고 싶지." 메리는 아주 나직한 목소리로 대답했다.

"나도 그래." 콜린은 끈질기게 계속했다. "이전에는 정말로 뭘 보고 싶어 한 적이 없었어. 하지만 이 정원은 보고 싶어. 열쇠를 파내고 싶어. 문을 열고 싶고. 나를 휠체어에 태워서 거기 데려다 놓게 할 거야. 그러면 신선한 공기를 쐴 수 있겠지. 사람들 시켜서 문을 열게 할게."

콜린은 어찌나 들떴는지 이상한 눈은 마치 별처럼 빛났고 이전보다 한층 더 거대해 보였다.

"사람들은 내 비위를 맞춰야 하거든. 사람들에게 나를 거기로 데려다 달라고 하고 너도 들여보내 달라고 할게."

메리는 두 손을 꽉 맞잡았다. 모든 게 망쳐지기 직전이었다. 모든게! 디컨은 다시 돌아오지 않을지도 몰랐다. 메리는 이제 안전하게 숨겨진 둥지를 튼 개똥지빠귀 같은 기분을 느끼지 못할 것이었다.

"아, 안 돼, 안 돼! 그러지 마!" 메리가 외쳤다.

콜린은 메리를 향해 정신 나갔다고 여기는 표정으로 쳐다보았다!

"왜?" 콜린이 소리치듯 물었다. "너도 보고 싶다며."

"그래." 메리는 목에서 흐느끼는 소리를 내며 대답했다. "하지만 네가 사람들에게 문을 열어서 안으로 데려다 달라고 하면 그건 다시 비밀이 될 수 없을 것 같아."

콜린은 좀 더 앞으로 목을 숙였다.

"비밀이라니, 무슨 뜻이야? 말해 봐."

메리의 말이 거의 잇달아 굴러 나왔다.

"있잖아, 있지." 메리는 숨을 헐떡였다. "우리 말고 아무도 모른다면, 거기 문이 담쟁이덩굴 아래 어딘가에 숨겨져 있다면, 우리가 찾아낼 수도 있잖아. 그럼 함께 몰래 들어가서 문을 닫아 버리면 아무도 그 안에 사람이 있는지 모를 것 아냐. 그럼 우리는 그곳을 우리 정원이라고 하고 그런 척, 우리가 개똥지빠귀고 거긴 우리 둥지라고 생각할 수 있잖아. 만약 우리가 거기서 매일 놀고 땅을 파고 씨앗을 뿌리고 모두 살아나게 한다면⋯⋯"

"그거 죽었어?" 콜린이 메리의 말을 끊었다.

"아무도 안 돌봐 주면 곧 죽을 거야." 메리는 말을 이었다. "알뿌리는 살겠지만 장미는⋯⋯"

콜린은 메리만큼이나 흥분해서 말을 잘랐다.

"알뿌리는 뭐야?" 콜린이 재빨리 물었다.

"나팔수선화와 백합, 스노드롭이야. 지금도 흙 속에서 일하고 있어. 봄이 오고 있으니까 연두색 새순을 내밀었지."

"봄이 오고 있어?" 콜린이 물었다. "봄이 오면 어떤데? 몸이 아프면 방 안에서 봄이 오는 것을 알 수 없으니까."

"비 위에 태양이 비치고 빗방울은 햇빛 위에 떨어져. 식물들은 땅 밑에서 일하면서 밀고 올라오려고 해." 메리가 설명했다. "정원을 비밀로 놔둔다면 우리는 그 안에 들어가서 식물들이 매일 쑥쑥 자라는 것을 볼 수 있을 거야. 장미가 얼마나 살아 있는지 볼 수도 있고. 모르겠어? 아, 정원을 비밀로 놔두면 얼마나 더 멋질지 모르겠어?"

콜린은 다시 베개 위에 머리를 툭 떨구며 누워서 얼굴에 이상한 표정을 지었다.

"난 비밀이 있었던 적이 없어." 콜린이 말했다. "어른이 될 때까지

"난 콜린이야."

오래 살 수 없다는 것을 빼놓고. 사람들은 내가 안다는 사실을 모르지. 그래서 일종의 비밀이야. 하지만 이쪽 비밀이 더 좋다."

"사람들에게 널 정원으로 옮겨 달라고 하지 말아야 해." 메리가 애원했다. "그러면 어쩌면 언젠가 거기 들어갈 방법을 찾아낼 것 같은 기분이 들어. 그러면 그때, 의사 선생님이 네가 휠체어에 앉은 채로 밖에 나가도 좋다고 허락해 주고 네가 원하는 건 뭐든지 할 수 있으면, 어쩌면 어쩌면 우리는 네 휠체어를 밀어 줄 소년을 찾을 수 있을지도 몰라. 그럼 우리끼리 갈 수 있을 거고 거긴 언제나 비밀의 정원일 거야."

"그거―마음에―든다." 콜린은 꿈꾸는 눈으로 아주 느릿하게 대답했다. "그게 마음에 들어. 비밀의 정원에서 신선한 공기를 쐬는 건 싫지 않겠지."

메리는 다시 숨을 내쉬었다. 정원을 비밀로 둔다는 생각을 소년도 좋아하는 것 같아 이제 더욱 안심이 되었다. 계속 얘기를 해서 자기가 바라본 대로 콜린으로 하여금 마음의 눈으로 그 정원을 볼 수 있게 한다면, 콜린도 그 정원을 무척 좋아하게 되어 다른 사람들이 마음대로 그곳에 침범한다는 생각을 참을 수 없게 될지도 모른다는 기분이 강하게 들었다.

"그 정원이 어떨 것 같은지 내가 생각한 걸 말해 볼게. 우리가 만약 그 정원에 들어간다면 말이야." 메리가 설명했다. "거긴 오랫동안 닫혀 있었으니까 덩굴이 많이 얽혀 있을 거야."

콜린은 가만히 누워 메리가 계속 얘기하는 소리를 들었다. 장미 덩굴이 나무에서 나무로 이어져서 늘어져 있을지 모른다. 그곳은 안전하니까 새들이 거기 둥지를 틀었을지도 모른다. 그런 후 메리는 울새와 벤 웨더스태프 이야기를 했다. 울새에 관해선 할 얘기가 무척 많아서 말이 술술 편하게 나왔고 이제 더 이상 두렵지도 않았다. 콜린은 울새 이야기가 무척 재밌었는지 환한 미소를 지었는데, 그 덕에 얼굴도 참 예쁘게 보였다. 처음에 메리는 커다란 눈동자와 숱 많은 머리카락을 한 콜린이 자기보다도 더 못생겼다고 생각했었다.

"새들이 그런지는 몰랐어." 콜린이 말했다. "하지만 방에만 있는 나면 뭐든 볼 수 없겠지. 넌 정말 많은 걸 아는구나. 그 정원에 들어갔다 온 사람 같아."

메리는 뭐라 할 말을 몰라서 아무 대꾸도 하지 않았다. 콜린 또한 분명히 대답을 기대하지는 않는 눈치였지만 다음 순간 메리가 깜짝 놀랄 말을 했다.

"너한테 뭔가 보여 줄게." 콜린이 입을 열었다. "저기 난로 선반 위 벽에 걸린 장밋빛 비단 커튼 보여?"

이전에는 미처 보지 못했던 것이 메리가 눈을 드니 이제야 보였다. 어떤 그림 위에 부드러운 비단 커튼이 드리워져 있었다.

"보여." 메리가 대답했다.

"저기 줄이 나와 있을 거야." 콜린이 말했다. "가서 잡아당겨 봐."

메리는 여전히 영문을 모른 채 일어나서 줄을 찾았다. 줄을 잡아당기니 고리에 걸린 비단 커튼이 뒤로 밀려났고 그 뒤에 걸린 그림이 드러났다. 웃고 있는 소녀를 그린 그림이었다. 밝은 머리카락은 파란

"난 콜린이야."

리본으로 묶여 있었다. 명랑하고 사랑스러운 눈은 콜린의 불행해 보이는 눈과 아주 똑같아서, 마노 같은 회색에 눈 위아래에 난 기다란 속눈썹 때문에 배나 크게 보였다.

"우리 어머니야." 콜린이 불평하듯 말했다. "어째서 엄마가 죽었는지 모르겠어. 엄마가 죽어 버려서 미울 때도 있어."

"참 이상하다!" 메리가 외쳤다.

"엄마가 살아 있었더라면 나도 항상 아프지 않았을지 몰라." 콜린이 투덜거렸다. "나도 오래 살 수 있을 것 같아. 아빠도 날 보기 싫어하지 않았을 거고, 내 등도 튼튼했을 거야. 커튼 다시 내려."

메리는 시키는 대로 하고 발걸이 의자로 돌아왔다.

"고모는 너보다 훨씬 예쁘시네." 메리가 말했다. "하지만 눈은 너랑 똑같아. 적어도 모양과 색깔은 똑같네. 왜 초상화에 커튼을 쳐 놓았어?"

콜린은 불편하게 꿈지럭거렸다.

"내가 그렇게 해 달라고 했어. 가끔 엄마가 나를 바라보는 게 싫어. 내가 아프고 비참할 때도 너무 환히 웃고 있으니까. 게다가 엄마는 내 거니까 다른 사람이 보는 게 싫어."

잠시 정적이 흘렀다가 메리가 다시 입을 열었다.

"내가 여기 왔다는 걸 메들록 부인이 알면 어떻게 돼?"

"메들록 부인은 내가 하라는 대로 할 거야." 콜린은 대답했다. "네가 매일 여기 와서 내 말동무가 되게 해 달라고 부인에게 말해야겠다. 네가 와서 기뻐."

"나도 그래." 메리가 대답했다. "할 수 있는 한 자주 올게, 다만……" 메리는 망설였다. "매일 나가서 정원 문을 찾아야 하니까."

"그래, 그래야지." 콜린이 대답했다. "나중에 어떻게 됐는지 말해 줘."

콜린은 이전에 그랬던 것처럼 잠깐 누워서 생각에 빠지더니 다시 입을 열었다.

"너도 비밀로 해야 할 것 같아. 사람들이 알아낼 때까지는 말을 하지 않겠어. 언제든지 보모를 내보내고 나 혼자 있고 싶다고 할 수 있으니까. 너 마사 알아?"

"그럼, 잘 알지." 메리가 대답했다. "마사가 내 시종이야."

콜린은 바깥 복도를 향해 머리를 끄덕였다.

"마사가 저 방에서 자는 하녀야. 어제 보모가 자기 언니네 집에 간다고 갔는데, 보모는 외출할 때면 항상 마사에게 내 시중을 맡겨. 네가 언제 와도 되는지 마사가 알려 줄 거야."

그때야 메리는 울음소리에 관한 질문을 했을 때 마사가 왜 곤란한 표정을 지었는지 속사정을 이해할 수 있게 되었다.

"마사는 너에 관해 줄곧 알고 있었어?"

"그럼. 가끔 내 시중을 드니까. 보모는 나를 놔두고 가 버리는 경우가 많고 그때마다 마사가 왔어."

"시간이 한참 됐네." 메리가 말했다. "이제 갈까? 너 눈이 졸려 보여."

"내가 잠이 든 다음에 갔으면 좋겠는데." 콜린은 약간 수줍어하며 말했다.

"난 콜린이야."

"눈 감아." 메리는 발걸이 의자를 좀 더 가까이 끌어다 놓았다. "그럼 인도에서 내 아야가 해 주었던 대로 해 줄게. 네 손을 토닥이고 쓰다듬으면서 작은 소리로 자장가를 불러 줄 거야."

"그건 나도 좋아할 것 같다." 콜린은 졸린 목소리로 말했다.

어쨌든 메리는 콜린이 불쌍했고 깨어 있을 때 놔두고 가고 싶진 않았다. 그래서 침대에 기대어 손을 쓰다듬고 토닥여 주면서 아주 나지막한 목소리로 힌두스타니어 노래를 불러 주었다.

"이거 좋다." 콜린은 한층 더 졸린 소리로 말했고 메리는 계속 노래를 읊으며 쓰다듬었다. 하지만 다시 콜린을 올려다보았을 때 콜린은 검은 속눈썹이 거의 뺨까지 닿을 정도로 눈을 꼭 감고 깊이 잠들어 있었다. 메리는 살며시 일어나 초를 들고 소리 없이 슬금슬금 방을 나왔다.

제14장

어린 라자

아침이 왔을 때 황야는 물안개 속에 가려져 있었고 비는 그치지 않고 쉼 없이 쏟아졌다. 밖에 나갈 도리가 없었다. 마사는 너무 바빠서 메리는 말을 건넬 기회가 없었다. 하지만 오후에 마사에게 어린이 방으로 오라고 해서 같이 앉았다. 마사는 달리 할 일이 없을 때 항상 뜨는 양말을 가지고 왔다.

"무슨 일이셔요?" 자리에 앉자마자 마사가 물었다. "뭔가 할 말이 있는 얼굴이시네."

"할 말 있어. 나 그 울음소리가 뭔지 알았어." 메리가 말했다.

마사는 뜨개실삼을 무릎에 떨어뜨리고 놀란 눈으로 쳐다보았다.

"그럴 리가! 절대 그럴 리가 없는디!"

"어젯밤에 그 소리를 들었어." 메리가 말을 계속했다. "그래서 일어나서 소리가 나는 쪽으로 가 봤어. 콜린이었어. 내가 찾았지."

마사의 얼굴이 겁을 먹고 벌게졌다.

"어이쿠! 메리 아씨!" 마사는 반쯤 우는 소리로 외쳤다. "그런 짓을 하면 어째요. 그런 짓을 하면 안 되는데! 아씨 때문에 저 이제 큰일 났어요. 아씨한테 도련님 얘기는 조금도 하지 않았는데. 하지만 아씨 때문에 이제 나 큰일 났네. 나 이제 여기서 잘리면 엄니가 어쩌시려나!"

"잘릴 일 없어." 메리가 말했다. "콜린은 내가 찾아온 걸 기뻐했어. 우리는 한참 얘기를 했고 콜린은 내가 와서 기쁘다고 했어."

"그러셨어요?" 마사가 외쳤다. "확실해요? 아씨는 도련님이 짜증이 나면 어떤지 몰라 그래요. 그렇게 큰 도련님이 아기처럼 운다니께요. 하지만 역정이 나시면 그냥 우리 겁주려고 소리를 버럭버럭 지르기도 하지요. 우리가 감히 거역하지 못한다는 것을 잘 알고 계시니까."

"콜린은 짜증 내지 않았어." 메리가 말했다. "내가 갔으면 좋겠냐고 물었더니 있으라고 했어. 콜린은 나한테 질문을 했고 나는 발걸이 의자에 앉아서 인도랑 울새랑 정원 이야기를 했어. 나를 보내기 싫어하던걸. 어머니 그림도 보여 줬어. 난 나오기 전에 자장가를 불러 줬고."

마사는 감탄했다는 듯 숨을 헉 들이쉬었다.

"아씨 말을 믿을 수가 없구먼요." 마사는 반박했다. "그건 마치 아씨가 호랑이 굴로 바로 걸어 들어간 거나 똑같아요. 그랬다면 도련님이 뻣성을 내면서 집이 떠나가라 난리를 쳤을걸요. 도련님은 절대 낯선 사람에게 모습을 보이지 않으려 하는데."

"나한테는 보여 줬어! 나는 걔를 계속 쳐다봤고 걔도 나를 봤다고.

우린 서로 바라봤어!" 메리가 말했다.

"난 이제 어쩌나!" 흥분한 마사는 외쳤다. "메들록 부인이 알면 내가 명령을 깨고 아씨한테 이른 줄 알고 나보고 당장 짐 싸서 어머니에게 돌아가라고 할 텐데."

"콜린은 메들록 부인에게는 아직 아무것도 말 안 하겠다고 했어. 맨 처음에는 일단 비밀로 하자고 했어." 메리가 단호하게 말했다. "게다가 콜린 말로는 모든 사람이 자기 비위를 맞춘다는데."

"예, 그건 사실이어요. 도련님 성격이 어지간해야!" 마사가 앞치마로 이마를 닦으면서 한숨지었다.

"메들록 부인도 그럴 거라고 하던데. 게다가 내가 매일 와서 얘기를 해 줬으면 좋겠대. 언제 콜린이 나를 보고 싶어 하는지 마사가 말해 줘야 해."

"지가요!" 마사가 외쳤다. "그러다 저 잘려요. 확실히 잘린다고요!"

"콜린이 하라는 대로 하면 그럴 리가 없잖아. 게다가 모두들 콜린 말을 들어야 한다며." 메리가 주장했다.

"아씨 말이 진짜예요?" 마사가 눈을 휘둥그레 뜨고 외쳤다. "도련님이 아씨에게 잘해 줬다는 게!"

"날 좋아하는 것 같던데." 마사가 대답했다.

"그럼 아씨가 도련님에게 마녀 같은 술수를 썼구먼이라!" 마사가 긴 숨을 내쉬며 결론을 내렸다.

"마법 말하는 거야?" 메리가 물었다. "인도에서 마법에 관해 얘기를 듣긴 했지만 난 쓰지 못해. 그냥 걔 방에 갔는데 걔가 있는 걸 보고 너무 놀라서 가만히 서서 쳐다봤어. 그러니까 개도 등을 돌려 나를 쳐다보더라. 갠 내가 유령이나 꿈이라고 생각했고 나는 어쩌면 개가 그럴지도 모른다고 생각했지. 한밤에 우리 둘만 거기 있는데도 서로 몰랐다는 게 무척 이상했어. 그래서 우린 서로 물어봤지. 내가 가길 바라냐고 하니까 있으라고 했어."

"이제 세상이 망하려나 보네!" 마사가 다시 숨을 헉 들이켰다.

"걔는 어디가 아픈 거야?" 메리가 물었다.

"아무도 확실히 몰라요." 마사가 대답했다. "크레이븐 주인님은 도련님이 태어났을 때 머리가 완전히 돌아 버리셨다고 해요. 의사 선생님들은 주인님을 병원에 넣어야 한다고 생각하셨대요. 크레이븐 마님이 제가 말한 그 얘기처럼 돌아가셨기 땜시. 주인님은 아기에게는 눈길도 주지 않으려 하셨지라. 그저 고함만 지르면서 아기도 주인님처럼 곱사등이가 될 테니 죽는 편이 낫다고 하셨당께요."

"콜린이 곱사등이야?" 메리가 물었다. "그렇게 안 보이던데."

"아직은 아니셔요." 마사가 말했다. "하지만 태어날 때 좀 잘못되었지요. 어머니 말로는 어떤 애라도 잘못될 만큼 그때 이 집에 문제가 많고 소동이 있었다지요. 다들 도련님이 등이 약하다고 생각했고 늘 금이야 옥이야 보살폈어요. 도련님을 계속 눕혀 놓고 걷지 못하게 했죠. 한번은 교정기를 입혔는데 도련님이 칭얼대더니 금방 앓아눕지 뭐여요. 그러더니 훌륭한 의사 선생님이 와서 벗기라고 하셨어요. 훌륭한 선생님은 다른 의사를 나무랐어요. 물론 예의는 지키셨지만요. 그 선생님 말로는 우리가 너무 약을 많이 먹이고 도련님이 너무 제멋대로 하도록 놔두었다고 하셨지요."

"응석꾸러기라고 생각은 했어." 메리가 말했다.

"도련님은 정말 세상에서 제일 버릇없는 애여요!" 마사가 말했다.
"도련님이 그동안 꽤 심하게 아팠으니까 그런 말은 하면 안 되겠지만
요. 두세 번 심한 기침감기에 걸려서 죽을 뻔한 적도 있긴 했어요. 한
번은 류머티즘열에도 걸린 적이 있고, 다른 한 번은 장티푸스에도 걸
린 적이 있지라. 아이고! 메들록 부인이 그때 얼마나 기겁을 했는지.
도련님은 정신을 잃었는데, 부인은 도련님이 아무것도 못 들으시는 줄
알고 보모에게 이랬지 뭐여요. '이번에는 도련님이 확실히 죽을 것 같
아. 도련님이나 모든 이를 위해서 제일 잘된 일이지.' 그러고 나서 도련
님을 보았는데, 글쎄 도련님이 눈을 동그랗게 뜨고 부인만큼이나 맑은
정신으로 쳐다보고 있었지 뭐여요. 부인은 무슨 일이 일어날지 모른다
고 생각했지만, 도련님은 그저 부인을 보면서 이러기만 했어요. '물이
나 갖다 주고 그만 떠들어……'"

"마사도 콜린이 죽을 거라고 생각해?" 메리가 물었다.

"엄니 말씀으로는 신선한 공기도 쐬지 못하고 아무것도 안 하면서
침대에 누워 그림책이나 보고 약이나 먹는 아이라면 살 도리가 없을
거래요. 도련님은 약하고 집 밖으로 나가느라 수선을 떠는 걸 싫어하
는 데다 감기도 잘 걸리셔서 밖에 나가면 병에 길릴 거라고 칭얼댄디
니께요."

메리는 앉아서 불을 쳐다보았다.

"궁금하네." 메리는 느릿느릿 말했다. 정원에 나가서 풀과 꽃들이

자라는 것을 보면 콜린에게 좀 도움이 되지 않을까. 나한테는 도움이 되었잖아."

"콜린 도련님이 아주 심한 발작을 겪었던 때가 있었는데," 마사가 설명했다. "도련님을 밖으로 데리고 나가서 분수 옆의 장미가 있는 자리로 모셨거든요. 도련님은 신문에서 '장미열'(꽃가루 때문에 생기는 알레르기—옮긴이)이라고 하는 뭔가에 사람들이 걸렸다는 기사를 읽었는데 갑자기 재채기를 하면서 그 병에 걸렸다고 하시는 거여요. 그때 이 집 법도를 잘 모르는 새 정원사가 옆을 지나가면서 도련님을 신기하다는 눈으로 쳐다보았죠. 그랬더니 도련님이 뻿성을 내시면서 자기가 곱사등이가 될 거기 때문에 그 정원사가 쳐다보았다는 거여요. 도련님은 열이 날 때까지 울음을 터뜨리고 밤새 앓으셨죠."

"콜린이 나한테 그렇게 화를 낸다면, 나는 다시는 개를 만나러 가지 않을 거야." 메리가 말했다.

"도련님이 아씨를 보고 싶다면 언제든 보러 가야 혀요." 마사가 말했다. "처음부터 그건 알아 두시는 게 좋을 거여요."

그 후에 곧 종이 울렸고 마사는 뜨개질감을 둘둘 말았다.

"보모가 도련님을 잠깐 봐 달라고 하는 걸 거여요. 도련님 기분이 좋았으면 좋으련만."

마사는 방에서 나간 지 10분 후에 영문을 모르겠다는 표정으로 다시 돌아왔다.

"뭐, 아씨가 분명히 마녀처럼 도련님을 홀리긴 홀렸네요." 마사가 말했다. "도련님이 소파에 앉아서 그림책을 보시네요. 보모에게 여섯 시까지 외출하라고 하셨대요. 지는 옆방에서 대기하라고 하고. 보모가 나가자마자 저를 부르더니 이러시대요. '메리 레녹스가 와서 얘기를 좀 해 줬으면 좋겠어. 절대로 아무에게 말해선 안 된다는 것을 명심하고. 이제 될 수 있는 한 빨리 가 봐.'"

메리는 기꺼이 빨리 갔다. 디컨을 만나고 싶은 만큼 콜린을 보고 싶은 건 아니었지만 그래도 무척 보고 싶기는 했다.

메리가 들어갔을 때 방 안 난로에는 환한 불이 타오르고 있었다. 대낮의 빛 속에서 보니 실로 무척 아름다운 방이었다. 양탄자와 태피스트리 벽걸이, 그림과 벽에 꽂힌 책들은 색채가 다양해서 회색 하늘과 떨어지는 빗방울에도 방 안은 빛나고 편안해 보였다. 콜린 본인도 약간은 그림 같아 보였다. 콜린은 벨벳 가운을 입고 커다란 문직 쿠션에 기대앉아 있었다. 양 뺨에는 붉은 점이 떠올라 있었다.

"이리 와." 콜린이 말했다. "나, 아침 내내 네 생각만 했어."

"나도 네 생각 했어." 메리가 말했다. "마사가 얼마나 기겁했는지 넌 짐작도 못할걸. 마사는 네 얘기를 나한테 이른 게 자기라고 메들록 부인이 생각할 테니 쫓겨날 거라고 하던데."

콜린은 얼굴을 찡그렸다.

"가서 이리로 오라고 해. 옆방에 있을 거야."

메리는 가서 마사를 도로 데려왔다. 불쌍한 마사는 신발을 신고 부들부들 떨고 있었다. 콜린은 여전히 찌푸린 표정이었다.

"넌 내가 기뻐하는 일을 해 줘야 해, 아니면 안 해도 돼?" 콜린이 따져 물었다.

"도련님 좋은 대로 해 드려야 혀죠." 마사가 얼굴이 벌게져서 떨리는 목소리로 대답했다.

"메들록 부인은 내가 기뻐하는 일을 해 줘?"

"모두가 해요, 도련님." 마사가 말했다.

"뭐, 그럼, 내가 메리 양을 데려다 달라고 명령하는데 메들록 부인이 알아낸다고 해서 어떻게 너를 쫓아낸다는 거지?"

"제발 그렇게 못하게 해 주세요, 도련님." 마사가 애원했다.

"메들록 부인이 그런 얘기를 한 마디라도 입 밖에 낸다면 난 부인을 쫓아 버릴 거야." 크레이븐가의 꼬마 주인이 오만하게 말했다. "그러니 그런 짓은 하지 않겠지. 내 말이니까 믿어."

"고맙습니다, 도련님." 마사는 무릎을 구부려 살짝 절했다. "전 제본분을 다할 거여요."

"네가 본분을 다하는 게 바로 내가 원하는 거야." 콜린은 여전히 오만하게 말했다. "내가 널 돌봐 줄게. 이제 가 봐."

마사가 문을 닫고 나갔을 때 콜린은 메리가 자기 때문에 깜짝 놀란 표정을 지으며 쳐다보는 것을 알았다.

"왜 그렇게 봐? 무슨 생각 하는 거야?"

"두 가지 생각을 하는 중이야."

"뭔데? 앉아서 얘기해 봐."

"첫 번째 건 이거야." 메리는 등받이가 없는 커다란 의자에 앉았다. "내가 인도에 있을 때 라자(인도의 왕이나 영주―옮긴이)라는 소년을 본 적이 있어. 라자는 루비와 에메랄드, 다이아몬드를 온몸에 달고 있더라. 걔는 자기 백성들에게 네가 방금 마사에게 말하듯이 했어. 모두들 라자가 시키는 건 다 해야만 해. 얼른 시키는 대로 안 하면 아마 사형당하는 것 같아."

"그럼 라자 얘기는 좀 있다 듣자." 콜린이 말했다. "하지만 먼저 두 번째 생각이 뭔지 말해 줘."

"내가 하고 있었던 생각은, 너랑 디컨이 얼마나 다른지 하는 거였어."

"디컨이 누군데? 참 이름도 이상하다!"

메리는 콜린에게 말해 주는 게 좋겠다고 생각했다. 비밀의 정원 얘기를 하지 않아도 디컨 이야기는 할 수 있을 것 같았다. 메리도 마사에게서 디컨 얘기를 듣는 게 좋았다. 게다가 자기가 디컨 얘기를 하고 싶어서 좀이 쑤셨다. 그러면 디컨을 좀 더 가까이 데려오는 듯한 기분이 들었다.

"디컨은 마사의 남동생이야. 열두 살이고." 메리가 설명했다. "세상 어떤 사람과도 똑같지 않아. 인도 원주민들이 뱀을 부리듯이 여우와 다람쥐, 새들을 부릴 수가 있어. 디컨이 피리로 아주 부드러운 음악을 연주하면 동물들이 와서 들어."

콜린 옆의 탁자에는 큰 책들이 놓여 있었는데, 콜린이 갑자기 그중 하나를 끌어왔다.

"여기 뱀 부리는 사람 그림이 있어." 콜린이 외쳤다. "와서 봐."

그것은 멋진 컬러 삽화가 있는 아름다운 책이었고, 콜린은 책장을 넘겨 그중 하나를 보여 주었다.

"디컨이 그것도 할 수 있어?" 콜린이 열띤 표정으로 물었다.

"디컨이 피리를 불면 동물들이 와서 들어." 메리가 설명했다. "하지만 디컨은 마술이라고 하지 않아. 디컨 말로는 황야에 오래 살았기 때문에 동물들의 방식을 안다고 했어. 가끔은 자기가 새나 토끼가 아닌가 하는 기분이 든대. 동물을 무척 좋아하고. 울새에게 질문도 하는 것 같더라. 새처럼 지저귀면서 서로 얘기하는 것처럼 보여."

콜린은 쿠션에 기댔다. 눈동자는 점점 커졌고 뺨의 반점은 타는 듯 열이 올랐다.

"걔 얘기 좀 더 해 봐." 콜린이 말했다.

"디컨은 새알과 둥지에 대해선 모르는 게 없어." 메리는 말을 이었다. "여우와 오소리, 수달이 사는 곳도 알아. 하지만 다른 아이들이 구멍을 찾아 동물들을 겁먹게 하지 못하도록 비밀로 하고 있어. 디컨은 황야에서 자라거나 사는 건 뭐든지 알아."

"걔는 황야를 좋아해?" 콜린이 말했다. "그렇게 거대하고 메마르고 쓸쓸한 곳인데도 어떻게 황야를 좋아할 수 있어?"

"정말 아름다운 곳이야." 메리가 반박했다. "수천 가지 아름다운 것들이 자라고 수천 마리 작은 동물들이 바쁘게 둥지를 짓고 구멍과 굴을 파고 있어. 서로 짹짹거리고 노래하고 깍깍 얘기를 해. 다들 무척 바쁘고 땅 밑이나 나무 속, 히스 덤불 속에서 재미있게 놀아. 거긴 동물들의 세계야."

"넌 그걸 다 어떻게 알았어?" 콜린은 팔꿈치를 괴고 몸을 돌리면서 메리를 보았다.

"나도 진짜로 거기 가 본 적은 없어." 메리는 갑자기 기억을 되살렸다. "딱 한 번, 어둠 속에 마차를 타고 지났을 뿐이야. 그땐 거기가 끔찍한 곳이라 생각했어. 마사가 처음 내게 황야 얘기를 해 주었고 그다음엔 디컨이 해 줬어. 디컨이 그 얘기를 해 주면 직접 보고 들은 것 같아. 해님이 따뜻이 빛나고 꿀 같은 가시금작화 향기가 풍기며 벌과 나비가 윙윙 날아다니는 히스 속에 서 있는 것처럼."

"너도 병을 앓으면 아무것도 보지 못할 거야." 콜린은 안절부절못하며 말했다. 콜린은 마치 저 멀리에서 새로운 소리를 듣고 무슨 소리인지 궁금해하는 사람처럼 보였다.

"방 안에 있으면 보려야 볼 수도 없잖아." 메리가 말했다.

"난 황야에 갈 수 없어." 콜린의 말투는 분개한 것에 가까웠다.

메리는 잠시 아무 말 하지 않다가 대담하게 대꾸했다. "가게 될 거야. 언젠간."

콜린은 화들짝 놀란 듯 꿈틀거렸다.

"황야에 간다고! 내가 어떻게? 난 죽을 텐데."

"어떻게 알아?" 메리는 동정심이라고는 없는 태도로 대꾸했다. 메리는 콜린이 죽는다는 얘기를 그렇게 하는 것이 싫었다. 딱히 동정하고 싶지도 않았다. 콜린이 그 사실을 뽐내듯 말한다는 느낌이 들었다.

"아, 어린 시절 기억이 있는 때부터 항상 듣던 말인걸." 콜린은 언짢은 기색으로 대답했다. "사람들은 항상 수군거리면서 내가 모르는 줄 알아. 또, 내가 죽기를 바라고."

메리 양은 정말 삐딱한 기분이 들었다. 입술을 꼭 다물었다.

"사람들은 네가 죽길 바라는지 모르지만, 난 아냐. 네가 죽길 바라는 사람이 누구야?"

"하인들이랑 물론 크레이븐 삼촌. 내가 죽으면 더 이상 가난뱅이가 아니라 부자가 될 테니까. 삼촌은 감히 그런 말을 입 밖에 내지 못하지만 내 상태가 나빠지면 아주 기운이 넘치는 것 같거든. 내가 장티푸스에 걸렸을 때 삼촌 얼굴이 포동포동해졌어. 아빠도 내가 죽길 바라시는 것 같고."

"내 생각엔 안 그래." 메리는 꽤 고집스럽게 우겼다.

그 말에 콜린은 다시 몸을 돌려 메리를 보았다.

"네 생각엔 아니야?"

그러더니 다시 쿠션에 기대며 생각에 빠진 양 가만히 있었다. 참으로 오랜 정적이 흘렀다. 어쩌면 둘 다 보통의 아이들은 생각하지 않는 이상한 생각을 하는 어린이들일지도 몰랐다.

"난 런던에서 왔다는 훌륭한 의사 선생님이 좋아. 네가 그 철 교정기를 벗어야 한다고 말씀하셨다며." 마침내 메리가 말했다. "그 선생님이 네가 죽을 거래?"

"아니."

"그 선생님은 뭐라고 하셨어?"

"그 선생님은 소곤소곤 말하지 않았어." 콜린이 대답했다. "어쩌면 내가 소곤거리는 걸 싫어한다는 걸 아셨는지도 몰라. 그분이 하나 아주 큰 소리로 말하는 걸 들었어. '이 아이는 마음만 먹으면 살 수 있을 거야. 애한테 그런 기분을 불어넣어 줘요.' 약간 노여워하시는 말투였어."

"누가 네게 그런 기분을 불어넣어 줄 수 있을지 어쩌면 알 것도 같
아." 메리는 생각을 더듬으며 말했다. 이 문제를 어떤 식으로든 결론짓
고 싶은 기분이었다. "디컨이라면 할 수 있을 거야. 디컨은 항상 살아
있는 것들에 관해 얘기하니까. 걘 절대로 죽은 것이나 아픈 것 얘긴
하지 않아. 날아가는 새들을 보려고 항상 하늘을 올려다보거든. 아니
면 뭔가 자라는 것을 보려고 내려다봐. 디컨의 눈은 아주 동그랗고 파
란 데다가 주위를 두리번거리려 항상 크게 뜨고 있지. 게다가 큰 입으
로 얼마나 신 나게 웃는데. 볼은 참 빨개. 앵두만큼 빨갛지."

메리는 등받이 없는 의자를 소파로 끌어다 놓았다. 그 커다랗게
흰 입과 휘둥그레 뜬 눈을 떠올리자 메리의 표정이 바뀌었다.

"여기 봐." 메리가 말했다. "죽는다는 얘기는 하지 말자. 난 그런 얘
기 싫어. 사는 얘기가 좋아. 디컨에 대해 계속 얘기하자. 그런 다음 네
그림들을 보는 거야."

이것이 메리가 말할 수 있는 최선이었다. 디컨 얘기를 한다는 것은
황야와 오두막, 일주일에 16실링으로 살아가는 식구 열네 명에 관해
얘기한다는 뜻이었다. 야생 조랑말처럼 황야의 풀을 먹고 살이 찌는
어린이들. 또 디컨의 어머니와 줄넘기, 햇빛이 떨어지는 황야와 검은
흙을 뚫고 나온 연두색 새순. 모두 생생히 살아 있어서 메리는 이전보
다도 훨씬 더 많이 재잘거렸다. 콜린 역시 이전에 한 번도 들은 적이
없는 양 이야기에 동참했다. 두 아이는 어린이들이 기분 좋을 때 그
러듯이 별것도 아닌 일로 웃음을 터뜨렸다. 어찌나 깔깔 웃어 댔는지

나중에는 둘 다 평범하고 건강한 정상적인 열 살짜리가 그러듯이 시끄럽게 야단법석을 떨었다. 딱딱하고 조그만, 사랑을 모르는 소녀와 자기가 죽을 거라고 믿는 아픈 소년이 아니었다.

두 아이는 어찌나 즐거웠는지 그림을 보자고 했던 것도 잊고 시간 가는 것도 잊어버렸다. 벤 웨더스태프와 울새 얘기를 하며 큰 소리로 웃어 댔고 콜린은 등이 아프다는 것도 잊은 듯 일어나 앉았다가 갑자기 뭔가 생각해 냈다.

"너 우리가 한 번도 생각하지 않은 게 있다는 거 아니?" 콜린이 말했다. "우리는 사촌이야."

그렇게 많은 이야기를 나눴으면서도 이런 간단한 일조차도 생각하지 못했다는 게 어찌나 이상했는지 두 아이는 아까보다도 더 까르르 웃어 댔다. 두 아이는 지금 뭘 봐도 웃음이 터지는 기분이었다. 이렇게 재미있는 한가운데 문이 열리면서 의사 선생님인 크레이븐 박사와 메들록 부인이 들어왔다.

크레이븐 박사가 실로 화들짝 놀라면서 뒤로 물러서다 메들록 부인에게 부딪치는 바람에 부인은 뒤로 넘어갈 뻔했다.

"맙소사!" 불쌍한 메들록 부인의 눈은 거의 머리에서 튀어나올 듯했다. "맙소사!"

"이게 뭐시?" 크레이븐 박사가 잎으로 다기오며 말했다. "이게 무슨 뜻이지?"

그때 메리는 소년 라자를 다시 떠올렸다. 콜린이 의사가 놀라든 말든, 메들록 부인이 기겁하든 말든 전혀 아무런 상관이 없다는 듯 대답했기 때문이었다. 콜린은 마치 나이 든 고양이나 개가 방 안으로 들어온 양, 난처해하거나 겁먹은 기색을 전혀 보이지 않았다.

"여긴 내 사촌, 메리 레녹스." 콜린이 말했다. "내가 얘보고 여기 와서 얘기 좀 해 달라고 했어. 난 사촌이 마음에 드니까, 내가 부를 때마다 메리가 와서 말벗을 해 주었으면 좋겠어."

크레이븐 박사는 힐책하듯 메들록 부인을 돌아보았다.

"아니에요, 선생님." 부인은 숨을 헐떡였다. "전 무슨 일인지 몰랐어요. 여기 하인 중엔 감히 말할 수 있는 사람도 없답니다. 다들 명령을 받았는걸요."

"아무도 메리에게 말한 사람 없어." 콜린이 말했다. "메리는 내가 우는 소리를 듣고 직접 나를 찾아냈어. 난 메리가 와 줘서 기뻐. 바보 같은 말 하지 마, 메들록."

메리가 보기에 크레이븐 박사는 기뻐하는 눈치는 아니었지만 그렇다고 해서 환자에게 거역할 수도 없는 게 아주 분명했다. 의사는 콜린 옆에 앉아 맥을 짚었다.

"너무 많이 흥분했을까 봐 걱정이 되는데. 흥분하면 몸에 좋지 않단다, 애야."

"메리를 못 만나게 하면 더 흥분할 거예요." 콜린의 눈이 위험하게 반짝였다.

"내 몸은 더 좋아졌어요. 메리가 와서 더 좋아졌어. 보모보고 내가 차를 마실 때 메리 차도 가지고 오라고 해요. 함께 마실 거니까."

메들록 부인과 크레이븐 박사는 곤란하다는 듯 서로 마주 보았지만 딱히 어쩔 도리가 없는 것도 분명했다.

"도련님은 약간 더 좋아 보이시네요, 선생님." 메들록 부인이 용기 내어 말해 보았다. "하지만……" 부인은 잠시 그 문제를 따져 보는 듯했다. "메리 양이 이 방에 오기 전 오늘 아침부터 더 좋아 보이시긴 했어요."

"메리는 어젯밤 방에 왔었어. 한동안 있다 갔고. 힌두스타니 자장가를 불러 줘서 내가 잠을 잘 수 있었어." 콜린이 말했다. "아침에 깨어났을 땐 기분이 더 좋았어. 아침도 먹고 싶었고. 이제는 차를 마실래. 보모에게 말해 줘, 메들록."

크레이븐 박사는 오래 있지 않았다. 보모가 방에 들어오자 그는 잠깐 이야기를 나누더니 콜린에게 경고의 말 몇 마디를 남겼다. 말을 너무 많이 해선 안 된다, 아프다는 사실을 잊어선 안 된다, 쉽게 지친다는 것도 잊어선 안 된다. 메리는 콜린이 잊지 말아야 할 불편한 사실들이 많고도 많다고 생각했다.

콜린은 약간 토라진 표정이더니 검은 속눈썹이 짙은 별난 눈을 크레이븐 박사의 얼굴에서 떼지 않았다.

"난 잊어버리고 싶은데." 마침내 콜린이 말했다. "메리와 있으면 난 그 사실을 잊을 수 있어. 그래서 메리가 옆에 있길 바라는 거야."

크레이븐 박사는 별로 유쾌하지 못한 표정으로 방을 떠났다. 그는 커다란 의자에 앉은 작은 소녀를 향해 당혹스러운 눈길을 보냈다. 의사가 방에 들어오자마자 메리는 다시 딱딱하고 말 없는 소녀로 변했기 때문에 의사는 메리의 어디에 매력이 있다는 건지 알 수가 없었다.

하지만 소년은 실제로 더 밝아 보였다. 그는 다시 무거운 한숨을 내쉬면서 복도를 내려갔다.

"저 사람들은 항상 내가 먹기 싫은 것만 먹으라고 해." 보모가 차를 가지고 들어와 소파 옆 탁자에 놓았을 때 콜린이 말했다. "자, 네가 먹으면 나도 먹을게. 이 머핀 맛있고 따뜻해 보인다. 라자 얘기를 해 줘."

제15장

둥지 짓기

일주일 더 비가 온 후에 높다란 아치문 같은 파란 하늘이 나타났고 쏟아져 내리는 햇볕은 꽤 뜨거웠다. 그동안엔 비밀의 정원이나 디컨을 볼 기회가 없었지만 메리는 즐겁게 보냈다. 한 주가 그렇게 길게 느껴지지 않았다. 매일 몇 시간씩 콜린의 방에서 라자나 정원, 디컨, 황야의 오두막 이야기를 하며 함께 보냈다. 두 아이는 멋진 책과 그림을 함께 보았다. 가끔은 메리가 콜린에게 책을 읽어 주었고, 가끔은 콜린이 조금 읽어 주기도 했다. 콜린이 재미있어하고 흥미를 보일 때면, 메리는 콜린이 전혀 병자같이 보이지 않는다고 생각했다. 다만 얼굴에 핏기가 없고 항상 소파에 앉아 있을 따름이었다.

"아씨는 나이도 어리면서 참 깜찍하군요. 간밤처럼 소리를 듣고 침대에서 나가 그런 짓을 하다니." 메들록 부인이 한번은 이렇게 말했다. "하지만 그게 우리 많은 사람들에게 잘된 일이 아니었다고는 못 하겠네요. 아씨랑 친구가 된 이후로 도련님은 뻣성도 내지 않고 징징대지도 않으니까요. 보모도 도련님에게 이제 질려서 그만두고 나가려던 참이었는데, 이제 아씨가 함께 봐주니까 계속 있어도 되겠다고 하더군요." 그러면서 부인은 조금 웃었다.

콜린과 이야기를 나누면서 메리는 비밀의 정원에 대해선 아주 조심하려 했다. 콜린에게서 알아내고 싶은 것들이 있긴 했지만 직접적으로 물어보지 않고 알아내야만 할 것 같았다. 먼저, 메리는 콜린과 함께 있는 게 좋아지자 콜린이 비밀을 털어놓아도 될 만한 소년인지를 알고 싶었다. 콜린은 디컨과는 조금도 비슷하지 않았는데, 확실히 아무도 모르는 정원이라는 생각을 무척 좋아하는 것 같아서 메리는 어쩌면 콜린을 믿어도 될 것 같다고 생각했다. 하지만 확신할 만큼 콜린과는 오래 알고 지낸 사이가 아니었다. 메리가 알아내고 싶은 두 번째는 이것이었다. 만약 콜린을 믿을 수 있다면, 정말로 믿을 수 있는 소년이라면 아무에게도 들키지 않고 콜린을 정원으로 데려갈 수 있지 않을까? 훌륭한 의사 선생님은 콜린이 신선한 공기를 쐬어야 한다고 했고, 콜린도 비밀의 정원에서라면 신선한 공기를 마시는 건 싫지 않다고 했다. 어쩌면 콜린이 신선한 공기를 많이 마시고 디컨과 울새와 친해지고 자라는 식물들을 본다면 죽는다는 생각을 그리 많이 하지 않을지도 몰랐다. 메리는 요사이 거울에 자기 모습을 가끔씩 비춰 보면서 인도에서 막 도착했을 때의 아이하고는 사뭇 다른 존재가 되었다는 것을 깨닫곤 했다. 이 아이는 좀 더 좋아 보였다. 심지어 마사도 메리의 변화를 알아차렸다.

"황야 공기가 진즉부터 아씨 몸에 좋았는가 보네요." 마사가 말했다. "이제 그렇게 누리끼리하지 않고 삐쩍 마르지도 않았구먼요. 머리카락도 머리에 축 늘어져 붙어 있지 않고. 머리에 힘이 생겨서 약간 바깥으로 뻗게 되었는디요."

"나랑 똑같아." 메리가 말했다. "더 튼튼해지고 더 살이 통통해진 거지. 머리숱도 좀 더 많아진 것 같아."

"확실히 그렇게 보이네요." 마사가 메리의 얼굴 둘레에 떨어진 머리를 약간 부풀리면서 말했다. "이리 되고 볼도 발그스레하니 아씨는 이젠 예전맹키 못생기지 않구먼요."

정원과 신선한 공기가 메리에게 좋은 영향을 끼쳤다면 콜린에게도 좋을지 몰랐다. 하지만 그렇더라도 사람들이 쳐다보는 것을 콜린이 싫어한다면 디컨도 만나고 싶지 않을 수 있었다.

"사람들이 쳐다본다고 왜 그렇게 화를 내는 거야?" 메리는 어느 날 물어보았다.

"항상 싫었어." 콜린이 대답했다. "아주 어렸을 때도. 그러다 언제 한번은 해변에 간 적이 있었는데 난 휠체어에 누워만 있었어. 그랬더니 모두들 쳐다보는 거야. 여자들은 대화를 하다가 말고 보모에게 말을 걸었고, 그러더니 자기들끼리 수군거리기 시작했어. 그때 그 사람들이 내가 오래 살아서 어른이 되지 못할 거라는 말을 하고 있다는 것을 알았지. 가끔 그 아줌마들은 내 뺨을 쓰다듬으며 '불쌍한 것 같으니'라고 하기도 했어! 언젠가 한번은 한 아줌마가 그러길래 나는 큰소리로 비명을 지르면서 손을 물어 버렸지. 그랬더니 기겁하고 도망가 버렸어."

"그 아줌마는 네가 개처럼 미쳤다고 생각했을지 모르겠다." 메리는 별로 칭찬하지 않는 말투로 이야기했다.

"그 아줌마가 어떻게 생각했든 상관없어." 콜린은 얼굴을 찡그렸다.

"내가 네 방에 들어왔을 때 어째서 네가 비명을 지르며 묻지 않았는지 모르겠는걸." 그러면서 메리는 천천히 미소를 지었다.

"난 네가 유령이나 꿈이라고 생각했어." 콜린이 말했다. "유령이나 꿈을 물 순 없잖아. 비명을 질러도 눈 하나 깜짝 안 할 테고."

"혹시…… 어떤 남자애가 널 쳐다본다면 싫어할 거야?" 메리가 자신감 없이 물었다.

콜린은 쿠션에 등을 기대면서 잠깐 생각에 잠겼다.

"한 명은 괜찮아." 콜린은 마치 한 마디 하나하나를 생각하듯 천천히 말했다. "싫어하지 않을 애가 한 명은 있어. 여우가 사는 곳을 아는 애. 디컨."

"네가 싫어하지 않을 줄 알았어." 메리가 말했다.

"새들과 다른 동물들도 싫어하지 않는다면서." 콜린은 여전히 곰곰이 생각하며 말했다. "어쩌면 그래서 내가 싫어하지 않는지도 몰라. 걔는 동물을 홀리고 나는 새끼 동물이나 다름없으니까."

그러면서 콜린이 웃음을 터뜨려서 메리도 덩달아 웃어 버렸다. 사실 그 이야기는 둘 다 웃음을 터뜨리고 자기 굴에 숨어 있는 새끼 동물이라는 생각은 참 우습다는 결론을 내리면서 끝이 났다.

그 후에 메리는 디컨에 관해선 걱정할 필요가 없겠다는 느낌을 받왔다.

다시 푸른 하늘이 뜬 첫날 아침, 메리는 일찍 깨어났다. 햇살이 비스듬한 빛으로 블라인드를 통해서 쏟아져 들어왔고 그 광경엔 뭔가 즐거운 기운이 돌아서 메리는 침대에서 풀쩍 뛰어 창문으로 뛰어갔다. 블라인드를 걷고 창문을 열었더니 신선하고 향기로운 바람이 훅 끼쳐 왔다. 황야는 푸르렀고 온 세상은 마법이 일어난 듯 보였다. 마치 수십 마리 새들이 음악회를 위해 조율하듯, 여기저기 사방에서 부드럽고 작은 삘리리삘리리 소리가 들렸다. 메리는 창문 밖으로 손을 내밀어 햇빛 속으로 들어 올렸다.

"따뜻해, 따뜻하잖아!" 메리는 혼잣말했다. "이렇게 따뜻하니까 새 순이 위로 위로 밀고 나올 수 있을 거야. 구근과 뿌리들이 움직이며 온 힘을 다해 땅속에서 싸울 거야."

메리는 무릎을 꿇고 할 수 있는 한 최대로 창밖으로 몸을 내밀어 크게 숨을 들이마셨다. 공기 냄새를 킁킁 맡다가 디컨의 어머니가 디컨 코가 마치 토끼처럼 떨린다고 했다는 말을 기억해 내고 웃음을 터뜨렸다.

"지금은 아주 이른 시간일 거야." 메리는 중얼거렸다. "작은 구름들이 모두 분홍빛이고 이런 하늘은 처음 보니까. 아무도 일어나지 않았어. 마구간지기들의 소리도 들리지 않아."

갑작스럽게 어떤 생각이 떠올라 메리는 벌떡 일어섰다.

"기다릴 수 없어! 정원을 보러 가야겠다!"

메리는 이제 혼자 옷 입는 법을 익혔기 때문에 5분 만에 옷을 입었다. 혼자 빗장을 딸 수 있는 작은 옆문을 알고 있어서 양말만 신은 채 아래층으로 나는 듯 내려가 현관 앞에서 신발을 신었다. 메리는 사슬을 풀고 빗장을 민 후 잠긴 문을 열었다. 문이 열리자 메리는 한 번에 계단을 뛰어내려 잔디밭 위에 섰다. 이제 잔디는 푸릇푸릇하게 변했고 머리 위에는 햇볕이 쏟아지고 주변에는 따뜻하고 달콤한 바람이 감돌았으며 모든 덤불과 나무에서 삘리리삘리리 지지배배 우짖는 노랫소리가 들려왔다. 메리는 순수한 기쁨에 젖어 두 손을 꽉 맞잡으며 하늘을 올려다보았다. 무척이나 푸른 하늘엔 분홍색과 진줏빛, 하얀색이 뒤섞였으며 봄날의 빛이 넘쳐흘러서 메리도 삘리리삘리리 큰 소리로 노래해야 할 것 같은 기분이니 지빠귀와 울새와 종달새들은 오죽할까 하는 생각이 들었다. 메리는 관목을 돌아 길 사이를 따라가며 비밀의 정원으로 향했다.

"벌써 모두 달라졌어." 메리는 혼잣말했다. "풀은 더 푸르러지고 식물들은 여기저기서 솟아나고 덩굴이 뻗어 가고 녹색 이파리 새순이 보이고 있어. 오늘 오후엔 디컨이 틀림없이 오겠지."

오랫동안 따뜻한 비가 내리면서 보도 옆에 낮은 벽으로 구분해 놓은 초본 화단에 기이한 변화가 일어났다. 식물의 뿌리로부터 싹이 나서 밀고 나왔고 여기저기 크로커스 줄기 사이에 푸른빛이 도는 자주색과 노란색 식물이 움튼 것이 흘긋 보였다. 여섯 달 전이었다면 메리는 세상이 어떻게 깨어나는지 보지 못했겠지만, 지금은 하나도 빼놓지 않고 볼 수 있었다.

문이 담쟁이덩굴 아래 숨겨져 있는 장소에 이르렀을 때, 기이하게 큰 소리가 들려 메리는 화들짝 놀랐다. 까옥거리는 소리, 까마귀가 까옥까옥 우는 소리가 벽 위에서 났다. 메리가 올려다보니 커다랗고 깃털이 반드르르한 흑청색 새가 아주 영리한 눈으로 내려다보고 있었다. 이전에는 한 번도 이처럼 가까이에서 까마귀를 본 적이 없었기 때문에 메리는 약간 불안해졌다. 하지만 다음 순간 새는 날개를 펼치더니 퍼덕거리며 정원 반대편으로 날아갔다. 메리는 까마귀가 정원 안에 머무르지 않았으면 좋겠다고 생각하면서 혹시나 하는 마음으로 문을 밀었다. 정원 안으로 들어섰을 때, 메리는 까마귀가 여기 붙어 있을 작정이라는 것을 알 수 있었다. 새는 작달막한 사과나무 위에 내려앉았는데 사과나무 아래에는 꼬리가 북슬북슬한, 불그스름한 동물이 앉아 있었고 둘 다 수그리고 있는 디컨의 적갈색 머리를 바라보고 있었다. 디컨은 풀 위에 무릎을 꿇고 열심히 일하는 중이었다.

메리는 풀 위를 날듯이 뛰어 디컨에게로 갔다.

"아, 디컨! 디컨!" 메리가 소리 질렀다. "어떻게 여기 이렇게 일찍 왔어! 어떻게! 해가 막 솟았을 뿐인데!"

디컨은 환히 웃으며 부스스한 모습으로 일어났다. 눈동자가 마치 하늘 조각 같았다.

"어!" 디컨이 말했다. "난 해님보다도 훨씬 먼저 일어나는걸. 어떻게 침대에서 미적거리고 있을 수가 있겠어! 세상은 오늘 아침 다시 시작했는데. 침대에 누워 있지 말고 자리에서 일어나 나오라고 세상이 움직이고 콧노래를 부르고 득득 긁고 피리를 부르고 둥지를 짓고 향기를 내뿜더라고. 해님이 퍼뜩 뛰어올랐을 때, 황야는 기뻐 날뛰 댕겼

어. 나는 히스 한가운데 있었는디, 고함 지르고 노래하면서 나도 미친 사람맹키 뛰어왔지. 가만히 두고 볼 수가 없어 가지고. 와, 정원이 여기 누워서 기다리고 있는 거여!"

메리는 자기가 뛰어온 양 숨을 헐떡이면서 두 손을 가슴에 얹었다.

"아, 디컨! 디컨!" 메리가 말했다. "나 무척 행복해서 숨도 쉴 수가 없어!"

디컨이 낯선 이와 얘기하는 걸 보자 꼬리가 북슬북슬한 작은 동물은 나무 아래에서 일어나 디컨에게 가까이 샀고, 까마귀는 한 번 까옥 울더니 나뭇가지에서 날아와 조용히 디컨의 어깨에 내려앉았다.

"이건 여우 새끼여." 디컨은 불그스름한 꼬마 동물의 머리를 쓰다듬으며 말했다. "이름은 대장이여. 여기는 검댕이. 검댕이는 나와 함께 황야를 날아왔고 대장은 사냥개에게 쫓기는 거맹키로 뛰어왔어. 둘 다 나랑 똑같은 기분이었나 본게."

이 동물 둘 다 메리를 전혀 무서워하지 않는 양 쳐다보았다. 디컨이 걸어 다니기 시작하자 검댕이는 어깨에 가만히 앉아 있었고 대장은 조용히 옆에서 종종 따라다녔다.

"여기 봐!" 디컨이 말했다. "이 새순이 얼마나 밀고 나왔는지 봐! 그리고 이것도, 이것도! 아, 여기도 봐!"

디컨은 무릎을 털썩 꿇었고 메리도 옆에 앉았다. 자주색과 주황색, 금색이 섞인 크로커스 꽃송이들이었다. 메리는 얼굴을 숙이고 그 꽃잎에 입을 맞추고 또 맞추었다.

"사람에게는 그런 식으로 뽀뽀하지 않는데." 메리는 고개를 들고 말했다. "꽃들은 참 다르다."

디컨은 영문을 모르겠다는 얼굴이었으나 웃음을 띠었다.

"응? 난 엄니에게 그런 식으로 몇 번씩 뽀뽀하는디. 하루 종일 황야에서 헤매다 돌아왔을 때 엄니가 아주 즐겁고 편안한 표정으로 햇빛을 받으면서 문간에 서 있으면 말이제."

두 아이는 정원의 이쪽저쪽을 뛰어다니면서 놀라운 일들을 무척이나 많이 발견했기 때문에 속삭이거나 나지막한 소리로 말해야 한다는 규칙을 되새기지 않을 수 없었다. 디컨은 죽은 것처럼 보였던 장미 나뭇가지에서 새로 올라오는 잎눈을 보여 주었다. 또 옥토에서 밀고 올라오는 새로운 연두색 새순 수만 개도 보여 주었다. 두 아이는 조그마한 코를 열띠게 땅에 들이대고 따뜻한 봄날의 숨결을 맡았다. 황홀경에 빠져 땅을 파고 풀을 솎느라 메리의 머리카락도 디컨만큼 부스스해지고 뺨도 거의 똑같이 양귀비색으로 빨갛게 달아올랐다.

그날 아침 비밀의 정원에는 지상의 모든 환희가 있었고 그 한가운데 한결 더 근사하고 무엇보다도 더 기쁜 일이 일어났다. 무언가 벽너머로 재빨리 날아와 나무 사이를 쌩 뚫고 가까이에 풀이 자란 모퉁이로 돌진했다. 부리에 뭔가를 문 붉은가슴울새가 작은 불꽃처럼 휙 날아가는 모습이었다. 디컨은 마치 교회에서 웃음을 터뜨렸다는 것을 깨달은 사람처럼 갑자기 가만히 멈춰 서서 한 손을 메리에게 올렸다.

"우리 움찔하면 안 되여." 디컨은 요크셔 억양이 뚜렷한 사투리로 속삭였다. "숨도 쉬어선 안 되여. 마지막으로 쟤를 보았을 땐 짝짓기를 하고 있었는디. 저거 벤 웨더스태프의 울새인데, 둥지를 짓는 거여. 우리가 놀래지 않으면 여기 있을 거여."

두 아이는 살며시 풀 위에 앉아서 움직이지 않았다.

"너무 빤히 쳐다보는 눈치를 주면 안 돼." 디컨이 말했다. "우리가 지금 끼어들지 않는다고 생각하게 되면 영원히 우리와 함께 있을 거여. 둥지를 다 짓기 전까지는 쟤가 좀 별나게 굴 텐디. 지금 집 정리를 하는 중이거든. 사람을 꺼리는 데다 뭐든 대번에 성가시게 받아들일 거여. 손님을 받거나 잡담을 떨 시간이 없어. 우리는 잠깐은 풀이나 나무, 덤불이 된 양 꼼지락도 말고 있어야 혀. 그러나 쟤가 우리 모습에 익으면 내가 새소리를 쪼까 낼 테니 우리가 방해하지 않는다는 걸 알게 되겠지."

메리는 자기가 디컨처럼 풀이나 나무, 덤불처럼 보이는 방법을 알고 있나 자신이 없었다. 하지만 디컨은 이 이상한 일을 세상에서 가장 간단하고 자연스러운 일인 양 말해서 디컨에게는 꽤 쉬운 일이려니 싶었다. 정말로 메리는 디컨이 조용히 푸르게 변해서 나뭇가지와 잎이 나지 않나 몇 분 동안 유심히 쳐다보았다. 디컨은 놀라울 정도로 가만히 앉아만 있었다. 그 애는 들리는 게 기이할 정도까지 목소리를 부드럽게 낮추며 말을 했지만 메리의 귀에 들리기는 했다.

"봄날의 한 부분이여, 둥지 짓기는." 디컨이 설명했다. "내가 장담하는디 이건 세상이 시작된 이래로 매년 같은 시으로 했을 거여. 새들은 지들 나름대로 생각하고 하는 방식이 있으니께 사람은 괜한 참견 하지 않는 게 좋아. 다른 계절보다 봄에는 너무 호기심을 보였다간 친구를 잃어버리기 쉬워."

"새 얘기를 하면 자꾸 쳐다보게 돼." 메리는 될 수 있는 한 살며시 말하려 했다. "다른 얘길 하자. 너한테 하고 싶은 얘기가 있어."

"우리가 다른 얘길 하면 더 좋아할 거여." 디컨이 말했다. "하고 싶은 얘기가 뭔디?"

"음, 디컨은 콜린 알아?" 메리가 속삭였다.

디컨은 고개를 돌려 메리를 보았다.

"콜린 도련님에 대해 뭘 알아낸겨?"

"만났어. 이번 주엔 매일 이야기도 했어. 콜린이 나한테 와 달라고 했어. 나랑 같이 있으면 몸이 아프고 곧 죽게 된다는 걸 잊어버린대."

놀라움이 디컨의 둥근 얼굴에서 스러져 나가자마자 디컨은 실로 안심한 표정을 지었다.

"잘됐구먼." 디컨이 외쳤다. "정말 기뻐. 그럼 내가 좀 더 편해지겠네. 도련님 얘기를 하면 안 된다는 것은 알지만, 난 뭔가 숨기는 건 싫거든."

"정원 얘기를 숨기는 건 싫지 않아?" 메리가 물었다.

"그 얘긴 절대 하지 않을 거여. 하지만 어머니에겐 말했어. '엄니, 나 지켜야 할 비밀이 있어라. 나쁜 건 아니고, 엄니도 그건 알지요? 새의 둥지를 숨기는 거나 비슷한 거여라. 그 정도는 괜찮겠죠? 괜찮아라?' 하고."

메리는 항상 디컨 엄마 얘기를 듣는 게 좋았다.

"엄마가 뭐라 그러셨어?" 어머니의 대답을 듣는 데 전혀 거리낌이 들지 않았다.

디컨은 마음 좋게 싱긋 웃었다.

"엄니다운 말씀이셨어. 내 머리를 쓰다듬어 주면서 웃더니 이러시더라. '응, 애야. 얼마든지 비밀을 지키려무나. 난 너를 열두 해나 봐 왔으니께.'"

"콜린에 관해선 어떻게 알았어?"

"크레이븐 주인님을 아는 사람이면 모두 그처럼 몸이 불편한 꼬마가 있다는 걸 알어. 크레이븐 주인님이 그 얘길 하는 걸 싫어하신다는 것도 알고. 사람들은 크레이븐 주인님이 불쌍타 생각혀. 크레이븐 마님은 정말 이쁘고 젊은 분이셨고 두 분이 서로 참 정다웠거든. 메들록 아줌니는 스웨이트에 갈 때마다 우리 집에 들러. 우리 애들이 있어도 거리낌 없이 얘기하지. 우리 애들이 믿을 만한 애들로 자랐다는 걸 알거든. 아씨는 어떻게 알았어? 마사 누나는 지난번 집에 왔을 때 아주 곤란해 죽으려고 혔어. 아씨가 도련님이 칭얼대고 우는 소리를 듣고 물어보는데 뭐라고 대답할 말을 모르겠다면서."

메리는 그 한밤의 이야기를 해 주었다. 바람이 휘불어서 잠에서 깼는데 저 멀리에서 보채는 목소리가 들려 초를 들고 어두운 복도를 따라갔더니 침침하게 불을 밝힌 방의 문이 열려 있고 그 방 한구석엔 조각 무늬가 있는 네 기둥 침대가 있더라는 것. 메리가 조막막한 상아색 얼굴에 특이하게 둘레기 까만 눈을 묘사하자 디컨은 고개를 흔들었다.

"그 눈은 마님 눈하고 똑같어. 다만 마님 눈은 늘 웃고 있었다고 사람들이 그러대." 디컨이 말했다. "크레이븐 주인님이 도련님이 깨어 있을 땐 보지 못하는 이유는 눈이 엄마랑 똑 닮아서라고. 그런데 도련님의 불쌍한 얼굴에서는 꽤 다르게 보인다나."

"콜린이 죽기를 바란다고 디컨도 생각해?" 메리가 속삭였다.

"아니. 다만 도련님은 아예 태어나질 않았으면 좋았겠다 생각은 하겠지. 엄마 말로는 아이한테는 세상에서 가장 나쁜 일이라고, 부모가 원치 않는 아이는 무럭무럭 자랄 수가 없다고 그러셨어. 크레이븐 주인님은 그 불쌍한 도련님에게 돈으로 살 수 있는 건 뭐든 사 주지만 도련님이 이 땅에 있는 것도 까맣게 잊어불고 싶어 하서. 뭣보다도 언젠가 아들을 보았는데 곱사등이로 자라 있을까 봐."

"콜린도 일어나 앉을 수 없게 될까 봐 그걸 두려워하더라." 메리가 말했다. "항상 등에서 혹이 솟아 나오는 느낌이 나면 미쳐서 비명을 지르며 죽어 버리지 않을까 하는 생각을 한대."

"어이쿠! 거기 누워서 그런 생각만 하면 안 될 터인디." 디컨이 말했다. "그런 생각만 하고 있으면 어떤 애든 병이 나을 리가 없제."

여우는 디컨 옆 풀밭 위에 누워서 이따금씩 쓰다듬어 달라는 듯 고개를 쳐들어 위를 보았다. 디컨은 허리를 굽히고 여우의 목을 부드럽게 문지르며 잠시 아무 말도 없이 생각에 잠겼다. 이윽고 디컨은 고개를 들더니 주변을 둘러보았다.

"맨 처음 우리가 여기 왔을 땐 온통 회색뿐이었는데, 이제 돌아봐. 달라진 게 없다고 하려도 할 수 없을걸."

메리는 두리번거리다 숨을 약간 멈췄다.

"와!" 메리가 외쳤다. "회색 담이 달라지고 있어. 초록색 물안개가

서서히 끼고 있는 것 같아. 초록색 얇은 너울을 씌운 것 같아."

"그래." 디컨이 말했다. "게다가 점점 푸르게 푸르게 변해서 나중에는 회색이 다 사라질 거여. 내가 무슨 생각 하는지 알것지?"

"뭔가 좋은 거라는 건 알겠어." 메리는 열렬히 대답했다. "콜린에 대한 거겠지?"

"도련님이 일단 여기 나오면 등에서 혹이 자라나 안 자라나 그것만 줄창 보고 있진 않을 거라는 생각을 혔어. 대신 장미 나무에 봉오리가 피나 보겠지. 그러다 보면 훨씬 더 건강해질 거고." 디컨이 설명했다. "여기 나와서 나무 아래 휠체어를 놓고 누워 있고 싶은 기분을 우리가 도련님에게 불어넣어 줄 수 있을까 궁리를 좀 혔지."

"나도 똑같은 궁리를 하고 있었어. 콜린하고 말할 때마다 거의 매번 그런 생각을 해." 메리가 말했다. "콜린이 비밀을 지킬 수 있나, 아무에게도 들키지 않게 콜린을 데리고 나올 수 있나 그런 생각을 하지. 어쩌면 디컨이 콜린의 휠체어를 밀어 줄 수 있을지도 몰라. 의사 선생님이 콜린은 신선한 공기를 쐬어야 한다고 했고, 우리가 밖으로 데리고 나가는 걸 콜린이 바란다면 아무도 그 말에 거역하진 못할 거야. 콜린은 다른 사람들 때문에는 밖에 나오지 않을 테니 우리와 함께 나온다고 하면 사람들도 좋아할지 모르지. 아무도 보지 못하게 정원사들은 멀리 떨어져 있으라고 콜린이 명령을 할 수도 있어."

디컨은 대장의 등을 긁어 주면서 열심히 생각했다.

"도련님에게는 확실히 좋을 거여. 그건 장담혀." 디컨이 말했다. "우리는 도련님이 차라리 태어나지 않는 게 좋았다는 생각을 한 적이 없으니께. 우리는 그냥 정원이 자라는 걸 보는 두 꼬마일 뿐이고, 도련님은 또 다른 꼬마일 뿐이여. 봄날에 구경 나온 남자애 둘과 여자애 하나, 그게 의사 선생님이 주는 약보다 몸에 좋을 거여."

"콜린은 방 안에 너무 오래 누워 있었고 항상 등 때문에 걱정해서 약간 괴상해졌어." 메리가 말했다. "책을 많이 읽어서 좋은 얘기도 여럿 알지만 다른 건 몰라. 콜린 말로는 너무 아파서 다른 것들은 알아챌 수가 없었고 문밖에 나가는 것도 싫고 정원이나 정원사도 싫대. 하지만 이 정원 얘기 듣는 건 좋아했어. 이건 비밀이니까. 난 많이 얘기해 줄 순 없었지만 콜린은 보고 싶다고 했어."

"그럼 우리가 언젠가 확실히 도련님을 이리로 데리고 나와야겠네." 디컨이 말했다. "내가 도련님 휠체어를 잘 밀 수 있지. 우리가 여기 앉아 있는 동안 울새랑 그 짝꿍이랑 어떻게 했는지 아씨도 봤어? 저 녀석이 나무 위에 앉아서 입에 물고 있는 나뭇가지를 어데 놓으면 가장 좋을까 생각하는 것 좀 봐."

디컨이 나지막이 휘파람으로 신호를 보내자 울새는 여전히 나뭇가지를 문 채로 고개를 획 돌리고 질문하듯 쳐다보았다. 디컨은 벤 웨더스태프처럼 울새에게 말을 걸었지만, 디컨의 말투는 친구의 충고 같았다.

"어데다 놓든 괜찮을 거야. 넌 알에서 깨어나기도 전부터 둥지 짓는 법을 잘 알았잖어. 네 맘대로 하렴. 우물쭈물할 시간이 없어."

"아, 네가 새한테 말하는 것 들으니 참 좋다!" 메리는 기쁘게 깔깔 웃었다. "벤 웨더스태프는 울새를 꾸짖고 놀리는데 새는 콩콩 뛰어다

니며 모든 말을 다 잘 알아듣는 표정을 지어. 이 새도 그걸 좋아하는
것 같지. 웨더스태프 말로는 새가 너무 거만해서 무시하는 것보다는
차라리 돌을 던지는 편을 좋아한대."

디컨도 웃음을 터뜨리며 울새에게 계속 말을 걸었다.

"우리가 너 못살게 굴지 않을 거 알지. 우리도 거의 야생동물이나
똑같어. 우리도 둥지를 짓고 있어. 행운을 빌어. 우리를 이르지 않도
록 조심혀."

울새는 부리에 벌써 뭔가 물고 있었기 때문에 비록 대답은 할 수
없었지만 메리는 울새가 나뭇가지를 물고 정원의 자기 영역으로 날아
갔을 때 촉촉하게 빛나는 검은 눈이 그들의 비밀을 세상에 알리지 않
겠다고 약속한다는 뜻임을 알 수 있었다.

제16장

"난 안 올 거야!"

그날 아침 두 아이는 할 일이 대단히 많아서 메리 는 늦게 돌아갔다. 그리고 또다시 일하러 돌아오느라 너무 서두른 나 머지, 마지막 순간까지 콜린은 까맣게 잊고 있었다.

"콜린에게 내가 아직은 가서 만날 수 없다고 말해 줘." 메리는 마사 에게 말했다. "정원에서 무척 바쁘니까."

마사는 약간 기겁한 표정이었다.

"어머, 메리 아씨." 마사가 말했다. "제가 그런 이야기를 하면 도련 님이 무척 역정을 내실 거여요."

하지만 메리는 다른 이들만큼 콜린이 무섭지 않았고 자기희생 정 신이 강한 사람도 아니었다.

"난 갈 수 없어." 메리가 대답했다. "디컨이 기다리고 있으니까."

메리는 그러면서 달아나 버렸다.

그날 오후는 아침보다 더 아름다웠고 한결 바빴다. 벌써 정원의 잡초는 거의 다 솎아 냈고 장미와 대부분 나무도 가지를 치고 둘레를 파 놓았다. 디컨은 자기 삽을 가지고 왔고 메리에게 온갖 도구 쓰는 법을 알려 주었다. 그래서 이때쯤 되니 이 아름다운 야생의 공간이 정원사가 가꾼 정원처럼 될 일은 없겠지만 봄날이 지나기 전에 식물들이 자라는 야생 벌판이 되리라는 것은 분명해졌다.

"머리 위엔 사과 꽃과 벚꽃이 필 거여." 디컨이 온 힘을 다해 일하면서 말했다. "담장 쪽에는 복숭아와 자두나무에 꽃이 활짝 필 거고, 잔디는 꽃 융단이 되겠지."

작은 여우와 까마귀도 아이들만큼이나 행복하고 분주했고, 울새와 그 짝꿍도 작은 번개같이 왔다 갔다 날아다녔다. 가끔 까마귀는 검은 날개를 퍼덕이며 공원의 나무 우듬지로 휙 날아갔다. 그리고 다시 돌아와 디컨 가까이 내려앉으며 자기 모험담을 이야기하듯 몇 번씩 까옥거렸다. 디컨은 울새와 이야기를 하듯 까마귀와도 이야기를 나누었다. 한 번 디컨이 너무 바빠서 처음에 대답을 해 주지 않자, 검댕이는 다시 어깨 위로 날아와서 커다란 부리로 디컨의 귀를 부드럽게 콕콕 쪼았다. 메리가 잠깐 쉬고 싶어 하는지라 디컨은 메리와 함께 나무 아래 앉았다. 디컨이 주머니에서 피리를 꺼내 부드럽고 낯선 음률을 짧게 연주하자 다람쥐 두 마리가 벽에서 나타나 쳐다보며 귀를 기울였다.

"아씨는 이전보다 더 힘이 세졌네." 디컨은 땅을 파는 메리를 보며 말했다. "확실히 얼굴도 달라지기 시작했고."

메리는 운동을 한 데다 기운이 넘쳐서 땀을 흘렸다.

"나 매일매일 살이 찌고 있어." 메리는 아주 신이 나서 말했다. "메들록 부인이 내게 더 큰 옷을 만들어 줘야 할 거야. 마사 말로는 머리카락도 굵어지고 있대. 이젠 그렇게 힘없이 늘어져 헝클어지지 않아."

두 아이가 헤어질 무렵에는 해가 지기 시작하며 진한 황금 햇살을 나무 아래로 비스듬하게 떨어뜨렸다.

"내일은 날씨가 맑겠다." 디컨이 말했다. "해 뜰 때까지 일하러 올 겨."

"나도 그럴게." 메리도 약속했다.

메리는 발을 움직일 수 있는 한 빨리 집으로 돌아갔다. 콜린에게 디컨의 여우 새끼와 까마귀, 봄날이 일으킨 변화에 대해 얘기하고 싶었다. 콜린도 듣고 싶을 것이라 확신했다. 그래서 방문을 열었을 때 마사가 기죽은 얼굴을 하고 기다리는 모습을 보자 기분이 좋지 않았다.

"왜 그래?" 메리가 물었다. "내가 안 온다고 하니까 콜린이 뭐라고 했어?"

"아!" 마사가 말했다. "아씨가 가셨어야 했는데. 도련님은 거의 뗏성을 내려 하셨어요. 도련님 심기를 달래느라 오후 내내 얼마나 난처했는지. 종일 시계만 보고 계셨어요."

메리는 입을 샐쭉했다. 콜린이라고 해서 다른 사람 이상으로 배려하는 데 익숙하지 않았고 어째서 성질 나쁜 소년이 자기가 가장 좋아하는 일을 방해하는지도 알 수 없었다. 병을 앓아 신경이 날카로워졌다는 이유로 자기 성질을 억누르지 못하고 다른 사람들까지 아프게

하고 신경 날카롭게 하는 사람들의 가여운 처지에 관해서도 아무것
도 아는 바가 없었다. 메리가 인도에서 머리가 아팠을 때는 온통 난리
를 치면서 다른 사람들도 똑같이 머리가 아프게 만들거나 그만큼 괴
롭혀 주었다. 그때는 자기가 옳다고 생각했다. 물론 이제는 콜린이 아
주 잘못되었다는 생각이 들었다.

메리가 방 안으로 들어갔을 때 콜린은 소파에 앉아 있지 않았다.
콜린은 침대에 똑바로 누워서 메리가 들어오는데도 고개도 돌리려 하
지 않았다. 시작부터 나빴고 메리는 뻣뻣한 태도로 콜린을 향해 씩씩
하게 걸어갔다.

"왜 안 일어나?" 메리가 물었다.

"네가 올 줄 알고 아침에 일어났었어." 콜린은 쳐다보지도 않고 대
답했다. "오늘 오후에 사람들에게 도로 침대에 눕혀 달라고 했어. 등
이 아프고 머리도 아프고 피곤했어. 왜 안 왔어?"

"난 디컨이랑 정원에서 일했어." 메리가 말했다.

콜린은 얼굴을 찡그리더니 송구스럽게도 메리를 쳐다보았다.

"네가 나한테 와서 얘기하는 대신 나가서 걔랑만 있다면 걔 이제
여기 못 오게 할 거야."

메리는 발끈 성이 났다. 메리는 아무런 소리도 내지 않고 성을 낼
수 있있다. 그저 심술과 고집을 부리고 무슨 일이 일이니도 개의치 않
으면 되었다.

"네가 디컨을 쫓아내면, 이 방에 다시 오지 않을 거야!" 메리가 대
꾸했다.

"내가 오라고 하면 와야 해." 콜린이 말했다.

"난 안 올 거야!" 메리가 말했다.

"내가 오라면 오는 거야." 콜린이 말했다. "사람들이 널 끌고 올 테니까."

"할 테면 하라지! 라자 나리!" 메리가 격렬히 외쳤다. "날 끌고 올 순 있겠지만 날 여기 데려다 놔도 말을 시킬 순 없을 테니까. 난 자리에 앉아서 이를 악물고 한 마디도 안 할 거야. 널 쳐다보지도 않을 거야. 바닥만 볼 거라고!"

서로 노려보는 두 사람은 잘 어울리는 한 쌍이었다. 만약 둘 다 거리의 소년들이었다면 서로 덤벼들어 마구잡이로 주먹 다툼을 벌였으리라. 실제로 두 아이는 거의 그에 맞먹는 짓을 했다.

"넌 이기적이야!" 콜린이 외쳤다.

"넌 아닌 줄 알아?" 메리가 대꾸했다. "이기적인 사람들이 언제나 그러더라. 자기들이 바라는 걸 해 주지 않는 사람은 다 이기적이라고. 넌 나보다 더 이기적이야. 넌 내가 본 사람 중에 가장 이기적인 애야."

"난 아냐!" 콜린이 되쏘았다. "난 네가 좋아하는 착한 디컨만큼이나 이기적이진 않다고. 걘 내가 여기서 혼자 있는 걸 알면서도 널 흙구덩이 속에서 놀게 했잖아. 그렇다면 걔도 이기적이야!"

메리의 눈이 불을 뿜었다.

"걘 세상 어떤 애보다도 착해!" 메리가 말했다. "걘, 걔는 천사나 같아!"

약간 어리석게 들리는 말이었지만 메리는 신경 쓰지 않았다.

"착한 천사라니!" 콜린은 흥 코웃음을 쳤다. "걘 황야에 사는 평범한 오두막집 소년이야!"

"그래도 평범한 라자보자는 낫지!" 메리가 반박했다. "개가 천배는 나아!"

둘 중 메리가 더 강했기 때문에 메리가 점점 기선을 잡기 시작했다. 사실 콜린은 평생 자기 같은 사람과 싸워 본 적이 없었던지라 이 다툼은 대체적으로 콜린에게 이로운 영향을 끼쳤다. 하지만 콜린이나 메리나 둘 다 짐작조차 못했다. 콜린은 베개를 벤 채로 고개를 돌리고 눈을 꼭 감았다. 굵은 눈물방울이 새어 나와 뺨을 타고 흘러내렸다. 다른 사람 때문이 아니라 자기가 어리석고 불쌍하다는 느낌이 들었기 때문이었다.

"난 너만큼 이기적이지 않아. 난 항상 아프고 언젠가 내 등에 혹이 생길 걸 아니까. 게다가 난 죽을 거고."

"넌 안 죽어!" 메리는 별로 가여워하는 기색도 없이 부정했다.

콜린은 분개해서 눈이 휘둥그레졌다.

"아니라고?" 콜린이 외쳤다. "죽을 거야! 너도 내가 죽는다는 거 알잖아! 모두 그런다고."

"난 안 믿어!" 메리는 기분이 상해 소리쳤다. "네가 그런 말 하는 건 사람들 마음 아프게 하려는 것뿐이잖아. 니 자랑하려고 그러는 거지. 난 안 믿어! 네가 착한 애라면 사실일지도 모르지. 하지만 넌 너무 못됐어!"

콜린은 등의 아픔을 무릅쓰고 건강한 사람처럼 화를 벌컥 내며 침대에 일어나 앉았다.

"이 방에서 나가!" 콜린은 소리를 치며 베개를 집어 메리에게 던졌
다. 멀리 던질 만큼 힘이 세지 못해서 베개는 메리의 발치에 툭 떨어
졌지만 메리의 얼굴은 호두 까기에 집힌 양 찡그려졌다.

"나 간다." 메리가 말했다. "나 다시 안 올 거야!"

메리는 문으로 가다가 뒤를 휙 돌면서 입을 열었다.

"너 너한테 온갖 재미있는 얘기를 많이 해 주려 했어. 디컨이 여우
와 까마귀를 데려왔고 나는 그 얘길 너한테 해 주려 했단 말야. 이젠
너한텐 한 마디도 안 할 거야!"

메리는 씩씩하게 걸어 나가 문을 닫았다. 놀랍게도 문밖에서는 간
호사 훈련을 받은 보모가 엿듣고 있었는지 그 자리에 서 있었다. 한
층 더 놀라운 건 보모가 깔깔 웃고 있었다는 것이었다. 보모는 덩치
가 크고 예쁜 아가씨로 애초에 간호사 겸 보모를 해서는 안 되는 사
람이었다. 병약자를 참지 못했고 틈만 나면 핑계를 대면서 마사나 자
기 자리를 대신해 줄 사람에게 콜린을 맡기기 일쑤였기 때문이었다.
메리는 이 보모를 좋아한 적이 없었고, 손수건에 대고 낄낄거리는 간
호사를 가만히 서서 쳐다보았다.

"뭘 보고 웃는 거예요?" 메리가 물었다.

"아가씨랑 도련님, 두 어린아이를 보니 웃기네요." 보모가 말했다.
"아파서 쟁쟁거리는 아이에겐 그만큼이나 버릇없는 아이랑 맞서 싸
우도록 하는 게 제일 좋은 일이죠." 보모는 다시 손수건에 대고 웃었
다. "도련님에게 티격태격하며 싸울 여우 같은 여동생이 있었으면, 목

숨을 구할 수 있었을지도 모르겠네요."

"콜린 죽나요?"

"나야 모르고 상관도 없죠." 보모가 말했다. "도련님 병의 원인 중 반은 히스테리와 성질이에요."

"히스테리가 뭔데요?"

"이런 다음에 도련님이 짜증 내는 걸 보면 알게 될 거예요. 어쨌든 아가씨가 도련님이 히스테리를 부릴 만한 거리를 주었으니 나는 다행이네요."

메리는 정원에서 돌아왔을 때와는 딴판인 기분으로 자기 방으로 돌아갔다. 화가 나고 실망했지만 콜린에게 미안한 마음은 전혀 들지 않았다. 콜린에게 여러 멋진 얘기를 하려고 잔뜩 고대하고 있었고, 콜린에게 커다란 비밀을 믿고 털어놓아도 괜찮을지 결정을 내릴 작정이었다. 이제는 점점 그래도 되겠다는 생각이 들던 참이었지만 마음을 완전히 바꿔 버렸다. 절대로 얘기해 주지 않을 테니 콜린이야 자기 원하는 대로 방 안에 누워 신선한 공기 한 번 못 쐬고 죽어 버리든지 말든지! 그래도 싸다! 메리는 어찌나 심술이 나고 가차 없는 생각이 들던지 잠깐 동안 디컨이나 세상을 어느새 슬며시 덮은 초록색 너울, 황야로부터 불어오는 산드러운 바람에 관해선 까맣게 잊어버렸다.

마사는 메리를 기다리고 있있다. 얼굴에 띠오른 곤혹스러운 표정은 잠시나마 흥미와 호기심으로 바뀌었다. 탁자 위에는 나무 상자가 하나 놓여 있었는데 뚜껑이 열려 있어서 그 안에 든 깔끔한 꾸러미들이 보였다.

"크레이븐 주인님이 보내신 거여요." 마사가 말했다. "안엔 그림책이 들어 있는 것 같아요."

메리는 고모부 방에 갔던 날에 고모부가 물어봤던 말을 떠올렸다.

"뭐 원하는 게 있느냐? 장난감이나 책, 인형을 갖고 싶어?"

메리는 고모부가 인형을 보내셨나, 보내셨다면 뭘 어떻게 해야 하나 생각하며 꾸러미를 풀었다. 콜린이 가진 것처럼 아름다운 책 몇 권이 들어 있었고 그중 두 권은 정원에 관한 책으로 그림이 가득했다. 게임이 두세 개 들어 있고 금박으로 머리글자를 새긴 아름다운 필기도구 상자, 황금 펜과 잉크병 받침도 함께 들어 있었다.

모든 게 무척 근사해서 기쁨이 성난 기운을 마음에서 몰아내 버렸다. 고모부가 자기를 기억해 주리라고는 기대도 안 했는데, 딱딱했던 작은 마음이 따뜻하게 녹았다.

"난 활자체보단 필기체를 더 잘 쓰니까." 메리가 말했다. "이 펜으로 고모부에게 고맙다는 편지부터 써야겠다."

메리가 콜린과 아직도 친한 사이였다면 당장 뛰어가서 받은 선물을 보여 주었을 것이고 두 사람은 함께 그림을 보고 정원 책을 읽으면서 게임을 같이 하려고 했을지 몰랐다. 콜린도 무척 재미있게 놀았을 것이고 그러면 자기가 죽는다거나 혹이 나오나 등뼈에 손을 대본다는 생각도 하지 않을 것이었다. 콜린이 그런 식으로 행동하면 메리는 참을 수 없었다. 그때마다 메리는 불편하고 두려운 감정을 느꼈는데, 콜린 자신이 늘 두려운 표정을 지었기 때문이었다. 콜린은 언젠가 작은 혹이 만져지면 곱사등이가 되기 시작한다는 뜻이라고 말했다. 콜린은 메들록 부인이 보모에게 속삭이는 말을 언젠가 엿듣고 그런 생각을 하게 되었고, 이후로 남몰래 그 생각을 반복하다가 결국엔 마음속에 확고히 굳히게 되었다. 메들록 부인은 콜린 아버지의 등이 어렸을 때 그런 식으로 굽기 시작했다고 말했다. 콜린은 그런 얘기를 아무에게도 하지 않았지만 메리에게만은 했고, 사람들이 말하는 콜린의 '짜증'은 숨은 두려움에서 나오는 히스테리였다. 메리는 그 얘기를 들었을 땐 콜린이 가여웠다.

"콜린이 성을 내거나 피곤할 땐 항상 그 생각을 하기 시작하는 거야." 메리는 혼잣말로 중얼거렸다. "오늘 성을 냈지. 어쩌면, 어쩌면 오후 내내 그 생각을 했을지도 모르겠다."

메리는 가만히 서서 양탄자를 내려다보며 생각했다.

"다신 안 가겠다고 말했지만……" 메리는 눈살을 찌푸리며 망설였다. "하지만 어쩌면, 그래도 어쩌면 만나러 가야 할지도 모르겠어. 걔가 날 오라고 하면. 아침에. 어쩌면 다시 베개를 던질지도 모르지만, 그래도 가 봐야 할 것 같아."

제17장

짜증 발작

메리는 아침에 매우 일찍 일어나서 정원에 일하러 갔었기 때문에 피곤하고 졸렸다. 그래서 마사가 저녁을 가지고 와서 다 먹자마자 곧장 기쁘게 잠자리에 들었다. 머리를 베개에 놓으며 메리는 혼자 중얼거렸다.

"내일은 아침 먹기 전에 나가서 디컨과 정원을 가꾸고 그다음엔······ 콜린을 보러 가야겠다."

메리가 끔찍한 소리에 잠에서 깨어 침대에서 벌떡 뛰어내렸을 때는 한밤중 무렵이었다. 뭐지? 뭐지? 다음 순간 메리는 뭔지 확실히 알았다. 문이 열렸다 닫히고 복도를 허겁지겁 뛰어가는 발소리가 들렸다. 동시에 누군가 울면서 비명을 질렀다. 끔찍한 비명과 울음소리였다.

"콜린이야." 메리는 말했다. "보모가 히스테리라고 말한 짜증 발작을 일으킨 거야. 소리가 너무 끔찍하다."

흐느끼는 비명 소리에 귀를 기울였다. 사람들이 너무 겁을 먹어서 그 소리를 듣느니 차라리 콜린이 원하는 건 뭐든 해 줄 게 뻔했다. 메리는 두 손을 귀에 댔다. 속이 메슥거리고 몸이 떨렸다.

"어떻게 해야 할지 모르겠네, 어떻게 해야 할지 모르겠어." 메리는 되뇌었다. "참을 수가 없어."

메리는 자기가 가면 콜린이 울음을 멈출까 생각도 해 보았다. 하지만 콜린이 자기를 방에서 쫓아냈던 기억을 떠올리고 어쩌면 자기 모습을 보면 상태가 더 악화될지 모르겠다고 생각했다. 두 손으로 귀를 더 꽉 막아도 그 끔찍한 소리를 몰아낼 수가 없었다. 메리는 그 소리가 끔찍이 싫었고 너무 겁이 난 나머지 되레 더럭 화가 났다. 콜린이 겁을 준 만큼 자기도 그런 짜증 발작을 일으켜서 콜린에게 겁을 줘야겠다는 생각이 들 정도였다. 메리는 자기 말고 다른 사람이 성질을 부리는 데는 익숙하지 않았다. 그래서 두 손을 귀에서 떼고 벌떡 일어나며 한 발을 굴렀다.

"당장 그치라 그래! 누가 쟤 저러는 걸 그만두게 해야지! 누가 호되게 때려 줘야 해!" 메리는 외쳤다.

바로 그때 복도를 뛰어 내려오는 발소리가 들리더니 메리의 방문이 열리면서 보모가 늘어왔다. 지금은 전혀 웃고 있지 않았다. 심지어 창백해 보이기까지 했다.

"도련님이 히스테리를 일으켰어요." 보모는 허둥지둥 말했다. "자기 몸에 해로운 행동을 하세요. 아무도 못 말려요. 착한 아이처럼 가서 어떻게든 해 보세요. 도련님은 아가씨를 좋아하니까요."

"오늘 아침에 나를 방에서 쫓아냈는데." 메리는 흥분해서 발을 굴렀다.

보모는 발을 구르니 되레 좋아하는 듯했다. 사실 보모는 메리가 울면서 머리를 이불 속에 파묻을까 걱정했었다.

"괜찮네요." 보모가 말했다. "지금 아가씨 같은 기분이 딱 좋아요. 가서 좀 꾸짖어 주세요. 도련님에게 새로 생각할 거리를 주라고요. 가세요, 될 수 있는 한 빨리."

그런 다음에서야 메리는 상황이 무시무시하기도 하지만 꽤 우습다는 것을 깨달았다. 다 큰 어른들이 겁을 집어먹고 조그만 소녀에게 조르르 달려오다니. 게다가 그것도 이 소녀가 콜린만큼이나 못된 아이기 때문이라는 이유로.

메리는 날듯이 복도를 달려갔다. 비명 소리에 가까이 갈수록 메리는 점점 더 화가 솟구쳤다. 문 앞에 갈 때쯤에는 상당히 심통이 났다. 메리는 한 손으로 문을 홱 열고 네 기둥 달린 침대까지 뛰어갔다.

"그만해!" 메리는 거의 소리치다시피 했다. "그만하라고! 너 싫어! 모두들 널 싫어해! 모든 사람이 집에서 도망가고 너 혼자 소리 지르다 죽었으면 좋겠어! 그렇게 비명을 지르면 금방 죽어 버릴걸. 그랬으면 좋겠어!"

착하고 동정심 많은 아이였다면 그렇게 생각하지도, 그렇게 말하지도 않겠지만 공교롭게도 그 말을 들은 충격이 아무도 제지하지 못하고 거스르지도 못하게 히스테리를 부리는 소년에게는 가장 좋은 해

결책일 수도 있었다.

콜린은 침대에 엎드려 손으로 베개를 치면서 거의 펄쩍펄쩍 뛰다가 이 격한 작은 목소리에 휙 돌아보았다. 콜린의 얼굴은 하얗고 빨간데다가 부어올라서 끔찍했고 숨을 헉 몰아쉬며 컥컥거렸다. 하지만 야만적인 메리 양은 눈 하나 깜짝하지 않았다.

"네가 한 번 더 소리 지르면," 메리가 말했다. "나도 소리를 지르겠어. 난 너보다도 더 크게 소리 지를 수 있으니까 널 무섭게 해 주지. 기겁하도록 해 줄 거야!"

콜린은 메리 때문에 너무 놀라서 비명을 그쳤다. 쏟아져 나오던 비명은 목에서 딱 걸렸다. 눈물이 얼굴을 따라 흘러내렸고 온몸이 파들파들 떨렸다.

"그만둘 수 없어!" 콜린은 숨을 들이쉬며 흐느꼈다. "할 수 없어. 할 수 없다고!"

"할 수 있어!" 메리가 고함을 질렀다. "네 병의 반은 히스테리와 성질이야. 그냥 히스테리, 히스테리, 히스테리라고!" 메리는 한 번 말할 때마다 발을 굴렀다.

"혹이 느껴졌단 말이야. 느껴졌어!" 콜린이 목멘 소리로 말했다. "그럴 줄 알았어. 이제 곱사등이가 되어서 죽고 말거야."

콜린은 다시 꿈틀거리며 얼굴을 묻고 흐느끼면서 잉잉댔으나 비명을 지르진 않았다.

"혹이 느껴진 게 아니야!" 메리가 격하게 부정했다. "느껴졌다면 그건 히스테리 혹이겠지. 히스테리 때문에 혹이 생긴 거야. 너의 그 끔찍한 등하고는 아무 상관 없어. 히스테리일 뿐이라고! 등을 돌려 봐. 내가 좀 보게!"

메리는 '히스테리'라는 단어가 마음에 들었고 어쨌든 그게 콜린에게 영향을 끼쳤다고 생각했다. 콜린 또한 메리와 똑같아서 이전에는 그 말을 한 번도 들어 본 적이 없었다.

"간호사." 메리가 명령했다. "이리 와서 애 등 좀 당장 보여 봐요!"

간호사, 메들록 부인, 마사는 다들 옹기종기 문간에 모여서 입을 반쯤 벌리고 메리를 쳐다보고 있었다. 셋 다 한 번 이상 겁에 질려 숨을 헉 멈추었다. 보모는 두려워하는 듯이 앞으로 나섰다. 숨을 심하게 헐떡이며 흐느끼느라 콜린의 몸이 들썩였다.

"어쩌면, 도련님이…… 도련님이 허락하지 않으실지도 모르는데." 보모는 낮은 목소리로 망설였다.

하지만 콜린은 보모가 하는 말을 듣고 흐느끼는 사이에 숨을 내뱉었다.

"보, 보여 줘! 재도 그러면 알게 되겠지!"

옷을 벗겨 놓으니 마르고 가는 등이 참 보기 안쓰러웠다. 갈빗대와 척추 관절을 하나하나 다 셀 수 있을 것 같았지만 메리는 굳이 세지는 않았다. 다만 허리를 굽힌 채로 조그마한 얼굴에 진지하면서도 거친 표정을 띠고 자세히 살폈다. 메리가 얼마나 심술궂고 엄숙한 표정을 짓고 있었던지 보모는 실룩이는 입술을 숨기려고 고개를 옆으로 돌리고 있었다. 1분 정도 침묵이 흘렀다. 심지어 콜린도 숨을 참고 있는 동안 메리는 마치 런던에서 온 훌륭한 의사 선생님이라도 된 양 골똑히 척추를 위아래, 아래위로 살폈다.

"혹이라고는 하나도 없어!" 마침내 메리가 말했다. "핀만 한 덩어리 하나 만져지지 않아. 등뼈 덩어리밖에는. 그건 말랐기 때문에 만져지는 것일 뿐이야. 나도 등뼈가 덩어리처럼 만져지는걸. 게다가 이전에는 네 것처럼 나도 그렇게 튀어나왔었어. 하지만 점점 살이 찌니까 덜 보이는데 아직 다 가릴 만큼 살이 오르지 않았을 뿐이야. 핀만큼 작은 덩어리도 없다니까! 다시 있다고 우기면 웃어 버릴 거야!"

그 누구보다도 콜린은 그렇게 성이 나서 내뱉는 유치한 말이 자기에게 어떤 영향을 끼치는지 잘 알았다. 만약 자신의 비밀스러운 공포에 대해 얘기할 사람이 있었더라면, 사람들이 질문을 하도록 받아 주었다면, 어린이 말벗이 있고 거대하고 꽁꽁 닫힌 저택에서 대체적으로 콜린에게 관심 없고 질려 버린 사람들의 공포가 짙게 깔린 공기나 마시면서 누워 있지 않았더라면, 콜린 본인도 자신의 공포와 병은 스스로가 만들어 낸 것임을 알았을 터였다. 하지만 콜린은 그동안 내내 누워서 몇 날 며칠을 자기와 병과 피곤함에 대해서 생각했다. 그리고 이제 화가 나고 동정심 하나 없는 꼬마 소녀가 고집스럽게 콜린이 생각만큼 아픈 건 아니라고 우기자 실제로 그 애가 사실을 말하고 있다고 생각했다.

"난 몰랐네요." 보모가 용기를 내 끼어들었다. "노련님이 척추에 혹이 났다고 생각했는지는. 도련님은 일어나 앉으려고도 하지 않으시니까 등이 무척 약하죠. 제가 알았더라면 등에 혹 같은 건 없다고 얘기했을 텐데."

콜린은 침을 꿀꺽 삼키고 고개를 약간 돌려 보모를 보았다.

"그, 그럴까?" 콜린은 가련하게 물었다.

"그럼요, 도련님."

"봐!" 메리도 침을 꿀꺽 삼켰다.

콜린은 다시 고개를 돌렸지만 폭풍 같은 흐느낌이 잦아들어 뚝뚝 끊기는 숨을 길게 내쉬기 위해 가만히 잠깐 누워 있었다. 그렇지만 굵은 눈물이 얼굴에서 줄줄 흘러 베개를 적셨다. 실제로 눈물을 흘리니 기이하게도 크나큰 안도감이 찾아들었다. 이윽고 콜린은 몸을 돌리고 보모를 다시 보았다. 그 순간 보모에게 말을 걸 때는 참 이상하게도 전혀 라자 같은 태도가 아니었다.

"그럼 내가…… 살아서 어른이 될 수 있을 거라고 생각해?" 콜린이 물었다.

보모는 영리하지도 마음이 부드럽지도 않았지만 런던의 의사 선생님이 한 말을 반복했다.

"지시받은 대로 잘 따르고 성질을 부리지 않으며 밖에 나가서 신선한 공기를 많이 쐬면 그럴지도 몰라요."

콜린의 짜증 발작은 지나갔다. 게다가 하도 울어서 기운이 빠지고 지쳐서 이 때문에 약간 더 상냥한 기분이 들었는지도 몰랐다. 콜린은 한 손을 메리 쪽으로 약간 내밀었고, 다행스럽게도 메리의 짜증도 지나가서 마음이 누그러진 터라 메리 또한 손을 내밀어 중간에서 맞잡았다. 일종의 화해가 이루어졌다.

"나, 나 너랑 나갈게, 메리." 콜린이 말했다. "신선한 공기 마시는 거

괜찮아. 우리가 만약⋯⋯"

콜린은 "우리가 만약 비밀의 정원을 찾는다면"이라고 말하려 했지만 적절한 순간에 멈춰야 한다는 것을 기억해 내고 이렇게 끝맺었다. "만약 디컨이 와서 내 휠체어를 밀어 준다면 너랑 같이 나가고 싶어. 디컨과 여우, 까마귀도 정말 보고 싶으니까."

보모는 헝클어진 침대를 다시 정리해 주었고 베개를 흔들어서 폈다. 그런 후 콜린에게 쇠고기 수프를 한 그릇 만들어 주고 메리에게도 한 그릇 주었다. 메리도 몹시 흥분했던 터라 기쁘게 받았다. 메들록 부인과 마사도 기쁜 마음으로 슬쩍 물러났고 모든 것이 깔끔하고 고요하게 정리된 후에는 보모 또한 기쁘게 자리를 뜨고 싶은 듯했다. 보모는 건강한 젊은 아가씨로 잠을 설치는 일을 몹시도 싫어했고 메리를 보면서 대놓고 하품을 했다. 메리는 커다란 발걸이 의자를 네 기둥 달린 침대 쪽에 끌어다 놓고 앉아 콜린의 손을 잡고 있었다.

"아씨도 가서 주무세요." 보모가 말했다 "도련님도 그렇게까지 기분이 나쁘지 않다면 잠시 후엔 잠이 들 테니까요. 그런 후엔 저도 옆방에 가서 자면 돼요."

"내가 아야에게 배운 노래 불러 줘?" 메리가 콜린에게 속삭였다.

콜린은 메리의 손을 부드럽게 잡아당겼고 호소하듯 피곤한 눈으로 메리를 보았다.

"아, 그럼!" 콜린이 대답했다. "참 정다운 노래였어. 그 노래 불러 주면 나도 금방 잠이 들 거야."

"음." 보모는 마지못해 한번 말을 던졌다. "도련님이 30분 이내에 잠이 들지 않으면 저를 부르세요."

"알았어." 메리가 대답했다.

보모는 금방 방에서 나갔고, 그 여자가 가 버리자마자 콜린은 메리의 손을 다시 끌어당겼다.

"하마터면 말할 뻔했어." 콜린이 말했다. "하지만 때맞춰 끊었지. 이제 난 말은 그만하고 잠을 잘 거야. 그런데 너 나한테 해 줄 멋진 얘기가 많다고 했지. 혹시, 비밀의 정원에 이르는 길을 좀 찾았어?"

콜린의 불쌍하고 피곤해 보이는 작은 얼굴과 부어오른 눈을 보자 메리의 마음이 누그러졌다.

"그으래." 메리가 대답했다. "찾은 것 같아. 네가 잠을 자면 내일 말해 줄게."

콜린의 손이 떨렸다.

"아, 메리!" 콜린이 말했다. "아, 메리! 내가 그 안에 들어갈 수 있다면 나도 살아서 어른이 될 수 있을 것 같아! 아야의 노래를 해 주는 대신에 첫날 해 준 것처럼 정원 안의 모습이 어떨지 상상했던 얘기를 해 줄 수 있어? 그 얘기를 들으면 잠이 잘 올 것 같아."

"그래." 메리가 대답했다. "눈을 감아."

콜린은 눈을 감고 아주 고요히 누워 있었고 메리는 그 손을 잡고 아주 천천히, 아주 나지막한 목소리로 이야기를 시작했다.

"난 그곳이 아주 오랫동안 혼자 있었을 거라 생각해. 그래서 덩굴들이 자라 아름답게 얽혀 있지. 장미들이 기어오르고 기어올라 나뭇가지와 담장에서 늘어지고 땅 위를 기어가고 있을 거야. 이상한 회색 물안개와 비슷하게. 어떤 것들은 죽었지만 많은 것들이 아직 살아 있어. 여름이 오면 장미가 자라서 커튼을 이루고 샘을 이룰 거야. 땅속에는 나팔수선화와 스노드롭, 백합과 붓꽃이 한가득 있어서 어둠을 뚫고 나오려 해. 이제 봄이 시작되었으니까, 어쩌면…… 어쩌면……"

부드럽게 윙윙거리는 메리의 목소리에 콜린은 점점 더 고요해졌다. 메리는 그 모습을 보고 말을 이었다.

"어쩌면 이제 그 꽃들이 풀 사이로 나오고 있을지 몰라. 어쩌면 자줏빛 크로커스와 황금빛 크로커스 무리가 올라오고 있을지도 모르지. 지금도 말야. 어쩌면 이파리들이 돋아 뻗어 나가기 시작했을 거야. 또 어쩌면…… 회색이던 풍경이 변해서 녹색 얇은 너울이 땅과 나무를 기어가듯 덮었을 수도 있어. 모든 것을 초록색으로 덮은 거지. 새들이 그 광경을 보러 날아오고 있어. 왜냐면 무척이나 안전하고 고요하니까. 그리고 어쩌면…… 어쩌면…… 어쩌면……" 메리는 실로 아주 부드럽고도 느릿하게 말을 이었다. "울새는 짝을 찾아서 둥지를 짓고 있을지도 몰라."

그리고 콜린은 깊은 잠에 빠져 있었다.

제18장

"우물쭈물해선 안 돼."

당연히 메리는 다음 날 아침 일찍 깨지 못했다. 피곤한 나머지 늦게까지 잤고 마사는 아침 식사를 가지고 와서 콜린은 조용하긴 하지만 울고 발작을 일으켜서 진을 뺀 후에는 언제나 그렇듯이 아프고 열이 났다는 말을 해 주었다. 메리는 천천히 아침을 먹으면서 얘기를 들었다.

"도련님은 아씨가 될 수 있는 한 빨리 만나러 와 주었으면 좋겠다고 하던디." 마사가 말했다. "도련님이 아씨를 그렇게나 좋아하다니 참으로 이상하네요. 아씨가 어제 도련님을 혼내 주지 않으셨어라? 다른 사람은 아무도 그럴 엄두도 못 냈는데. 아, 불쌍한 도련님! 어찌나 버릇이 없는지 무슨 양념을 쳐도 더 나은 아이가 되진 않을 거여요. 엄니 말로는 아이에게 일어날 수 있는 최악의 사건은 두 가지라는구먼요. 하나는 아무것도 뜻대로 하지 못하는 거, 아니면 항상 자기 뜻대

로 하는 거라고. 어떤 게 더 나쁜 건지 모르겠다고 하시데요. 아씨도
꽤 성질 부리셨잖아요. 하지만 제가 도련님 방에 들어가니까 그러시
데요. '메리 양에게 와서 나한테 얘기 좀 해 달라고 전해 줄 수 있겠
어?' 도련님이 그렇게 정중하게 부탁한 건 처음 본다니께요! 가 주실
거죠, 아씨?"

"난 뛰어가서 디컨 먼저 봐야겠어." 메리가 말했다. "아니, 그럼 콜
린 먼저 만나서 얘기를 해야겠다. 걔한테 할 이야기가 있어." 갑자기
좋은 생각이 퍼뜩 떠올랐다.

메리가 모자를 쓰고 콜린의 방으로 가자 순간 콜린은 실망한 표정
이었다. 침대에 누워 있었는데, 얼굴은 불쌍할 정도로 하얬고 눈 주위
에는 검은 그늘이 졌다.

"와 줘서 기뻐." 콜린이 말했다. "피곤해서 머리가 아프고 온몸이
다 아파. 너 어디 가려는 거야?"

메리는 가서 콜린의 침대에 기댔다.

"오래 못 있어." 메리가 대답했다. "디컨에게 갈 거야. 하지만 돌아
올게. 콜린, 저기, 정원에 대해 할 말이 있어."

콜린의 얼굴이 환히 빛나면서 혈색이 약간 돌아왔다.

"아, 그래?" 콜린이 외쳤다. "밤새 정원 꿈을 꿨어. 네가 회색이 초
록색으로 바뀌고 있다는 얘기 하는 것 들었어. 닌 파르르 떨리는 작
은 이파리들이 가득한 장소에 서 있는 꿈을 꿨어. 여기저기 둥지에 새
들이 있었고 모두 무척 부드럽고 잠잠해 보이던데. 누워서 네가 돌아
올 때까지 그 생각을 하고 있을게."

"우물쭈물해선 안 돼."

5분 후 메리는 디컨과 함께 정원에 있었다. 여우와 까마귀도 다시 디컨과 함께 있었고 이번에는 온순한 다람쥐도 두 마리 데려왔다.

"오늘 아침엔 조랑말을 타고 왔어." 디컨이 말했다. "아! 얘는 참 착한 친구야. 펄쩍이라고 혀. 여기 두 마리는 주머니에 넣어 왔어. 이쪽에 있는 아이는 밤톨이라고 허고, 다른 쪽의 아이는 깍지야."

아이들이 자리에 앉자 대장은 발밑에 둥그렇게 몸을 말고 누웠고, 검댕이는 점잖게 나무 위에 앉아 귀를 기울였으며, 밤톨이와 깍지는 가까운 자리에서 코를 킁킁대며 다녔다. 메리는 이런 흥겨운 자리를 떠나야 한다는 것을 참을 수 없었지만 어쨌든 얘기를 시작하자, 디컨의 명랑한 얼굴에 떠오른 표정에 마음이 점차 변했다. 디컨이 메리보다도 더 콜린을 안타깝게 여긴다는 것을 알 수 있었다. 디컨은 고개를 들어 하늘과 주변을 둘러보았다.

"저 새들 소리 들어 봐. 세상이 온통 저 소리로 가득 차 있구먼. 휘파람 소리와 피리 소리." 디컨이 말했다. "쏜살같이 날아다니는 모습을 보고 서로 부르는 소리를 들어 보라지. 봄이 오는 건 이처럼 온 세상이 부르는 거 같아. 이파리가 쭈르르 뻗어 나와 볼 수 있지. 게다가 시상에, 여기 냄새가 얼마나 좋은지!" 디컨은 기분 좋게 위로 들린 코를 킁킁거렸다. "그런데 저 불쌍한 도련님은 방 안에 갇혀 누워만 있고 아무것도 볼 수 없으니 이런저런 딴생각을 하게 마련이고 그러니 비명을 지르는 것도 당연하지 않겠어. 아! 세상에! 우린 도련님을 여기로 데려 나와야 혀. 도련님이 이런 멋진 광경을 보고 소리도 듣고 공기 냄새도 맡게 해야 혀. 햇빛을 흠뻑 쐬게 해야지. 우물쭈물해선 안 되여."

디컨은 평소에는 메리가 잘 이해할 수 있도록 사투리를 쓰지 않으려 조심하지만 들뜨면 심한 요크셔 사투리를 썼다. 하지만 메리는 디컨의 심한 요크셔 사투리가 좋았고 사실 자기도 그렇게 말하려고 노력을 해 보았다.

"엉, 즘말 그래야겠네." 메리는 말했다. ('그래, 정말, 그래야겠다'라는 뜻이었다.) "우리가 뭘 할지 먼저 말해 줄겨." 메리는 말을 이었다. 디컨은 이 꼬마 아씨가 혀를 꼬아 가며 요크셔 사투리를 말하려고 노력하는 게 참 재미나서 씩 웃었다.

"콜린은 널 엄청 좋아혀. 널 보고 싶고 검댕이와 대장을 보고 싶어혀. 내가 집으로 도로 가서 니가 내일 아침에 만나러 온다고 할겨. 그 동물들도 데려온다고 하고. 그런 다음 좀 있다가 이파리가 더 나고 새순도 한둘 피면 콜린을 데리고 나오자. 니가 콜린의 휠체어를 밀고 걔한테 모든 걸 보여 주자."

말을 멈춘 메리는 스스로 무척 뿌듯했다. 이전에는 요크셔 사투리로 그렇게 긴 연설을 한 적이 없었으나 아주 잘 기억해서 따라 했다.

"아씨는 그런 요크셔 사투리로 콜린 도련님에게 말해야겠네." 디컨이 킥킥거렸다. "그러면 도련님을 웃길 수 있을 거여. 아픈 사람에게 웃음만큼 좋은 건 없지. 엄니는 매일 아침 30분만 웃으면 장디푸스에 걸릴락 말락 하는 사람도 낫게 할 수 있다고 혔어."

"오늘 바로 콜린에게 요크셔 사투리로 말해야겠다." 메리도 킥킥거렸다.

"우물쭈물해선 안 돼."

정원은 매일 낮밤으로 마법사가 지나가며 요술 지팡이로 땅과 나뭇가지에서 아름다움을 끌어내는 듯한 시기에 이르렀다. 정원을 떠나고 싶지 않아 참 힘들었다. 밤톨이는 메리의 드레스 위로 기어올라 왔고 깍지는 앉아 있던 사과나무 둥치로 주르르 따라 내려와 궁금증을 가득 품은 눈으로 메리를 똘망똘망 바라보았다. 하지만 메리는 집으로 돌아갔다. 메리가 콜린의 침대 옆에 앉자 콜린은 디컨처럼 코를 킁킁거렸다. 그래도 디컨만큼 익숙한 태도는 아니었다.

"너한테서 꽃 냄새랑 신선한 것 냄새가 나." 콜린은 꽤 기뻐하며 소리쳤다. "이게 무슨 냄새야? 시원하고 따뜻하면서도 달콤해."

"황야에서 불어오는 바람 냄새여." 메리가 설명했다. "디컨이랑 대장이랑 검댕이랑 밤톨이랑 깍지하고 앉았던 나무 밑의 풀에서 나는 냄새여. 봄이랑 야외랑 햇빛이 이렇게 엄청 좋은 냄새를 내는 거여."

메리는 할 수 있는 한 심하게 요크셔 사투리를 흉내 냈다. 실제로 누가 하는 말을 듣기까지는 요크셔 억양이 얼마나 심한지 알 수 없을 것이다. 콜린은 웃음을 터뜨렸다.

"뭐 하는 거야?" 콜린이 말했다. "네가 이전에는 그렇게 말하는 거 들어 본 적 없는데? 굉장히 웃기다."

"너한테 요크셔 사투리를 좀 보여 주는 거여." 메리가 의기양양하게 말했다. "난 디컨이나 마사만큼 잘은 못허지만 약간 흉내는 낼 수 있어. 딱 들으면 이게 요크셔 사투리인 줄 몰러? 너도 요크셔 사람으로 태어났잖어! 어! 부끄럽지도 않냐."

그러면서 메리도 웃기 시작했고 두 아이는 포복절도하며 저절로 멈출 수 없을 때까지 웃어 버렸다. 결국 방이 떠나가도록 웃음을 터뜨리는 바람에 메들록 부인이 들어오려고 문을 열었다가 슬쩍 복도로 물러서며 흥미롭게 귀를 기울였다.

"어머나, 맙시사!" 메들록 부인도 약간 사투리 억양으로 혼잣말했다. 아무도 듣는 사람이 없었고 너무 놀랍기도 했기 때문이었다. "저런 걸 누가 들어 봤겠어! 세상에 누가 저런 생각이나 했겠어?"

할 이야기가 무척 많았다. 콜린은 디컨과 대장, 검댕이, 밤톨이와 깍지, 펄쩍이라는 이름의 조랑말 이야기는 아무리 들어도 질리지 않는 듯했다. 메리는 펄쩍이를 보러 디컨과 함께 숲 속으로 들어갔었다. 펄쩍이는 작고 약간 털이 복슬복슬한 야생 조랑말이었다. 눈 위에는 덥수룩한 털이 늘어져 있고 생김새는 예뻤으며 사람을 보면 잘 비벼대는 코는 벨벳같이 매끄러웠다. 황야에 난 풀을 먹고 살기 때문에 약간 말랐지만, 작은 다리의 근육은 강철 용수철로 만들어진 것처럼 말랐어도 강단이 있었다. 펄쩍이는 디컨을 보더니 고개를 들고 부드럽게 히잉 울었고 디컨을 향해 또각또각 걸어와서 머리를 디컨의 어깨 위에 얹었다. 디컨은 펄쩍이의 귀에 대고 뭐라고 속삭였고, 펄쩍이도 이상하게 작은 소리로 히힝 울고 콧김을 후후 내뿜으며 대답했다. 디컨은 펄쩍이를 달래 메리에게 작은 앞발을 내밀도록 했고 벨벳 같은 코로 메리의 뺨을 비비도록 했다.

"펄쩍이는 디컨이 하는 말을 다 알아들어?" 콜린이 물었다.

"그런 것 같았어." 메리가 대답했다. "디컨은 친구가 되면 뭐든 다 이해하는 것 같아. 하지만 그러자면 확실히 친구가 되어야겠지."

"우물쭈물해선 안 돼."

콜린은 잠시 동안 조용히 누워 있었다. 이상한 회색 눈은 벽만 물끄러미 바라보고 있었지만 메리는 콜린이 무슨 생각을 하는지 알 수 있었다.

"나도 동물들이랑 친구였으면 좋겠다." 마침내 콜린이 말했다. "하지만 아니니까. 난 어떤 친구도 없으니까. 난 사람을 참을 수 없는걸."

"나도 참을 수 없어?" 메리가 물었다.

"아니, 넌 괜찮아." 콜린이 대답했다. "웃기지만 넌 좋아하기까지 하는걸."

"벤 웨더스태프는 내가 자기랑 비슷하대." 메리가 말했다. "우리 둘 다 맘씨가 고약한 게 확실하다나? 너도 벤이랑 비슷한 것 같아. 우리 셋 다 모두 비슷한 거야. 너랑 나랑 벤 웨더스태프. 벤은 우리 둘 다 별로 남 보기에 예쁜 얼굴이 아니고 얼굴만큼 성격도 심술궂다고 했어. 하지만 난 울새와 디컨을 알고 나서는 이젠 그렇게 심술궂은 기분이 들지 않아."

"이전엔 사람들을 싫어했어?"

"그래." 메리는 아무런 꾸밈 없이 대답했다. "울새와 디컨을 만나기 전에 너부터 만났다면 너를 싫어했을 거야."

콜린은 가는 손을 내밀어 메리를 잡았다.

"메리, 디컨을 쫓아 버리겠다는 말은 하지 말 걸 그랬다고 후회하고 있어. 네가 디컨이 천사 같다고 했을 땐 네가 무척 싫어서 비웃어 버렸어. 하지만 디컨은…… 정말 천사일지도 모르겠다."

"음, 그런 말을 해 놓고도 약간 웃겼어." 메리는 솔직히 인정했다.

"왜냐하면 디컨은 들창코인 데다가 입도 크거든. 옷은 여기저기 기웠고 심한 요크셔 사투리로 말해. 하지만, 만약 천사가 요크셔에 내려와 황야에서 산다면, 요크셔 천사가 있다면 디컨처럼 녹색식물들의 말을 이해하고 키우는 법을 알았을 거고 들짐승들과 얘기하는 법을 알았을 거야. 그러면 들짐승들도 분명히 천사가 친구라는 걸 알았겠지."

"디컨이 날 쳐다보는 건 싫지 않을 것 같아." 콜린이 말했다. "디컨을 만나고 싶어."

"그렇게 말해서 다행이야." 메리가 말했다. "왜냐면, 왜냐하면……"

별안간 지금이 콜린에게 말할 때라는 생각이 메리의 마음속에 떠올랐다. 콜린은 새로운 일이 생기려 한다는 것을 눈치챘다.

"뭐가 왜냐하면이야?" 콜린은 열띠게 물었다.

메리는 어찌나 초조했는지 의자에서 일어나 콜린에게 다가가서 두 손을 잡았다.

"내가 널 믿을 수 있을까? 난 디컨은 믿어. 새들이 디컨을 믿으니까. 내가 너를 믿어도 될까? 정말, 정말로?"

메리의 얼굴이 지나치게 엄숙해서 콜린은 속삭이듯 대답했다.

"그래, 그래!"

"음, 디컨이 내일 아침 널 만나러 올 거야. 동물들을 데려올 거고."

"와! 와!" 콜린이 기뻐서 소리를 질렀다.

"하지만 그게 다가 아니야." 메리는 엄숙한 흥분에 얼굴이 거의 창백해져서 말을 이었다. "나머지가 더 좋아. 정원으로 들어가는 문이 있어. 내가 찾았어. 담에 붙은 덩굴 아래에 있어."

콜린이 만약 힘세고 건강한 소년이었다면 아마도 "야호! 야호! 야호!" 소리를 질렀을 것이었다. 하지만 콜린은 몸이 약하고 히스테리가 있는 아이였다. 콜린은 눈을 더 휘둥그레 뜨더니 숨을 헉 들이켰다.

"아, 메리!" 콜린은 반쯤 흐느끼듯 외쳤다. "내가 볼 수 있을까? 들어갈 수 있어? 살아서 거기 들어가게 될까?"

콜린은 메리의 두 손을 붙잡고 끌어당겼다.

"물론 보게 될 거야!" 메리가 분개해서 딱딱거렸다. "물론 넌 살아서 그 안에 들어갈 거야. 멍청한 소리 마!"

메리가 전혀 히스테리 없이 자연스러우면서도 어린이답게 말하자, 그 덕에 콜린은 제정신이 들었고 자기가 한 말을 웃어넘길 수 있었다. 몇 분 후 메리는 다시 의자에 앉아 자기가 이전에 비밀의 정원 바깥 풍경에 관해서 했던 말이 상상이 아니라 실제 모습이었다고 얘기해주었고 콜린은 아픔과 피곤함을 잊고 황홀경에 빠져 귀를 기울였다.

"바로 네가 생각한 그대로였구나." 콜린이 마침내 말했다. "네가 정말로 본 것처럼 들려. 네가 처음 그 얘기를 했을 때 내가 그렇게 말한 것 알지."

메리는 3분 정도 망설이다가 대담하게 사실을 말했다.

"난 거길 봤어. 들어가 보기도 했어." 메리가 말했다. "몇 주 전 열쇠를 찾아서 안으로 들어갔어. 하지만 네게 말을 할 순 없었어. 너를 믿을 수 없을지도 몰랐기 때문에 말할 수 없었어. 확실히 믿을 수 있을지!"

제19장

"마침내 봄이 왔어!"

　　물론 콜린이 짜증 발작을 부린 다음 날 아침에 크레이븐 박사는 전갈을 받고 저택에 왔다. 항상 그런 일이 있을 때면 의사에게 즉시 연락이 갔고, 의사가 도착해 보면 언제나 얼굴이 하얗게 질리고 충격을 받은 소년이 침대에 누워 있기 마련이었다. 그럴 때면 소년은 퉁명스럽고 여전히 히스테리를 부리면서 말 한 마디만 해도 또다시 흐느낄 태세였다. 사실 크레이븐 박사는 이렇게 까다로운 왕진을 두려워하고 싫어했다. 이번엔 오후까지 미적거리다가 미슬스웨이트에 도착했다.

　"그 아인 좀 어때요?"

　의사는 도착하자마자 메들록 부인에게 약간 언짢게 물었다. "그렇게 발작하다간 언젠가 혈관이 터지고 말걸. 그 아이는 히스테리와 응석이 너무 심해서 반쯤 정신이 나간 것 같아요."

"그게요, 선생님." 메들록 부인이 대답했다. "직접 보고도 믿지 못하실 거예요. 도련님만큼이나 얼굴이 못생기고 잘 찡그리는 아이가 도련님을 완전히 홀렸다니까요. 어떻게 그렇게 했는지 알다가도 모르겠어요. 정말 볼품없는 아이인 데다가 말하는 걸 제대로 들어 본 적도 없는데 우리 모두가 감히 하지 못한 일을 어떻게 해냈는지 영문을 모르겠어요. 그저 어젯밤엔 고양이 새끼처럼 휙 뛰어와선 발을 구르면서 도련님에게 소리 그만 지르라고 명령하지 뭐예요. 어쨌든 도련님은 그 덕에 놀랐던지 정말로 그쳤어요. 게다가 오늘 오후에는…… 그냥 올라가서 직접 보세요. 믿을 수가 없는 지경이랍니다."

환자 방에 들어갔을 때 크레이븐 박사가 본 광경은 정말로 놀라웠다. 메들록 부인이 문을 열자 웃고 떠드는 소리가 들려왔다. 콜린은 잠옷 가운을 입고 소파에 앉아 있었다. 꼿꼿이 등을 펴고 앉아 정원 책의 그림을 들여다보면서 앞에 앉은 못생긴 아이와 이야기를 하는 중이었다. 하지만 그 순간 여자아이의 얼굴은 기쁨으로 환히 빛나고 있어 결코 못생겼다고 말할 수가 없었다.

"이 싹이 긴 파란 꽃…… 이걸 많이 심자." 콜린이 단언했다. "이걸 큰제비고깔이라고 하는 거야."

"디컨 말로는 이건 제비고깔을 크고 멋지게 키운 모양이라고 했어." 메리가 큰 소리로 말했다. "벌써 여러 송이 있어."

그때 두 아이는 크레이븐 박사를 보고 말을 뚝 끊었다. 메리는 아주 잠잠해졌고 콜린은 뾰루퉁한 표정을 지었다.

"어젯밤에 아팠다는 얘기를 듣고 안타까웠단다, 얘야." 크레이븐 박사는 살짝 불안하게 말을 던졌다. 그는 원래 좀 신경이 예민한 사람이었다.

"좋아졌어요. 지금은 훨씬." 콜린은 약간 라자처럼 오만하게 대답했다. "괜찮으면 내일이나 모레에 휠체어 타고 나갈 거예요. 신선한 공기를 쐬고 싶어요."

크레이븐 박사는 콜린 옆에 앉아서 맥박을 짚어 보고 미심쩍은 듯 쳐다보았다.

"그러자면 날씨가 아주 좋아야 할 텐데." 크레이븐 박사가 말했다. "그리고 절대 무리하면 안 돼."

"신선한 공기를 쐬는 데 무리할 까닭이 없어요." 젊은 라자가 대꾸했다.

바로 이 꼬마 신사가 성을 내며 큰 소리를 지르고 신선한 공기를 쐬면 감기에 걸려 죽을 거라고 말한 적이 있었기 때문에 의사가 약간 놀란 것도 당연했다.

"네가 신선한 공기를 싫어하는 줄 알았는데." 의사 선생님이 말했다.

"나 혼자 있을 때는 싫어했죠." 라자가 대답했다. "하지만 사촌이 같이 나갈 거니까요."

"물론 보모노 같이 가겠시?" 크레이븐 빅시기 말을 던졌다.

"아니, 보모는 데려가지 않을 거예요." 어찌나 위엄 있는 태도였는지 메리는 온몸을 다이아몬드와 에메랄드, 진주로 장식하고 하인들이 절을 하며 다가와 명령을 받으려고 기다리던, 거대한 루비 반지를 끼고 검은 손을 흔들던 젊은 인도인 왕자를 떠올리지 않을 수 없었다.

"사촌이 잘 알아서 나를 돌볼 거예요. 사촌이 옆에 있으면 늘 몸 상태가 한결 낫거든요. 지난밤에도 날 낫게 했어요. 그리고 내가 아는 아주 힘센 애가 휠체어를 밀어 줄 거예요."

크레이븐 박사는 약간 놀랐다. 이 피곤하고 히스테리 잘 부리는 아이가 혹여나 회복하기라도 한다면, 크레이븐 박사야말로 미슬스웨이트를 상속받을 기회를 모두 잃을 터였다. 하지만 크레이븐 박사는 마음이 약하긴 해도 파렴치한은 아니었고 콜린이 나쁘게 되길 바라는 마음은 없었다.

"그러자면 아주 힘이 세고 튼튼한 아이여야 할 텐데." 의사가 말했다. "나도 걔에 대해서 좀 알아야겠고. 걘 누구냐? 이름이 뭐야?"

"디컨이에요." 메리가 갑자기 입을 열었다. 메리는 어쨌든 황야를 아는 사람이라면 누구든 디컨을 알 것이라 생각했다. 게다가 메리 생각은 맞았다. 한순간 크레이븐 박사의 진지한 얼굴이 안심했다는 미소로 풀어지는 것을 볼 수 있었다.

"아, 디컨. 디컨이라면 안전할 거다. 황야의 조랑말처럼 튼튼한 아이가 디컨이니까."

"게다가 믿을 만해요." 메리가 말했다. "걔는 지가 요크셔에서 본 애 중 가장 믿을 만혀요." 메리는 콜린에게 요크셔 사투리로 말하고 있었기 때문에 순간 자기도 모르게 그렇게 말해 버렸다.

"디컨이 네게 그렇게 말하는 법을 가르쳤니?" 크레이븐 박사는 대놓고 웃어 버렸다.

"프랑스어처럼 배우는 중이에요." 메리는 약간 싸늘하게 말했다. "인도의 원주민 말처럼. 아주 영리한 사람들은 배우려고 해요. 나도 좋아하고 콜린도 좋아해요."

"그래, 그래." 의사가 말했다. "그게 재미있다면, 그래도 해될 건 없겠지. 지난밤 진정제는 먹었니, 콜린?"

"아뇨." 콜린이 대답했다. "처음에는 먹을 마음이 없었고 메리가 저를 진정시키고 나서 잠잘 때까지 얘기를 해 주었어요. 낮은 목소리로 정원에 봄이 오고 있다는 얘기를요."

"그것 참 위안이 되는 소리구나." 크레이븐 박사는 한층 더 당황해서, 의자에 앉아 양탄자만 말없이 내려다보고 있는 메리를 곁눈질로 힐끔거렸다. "확실히 상태는 나아졌지만 항상 기억할 것은……"

"기억하고 싶지 않아요." 다시 나타난 라자가 말을 끊었다. "혼자 누워서 기억을 하려고 하면 여기저기 몸이 아프기 시작해요. 너무 싫어서 비명을 지르고 싶은 것들을 생각하게 되고요. 병을 기억하는 대신에 아프다는 것을 잊게 해 주는 의사가 어디에 있다면 여기 데려오라고 할 거예요." 콜린은 루비로 만든 왕가의 반지를 끼고 있어야 지당할 것 같은 마른 손을 흔들었다. "여기 있는 내 사촌은 병을 잊게 해 주고 훨씬 더 기분 좋게 해 주니까요."

그레이븐 박사는 '짜증 발작' 후에 그처럼 금방 떠날 수 있었던 적이 없었다. 보통은 아주 오래 머물면서 여러 일을 해야 했다. 그날 오후에는 어떤 약도 처방하지 않았고, 불쾌한 소동이 일어날 경우에 대비해 아껴 둔 새로운 지시도 내리지 않았다. 의사가 골똘히 생각에 잠긴 얼굴로 아래층으로 내려가서 도서관에 있는 메들록 부인과 대화를 나누었을 때 부인의 눈에도 의사 선생님이 아주 당혹스러워 보였다.

"저기, 선생님." 부인은 용기 내어 말해 보았다. "믿을 수 있으세요?"

"분명히 새로운 상황이군." 의사가 말했다. "하지만 옛날보다 더 낫다는 건 부인할 수 없겠지요."

"전 수전 소워비의 말이 맞는다고 믿어요. 정말로요." 메들록 부인이 말했다. "어제 스웨이트에 가는 길에 수전 집에 들러서 잠깐 이야기를 나누었어요. 그때 수전이 그러더군요. '그래, 세라 앤, 아씨는 착한 아이는 아닐 수 있고 예쁜 아기가 아닐 수도 있지만 어쨌든 아이 아니겠어. 애들은 애들끼리 놀아야 혀.' 우린 학교를 같이 다녔어요, 수전 소워비와 저는."

"그 부인은 내가 아는 사람 중에 가장 훌륭한 간병인이오." 크레이븐 박사가 말했다. "부인이 집에 있을 때면 환자를 구할 가능성이 높다는 걸 알게 되니까."

메들록 부인이 미소 지었다. 부인은 수전 소워비를 좋아했다.

"수전은 수완이 있는 여자예요." 부인은 수다스럽게 말을 이었다. "아침 내내 수전이 한 이야기를 생각해 보았어요. 수전이 이러더군요. '한번은 우리 애들이 쌈을 해서 내가 좀 잔소리를 하면서 이랬지. "내가 학교 댕길 때, 지리학 수업에서 세상이 오렌지 같다는 걸 배웠어. 열 살이 되기 전에 오렌지 한 알 통째는 누구의 것도 아니란 걸 알았지. 아무도 조그마한 조각 이상은 가질 수 없고 모두에게 골고루 돌아갈 만큼 충분한 몫이 있는 것도 아니여. 니들이 오렌지 한 알을 통째로 가지고 있다고 생각하지 말어. 그랬다간 잘못이라는 걸 알 테니께. 된통 혼나지 않고는 그걸 깨닫지도 못혀.' 애들은 애들한테 배우는 법이지.' 그러면서 또 이러더군요. '전체 오렌지 한 알 통째로 혼자 움켜쥐고 껍질을 까려 해 봤자 아무 소용 없어. 그랬다간 씨앗도 먹지 못할 테니. 그건 너무 써서 먹지도 못혀.'"

"참 현명한 부인이에요." 크레이븐 박사는 외투를 입으며 말했다.

"예, 수전은 말을 참 잘한다니까요." 메들록 부인이 무척 흐뭇해하며 말을 맺었다. "가끔은 전 이런 말도 하죠. '어머, 수전. 네가 다른 여자였고 그렇게 심한 요크셔 사투리로 말하지 않았더라면 난 이따금 너 참 현명하다고 말했을 것 같아' 하고요."

그날 밤 콜린은 한 번도 깨지 않고 잠을 잤고 아침에 눈을 떴을 때는 가만히 누워 자기도 모르게 미소 지었다. 기이하게도 편안했기 때문에 미소가 절로 떠올랐다. 실제로도 일어나는 게 참 좋아서 몸을 굴리면서 팔다리를 기분 좋게 한껏 뻗었다. 콜린은 마치 몸을 묶고 있던 팽팽한 실이 저절로 풀려서 빠져나온 기분이었다. 콜린은 크레이븐 박사라면 신경이 느긋해져 저절로 푹 쉬었다고 말하리라는 것을 몰랐다. 침대에 누워 벽을 쳐다보며 깨지 않기를 바라는 대신에 콜린의 마음속은 메리와 함께 어제 세웠던 계획, 정원 그림, 디컨과 들짐승 생각으로 가득 찼다. 생각할 일들이 있어서 어찌나 좋은지. 게다가 깨고 나서 10분도 지나기 전에 복도를 뛰어오는 발소리가 들리더니 메리가 문 앞에 섰다. 다음 순간 메리는 방으로 들어와 아침 향기 가득한 신선한 공기 한 줄기와 함께 콜린의 침대 앞으로 뛰어왔다.

"밖에 나갔다 왔구나! 밖에 나갔다 왔어! 좋은 이파리 냄새가 나."

콜린의 눈에는 보이지 않았지만 메리는 뛰어왔기 때문에 머리가 느슨하게 풀려 바람에 날렸는데 신선한 공기를 쐬어서인지 얼굴이 환하고 뺨이 불그스름했다.

"무척 아름다운 날이야!" 메리는 빨리 뛰어오느라 약간 숨이 찼다. "이렇게 아름다운 건 한 번도 못 봤을 거야. 마침내 왔어! 이 전날 아침에 왔다고 생각했지만 그저 오고 있는 중이었던 거야. 지금 여기 왔어! 왔어, 봄이! 디컨이 그러더라!"

"그래?" 콜린이 외쳤다. 콜린은 실은 아무것도 몰랐지만 심장박동을 느꼈다. 콜린은 침대에서 일어나 앉았다.

"창문 열어 봐!" 콜린은 반쯤은 기쁜 흥분에, 반쯤은 자기 상상에 웃으면서 말했다. "어쩌면 황금 나팔 소리를 들을 수 있을지도 모르겠다."

콜린이 웃긴 했지만 메리는 순식간에 창문 옆에 섰고, 바로 다음 순간에는 창문이 활짝 열리면서 신선함과 향기, 새들의 노래가 쏟아져 들어왔다.

"신선한 공기야." 메리가 말했다. "똑바로 누워서 숨을 길게 들이마셔 봐. 디컨이 황야에 누워 있을 때 꼭 그렇게 하거든. 공기가 혈관으로 흘러 들어오는 기분이 들고 몸도 튼튼해진대. 영원히 언제까지나 살 수 있을 것 같은 기분이 든다고 하더라. 숨을 쉬고 들이마셔 봐."

메리는 디컨이 해 준 얘기를 반복하고 있을 뿐이었지만 콜린의 관

심을 끌었다.

"'영원히 언제까지나'라니! 공기 때문에 그런 느낌이 든단 말이야?"

콜린은 메리가 말한 대로 다시 또다시 숨을 깊게 오래 들이마셨고 마침내 뭔가 새롭고 기쁜 일이 일어나는 것을 느꼈다.

메리는 다시 콜린의 침대 옆에 섰다.

"식물들이 흙 위로 우글우글 솟아나고 있어." 메리는 쉼 없이 말을 쏟아 냈다. "꽃잎이 펼쳐지고 모든 나무에 새싹이 돋았어. 초록 너울이 회색을 거의 다 덮었고, 새들은 너무 늦으면 비밀의 정원에서 자리다툼을 하게 될까 두려운 나머지 허겁지겁 둥지를 짓고 있어. 장미 덤불은 무척이나 활기에 넘쳐. 길 위와 숲 속엔 앵초 꽃이 피었고 우리가 심은 씨들도 올라왔어. 디컨은 여우와 까마귀, 다람쥐와 갓 태어난 새끼 양을 데려왔어."

여기까지 말하고 메리는 숨을 고르려고 잠깐 말을 멈췄다. 갓 태어난 새끼 양은 디컨이 사흘 전에 발견했는데, 황야의 히스 덤불 사이 죽은 어미 옆에 누워 있었다. 디컨은 이전에도 어미 잃은 양을 찾아낸 적이 있었기 때문에 어떻게 해야 할지 알았다. 디컨은 양을 재킷에 싸서 집으로 데려온 후 불 옆에 눕히고 따뜻한 우유를 먹였다. 양의 얼굴은 약간 사랑스럽고 멍청하게 생겼고 몸에 비해 다리가 길었다. 디컨은 양을 품에 안고 황야를 건너왔고 우유병은 다람쥐와 함께 주머니에 넣었다. 말랑말랑하고 따뜻한 양을 무릎 위에 놓고 나무 밑동에 앉아 있노라니 메리는 기이한 기쁨이 넘쳐서 차마 말을 할 수가 없을 지경이었다. 양, 양 한 마리! 아기처럼 무릎 위에 누운 살아 있는 양!

메리는 기쁨에 넘쳐서 양을 묘사하고 콜린이 귀를 기울이며 공기를 한껏 들이마시고 있을 때 보모가 들어왔다. 보모는 창문이 열려 있는 것을 보고 깜짝 놀랐다. 이전에는 환자 본인이 창문을 열면 감기에 걸린다고 확신하고 있었기 때문에 따뜻할 때도 여러 날 이 방 안에서 갑갑하게 앉아 있곤 했다.

"정말 춥지 않으세요, 콜린 도련님?" 보모가 물었다.

"아니." 대답이 돌아왔다. "신선한 공기를 한껏 들이마시고 있어. 이걸 마시면 튼튼해져. 아침은 소파에 앉아 먹을게. 사촌도 나와 함께 아침을 먹을 거야."

보모는 미소를 슬쩍 감추면서 아침 식사 2인분을 주문하러 나갔다. 보모는 병자의 방보다야 하인 식당이 좀 더 재미있는 곳이라고 생각했고, 지금 당장은 모든 이들이 위층 소식을 듣고 싶어 했다. 인기 없는 어린 은둔자에 관해 다들 여러 농담들을 해 댔고 요리사는 "이제 이 도련님이 자기 상대를 만났고 그건 잘된 일"이라고 했다. 하인 식당은 도련님의 짜증 발작에 무척 지쳐 있었는데, 가족이 있는 집사는 이 환자에게는 "매질이 약"이라는 의견을 여러 번 내기도 했다.

콜린이 소파에 앉고 2인분의 아침 식사가 탁자 위에 차려지자 콜린은 보모에게 가장 라자다운 태도로 알렸다.

"어떤 소년, 여우 한 마리, 까마귀 한 마리, 다람쥐 두 마리, 갓 내어난 새끼 양 한 마리가 오늘 아침 나를 만나러 올 거야. 오는 대로 위층으로 올려 보내." 콜린은 말했다. "하인 식당에서 잡아 두면서 동물들이랑 놀지 마. 여기서 만나고 싶으니까."

보모는 살짝 숨을 들이켰고 헛기침을 하며 이를 감추려 했다.

"네, 도련님."

"보모가 할 일을 말해 줄게." 콜린은 한 손을 흔들며 덧붙였다. "마사에게 말해서 그들을 여기로 데려오게 해. 그 애는 마사의 동생이니까. 이름은 디컨이고 동물을 부리는 아이야."

"그 동물이 물지나 않았으면 좋겠네요, 콜린 도련님." 보모가 말했다.

"걔가 동물을 부린다고 말했잖아." 콜린은 엄하게 꾸짖었다. "그렇게 따르는 동물은 절대 물지 않아."

"인도에는 뱀을 부리는 사람이 있어." 메리가 말했다. "그 사람들은 뱀 머리를 자기 입에 넣기도 하는걸."

"맙소사!" 보모가 몸을 부르르 떨었다.

두 아이는 쏟아지는 아침 공기를 맞으며 아침을 먹었다. 콜린은 아주 많이 먹었고 메리는 진지한 흥미를 띠고 콜린을 쳐다보았다.

"너도 나처럼 곧 더 살이 찔 거야." 메리가 말했다. "난 인도에 있을 땐 아침을 먹고 싶은 적이 없었는데 이젠 항상 먹고 싶어."

"오늘 아침엔 나도 먹고 싶었어." 콜린이 말했다. "어쩌면 신선한 공기 때문일지 몰라. 디컨이 언제 올 것 같아?"

디컨은 오래 걸리지 않았다. 10분쯤 후 메리는 한 손을 들었다.

"들어 봐! 까옥거리는 소리 들려?"

콜린은 귀를 기울였다. 집 안에서 난다고 하기에는 세상에서 가장 기이한 소리가 났다. 거센 '까악까악' 소리였다.

"그래." 콜린이 대답했다.

"저게 검댕이야." 메리가 설명했다. "다시 들어 봐. 매매 우는 소리 들려? 작은 소리?"

"아, 그래!" 콜린은 아주 얼굴이 새빨개졌다.

"갓 태어난 새끼 양이야." 메리가 말했다. "오고 있어."

디컨의 황야용 장화는 두껍고 투박해서 아무리 조용히 걸으려고 해도 긴 복도를 따라오면서 쿵쿵 소리가 들렸다. 메리와 콜린은 디컨이 씩씩하게 행진하는 소리를 들었다. 마침내 디컨은 벽걸이 문을 지나 콜린의 방이 있는 복도의 부드러운 양탄자 위를 걷고 있었다.

"실례합니다, 도련님." 마사가 문을 열면서 알렸다. "실례합니다, 도련님. 여기 디컨과 동물들 대령했습니다."

디컨은 가장 멋진 환한 미소를 지으며 들어왔다. 갓 태어난 새끼 양은 품에 안겨 있었고 작은 빨간 여우는 옆에서 토닥토닥 걸었다. 밤톨이는 왼쪽 어깨에, 검댕이는 오른쪽 어깨에 앉아 있었으며 깍지는 주머니에서 얼굴과 앞발만 빼꼼 내밀었다.

콜린은 천천히 일어나 앉으며 눈을 떼지 않고 쳐다보고 또 쳐다보았다. 메리를 처음 봤을 때 쳐다보았던 것처럼. 그러나 이번에는 경이와 기쁨에 찬 시선이었다. 사실 콜린은 그렇게 얘기를 많이 들었지만 디컨이 어떤 소년일지 놀랐고, 여우와 까마귀, 나담쥐와 양이 디컨이나 그 친근한 태도와 무척 가까워서 이 동물들은 디컨과 한 몸이나 다름없다는 것을 잘 이해하지 못했다. 콜린은 평생 다른 소년과 말을 나눠 본 적이 없었기 때문에 자기의 기쁨과 호기심에 압도되어 할 말

을 제대로 찾지 못했다.

하지만 디컨은 조금도 수줍어하거나 어색해하지 않았다. 디컨은 까마귀가 인간의 말을 모르고, 처음 만났을 때 가만히 쳐다보며 말을 하지 않는다고 해서 당황해하지 않았으니까. 동물들은 항상 상대를 파악하기 전까지는 그러했다. 디컨은 소파로 가서 갓 태어난 양을 조용히 콜린의 무릎 위에 올려놓았는데, 이 작은 동물은 금세 따뜻한 벨벳 잠옷 가운이 마음에 들었는지 그 주름 속을 파고들며 코를 비볐고 부드럽게 보채며 곱슬곱슬한 머리를 콜린의 옆구리 쪽으로 밀어넣었다. 물론 어떤 소년도 그때라면 입을 열지 않을 수 없으리라.

"뭐 하는 거야?" 콜린이 외쳤다. "뭘 원하는 거래?"

"어미를 원하는 거야." 디컨은 더욱더 활짝 웃으며 말했다. "도련님에게 데려왔을 때 약간 배고픈 상태로 데려왔어. 도련님이 이 아이에게 젖을 먹이는 걸 보고 싶을 줄 알았거든."

디컨은 소파 옆에 무릎을 꿇고 주머니에서 우유병을 꺼냈다.

"이리 오렴, 꼬마야." 디컨은 작고 복슬복슬한 하양 머리를 상냥한 갈색 손으로 돌리며 말했다. "니가 찾던 게 이거 아니냐. 비단 벨벳 외투보다야 이 병에서 더 많이 나올걸. 자." 그러면서 디컨은 고무젖꼭지를 비벼 대던 입에 들이댔고 새끼 양은 희열에 넘쳐 걸신들린 듯 고무젖꼭지를 빨았다.

그 후에는 무슨 말을 할까 고민을 할 필요가 없었다. 새끼 양이 잠들었을 즈음에는 질문이 쏟아져 나왔고 디컨은 그 모든 질문에 대답을 해 주었다. 디컨은 사흘 전 아침 태양이 막 떠오르던 때 새끼 양을 찾았던 이야기를 해 주었다. 디컨은 황야에 서서 종달새의 노래를 들으며 하늘로 더 높이 높이 날아가 푸르름 속 한 점이 되어 버리는 모습을 보고 있었다고 했다.

"새를 놓칠 뻔했지만 노랫소리를 듣고 알 수 있었어. 그래서 새가 금방 세상에서 사라져 버릴 거 같은데도 어떻게 노랫소리는 들리나 생각하고 있었지. 그때 다른 소리가 저 먼 히스 덤불 사이에서 들리는 거여. 약하게 매매 우는 소리라 새끼 양이 배가 고픈가 보다 생각했는데 어미를 잃어버린 게 아니라면 배고플 리가 없잖겠어. 그래서 찾아나섰어. 그려! 열심히 찾아봤어. 히스 덤불 사이로 가서 돌고 돌면서 길을 반대로 들었나 생각을 했지. 그렇지만 기어이 저기 황야 위 바위 옆에서 뭔가 하얀 게 설핏 비치는 걸 봤어. 그래서 올라가 보았더니 이 어린 게 춥고 배를 곯아서 거의 반쯤 죽어 있지 뭐여."

디컨이 이야기하는 동안 검댕이는 열린 창문 틈으로 근엄하게 날며 들고 나갔고 밤톨이와 깍지는 바깥의 큰 나무로 유람 나가 나무둥치를 오르락내리락하며 나뭇가지를 탐색했다. 대장은 마음에 드는 난로 앞 깔개에 앉아 디컨 옆에 바짝 웅크렸다.

아이들은 정원 책의 그림을 함께 보았고 디컨은 모든 꽃들의 지역 이름을 다 알았으며 어떤 꽃이 벌써 비밀의 정원에서 자라고 있는지도 정확히 알았다.

"저 이름은 발음을 못 하겠네." 디컨은 '아퀼레지아'라고 쓰인 설명 아래에 있는 꽃을 가리켰다. "하지만 우리는 매발톱꽃이라고 불러. 이건 금어초인데 둘 다 울타리 덤불 안에서 자라는 들꽃들이야. 정원용도 있는데 그건 더 크고 멋지게 자라. 우리 정원에도 커다란 매발톱꽃 무리가 있어. 꽃이 다 피면 파란 꽃밭 같은 모양이 되어 하얀 나비들이 팔랑거릴 거여."

"나도 보러 갈래." 콜린이 외쳤다. "나도 보러 갈 거야!"

"그럼, 너도 봐야제." 메리가 아주 진지하게 말했다. "그리고 우물쭈물할 시간이 없어."

제20장

"난 영원히 살 거야.
언제까지나 영원히!"

　　　　　하지만 아이들은 일주일은 기다려야 했다. 처음 며칠간은 바람이 불었고 그다음에는 콜린에게 감기 기운이 있었다. 이두 가지가 연이어 일어났으니 여느 때라면 콜린은 틀림없이 성을 냈겠지만 조심스럽게 비밀리에 계획할 일이 무척 많았고 디컨이 달랑 몇 분이라도 거의 매일 와서 황야나 오솔길, 울타리와 시냇가에서 무슨 일이 있었는지 이야기해 주었다. 새 둥지와 들쥐 굴은 말할 것도 없고 수달과 오소리, 물쥐 집에 관해 디컨이 하는 얘기는 흥분으로 몸이 떨릴 정도로 재미있었다. 동물을 부릴 수 있는 아이에게서 온갖 자세한 이야기를 듣노라니 분주한 지하 세계가 얼마나 흥이 나서 열심히, 그렇지만 초조하게 작업을 벌이고 있는지 깨달을 수 있었다.

　"동물들도 우리와 같어." 디컨이 말했다. "다만 개들은 집을 매년 지어야 혀. 그러다 보니 참으로 바빠서 집을 지으려고 종종거리며 다니는 거지."

그래도 아이들이 가장 열을 올린 일은 어떻게 하면 비밀을 지키면서 콜린을 정원으로 옮길 수 있는지에 관한 준비 과정을 의논하는 것이었다. 아이들이 관목 숲의 어떤 모퉁이를 돌아 담쟁이로 덮인 담 아래 산책로로 들어선 이후에는 누구에게도 휠체어나 디컨, 메리의 모습을 들키지 않아야 했다. 하루하루 지나갈수록 콜린은 정원을 둘러싼 수수께끼는 세상에서 가장 매혹적인 이야기라는 생각에 점점 더 집착했다. 그 어떤 것도 이 비밀을 망쳐서는 안 되었다. 누구도 아이들에게 비밀이 있는지조차 의심하지 못하게 해야 했다. 사람들이 그저 콜린이 메리와 디컨을 좋아하고 아이들에게 모습을 보이는 게 싫지 않기 때문에 같이 나가는 것이라고 생각하도록 해야 했다. 아이들은 지날 길에 관해 오랫동안 즐겁게 이야기를 나누었다. 이 길을 따라 올라갔다 저 길로 내려와 다른 길을 건넌 후 수석 정원사 로치 씨가 배열해 놓은 화단 식물을 보는 척하면서 분수 화단을 돌아간다. 그다음에는 관목 산책길에 접어들 것이고 모습을 숨기면서 긴 담까지 간다. 전쟁 시에 위대한 장군들이 세우는 행군 행렬처럼 진지하고 정교하게 짜낸 계획이었다.

환자의 방에서 뭔가 새롭고 기이한 일이 벌어지고 있다는 소문은 물론 하인 식당에서 새어 나가 마구간으로 들어갔고 거기서 다시 정원사들 틈으로 빠져나갔다. 그래서 로치 씨는 이 얘기를 들어 알고 있기는 했지만, 어느 날 콜린 도련님이 직접 얘기를 나누고 싶으니 방으로 오라는 연락을 주었을 때는 화들짝 놀랐다. 바깥에서 일하는 사람들은 한 번도 들어가 본 적이 없는 곳이었다.

"이런, 이런." 로치 씨는 서둘러 외투를 갈아입으며 혼잣말로 중얼거렸다. "이제 어째야 한담? 남에게 모습을 보이는 것을 꺼리는 고귀한 도련님께서 이전에는 눈길 한 번 준 적 없었던 미천한 소인을 다 부르시다니?"

로치 씨도 호기심이 동하지 않을 수 없었다. 이제까지 한 번도 소년의 모습을 힐끔 본 적조차 없었고 그 아이의 수상한 모습과 행동거지, 제정신이 아닌 기질 등에 대해 과장된 이야기를 많이도 들었던 터였다. 그중에서도 가장 자주 들은 소문은 이 도련님이 언제 죽을지 모른다는 것이었고, 콜린을 한 번도 보지 못한 사람들은 굽은 등과 흐늘흐늘 늘어진 팔다리의 모습을 마음속으로 그리며 수도 없이 공상을 펼쳤다.

"이 집 분위기가 바뀌고 있어요, 로치 씨."

메들록 부인은 뒤편 계단을 통해 그 수수께끼의 방으로 이어지는 기다란 복도로 안내하면서 말했다.

"좋은 쪽으로 바뀌기를 바라 봅시다, 메들록 부인." 그가 대답했다.

"그보다 나쁜 쪽으로 바뀔 수도 없었을 거예요." 부인이 말을 이었다. "게다가 참 이상하게도 이전보다 여기서 일하기가 훨씬 더 수월해졌다는 하인들이 있답니다. 동물원 한가운데 서 있는 기분이 들어도 놀라지 마세요, 로치 씨. 마사 소워비네 디컨이 나나 로치 씨보다도 더 편안하게 이곳을 자기 집처럼 여기는 모습을 보아도 말이죠."

메리가 늘 개인적으로 믿어 왔던 대로 정말로 디컨에게는 마술과 같은 힘이 있었다. 로치 씨도 디컨의 이름을 듣자마자 빙그레 미소를 지었다.

"디컨은 버킹엄 궁전이나 탄광 바닥에서도 편안하게 지낼 애요." 로치 씨가 말했다. "그렇지만 뻔뻔해서가 아니지. 걔는 참 착한 소년이에요."

그렇게 미리 마음의 준비를 하지 않았더라면 화들짝 놀랐을지도 모를 일이었다. 침실 문이 열리자 새김장식 의자의 높은 등받이 위에 편안하게 자리 잡은 커다란 까마귀가 '까악까악' 큰 소리로 울며 손님의 입장을 알렸다. 메들록 부인이 미리 경고를 해 준 덕분에 로치 씨는 체면 떨어지게도 뒤로 펄쩍 물러나는 꼴을 간신히 면할 수 있었다.

어린 라자는 침대에 누워 있지도 소파에 앉아 있지도 않았다. 콜린은 팔걸이의자에 앉아 있었고 새끼 양이 먹이 먹는 양답게 꼬리를 흔들면서 그 옆에 서 있었으며 디컨은 그 앞에 무릎을 꿇고 우유병으로 젖을 먹이고 있었다. 다람쥐 한 마리가 디컨의 굽은 등 위에 앉아 도토리를 갉작거리느라 정신이 없었다. 인도에서 왔다는 꼬마 소녀는 커다란 발걸이의자에 앉아 이 모습을 쳐다보고 있었다.

"로치 씨를 데려왔습니다, 콜린 도련님." 메들록 부인이 말했다.

어린 라자는 몸을 돌려 손님을 훑어보았다. 적어도 수석 정원사는 그런 느낌을 받았다.

"아, 당신이 로치군요?" 콜린이 말했다. "아주 중요한 명령을 하려고 불렀어요."

"네, 도련님." 로치는 공원의 참나무를 모두 베라든가 과수원을 수

생 식물원으로 바꾸라든가 하는 지시를 받으려나 생각했다.

"난 오늘 오후에 휠체어를 타고 정원에 나갈 거예요." 콜린이 말했다. "신선한 공기가 잘 맞으면 매일 나갈지도 몰라요. 내가 나갈 때는 정원사들은 정원 담 옆에 있는 긴 산책로 근처에는 얼씬도 못하게 해요. 아무도 거긴 오지 않도록. 난 두 시에 나갈 테니 사람들 모두 내가 다시 일하러 와도 좋다고 할 때까진 멀리 있게 해 줘요."

"아주 잘 알겠습니다." 로치는 참나무는 그대로 남아 있고 과수원은 안전하다는 생각에 크게 안심했다.

"메리." 콜린은 메리를 향했다. "인도에서는 말을 마치고 사람들보고 물러가라고 할 때 뭐라고 말해?"

"이렇게 해. '이제 물러가도 좋소.'" 메리가 대답했다.

어린 라자는 한 손을 흔들었다.

"이제 물러가도 좋소, 로치. 하지만 잊지 마요. 이 명령은 무척 중요하다는 것을."

"까악까악!" 까마귀는 거센 소리로, 하지만 무례하지는 않게 장단을 맞추었다.

"잘 알겠습니다. 감사합니다, 도련님." 로치 씨는 대답했고 메들록 부인은 로치 씨를 데리고 방을 나섰다.

복도에 나가자 사람 좋은 로치 씨는 슬쩍 미소를 지으며 웃음을 터뜨릴 뻔했다.

"맙소사! 도련님은 참으로 위엄 있게 말하는 버릇이 있군? 모든 왕족들을 하나로 뭉쳐 놓은 줄 알겠어. 마치 여왕 부군이나 모두."

"아이코!" 메들록 부인이 항의했다. "우린 모두는 도련님이 걸음마 한 이후로는 우리 모두를 짓밟고 다니도록 놔두어야만 했어요. 그래서 도련님은 사람들이 자기 시중을 들라고 태어난 줄 아시죠."

"어쩌면 이제 그런 습관을 버릴지도 모르지. 살게 된다면." 로치 씨가 말을 슬쩍 던졌다.

"음, 그거 하나는 확실해요." 메들록 부인이 말했다. "만약 도련님이 살아나시고 인도 아이가 여기 있다면 그 애가 도련님에게 수전 소워비 말대로 오렌지 한 알 통째가 자기 건 아니라는 걸 알려 줄 게 분명해요. 그리고 도련님도 자기 몫의 크기를 알게 되겠지요."

방 안에선 콜린이 쿠션에 도로 기댔다.

"이젠 모두 안전해. 오늘 오후엔 그걸 보게 되겠구나. 오늘 오후엔 안에 들어갈 수 있어!"

디컨은 동물들과 함께 정원으로 도로 갔고 메리는 콜린과 함께 남았다. 메리는 콜린이 피곤해 보이지는 않지만 점심이 오기 전엔 아주 조용하다고 생각했고 콜린은 먹는 동안에도 조용했다. 메리는 이유가 궁금해서 물어보았다.

"넌 참 눈이 크구나, 콜린." 메리가 말했다. "네가 생각할 땐 눈이 접시만큼 커져. 지금은 무슨 생각해?"

"그게 어떤 모습일까 하는 생각이 계속 들어." 콜린이 대답했다.

"정원?" 메리가 물었다.

"봄 말이야." 콜린이 말했다. "이전에는 봄을 한 번도 제대로 본 적 없다는 생각을 했어. 밖에 나간 적이 거의 없고 나갈 때도 바라본 적 없으니까. 심지어 생각도 해 보지 않았어."

"나도 인도에서는 본 적 없어. 거긴 봄이 없으니까." 메리가 말했다.

이제까지의 삶이 집 안에 갇혀서 침울하긴 했어도 콜린은 메리보다는 상상력이 더 풍부했고 적어도 멋진 책과 그림을 보면서 많은 시간을 보냈다.

"그날 아침 네가 뛰어 들어와서 말했잖아. '마침내 왔어! 봄이 왔어!' 그 말에 기분이 참 이상해졌어. 모든 것들이 근사한 행렬과 화려한 폭죽, 음악 소리와 함께 오는 듯한 소리였어. 책에서 그런 비슷한 그림을 보았거든. 한 무리의 멋진 어른들과 아이들이 화관을 쓰거나 꽃송이가 달린 나뭇가지를 들고 있는 거야. 모두들 웃고 춤추며 함께 모여서 피리를 불었어. 그래서 그런 말을 한 거야. '어쩌면 황금 나팔 소리를 들을지도 모르겠다'고. 너보고 창문을 열라고 한 것도 그 때문이고."

"참 신기하다!" 메리가 말했다. "정말로 그런 느낌이야. 모든 꽃과 이파리, 초록색의 식물들과 새, 야생동물들이 함께 춤을 추며 지나가는 것 같아. 얼마나 멋진 무리가 될까! 다들 춤추고 노래하고 피리를 불 테니 분명 음악 소리가 한 줄기 흘러 들어올 거야."

둘 다 웃음을 터뜨렸지만 그 생각이 웃겨서가 아니라 무척 마음에 들었기 때문이었다.

잠시 후, 보모가 콜린의 채비를 마쳤다. 보모는 콜린이 옷을 입는 동안 통나무처럼 가만히 누워 있는 대신에 일어나 앉아 도와주려고 한다는 것을 깨달았다. 그러면서 콜린은 줄곧 메리와 함께 이야기하고 웃었다.

"오늘은 도련님 상태가 참 좋은 날이었어요." 보모는 콜린을 진찰하러 들른 크레이븐 박사에게 말했다. "어찌나 기분이 좋으신지 더 튼튼해지셨다니까요."

"그 애가 들어온 후 오후에 다시 들르겠어요." 크레이븐 박사가 말했다. "외출이 얼마나 잘 맞는지 봐야 하니까. 나야," 그러면서 낮은 목소리로 덧붙였다. "콜린이 간호사를 데리고 나가길 바라지만 말이지요."

"그렇게 하라고 권하시는 거라면 전 그럼 여기 머무르기보다는 차라리 이 순간 환자를 포기하겠어요." 보모는 갑작스레 결연하게 대답했다.

"정말로 그렇게 해야 할지는 아직 결정을 내리지 못했고." 의사는 살짝 불안을 내비치며 말했다. "실험을 해 봅시다. 디컨은 갓 태어난 아기라도 믿고 맡길 수 있는 소년이니까."

저택에서 가장 힘센 시종이 콜린을 아래층으로 옮겨 휠체어에 앉혔고 디컨은 가까운 바깥에서 기다리고 있었다. 남자 하인이 무릎 깔개와 쿠션을 다 가져다 맞춰 준 후에, 어린 라자는 하인과 보모를 향해 손을 흔들었다.

"이제 불러가도 좋소." 콜린이 밀하자 보모와 하인은 재빨리 사라졌다. 솔직히 말하면 두 사람은 집 안에 안전히 들어가자마자 킥킥거렸다.

디컨은 휠체어를 천천히 흔들림 없이 밀기 시작했다. 메리 아가씨는 옆에서 따라 걸었고 콜린은 의자에 기대고 얼굴을 들어 하늘을 보았다. 둥글게 휜 하늘은 드높았고 조그만 눈송이 같은 구름은 수정 같은 푸른 하늘 아래 날개를 쭉 펼치고 떠 있는 하얀 새처럼 보였다. 부드러운 큰 숨결 같은 바람이 황야에서부터 쓸고 지나갔고 야생의 맑은 향기에 밴 달콤한 기운은 낯설었다. 콜린은 가는 어깨를 꼿꼿이 세우고 공기를 들이마셨는데 커다란 눈은 소리를 듣는 듯, 귀 대신에 소리를 듣는 듯했다.

"노래하고 콧노래를 부르고 외치는 소리들이 아주 많아." 콜린이 말했다. "바람에 실려 오는 이 향기는 뭐지?"

"황야에 활짝 핀 히스 냄새야." 디컨이 대답했다. "아! 오늘 히스에 붙은 벌들은 횡재했겠는데."

아이들이 지나는 길 위에는 사람이라곤 한 명도 보이지 않았다. 사실 모든 정원사나 정원사 조수들은 마법에 걸린 듯 사라졌다. 하지만 아이들은 그저 수수께끼를 즐기기 위해 원래 계획한 길을 조심스럽게 따라갔다. 아이들은 관목 사이의 길을 꾸불꾸불 들어갔다 나와서 분수 화단을 돌아갔다. 그리고 마침내 담쟁이덩굴 담이 있는 긴 산책로 안으로 접어들었을 때는 점점 가까이 다가간다는 전율에 다들 들뜬 나머지 굳이 설명할 수 없는 이유로 목소리를 낮추고 소곤거리기 시작했다.

"바로 여기야." 메리가 나직한 숨소리처럼 말했다. "이전에 내가 오르락내리락하며 궁금해하고 또 궁금해하던 곳."

"여기야?" 콜린이 외쳤다. 눈은 열렬한 호기심을 담고 담쟁이덩굴을 탐색했다. "하지만 난 아무것도 안 보이는데." 콜린이 속삭였다. "문이 없잖아."

"나도 그렇게 생각했었어." 메리가 말했다.

다음 순간 숨이 막힐 것 같은 아름다운 침묵이 흘렀고 휠체어가 계속 돌아갔다.

"저기가 벤 웨더스태프가 일하는 정원이야." 메리가 설명했다.

"그래?" 콜린이 말했다.

몇 미터 더 걸어가서 메리가 다시 속삭였다.

"여기가 바로 울새가 담 위로 날아간 곳이야."

"그래?" 콜린이 외쳤다. "아! 울새가 다시 날아왔으면 좋겠다."

"그리고 저기가……" 메리는 엄숙하게 기쁜 어조로 말하며 커다란 라일락 덤불 아래를 가리켰다. "울새가 작은 흙더미 위에 앉아 열쇠가 있는 자리를 알려 준 곳이지."

그때 콜린이 몸을 일으켜 앉았다.

"어디? 어디? 저기?" 소리 지르는 콜린의 눈은 동화 「빨간 두건」에서 빨간 두건이 굳이 물어봤을 때의 늑대의 눈만큼이나 컸다. 디컨이 멈춰 서자 휠체어도 멈췄다.

"그리고 여긴." 메리는 담쟁이 가까이에 있는 화단에 섰다. "울새가 담 위에 서서 지지귀자 내가 말을 걸려고 디기갔던 곳이야. 그리고 이건 그때 바람이 불어 넘어갔던 담쟁이."

그 말을 하면서 메리는 늘어진 녹색 커튼을 잡았다.

"아! 여기구나! 여기야!" 콜린이 숨을 헉 들이켰다.

"여기가 손잡이. 여기가 문. 디컨, 안으로 밀고 들어가. 빨리 가!"

그때 디컨이 한 번 세게, 흔들림 없이, 멋지게 밀었다.

콜린은 실제로 쿠션 위로 쿵 밀리긴 했지만 기뻐서 숨을 들이마셨다. 콜린은 두 손을 눈에 대고 모두 완전히 들어가 휠체어가 멈출 때까지 아무것도 볼 수 없도록 꾹 눌렀다. 문은 마법처럼 닫혔다. 그때야 비로소 콜린은 손을 떼고 디컨과 메리가 그랬던 것처럼 두리번거리고 둘러보았다. 벽과 땅, 나무와 흔들리는 나뭇가지, 덩굴 위에는 말랑한 작은 이파리들로 이루어진 아름다운 초록색 너울이 기어갔다. 나무 아래 풀숲과 나무들 사이의 움푹 들어간 자리에 놓인 회색 항아리, 여기저기 사방에는 금색과 자주색, 하얀색 꽃잎들이 점점이 흩어졌다. 나무들은 분홍색과 눈 같은 흰색의 꽃들을 머리 위에 이고 서 있었다. 날개가 파닥거리고 달콤하게 피리를 불고 콧노래를 부르는 소리가 어렴풋이 들렸으며 달콤한 향기가 흐르고 흘렀다. 콜린의 얼굴에 떨어진 햇살은 사랑스럽게 어루만지는 손길 같았다. 메리와 디컨도 감탄하며 가만히 서서 콜린을 바라보았다. 분홍색으로 반짝이는 빛이 콜린의 상아색 얼굴과 목과 손을 포함한 온몸을 덮어 콜린은 아주 낯설고 다르게 보였다.

"난 나을 거야! 나을 거라고!" 콜린이 외쳤다. "메리! 디컨! 내 몸은 나을 거야! 나는 영원히 살 거야. 영원히 언제까지나!"

제21장

벤 웨더스태프

　　세계에서 살면서 겪는 이상한 일 중 하나는 이따금 내가 영원히, 언제까지나 영원히 살리라고 확신하는 때가 있다는 사실이다. 가끔 온화하고 장엄한 새벽녘에 일어나서 밖으로 나가 홀로 서서, 뒤로 머리를 한껏 젖혀 올려다본다. 저 높이 높이 희미한 하늘이 천천히 바뀌며 불그스레해지고 놀랍고도 알 수 없는 일들이 벌어지는 것을 바라보며 동녘의 광경에 감탄을 내뱉게 될 때 그 사실을 깨닫는다. 그때면 심장은 수천 년, 수만 년, 수억 년의 세월 동안 매일 아침 떠오르는 태양의 낯설면서도 변함없는 장엄함에 가만히 멈춘다. 사람은 그때 실감한다. 영원히 살리라는 것을. 가끔은 해거름의 숲 속, 신비스러운 진한 금색의 잔잔한 적막이 나뭇가지 사이와 아래로 비스듬히 비쳐 들어와 아무리 애써도 귀로는 들을 수 없는 이야기를 느릿하게 다시 또다시 말해 주는 듯할 때 그 사실을 깨닫는다. 그런 후 가끔은 한밤에 진청색의 거대한 고요가 가만히 바라보던 수백만의 별들과 함께 밀려올 때 그 사실을 확신한다. 가끔은 저 먼 데서 어렴풋이 들리는 음악이 확인해 준다. 가끔은 어떤 사람의 눈에 떠오른 표정이 알려 준다.

처음으로 숨어 있는 정원의 높다란 네 담벼락 안에서 봄을 보고 듣고 느꼈을 때 콜린의 기분이 그러했다. 그날 오후 온 세상은 이 한 소년에게 완벽하고 빛이 날 정도로 아름다우며 정다운 존재가 되려고 온 힘을 쏟는 듯 보였다. 어쩌면 봄은 순수한 천상의 선善에서 나와서 있는 힘껏 모든 것을 그 한 장소에 몰아넣었는지도 몰랐다. 여러 번 디컨은 하던 일을 멈추고 눈에 점점 자라나는 경이 같은 감정을 담고 가만히 서서 머리를 부드럽게 저었다.

"아! 정말 기똥차네." 디컨이 말했다. "난 이제 열두 살에서 열세 살이 되는디, 13년 동안 오후를 많이 봤지만서도 이렇게 기똥찬 건 처음 보는 것 같어."

"그래, 정말 기똥차다." 메리도 순수한 기쁨에 한숨을 내쉬었다. "이 세상에서 본 것 중에 가장 기똥찬 광경일 거라고 장담할 수 있어."

"니들은 그리 생각 안 혀?" 콜린이 꿈결처럼 조심스레 말했다. "이 모든 게 내를 위해 일부러 온 거라고?"

"세상에!" 메리가 감탄했다. "너 요크셔 사투리 겁나 잘하네. 최고여!"

그런 후 기쁨이 넘쳐흘렀다.

아이들은 휠체어를 자두나무 아래로 밀고 갔다. 나무는 꽃이 피어 눈처럼 하얗고 벌들은 음악처럼 웅웅거렸다. 마치 요정의 왕을 위한 차양 같았다. 가까이에는 꽃이 만발한 벚나무와 분홍색과 흰색의 봉오리가 맺히거나 여기저기에 벌써 꽃을 터뜨린 사과나무들이 있었다. 커다란 꽃송이가 달린 차양의 나뭇가지 사이로 푸른 하늘이 아름다운 파란 눈처럼 내려다보았다.

메리와 디컨은 잠깐 동안 여기저기 돌아다니며 일했고 콜린은 친구들을 바라보았다. 아이들은 콜린이 구경할 만한 곳으로 데려다 주었다. 피기 시작하는 봉오리, 꽉 닫힌 봉오리, 이제 막 파릇파릇한 이파리가 비치는 나뭇가지, 풀 위에 떨어진 딱따구리의 깃털, 어떤 새가 일찍이 까고 남긴 텅 빈 알껍데기. 디컨은 휠체어를 천천히 밀고 정원을 돌고 돌면서 매번 발길을 멈춰 콜린이 땅에서 솟아나거나 나무를 따라 내려오는 놀라운 것들을 구경할 수 있게 했다. 마법 세계의 왕과 여왕을 모시고 왕국을 돌면서 그 안의 모든 신비스러운 풍요로움을 구경시켜 주려는 듯.

"우리가 울새를 볼 수 있을까?" 콜린이 물었다.

"쬐끔 있으면 허벌나게 볼 수 있을 거여." 디컨이 대답했다. "알이 깰 땐 조그만 새가 무척 바빠서 머리가 빙빙 돌 지경이 되니께. 앞뒤로 날아댕기면서 자기 몸뚱키로 커다란 벌레를 물고 다니는 모습을 볼 수 있어. 둥지 가까이로 날아가면 이찌니 시끄러운 소리가 나는지 정신이 하나도 없어서 어떤 커다란 입에다 먼저 넣어 줘야 하는지 모를 지경이여. 사방에서 부리를 벌리고 짹짹대니께. 엄니는 새끼들이 벌린 부리에 계속 먹이를 주려고 울새 아빠가 뛰어댕기는 걸 보면 자기는 할 일 하나 없는 팔자 좋은 여자 같은 기분이 든다고 하셨당께. 엄니 말로는 작은 새가 땀방울을 뚝뚝 떨어뜨리는 게 분명하다는구먼. 사람 눈에는 안 보이지만서도."

이 말에 아이들은 즐겁게 킥킥대다가 남에게 들키면 안 된다는 것을 깨닫고 두 손으로 입을 막았다. 콜린은 며칠 전에 속삭임과 나지막한 목소리로 말해야 한다는 규칙을 전달받았다. 콜린은 그 수수께끼 같은 규칙이 마음에 들었고 지키려고 최선을 다했지만 들뜨고 신 나는 와중에는 속삭이듯이 나지막이 웃기란 무척 힘들었다.

그날 오후는 매 순간이 새로운 일로 가득 찼고 매시간 햇살은 더욱 황금빛이 되었다. 휠체어는 다시 차양 안으로 들어갔으며 디컨이 풀밭 위에 앉아 피리를 꺼내려는 찰나 콜린은 이전에는 볼 겨를이 없어 몰랐던 것을 보았다.

"저거 아주 오래된 나무지?" 콜린이 물었다.

디컨은 풀밭 건너 나무를 보았고 메리도 바라보았다. 잠깐 정적이 흘렀다.

"그래." 디컨은 잠시 후 대답했다. 낮은 목소리는 아주 상냥했다.

메리는 나무를 바라보며 생각에 잠겼다.

"나뭇가지는 아주 회색이고 이파리 하나 달려 있지 않아." 콜린이 말을 이었다. "완전히 죽어 버린 거야?"

"그려." 디컨이 인정했다. "하지만 장미 넝쿨이 위로 기어올라 갔으니께 꽃이 피면 죽은 나무는 다 가릴 거여. 그때는 죽은 것만치 보이지 않겠지. 아주 예쁠 거여."

메리는 여전히 나무를 바라보며 생각하고 있었다.

"큰 나뭇가지가 부러진 것처럼 보여." 콜린이 말했다. "어쩌다 그렇게 되었는지 궁금하네."

"몇 년에 한 번씩 그래." 디컨이 말했다. "아이쿠." 디컨은 별안간 안도하듯 퍼뜩 놀라면서 한 손을 콜린에게 얹었다. "저기 울새다! 울새가 왔어! 짝꿍 주려고 먹이를 모으는 갑네."

콜린은 하마터면 늦을 뻔했지만 간신히 울새의 모습을 볼 수 있었다. 부리에 무엇을 문 붉은가슴울새의 모습이 섬광처럼 번썩였나. 새는 푸르른 그늘 속, 잎이 무성하게 우거진 구석 안으로 휙 날아 들어가 모습을 감추었다. 콜린은 다시 쿠션에 등을 기대고 살짝 웃었다.

"짝에게 간식을 갖다 주나 보네. 어쩌면 지금이 다섯 시 정도 되었을 거야. 나도 차랑 간식을 먹고 싶은데."

그렇게 그날은 다들 무사했다.

"울새를 보낸 건 마법이었어." 메리는 후에 디컨에게 비밀스럽게 말했다. "내 생각엔 분명히 마법이야." 메리와 디컨 둘 다 콜린이 10년 전 가지가 부러진 나무에 대해서 뭔가 물어볼까 두려웠기 때문에 그 이야기를 나누었고, 디컨은 일어서서 곤란하다는 듯 머리를 긁적였다.

"그 나무가 다른 나무들이랑 전혀 다르지 않은 척해야 혀." 디컨이 말했나. "어쩌나 그 나무가 부러졌는지 그 불쌍한 애한텐 말할 수 없잖어. 나무 얘기를 뭐라도 하면, 우린…… 우린 그냥 명랑한 척하자."

"그래, 그렇게 혀." 메리도 대답했다.

하지만 나무를 바라보고 있자니 메리는 그렇게 명랑한 척할 수 없었다. 메리는 그 몇몇 순간에 디컨이 했던 다른 말에 어떤 진실이 담겨 있지는 않은지 생각하고 생각했다. 디컨은 역시 어쩔 바를 모르겠다는 듯 적갈색 머리카락을 계속 득득 긁었지만 유쾌하고 편안한 표정이 파란 눈에 떠오르기 시작했다.

"크레이븐 마님은 정말 곱고 젊은 분이셨어." 디컨은 약간 머뭇거리면서 말했다. "엄니는 마님이 여러 번 미슬스웨이트를 맴돌며 콜린 도련님을 돌봐 주었다고 생각혀. 세상을 떠나서도 모든 엄마들이 자식은 돌보는 법이잖어. 마님이 다시 돌아오신 거지. 우리에게 일을 시키신 분도 마님이신겨. 도련님을 여기로 데려 나오라고."

메리는 디컨이 마법 같은 이야기를 한다고 생각했다. 메리는 마법을 굳게 믿었다. 비밀리에 디컨이 마법을 일으킬 수 있다고 믿고 있었다. 물론 좋은 마법이다. 주변 모든 것에 마법을 부렸기 때문에 사람들이 디컨을 그처럼 좋아하고 들짐승도 친구인 걸 아는 것이었다. 메리는 실로 콜린이 그 위험한 질문을 한 순간에 적절하게 딱 맞춰 울새가 날아온 것도 디컨의 재능 덕분이지 않을까 궁금했다. 메리는 디컨의 마법이 오후 내내 힘을 발휘해 콜린을 완전히 다른 소년으로 바꾸어 놓았다고 생각했다. 콜린이 비명을 지르고 베개를 때리고 물어뜯던 짐승과 동일인이라니 있을 수 없는 일 같았다. 심지어 상아색 하얀 얼굴도 변한 듯 보였다. 처음 정원에 들어섰을 때 얼굴과 목, 손에 떠올랐던 희미한 빛이 완전히 스러지지 않았다. 콜린은 상아나 밀랍 대신 진짜 살로 만들어진 사람이 된 듯했다.

아이들은 울새가 짝꿍 새에게 먹이를 날라다 주는 모습을 두세 번

더 보았다. 그 덕분에 오후 차 시간이 되었다는 것을 짐작할 수 있었고 콜린은 아이들도 간식을 먹어야 할 것 같다고 했다.

"가서 남자 하인에게 철쭉 산책로로 바구니에 간식을 담아서 가져다 달라고 해." 콜린이 메리에게 말했다. "그런 다음 너랑 디컨이 여기로 날라 오면 되잖아."

괜찮은 생각이었고 실행하기 어렵지도 않았다. 아이들은 하얀 천을 풀밭 위에 깔고 뜨거운 차와 버터 바른 토스트와 크럼핏(납작하게 생긴 머핀 같은 빵—옮긴이)을 올려놓은 후 고픈 배를 신 나게 채웠다. 집안일을 하던 새 몇 마리가 무슨 일인가 싶어 멈춰 섰다가 빵 부스러기에 이끌려 무척 활기차게 살펴보러 날아왔다. 밤톨이와 깍지는 케이크 조각을 들고 나무 위로 잽싸게 올라갔고 검댕이는 버터 바른 크럼핏 반쪽을 통째로 들고 모퉁이로 날아가 부리로 콕콕 쪼면서 살피고 뒤집더니 거센 소리로 깍깍대다가 마침내 한 번에 꿀꺽 기쁘게 삼켜 버렸다.

그날 오후는 천천히 지나가며 어느덧 나른한 시간이 되었다. 창날처럼 찌르는 햇살의 황금빛은 한층 더 진해졌으며 벌들은 집으로 돌아갔고 새들의 날갯짓도 뜸해졌다. 디컨과 메리는 풀밭 위에 앉아 있었고 바구니는 다시 싸서 집으로 도로 들여갈 준비를 해 놓았다. 콜린은 쿠션에 기대 누워 숱 많은 머리카락을 이마 위로 쓸어 올렸다. 얼굴에는 아주 자연스러운 핏기가 떠올랐다.

"오늘 오후가 지나가지 않았으면 좋겠다." 콜린이 말했다. "하지만 내일 다시 돌아올 거야. 모레도, 그다음 날도, 바로 그다음 날도."

"신선한 공기를 많이 마실 거야, 그렇겠지?" 메리가 물었다.

"그것 말고 다른 건 안 마실 테야." 콜린이 대답했다. "이제 봄을 보았으니 여름도 보겠지. 여기서 자라는 모든 걸 볼 거야. 여기서 나 자신을 키울 거야."

"그렇게 될 거여." 디컨이 말했다. "머지않아 우리가 다른 사람들맹 키로 도련님을 여기저기 데려 다니면서 걷게 하고 땅을 파도록 할 테니께."

콜린은 엄청나게 얼굴을 붉혔다.

"걷는다고! 땅을 파! 내가?"

콜린을 쳐다보는 디컨의 시선은 섬세하게 조심스러웠다. 디컨도 메리도 콜린의 다리에 무슨 문제가 있는지 물어본 적이 없었다.

"그럼 할 수 있고말고." 디컨은 의연하게 말했다. "도련님, 도련님도 자기 다리가 있잖여. 다른 사람들처럼!"

메리는 콜린의 대답을 듣기 전까지는 정말로 겁이 났다.

"사실 정말로 다리에 병이 있는 건 아냐." 콜린이 대답했다. "하지만 너무 가늘고 약해. 다리가 후들후들 떨려서 일어서기가 무서워."

메리와 디컨은 안도의 한숨을 내쉬었다.

"겁만 내지 않으면 일어설 수 있을 거여." 디컨이 다시 명랑해져서 말했다. "게다가 조금만 있으면 겁내지 않을 거고."

"그럴까?" 콜린은 여러 생각을 하는 듯 가만히 누워 있었다.

아이들은 잠시 동안 정말로 조용해졌다. 해님이 뉘엿거렸다. 모든 것이 저절로 잠잠해지는 그런 시간이었고, 아이들은 정말로 바쁘고 들뜬 오후를 보냈다. 콜린은 느긋하게 쉬고 있는 듯 보였다. 동물들은 주위를 돌아다니다 말고 옹기종기 모여 아이들 가까이에서 쉬고 있었다. 검댕이는 야트막한 나뭇가지 위에 앉아 한 다리를 위로 들고 졸음에 겨워 회색 눈꺼풀을 깜박거렸다. 메리는 검댕이를 보며 금방 코라도 골 것 같은 얼굴이라고 남몰래 생각했다.

이런 정적의 한가운데서 콜린이 고개를 반쯤 쳐들고 갑작스레 놀란 듯 큰 소리로 속삭였을 때는 다들 깜짝 놀랐다.

"저 남자는 누구야?"

디컨과 메리는 비척비척 일어났다.

"남자라니!" 두 아이 모두 낮고 빠른 목소리로 부르짖었다.

콜린이 높은 벽을 가리켰다.

"봐!" 콜린은 흥분해서 속삭였다. "그냥 봐!"

메리와 디컨은 몸을 빙그르르 돌려 쳐다보았다. 사다리 꼭대기 위에 선 벤 웨더스태프의 성난 얼굴이 담장 너머로 아이들을 쏘아보고 있었다. 실제로 메리를 향해 한 주먹을 휘두르기까지 했다.

"내가 홀몸이 아니고 아씨가 내 딸이면," 벤은 외쳤다. "호되게 매질을 해 줬을 것인디!"

벤은 기운 좋게 뛰어내려 메리를 혼쭐이라도 내려는 양 위협적으로 한 단 더 높이 올라왔다. 하지만 메리가 벤에게 다가가자 벤은 확실히 생각을 고쳐먹었는지 사다리 맨 윗단에 서서 메리를 향해 주먹을 흔들기만 했다.

"내 한 번도 아씨를 좋게 생각한 적이 없었다니께!" 벤이 열변을 토했다. "아씨를 처음 본 순간부터 참을 수가 없었어. 삐쩍 말라 탈지유 같은 얼굴을 한 어린애가 꼬치꼬치 캐묻지를 않나 반가워하지도 않는데 쑤시고 다니질 않나. 애초에 아씨랑 어떻게 친해졌는질 모르겠다니께. 그 망할 울새가 없었더라면⋯⋯"

다음 순간 벤은 정말로 메리가 있는 담장 안쪽을 타고 내려올 듯 보였다. 그렇게 노발대발했다.

"못된 것!" 벤은 머리 아가씨를 향해 소리쳤다. "울새에게도 그렇게 못되게 굴어 보라제⋯⋯ 하지만 걔도 무엇보나 콧내가 세거든! 울새에게 어디 아씨 평소 하는 대로 하지그려! 흠! 아이고! 저 말썽꾸러기!"

그러더니 벤은 결국 호기심에 굴복했는지 자기도 모르게 다음 말을 불쑥 내뱉고 말았다. "그런데 대체 어떻게 들어갔다냐?"

"방법을 알려 준 건 울새예요." 메리가 고집스럽게 따졌다. "울새도 알고 그런 건 아니지만 결국 가르쳐 준 셈이 되었죠. 할아버지가 주먹을 휘두르는 동안에는 여기서는 말할 수 없어요."

바로 그 순간 벤은 메리 머리 너머로 뭔가가 풀밭 위에서 그쪽으로 다가오는 걸 뚫어져라 쳐다보았다. 그러더니 휘두르던 주먹을 가만히 멈추고 입을 그야말로 떡 벌렸다.

벤이 거센 물살처럼 말을 쏟아 놓는 소리가 처음 들렸을 때 콜린은 무척 놀라서 마법에 홀린 양 윗몸만 일으켜서 귀를 기울였다. 그렇지만 말이 이어지자 제정신을 차리고 황제처럼 오만하게 디컨에게 신호했다.

"나를 저기까지 밀어!" 콜린은 명령했다. "아주 가까이 밀어서 저 사람 바로 앞에 세워."

그리고 바로 이 모습을 벤 웨더스태프가 보고 입을 떡 벌린 것이었다. 호사스러운 쿠션과 가운으로 덮인 휠체어가 마치 왕가의 마차 같은 모습으로 그를 향해 다가왔다. 그 위에는 둘레가 검은 커다란 눈으로 왕족처럼 명령을 내리면서, 마르고 하얀 손을 오만하게 뻗은 어린 라자가 기대어 앉아 있었다. 휠체어는 벤 웨더스태프의 코 바로 아래에 멈춰 섰다. 입을 떡 벌린 것도 이상한 일이 아니었다.

"내가 누군지 알아요?" 라자가 따져 물었다.

벤 웨더스태프가 어찌나 빤히 쳐다보던지! 노인의 충혈된 눈은 유령이라도 본 양 눈앞의 상대에 못 박혔다. 벤은 쳐다보고 또 쳐다보기만 했고 목에서는 치미는 덩어리를 꿀꺽 삼켰지만 한 마디도 하진 않았다.

"내가 누군지 아느냐고요?" 콜린은 한층 더 오만하게 물었다. "대답해요!"

벤 웨더스태프는 옹이 박힌 손을 들어 눈을 쓸고 이마를 쓴 뒤 이상하게 떨리는 목소리로 대답했다.

"도련님이 누구냐고요?" 벤이 말했다. "그래, 알다마다요. 얼굴에서 도련님 어머님의 눈이 나를 빤히 쳐다보고 있는데. 대체 어찌 여기까지 오셨을까. 하지만 도련님은 불쌍한 불구자라고 하던디."

콜린은 등이 아팠다는 사실조차 잊어버렸다. 얼굴이 새빨갛게 달아올랐고 똑바로 일어나 앉았다.

"난 불구자가 아냐!" 콜린은 격노해서 소리쳤다. "아니라고!"

"얘, 불구자 아니에요!" 메리는 격렬히 분개하여 담장에 대고 소리를 지르다시피 했다. "작은 핀만 한 혹 하나 없어요. 내가 살펴봤는데 없었다고요, 단 한 개도!"

벤 웨더스태프는 한 손으로 다시 이마를 훑으며 아무리 봐도 모자란다는 듯 쳐다보았다. 손이 떨리고 입이 떨리고 목소리가 떨렸다. 벤은 무지한 노인, 수완이라고는 없는 노인이었으며 단지 들은 얘기를 기억할 뿐이었다.

"도련님은…… 도련님은 곱사등이 아니여?" 벤은 쉰 목소리로 물었다.

"아니야!" 콜린이 외쳤다.

"다리는, 다리는 휘지 않았나?" 벤은 한층 더 쉰 목소리로 물으며 몸을 떨었다.

이건 너무 심했다. 보통 짜증 발작을 일으킬 때 솟구치던 힘이 이제 새로운 형태로 탈바꿈해서 콜린의 몸을 타고 흘렀다. 이때까지 한 번도 콜린은 다리가 휘었다는 말을 들어 본 적이 없었는데, 벤 웨더스태프의 목소리가 단순하기 짝이 없는 소문을 이처럼 똑똑히 드러내자 라자의 피와 살은 참지 못할 지경이었다. 콜린은 분노와 모욕받은 자존심 때문에 보는 것을 싹 잊어버렸고, 이 순간 전에는 질내 알지 못했던, 부자연스럽다고 할 만한 힘이 넘쳐흘렀다.

"이리 와!" 콜린은 디컨을 향해 소리쳤다 콜린은 실제로 아랫몸을 덮은 담요를 떨치고 그 안에서 빠져나왔다. "이리 와! 이리 오란 말야!

당장."

디컨은 순식간에 콜린의 옆에 섰다. 메리는 짧게 헉 소리를 내며 숨을 죽였다. 자기 얼굴이 창백해지는 것이 느껴졌다.

"콜린은 할 수 있어! 할 수 있어! 할 수 있단 말이야! 해!"

메리는 숨을 죽인 상태에서 할 수 있는 한 빨리 중얼거렸다.

잠깐 격하게 부스럭거리는 소리와 함께 덮개가 땅으로 떨어졌다. 디컨은 콜린의 팔을 잡았다. 마른 다리를 밖으로 내디디고 가는 발이 풀밭을 밟았다. 콜린은 똑바로, 화살처럼 곧게 등을 펴서 이상할 정도로 키가 커 보였다. 머리는 뒤로 젖히고 특이한 눈동자는 빛을 발했다.

"날 봐!" 콜린은 벤 웨더스태프 앞으로 훅 튀어 올랐다. "나를 보라고! 보란 말이야!"

"도련님은 내맹키로 등이 꼿꼿하셔라." 디컨이 말했다. "요크셔의 어떤 애들보다도 등이 꼿꼿혀!"

다음 순간 벤 웨더스태프가 보인 행동은 이루 말할 수 없을 정도로 이상하다고, 메리는 생각했다. 벤은 목메어 침을 꿀꺽 삼켰다. 그가 두 손을 한데 맞부딪치자 갑자기 눈물방울이 세파에 찌든 뺨을 타고 흘러내렸다.

"아!" 그는 갑자기 말을 쏟아 냈다. "사람들이 어찌나 거짓부렁을 하는지! 도련님은 삐쩍 마르고 새하얗기는 해도 혹은 한 개도 없구먼. 혹이 아직 나타나지 않았구먼. 주님, 도련님께 축복을 내려 주시기를."

디컨이 콜린의 팔을 꽉 잡아 부축하고 있었지만 소년은 아직 비틀거리지도 않았다. 콜린은 더욱더 꼿꼿하게 서서 벤 웨더스태프의 얼굴을 똑바로 쳐다보았다.

"난 할아범의 주인이야." 콜린이 말했다. "아버지가 안 계시는 동안에는. 그리고 할아범도 내게 복종해야 해. 여기는 내 정원이야. 이에 대해서 한 마디도 할 생각 마! 사다리에서 내려가서 긴 산책로로 가. 메리 양이 나가서 안으로 데려올 테니까. 난 할아범과 얘기를 해 보고 싶으니, 할아범이 끼는 게 달갑진 않지만 이젠 어쩔 수 없이 비밀에 넣어 주어야지. 서둘러!"

벤 웨더스태프의 쭈글쭈글한 늙은 얼굴은 아직도 이상하게 쏟아지는 눈물로 젖어 있었다. 두 팔로 서서 머리를 뒤로 젖힌 마르고 꼿꼿한 콜린에게서 눈을 떼지 못하는 듯했다.

"어, 애야." 벤은 속삭이다시피 말했다. "아! 아가야!"

그러더니 벤은 제정신이 들었는지 갑자기 정원사들이 흔히 그러듯이 모자에 손을 대며 인사했다.

"예, 도련님! 예, 도련님!"

그러면서 사다리를 내려가 고분고분하게 사라져 버렸다.

제22장

해 질 무렵

벤의 머리가 눈앞에서 사라지자 콜린이 메리를 보았다.

"가서 할아범을 만나."

콜린의 말에 메리는 풀밭 위를 뛸 듯이 날아 담쟁이 아래 문으로 갔다.

디컨은 날카로운 눈으로 콜린을 쳐다보았다. 콜린의 뺨에는 선명한 빨간 점이 떠올라 있었고 상태는 아주 좋아 보였으며 넘어질 기미는 없었다.

"난 일어설 수 있어."

콜린은 여전히 머리를 꼿꼿이 쳐든 채로 아주 위엄 있게 말했다.

"무서워하지 않으면 곧 일어설 수 있을 거라고 했잖어." 디컨이 대답했다. "이젠 무섭지 않은갑네."

"그래, 이제 무섭지 않아." 콜린이 말했다.

그때 콜린은 얼핏 메리가 한 말이 생각났다.

"너 마법을 부리는 거야?" 콜린은 날카롭게 말했다.

디컨의 둥근 입이 명랑한 웃음을 띠며 확 퍼졌다.

"마법을 부린 건 바로 도련님이여. 이 꽃들이 땅에서 솟아나게 한 거나 마찬가지 마법이지."

그러면서 디컨은 투박한 장화로 풀숲에 자라는 크로커스 무리를 툭 쳤다.

콜린은 꽃들을 내려다보았다.

"그려." 콜린은 말했다. "거기서 일어나는 것보다 더 큰 마법은 없을 거여. 없어."

콜린은 아까보다도 훨씬 더 꼿꼿하게 등을 폈다.

"나 저 나무까지 걸어갈 거야."

콜린은 몇 미터 떨어진 자리를 가리켰다.

"웨더스태프가 이리로 오면 난 여기 서 있을 거야. 원하면 나무에 기대서 쉴 수도 있으니까. 자리에 앉고 싶으면 앉을 수도 있겠지만 금방은 아닐 거야. 의자에서 덮개 좀 가져다줘."

콜린은 나무로 걸어갔다. 디컨이 팔을 잡아 주긴 했지만 콜린은 놀릴 만큼 굳건했다. 나무둥치에 기대섰을 때는, 몸을 지탱하는 게 그렇게 쉽지는 않았으나 그래도 꼿꼿이 등을 펴서 키가 무척 커 보였다.

벤 웨더스태프가 담벼락에 난 문을 통해 들어왔을 때 콜린이 서 있는 모습을 보았고, 메리가 숨을 죽이고 뭐라고 중얼거리는 소리를 들었다.

"뭐라고 하는겨?" 벤은 길고 마른 몸을 꼿꼿이 세운 소년의 모습과 오만한 얼굴에서 관심을 흩뜨리고 싶지 않았기 때문에 짜증스럽게 물었다.

하지만 메리는 말하지 않았다. 사실 메리가 한 말은 이러했다.

"할 수 있구나! 할 수 있어! 내가 할 수 있다고 했잖아! 넌 할 수 있어. 할 수 있는 거야. 할 수 있어!"

메리는 마법을 부리고 콜린이 그처럼 계속 서 있게 하고 싶어서 끊임없이 중얼거렸다. 콜린이 벤 웨더스태프 앞에서 주저앉는다면 참을 수 없을 터였다. 콜린은 주저앉지 않았다. 메리는 콜린이 야위었지만 아주 멋지게 보인다는 느낌이 불현듯 들어 기분이 붕 떴다. 콜린은 우스꽝스럽게 오만한 태도로 벤에게서 눈을 떼지 않았다.

"날 봐!" 콜린은 명령했다. "날 잘 살펴봐! 내가 곱사등이야? 내 다리가 휘었어?"

벤 웨더스태프는 아직 감정을 잘 극복하지 못했지만 약간 마음을 가다듬고 평소처럼 대답했다.

"그렇지 않구먼요." 벤이 말했다. "전혀 그렇지 않구먼요. 도련님이 이제까지 해 온 걸 보면…… 남들 눈에 안 보이게 숨어 있응께, 사람들이 도련님이 불구에 반푼인 줄 아는……"

"반푼이라니!" 콜린이 성을 버럭 냈다. "누가 그런 생각을 해?"

"바보들이 여럿이죠." 벤이 말했다. "세상엔 별일 없이 히히 떠들기나 하는 바보들이 넘친다니께요. 히히 떠들지 않으면 거짓부렁이나

치고. 그럼 어째서 도련님은 방 안에 틀어박혀 계셨다요?"

"모두들 내가 죽을 거라고 생각했지." 콜린이 무뚝뚝하게 말했다. "난 안 죽어!"

콜린이 그 말을 어찌나 결연하게 했는지 벤 웨더스태프는 콜린을 위아래로 훑었다 다시 아래서 위로 훑어보았다.

"도련님이 죽다니요!" 벤은 메말랐지만 기쁜 기색을 내비쳤다. "전혀 그렇지 않아요. 도련님 몸속에 기운이 펄펄 넘치는구먼요. 아까 도련님이 그 발을 땅에 내린 모습을 보자마자 도련님은 멀쩡하다는 걸 알았습죠. 여기 깔개 위에 앉으시요, 도련님. 분부만 내려 주시지라."

벤의 태도에는 괴팍한 상냥함과 현명한 이해가 기묘하게 섞여 있었다. 긴 산책로를 따라 내려가는 동안 메리는 할 수 있는 한 빨리 말을 쏟아 놓았었다. 메리가 한 얘기 중에서 주로 기억나는 내용은 콜린이 회복되고 있다는 것이었다. 회복. 정원이 그렇게 하고 있었다. 아무도 콜린에게 혹이 생길 거라는 것과 죽어 간다는 것을 떠올리게 해서는 안 되었다.

라자는 의자에서 내려와 나무 아래 깔개에 앉으라는 말에 따랐다.

"정원에서 무슨 일을 하지, 웨더스태프?" 콜린이 물었다.

"분부하는 건 뭐든 합지요." 벤이 대답했다. "저야 저택에서 사정을 봐줘서 붙어 있는 섯이라시요. 그분이 절 좋아하셨어서."

"그분?" 콜린이 물었다.

"어머님 말씀입니다요." 벤 웨더스태프가 대답했다.

"우리 엄마?" 콜린은 조용히 벤을 훑어보았다. "여긴 엄마의 정원이었지?"

"예이, 그랬구먼요!" 벤도 콜린을 훑어보았다. "마님이 무척 좋아하셨지라."

"이젠 내 정원이야. 나도 여길 좋아하니까, 매일없이 올 거야." 콜린은 선언했다. "하지만 비밀로 해야 해. 우리가 여기 온다는 걸 다른 사람이 알지 못하도록 하라는 게 내 명령이야. 디컨과 사촌이 열심히 일해서 정원을 살렸어. 가끔 도와 달라고 부르지. 하지만 아무도 보지 못하게 와야 해."

벤 웨더스태프의 얼굴이 살며시 일그러지더니 노인 같은 메마른 미소를 띠었다.

"이전에 사람들이 아무도 보지 못할 때 여기 왔었지라."

"뭐라고!" 콜린이 외쳤다. "언제?"

"마지막으로 여기 왔을 때가……" 벤은 턱을 문지르며 두리번거렸다. "재작년이었지라."

"하지만 여긴 10년 동안 아무도 들어오지 않았어!" 콜린이 외쳤다. "문이 없잖아!"

"아무나는 아니라도 지가 왔었지요." 벤이 감정 없이 말했다. "그리고 문으로 들어온 건 아니지라. 담장을 넘어서 왔습지요. 재작년에 류머티즘에 걸려서 주저앉았지만."

"할아버지가 와서 가지치기를 하셨구먼요!" 디컨이 외쳤다. "어떻게 가지가 쳐 있나 영문을 몰랐는디."

"마님이 여길 참 좋아하셨지요. 참말로요!" 벤 웨더스태프가 천천히 말했다. "마님은 참으로 곱고 어린 분이셨지요. 한때 제게 웃으면서 이러셨지라. '벤, 내가 어디 아프거나 멀리 가게 되면 벤이 내 정원을 돌봐 줘.' 마님이 떠나셨을 땐 아무도 가까이 오지 말라는 명령이 떨어졌구먼요. 하지만 지는 왔습죠." 벤은 괴팍한 노인답게 고집스럽게 말했다. "그래서 지가 담을 넘어 왔습지요. 류머티즘 때문에 못 하게 되기 전엔 해마다 한 번은 와서 정원을 가꿨지요. 마님 명령이 먼저니께요."

"할아버지가 그렇게 하시지 않았으면 이처럼 쌩쌩하게 살아 있진 못했을 거여요." 디컨이 말했다. "그러잖아도 궁금했었는디."

"웨더스태프가 그렇게 해 줘서 기뻐." 콜린이 말했다. "그럼 비밀을 지키는 법을 알겠네."

"예이, 알 겁니다요, 도련님." 벤이 대답했다. "류머티즘 걸린 노인네는 문으로 들어오는 게 더 쉽지라."

나무 근처 풀밭 위에 메리가 놓아 둔 모종삽이 있었다. 콜린은 손을 뻗어 그 삽을 집었다. 이상한 표정을 얼굴에 띠며 콜린은 땅을 긁기 시작했다. 메리는 숨도 못 쉬고 관심 있게 보고 있었다. 가는 손은 약했지만 사람들이 바라보는 가운데, 이윽고 콜린은 모종삽의 끝을 흙에 박더니 조금 헤집었다.

"할 수 있구나! 너 할 수 있어!" 메리는 혼잣말했다. "내가 그랬잖아, 할 수 있다고!"

둥근 눈에는 열렬한 호기심이 가득했지만 디컨은 한 마디도 하지 않았다. 벤 웨더스태프도 흥미로운 얼굴로 바라보았다.

콜린은 꾸준히 반복했다. 흙을 몇 번 헤친 후에 콜린은 요크셔 사투리를 있는 힘껏 흉내 내어 디컨에게 의기양양하게 말했다.

"니가 그랬지. 다른 사람들맹키로 여길 걸어 댕길 수 있게 해 주겠다고. 내가 땅도 팔 수 있게 하겠다고 했잖어. 난 내 비위 맞추느라고 그냥 하는 말인 줄 알았제. 오늘은 내가 걸은 첫날이니께 지금 땅을 파는 거여."

콜린의 사투리를 들은 벤 웨더스태프의 입이 떡 벌어졌다. 하지만 마침내는 낄낄 웃고 말았다.

"어이쿠! 이제 도련님이 웃길 줄도 아시는구먼요. 요크셔 사람이 분명합니다요. 고라고 이젠 땅도 파시는구먼요. 뭐 하나 손수 심어 보고 싶으셔라? 장미 모종을 갖다 드릴 수 있는디."

"가서 가져와!" 콜린이 들떠서 소리쳤다. "빨리! 빨리 해!"

실로 모든 일이 빠르게 이루어졌다. 벤 웨더스태프는 류머티즘을 잊고 허둥지둥 갔다. 디컨은 삽을 들고 가늘고 하얀 손을 가진 풋내기 정원사보다 더 깊고 넓게 구멍을 팠다. 메리는 슬쩍 나가 뛰어가서 물뿌리개를 가지고 돌아왔다. 디컨이 구멍을 더 깊게 파자, 콜린은 부드러운 흙을 파 헤집고 또 헤집었다. 콜린은 낯설고 새로운 운동을 한 탓에 약간이긴 했지만 얼굴을 붉히고 땀을 흘리면서 하늘을 올려다보았다.

"해가 지기 전에 하고 싶어. 해가 완전히 지기 전에." 콜린이 말했다.

메리는 해님이 일부러 몇 분 머뭇거리는지도 모른다고 생각했다. 벤 웨더스태프는 온실에서 장미 모종을 가지고 왔다. 절뚝거리면서도 할 수 있는 한 빨리 풀밭 위를 달려왔다. 벤도 점점 기분이 들뜨는 것 같았다. 그는 구멍 옆에 무릎을 꿇고 틀에서 모종을 꺼냈다.

"자요." 벤은 콜린에게 꽃을 건넸다. "임금님이 처음 가는 데 가면 나무 심는 것맹키로 도련님이 직접 심으시소."

콜린이 구멍 속에 모종을 세우고 벤이 땅을 다지는 동안 나무를 붙잡은 콜린의 가늘고 하얀 손이 약간 떨렸고 얼굴에 떠오른 홍조는 점점 진해졌다. 그리고 구멍에 흙을 채우고 꽉꽉 누른 후 잘 다졌다. 메리는 두 손, 두 발로 엎드려서 몸을 앞으로 숙였다. 검댕이가 날아 내려와서 무슨 일을 하나 보려고 앞으로 씩씩하게 걸어왔다. 밤톨이 와 깍지는 벚나무에서 수다스럽게 조잘거렸다.

"심었어!" 콜린은 마침내 말했다. "해님은 아직 조금밖에 넘어가지 않았어. 날 일으켜 줘, 디컨. 해님이 질 때 난 서 있고 싶어. 그것도 마법의 일부야."

디컨은 콜린이 일어설 수 있도록 도와주었다. 마법이든 뭐든 힘을 얻은 덕에 콜린은 태양이 저 산을 넘어 이상하도록 아름다웠던 오후 가 끝날 때까지 두 발로 서 있을 수 있었다. 깔깔 웃으면서.

제23장

마법

크레이븐 박사는 아이들이 돌아왔을 때 집에서 한참을 기다리던 중이었다. 사실 의사 선생은 누구를 보내서 정원 길을 찾아보게 하는 게 좋지 않을까 하는 생각을 슬슬 하던 참이었다. 사람들이 콜린을 방으로 도로 데리고 왔을 때 불쌍한 의사는 콜린을 진지하게 바라보았다.

"그렇게 밖에 오래 나가 있으면 안 돼. 무리하면 안 된다."

"전혀 피곤하지 않아요." 콜린이 대답했다. "되레 몸이 좋아졌어요. 내일은 아침에도 나가고 오후에도 나갈 거예요."

"그걸 허락해 주어야 할지 모르겠구나." 크레이븐 박사가 대답했다. "현명한 행동이 아닐 것 같은데."

"못 하게 하는 게 현명한 생각이 아닐 거예요." 콜린이 무척 진지하게 말했다. "난 갈 거예요."

메리조차도, 콜린이 특이하다고 말할 수 있는 이유는 주로 사람들에게 명령하는 태도가 얼마나 건방진 야수와 같은지 스스로 깨닫지 못하기 때문임을 알 수 있었다. 콜린은 평생 무인도나 다름없는 곳에서 그 나라 왕이라도 되는 양 살아왔기 때문에 태도도 제멋대로였고 달리 비교할 사람도 없었다. 메리도 사실 콜린과 다를 바가 없었고 미슬스웨이트에 와서 자기 태도 역시 평범하거나 인기 있는 것은 아니었다는 사실을 차차 깨닫게 되었다. 이런 발견을 하자 메리는 자연스럽게 적당한 관심이 생겨 콜린과 대화를 나눠 볼까 하는 생각이 들었다. 그래서 크레이븐 박사가 떠난 후 몇 분 동안 메리는 자리에 앉아 콜린을 호기심 어린 눈으로 쳐다보았다. 메리는 어째서 그러는지 콜린이 질문을 해 주길 바랐고, 그 뜻은 물론 여지없이 이루어졌다.

"왜 나를 그렇게 봐?" 콜린이 물었다.

"크레이븐 선생님이 약간 안됐다는 생각이 들어서."

"나도 그래." 콜린은 조용히 말했지만 약간 만족스러워하는 기색이 없지는 않았다. "삼촌은 내가 죽지 않으면 미슬스웨이트를 절대로 얻지 못할 테니까."

"물론 그것 때문이라도 안됐어." 메리가 말했다. "하지만 나는 방금 항상 건방진 소년에게 10년 동안이나 정중하게 대해야 한다는 것이 얼마나 끔찍했을까 하는 생각을 하고 있었어."

"내가 건방져?" 콜린은 별로 언짢은 기색도 없이 말했다.

"네가 만약 선생님 친아들이고 그분이 아이를 때리는 어른이었다면 넌 아마 맞았을지도 몰라."

"하지만 삼촌은 감히 그럴 수 없지." 콜린이 말했다.

"그래, 그럴 수 없겠지." 메리는 그다지 편견 없이 생각하며 말했다. "아무도 네가 좋아하지 않는 일을 감히 할 생각도 못했어. 네가 죽거나 그럴 테니까. 넌 참 불쌍한 애야."

"하지만," 콜린이 고집스럽게 우겼다. "난 불쌍한 애가 되지 않을 거야. 사람들이 그렇게 생각하도록 놔두지도 않을 거고. 오늘 오후에는 내 발로 일어섰잖아."

"네가 참 이상한 건 항상 네 마음대로 한다는 거야." 메리는 생각을 입 밖에 내어 말하며 계속했다.

콜린은 얼굴을 찡그리며 고개를 돌렸다.

"내가 이상해?" 콜린이 따져 물었다.

"그럼." 메리가 대답했다. "아주 이상해. 그렇다고 성낼 필요는 없어." 메리는 공평하게 덧붙였다. "나도 이상하니까. 벤 웨더스태프도 이상하고. 하지만 난 사람들을 좋아하게 되기 전이나 정원을 찾기 전보다는 덜 이상해졌지."

"나도 이상해지고 싶지 않아." 콜린이 말했다. "그렇게 안 될 거야." 그러면서 단호하게 얼굴을 찡그렸다.

콜린은 아주 자존심이 강한 소년이었다. 콜린은 한참을 누워 생각했고 메리는 이윽고 콜린의 얼굴에 아름다운 미소가 다시 떠올라 차츰 완전히 바뀌는 것을 보았다.

"이상하게 구는 거 그만두어야겠다." 콜린이 말했다. "매일 정원에 간다면. 거긴 마법이 있어. 너도 알겠지만 좋은 마법이야, 메리. 거긴 마법이 있는 게 분명하다고 생각해."

"나도 그래." 메리가 말했다.

"그게 진짜 마법이 아니라고 해도 그런 척하면 돼. 뭔가 있어. 뭔가!"

"그게 마법이야." 메리가 말했다. "하지만 흑마법은 아니지. 언제나 눈처럼 하얀 백마법이야."

아이들은 늘 그 힘을 마법이라고 불렀고 그 후 몇 달간은 계속 그렇게 보이는 시간이 지나갔다. 근사한 몇 달, 환히 빛나는 몇 달, 놀라운 몇 달이었다. 아, 정원에서는 어떤 일들이 벌어졌는지! 정원을 가져 본 적이 없는 사람이라면 이해하지 못할 일들이었다. 정원이 있는 사람이라면 거기 지나간 모든 것을 묘사하는 데는 책 한 권이 필요하다는 것을 알리라. 맨 처음에는 초록색 식물들이 끊이지 않고 땅 위를, 풀 속을, 화단을, 심지어 담 틈새를 뚫고 나왔다. 그런 후에는 녹색식물들이 봉오리를 맺고 봉오리들은 다시 펼쳐져 색깔을 드러냈다. 갖가지 파랑색, 갖가지 자주색, 갖가지 색조와 음영의 빨간색. 행복한 날에는 꽃들이 곳곳 구멍과 구석에 들어앉았다. 벤 웨더스태프가 그 일을 도맡아서 벽돌 사이의 모르타르를 긁어내고 땅에 오목한 공간을 만들어 사랑스러운 덩굴들이 그 위에서 자랄 수 있도록 했다. 붓꽃과 백합이 다발로 풀 속에서 자라났고 녹색 나무들 사이 들어간 자리에는 키기 큰 큰제비고깔과 매발톱꽃, 초롱꽃이 푸르고 하얀 꽃잎들이 엄청난 무리를 이루었다.

"마님은 이 꽃들을 좋아하셨제, 참으로." 벤 웨더스태프가 말했다. "마님은 늘상 파란 하늘을 가리키도록 꽃들을 심는 걸 좋아혀서 그렇게 말씀하시곤 했구먼. 그렇다고 마님이 땅의 것들을 멸시했다는 건 아니여. 마님은 그저 꽃들을 사랑혔지만 늘상 푸른 하늘이 참 기쁘다고 하셨제."

디컨과 메리가 심은 꽃씨는 마치 요정이 돌보기라도 한 양 쑥쑥 잘 자랐다. 갖가지 색에 물든 양귀비꽃은 가득 피어 산들바람 속에서 춤추며 몇 년씩이나 정원에 살았던 꽃들에게 명랑하게 반항했다. 그런 모습은 어떻게 이처럼 새로운 사람들이 여기 왔는지 궁금하다고 고백하는 듯 보였다. 게다가 그 장미는…… 장미란! 풀 속에서 솟아올라 해시계 둘레를 따라 얽히기도 하고 나무둥치를 감고 가지에서 늘어지기도 하였으며 벽을 따라 올라 그 위로 뻗어 가며 기다란 화환이 되어 폭포수처럼 떨어졌다. 장미는 시간마다, 날마다 차차 살아났다. 곱고 싱싱한 이파리, 꽃봉오리 그리고 또 꽃봉오리. 처음에는 작았지만 나중엔 점점 부풀어 오르며 마법을 부리더니 드디어 활짝 터져 꽃잎을 펼쳤다. 꽃잔 속에 담긴 향기는 찰랑찰랑 가장자리 위로 살며시 흘러넘쳐 정원 공기를 가득 채웠다.

콜린은 눈앞에서 일어나는 변화 하나하나를 관찰하며 모두를 보았다. 매일 아침, 콜린은 밖으로 옮겨졌고 비가 오지 않으면 꼬박꼬박 모든 시간을 정원에서 보냈다. 심지어 흐린 날에도 콜린은 기분이 좋았다. 풀밭 위에 누워 "식물이 자라는 것을 바라보겠다"고 했다. 한참 그러고 있으면 꽃봉오리가 저절로 터지는 것을 볼 수 있다고까지 했다. 또한 뭔지 알 수 없지만 진지한 것만은 틀림없는 잔일들을 처리하느라 뛰어다니는 낯설고 바쁜 곤충들과 친구가 될 수도 있었다. 이런

벌레들은 가끔 작은 지푸라기나 깃털, 먹이 조각을 나르기도 하고 풀 잎 날이 무슨 나무인 양 꼭대기까지 올라가면 온 나라를 굽어볼 수 있다는 듯 기어오르기도 했다. 두더지 한 마리가 고랑 끝의 둔덕에서 튀어 올라 마침내 요정 손처럼 보이는 앞발로 기어 다니며 아침을 한껏 들이마셨다. 개미도 나오고, 무당벌레도 나오고, 벌들도 나오고, 개구리도 나오고, 새들도 나오고, 식물들도 나와 콜린에게 탐험해 볼 만한 신세계를 주었다. 디컨이 이 모두를 알려 주고 거기에 더해 여우가 나오고, 수달이 나오고, 담비도 나오고, 다람쥐도 나오고, 송어와 물쥐와 오소리가 나오는 길까지 가르쳐 주었으니 얘기하고 생각할 거리는 끝이 없었다.

하지만 이것만 가지고는 마법의 반절이라고도 할 수 없었다. 정말로 자기 두 발로 일어섰다는 사실 덕분에 콜린은 마법에 관한 생각에 푹 빠졌는데, 메리가 자기가 일으킨 마법에 관해 얘기해 주자 콜린은 들떠서 그 말에 백배 동감했다. 콜린은 쉴 새 없이 마법 얘기를 하곤 했다.

"물론 세상에는 많은 마법이 있어." 콜린은 똑똑하게 말했다. "하지만 사람들은 그게 어떤 건지, 어떻게 일으킬 수 있는지 알지 못해. 어쩌면 정말 좋은 일이 일어날 때까지 일어난다고 말하는 게 시작일지 몰라. 나도 한번 실험해 볼 거야."

다음 날 아침 아이들이 비밀의 정원에 갔을 때, 콜린은 즉시 벤 웨더스태프를 불러오라고 했다. 벤이 부리나케 달려와 보니 라자가 나무 아래 두 발로 서 있는 모습을 볼 수 있었다. 콜린은 아주 위엄 있었지만 또한 아주 아름답게 미소 짓고 있었다.

"안녕, 벤 웨더스태프." 콜린이 말했다. "난 할아범과 디컨, 메리 양이 모두 한 줄로 서서 내 말을 들어 줬으면 좋겠어. 난 아주 중요한 얘기를 할 작정이니까."

"예이, 예이, 도런님." 벤 웨더스태프가 이마를 만지며 대답했다. (벤 웨더스태프가 오랫동안 숨겨 놓은 매력 중 하나는 소년 시절 그가 집을 나가 뱃사람이 되어 항해한 적이 있다는 것이었다. 그래서 그는 뱃사람처럼 대답할 수 있었다.)

"난 과학적인 실험을 할 거야." 라자가 말했다. "내가 자라면 위대한 과학 발견들을 할 거지만 지금은 이 실험부터 시작하도록 하겠어."

"예이, 예이, 도런님." 벤 웨더스태프는 위대한 과학 발견이라는 말을 이번에 처음 들어보긴 했지만 즉시 대답했다.

메리도 그 말을 처음으로 듣기는 매한가지였다. 하지만 심지어 이런 단계에서도 콜린은 괴상한 아이긴 해도 아주 특이한 얘기들을 많이 읽었고 어쨌든 아주 믿을 만한 얘기를 하는 소년이라는 것을 새삼 깨닫게 되었다. 콜린이 고개를 쳐들고 이상한 눈으로 빤히 쳐다볼 때면 콜린이 아직 열 살, 이제 곧 열한 살밖에 되지 않지만 자기도 모르게 그 말을 믿어 버릴 것만 같았다. 이 순간, 콜린은 어른처럼 연설을 한다는 일에 갑작스레 매혹을 느꼈기 때문인지 특히 믿음직스러웠다.

"내가 할 위대한 과학 발견은," 콜린은 말을 이었다. "마법에 관한 것이야. 마법은 위대한 것이고 옛날 책에 나오는 몇 사람 말고는 아는 사람이 거의 없어. 메리는 조금 알지. 메리는 인도에서 태어났고, 거긴 파키르(유랑하는 인도의 마술사. 못 위나 뜨거운 석탄 위를 걷는 마법을 부린다—옮긴이)가 있으니까. 디컨도 마법을 좀 아는 것 같아. 하지만 디컨은 자기가 안다는 걸 모르지. 디컨은 동물과 사람을 홀려서 부려. 디컨이 동물을 부릴 줄 몰랐더라면 난 절대로 만나 주지 않았을 거야. 또, 아이들도 홀릴 수 있으니까. 아이는 동물이나 같잖아. 난 마법은 모든 것에 깃들어 있다고 믿어. 다만 그걸 제대로 깨닫고 우리에게 이롭게 쓸 수 있는 감각이 없을 뿐이야. 전기나 말이나 증기처럼."

이 말은 어찌나 인상적이었는지 벤 웨더스태프는 몹시 들떴고 가만히 있을 수가 없었다.

"예이, 예이, 도련님." 그러면서 웨더스태프는 아주 꼿꼿이 일어섰다.

"메리가 이 정원을 발견했을 땐 참 죽은 듯 보였어." 연설자가 계속 말했다. "그런 다음 무언가 식물들을 흙에서 밀어내고 없던 것을 만들어 냈어. 어느 날에는 없었던 것이 다음 날 생겨났어. 이전에는 그런 것들을 본 적이 없어서 호기심이 들었어. 과학적인 사람들은 항상 호기심이 많고, 나는 과학적인 사람이 될 거니까 항상 이렇게 혼잣말해. '그건 뭐지? 뭘까?' 대단한 거야. 하찮은 걸 리가 없어. 이름은 모르시만 이길 마법이라고 부르겠어. 해가 뜨는 걸 본 적이 없지만 메리와 디컨은 본 적이 있고, 그 아이들이 해 준 말을 생각해 보면 그것도 분명히 마법이야! 무언가 해를 밀어내고 끌어내는 거야. 정원에 나온 이후로 이따금 나무 사이의 하늘을 올려다보면 뭔가가 내 가슴속에서 밀어내고 끌어 올려서 숨을 더 빨리 쉴 수 있게 하는 것처럼 이상하게 행복한 기분이 들었어. 마법은 항상 밀어내고 끌어 올리고 없던 것을 만들어 내지. 모든 것이 마법으로 만들어진 거야. 이파리와 나무, 꽃과 새, 오소리와 여우, 다람쥐와 사람. 그러니 마법은 우리 주변에 있어. 이 정원에. 그리고 어디에나. 이 정원의 마법 때문에 나는 일어설 수 있었고 살아서 어른이 될 수 있다는 것을 알았어. 나는 마법을 좀 얻어서 내 안에 넣는 시험을 할 거야. 그 마법이 나를 밀어내고 끌어 올리고 튼튼하게 만들 수 있도록. 어떻게 하는지는 모르지만 생각을 계속하면서 부르면 어쩌면 나타날지도 몰라. 어쩌면 그게 마법을 얻는 가장 기본적인 방법일 거야. 처음에 내가 일어서려고 했을 때, 메리는 할 수 있는 한 빨리 계속 혼잣말을 했어. '할 수 있어! 할 수 있어!' 그랬더니 정말 할 수 있었어. 물론 나도 동시에 노력해야 했지만 메리의 마법이 날 도운 거야. 디컨의 마법도 그렇고. 매일 아침저녁, 낮에도 기억할 수 있는 한 자주 외울 거야. '마법이 내 안에 있어! 마법으로 나는 건강해지고 있어! 난 디컨만큼 튼튼해질 거야, 디컨만큼 튼튼해질 거야!' 그리고 너희들도 다 같이 해 줘야 해. 그게 내 실험이야. 도와줄 거지, 벤 웨더스태프?"

"그럼요, 그럼요, 도련님!" 벤 웨더스태프가 말했다. "예이, 예이!"

"병사들이 훈련을 받듯이 너희들이 매일 계속 그렇게 해 주면 어떤 일이 일어나는지 보고 실험이 성공했는지 알게 되겠지. 주문을 자꾸 외우면서 마음속에 영원히 남을 때까지 생각하면 마법이나 마찬가지일 거라고 생각해. 와서 도와 달라고 계속 부르면 마법이 우리의 일부분이 되고 영원히 남아서 힘을 부릴 거야."

"인도에 있을 때, 어떤 말을 수천 번이나 자꾸 되풀이해서 외우는 파키르가 있다고 어떤 장교 아저씨가 엄마한테 하는 말을 들은 적이 있어." 메리가 말했다.

"젬 페틀워스의 마누라가 같은 얘기를 수천 번 되뇌는 걸 들은 적은 있는데. 젬을 술주정뱅이 짐승이라고 부르면서." 벤 웨더스태프가 심드렁히 말했다. "확실히, 마침내 뭔가 일어나긴 했지라. 젬은 지 마누라를 호되게 두들겨 패고 블루 라이온 술집에 가서 고수망태가 되도록 술을 마셨으니께요."

콜린은 이맛살을 찌푸리면서 잠시 생각했다. 그러더니 기분이 한결 가벼워졌다.

"음, 거기서 뭔가 일어났다는 거 알겠지. 그 여자는 잘못된 마법을 부려서 남편이 결국 때리게 된 거야. 제대로 된 마법을 부릴 줄 알아서 뭔가 좋은 말을 했더라면 남편이 그렇게 술을 고주망태로 마시지 않았을지도 몰라. 어쩌면, 어쩌면 새 모자를 사다 주었을지도 모르지."

벤 웨더스태프는 킬킬 웃음을 터뜨렸고 작고 늙은 눈에 짓궂은 감탄의 빛을 띠었다.

"도련님은 다리도 침으로 꼿꼿히시고 머리도 참말로 영리하시구먼요. 다음번에 지가 베스 페틀워스를 보거든 마법이 어떤 힘을 부릴 수 있는지 넌지시 알려 줘야겠구먼요. 그 여편네도 도련님의 그 '가확적 실험'인가 뭔가가 제대로 먹히면 기뻐할 테니께. 젬도 그럴 거고."

디컨은 가만히 서서 이 강연에 귀를 기울였다. 둥근 눈은 호기심이 돋아 즐거웠는지 환히 빛났다. 밤톨이와 깍지는 디컨의 어깨 위에 앉아 있었고 디컨은 한 팔로 귀가 긴 하얀 토끼 한 마리를 안고서 줄곧 부드럽게 쓰다듬어 주었다. 그동안 토끼는 큰 귀를 뒤로 젖히고 손길을 누렸다.

"이 실험이 효과가 있을 것 같아?"

콜린은 디컨이 무슨 생각을 하는지 궁금했다. 콜린은 디컨이 자기를 쳐다볼 때나 '동물' 중 한 마리를 행복한 함박웃음을 띠고 쳐다볼 때면 무슨 생각을 하는지 종종 궁금했다.

디컨은 이제 웃음을 짓고 있었다. 평소보다도 더 환한 웃음이었다.

"그려." 디컨은 대답했다. "그렇게 생각혀. 해님이 환히 비칠 때 씨앗에서 싹이 트는 것처럼 효과가 있을 거여. 분명 효과가 있어. 그럼 지금부터 시작할겨?"

콜린은 기뻐했고 메리도 마찬가지였다. 책의 삽화에 나온 파키르와 신도들을 떠올리고 불이 붙은 콜린은 모두 차양처럼 드리운 나무 아래에 책상다리를 하고 앉자고 했다.

"사원 같은 데서 앉는 자세나 비슷해." 콜린이 말했다. "난 약간 피곤해서 앉고 싶어."

"어라!" 디컨이 말했다. "그렇게 말을 많이 했으니 피곤한 것도 당연하제. 그러면 마법을 망칠 수도 있어."

콜린은 몸을 돌려 디컨의 순수한 둥근 눈을 보았다.

"그 말이 맞아." 콜린은 천천히 말했다. "오직 마법만 생각해야지."

모두들 둥글게 둘러앉으니 참으로 장엄하고 신비로웠다. 벤 웨더스태프는 하여튼 기도 모임으로 안내받은 기분이 들었다. 보통 벤 웨더스태프는 고집스럽게 본인 표현으로 '기도 모임은 못마땅'해서 가지 않았지만, 이건 라자가 하는 일이기 때문에 싫어할 수 없었고 실로 도와 달라는 요청을 받은 것이 기쁘기까지 했다. 메리는 엄숙하게 황홀한 기분이었다. 디컨은 한 팔에 토끼를 안고 있었다. 아마도 아무도 듣지 못하는 마법 신호를 보냈는지, 디컨이 다른 사람들처럼 책상다리를 하고 앉자 까마귀, 여우, 다람쥐, 양이 느릿느릿 가까이 다가와 동그라미를 이루면서 마치 자기들의 뜻에 따라 온 양 편안히 자리에 들어앉았다.

"'동물들'도 왔네." 콜린이 엄숙하게 말했다. "우리를 도와주고 싶은 거야."

메리는 콜린이 참으로 예쁘게 보인다고 생각했다. 콜린은 마치 사제라도 되는 양 머리를 높이 쳐들었고 기이한 눈은 아름다운 표정을 띠었다. 나무 차양 사이로 들어온 햇빛이 콜린을 비추었다.

"이제 시작하자." 콜린이 말했다. "몸을 앞뒤로 흔들 수 있겠어? 메리, 우리가 수행자인 것처럼?"

"저는 몸을 앞뒤로 흔들 수 없구먼요." 벤 웨더스태프가 말했다. "류머티슴에 설려서."

"마법이 그 병도 낫게 하리니." 콜린이 대사제 같은 어조로 말했다. "하지만 그렇게 될 때까진 몸은 흔들지 마라. 그냥 주문을 읊기만 하라."

"저는 읊을 수도 없는뎁쇼." 벤 웨더스태프가 살짝 짜증 내는 말투로 말했다. "딱 한 번 해 봤는데, 교회 성가대에서 쫓겨났구먼요."

아무도 웃지 않았다. 다들 지나치게 진지했다. 콜린의 얼굴에는 그림자 하나 스치지 않았다. 마음속엔 오직 마법 생각뿐이었다.

"그러면 내가 주문을 읊을게."

그런 후 콜린은 어떤 이상한 소년 정령 같은 모습으로 시작했다.

"해가 비치네, 해가 비치네, 그것은 마법. 꽃이 자라네, 뿌리가 뻗네, 그것은 마법. 살아 있는 게 마법, 튼튼한 것이 마법. 마법이 내 안에 있네, 마법이 내 안에 있네. 내 안에 있네, 내 안에 있네. 우리 모두 안에 있네. 벤 웨더스태프의 허리에도 있네. 마법! 마법! 와서 도우리!"

콜린은 이 주문을 무척 많이 외웠다. 수천 번은 아니었지만 꽤 여러 번이었다. 메리는 넋을 놓고 들었다. 기묘하고도 아름답다는 생각이 들었고 콜린이 계속해 주기를 바랐다. 벤 웨더스태프는 아주 유쾌한 꿈속에서 부드럽게 위로받는 기분이 들기 시작했다. 꽃송이 속에서 벌들이 웅웅대는 소리가 주문을 읊는 소리와 섞여 나른하게 졸음 안에서 녹아들었다. 디컨은 책상다리인 채로 한 팔에는 잠든 토끼를 안고 다른 한 손은 양의 등에 올려놓았다. 검댕이는 다람쥐를 밀어내고 디컨의 어깨 위에서 웅크렸다. 회색 눈꺼풀이 서서히 내려앉았다. 드디어 콜린이 주문을 멈추었다.

"이제 정원을 걸어 다닐 거야." 콜린이 알렸다.

머리가 막 앞으로 뚝 떨어지는 찰나, 벤 웨더스태프는 머리를 휙 들었다.

"졸았지." 콜린이 나무랐다.

"전혀 그런 게 아니구먼요." 벤이 웅얼거렸다. "설교가 참 좋았구먼요. 하지만 저는 헌금 전에 나가야만 하는지라."

벤은 아직도 비몽사몽이었다.

"여긴 교회가 아니잖아." 콜린이 말했다.

"아니지요." 벤은 몸을 쭉 폈다. "제가 교회에 있는 줄 알았다고 누가 그런다요? 도련님이 하시는 말 하나도 빼놓지 않고 다 들었구먼요. 마법이 제 등에도 있다고 하셨잖어요. 의사 선생님은 그걸 류머티즘이라고 했지만."

라자는 한 손을 흔들었다.

"그건 잘못된 마법이야." 콜린이 말했다. "할아범은 곧 나을 거야. 이제 하던 일로 돌아가도 된다는 허락을 내리노라. 하지만 내일 다시 와야 해."

"저도 도련님이 정원을 걸어 다니는 모습을 보고 싶구먼요." 벤이 툴툴거렸다.

하지만 퉁명스럽게 툴툴대지는 않았고 그저 툴툴대는 말투일 뿐이었다. 사실 고집스러운 노인이고 마법을 전적으로 믿지는 않았기 때문에 만약 자기를 쫓아낸다면 사다리를 타고 담 너머로 들여다보면서 이려운 장애물이 생겼을 때 다시 비쳐거리면서 돌아올 준비를 하겠다고 마음을 굳게 먹고 있었다.

라자는 벤이 남아 있는 데 반대하지 않았고 행렬이 이루어졌다. 콜린이 선두에 서고 디컨이 한쪽 옆에, 메리가 반대편에 섰다. 벤 웨더스태프는 뒤에서 따라왔고 '동물들'이 그 뒤를 따랐다. 양과 새끼 여우가 디컨 가까이에 붙었고, 흰 토끼는 깡총깡총 뛰면서, 검댕이는 책임자나 되는 사람인 양 엄숙하게 따라왔다.

느리기는 하지만 품위 있게 움직이는 행렬이었다. 몇 미터마다 발길을 멈추고 멈춰야만 했다. 콜린은 디컨의 한 팔에 기댔고 은밀히 벤 웨더스태프는 날카롭게 망을 보았다. 가끔씩 콜린은 잡은 손을 놓고 혼자서 몇 발짝 떼기도 했다. 줄곧 머리는 꼿꼿이 쳐들어 아주 위엄 있는 태도였다.

"마법이 내 안에 있어!" 콜린은 계속 말했다. "마법으로 나는 튼튼해지고 있어! 느낄 수 있어! 느낄 수 있다고!"

무엇인가 콜린을 떠받치고 들어 올린 것만은 아주 확실했다. 콜린은 나무 사이의 우묵한 공간에 앉기도 했고 한두 번 풀 위에 주저앉았으며 여러 번 가던 도중에 멈춰 디컨에게 기대기도 했지만 포기하지 않고 정원을 한 바퀴 돌았다. 마침내 차양 모양으로 생긴 나무 아래에 돌아왔을 때 콜린의 뺨은 불그레했고 표정은 의기양양했다.

"해냈어! 마법이 효과가 있었어!" 콜린은 외쳤다. "내가 처음으로 한 과학 발견이야!"

"크레이븐 선생님이 뭐라고 하실까?" 메리가 불쑥 말했다.

"삼촌은 아무 말도 안 하겠지." 콜린이 대답했다. "아무 말도 못 들을 테니까. 이건 무엇보다도 가장 큰 비밀이야. 내가 무척 튼튼해져서 다른 남자애들처럼 걷고 뛰어다닐 수 있을 때까진 아무도 이 사실을 알아내선 안 돼. 여기 휠체어를 타고 매일 왔다가 그걸 타고 돌아갈 거야. 사람들이 수군거리고 질문을 하도록 놔두지 않을 거야. 실험이 완전히 성공할 때까지 아버지 귀에 들어가게도 하지 않을 거야. 그런 다음 아버지가 가끔 미슬스웨이트에 돌아오실 때 서재로 걸어 들어가서 말할 거야. '저 왔어요. 나도 다른 남자아이들과 똑같아요. 나는 아주 건강하고 살아서 어른이 될 거예요. 과학 실험으로 그렇게 했어요.'"

"고모부는 꿈이라고 생각하실 거야." 메리가 외쳤다. "눈을 믿지 못하실걸."

콜린은 의기양양해서 얼굴을 붉혔다. 콜린은 이제 자기가 나을 거라고 스스로 믿을 수 있었다. 본인이 깨달았는지 모르겠으나 이 과정은 전투나 다름없었다. 무엇보다도 콜린에게 힘을 불어넣은 생각은 아들이 다른 아버지들의 아들처럼 꼿꼿하고 튼튼하게 걷는 모습을 아버지가 본다면 어떤 표정을 지을까 하는 상상이었다. 병 때문에 아프고 우울했던 과거 시절에 가장 어두웠던 불안은 아버지가 보기도 싫어하는 병약한 곱사등이 소년이 되고 싶지는 않다는 마음이었다.

"아버지도 믿으실 수밖에 없을 거야." 콜린이 말했다. "마법이 일어난 후 과학 발견을 하기 전에 내가 하고 싶은 것 중 하나는 운동선수가 되는 거야."

"일수일 성도 지나면 노련님을 데리고 권두 구경을 하러 가야겠구먼요." 벤 웨더스태프가 말했다. "그러면 프로 선수가 돼서 영국 챔피언 벨트를 따시겠지요."

콜린은 벤에게 엄하게 눈길을 보냈다.

"웨더스태프, 그건 너무 불손하군. 할아범도 비밀에 한몫 낀 이상 마음대로 굴면 안 돼. 어떤 마법이 일어나더라도 난 프로 권투 선수가 되진 않을 거야. 난 과학 발견자가 될 거야."

"어이쿠, 죄송합니다요. 죄송합니다요, 도련님." 벤은 인사하듯 이마에 손을 대며 사과했다. "농담할 일이 아니라는 걸 알았어야 했는디." 하지만 벤의 눈은 반짝였고 속으로는 몹시도 기뻤다. 벤은 핀잔을 듣는다고 해도 정말 아무렇지 않았다. 핀잔을 준다는 게 이 아이가 힘과 기운을 얻는다는 뜻이라면.

제24장

"계속 그렇게 웃으라고 합시다."

디컨이 일하는 곳은 비밀의 정원만이 아니었다. 황야의 오두막 주위에는 야트막한 거친 돌담으로 가로막힌 땅뙈기가 있었다. 이른 아침과 석양빛이 이우는 저녁 늦게, 콜린과 메리를 만나지 않는 날이면 매일 디컨은 거기서 감자와 양배추, 순무와 당근, 허브를 어머니를 위해 심고 가꾸었다. 그를 따르는 '동물들'과 함께 거기서 기적을 일으켰고 아무리 일해도 지치는 것 같지 않았다. 땅을 파거나 풀을 솎을 때면 요크셔 황야 민요를 휘파람으로 불거나 노래를 불렀고, 검댕이나 대장, 일을 돕도록 가르치는 형제자매들과 이야기를 나누기도 했다.

"디컨의 텃밭이 없었더라면," 소워비 부인이 말했다. "지금맹키로 편안하게 지내진 못했을 거여. 모두 그 애를 위해서는 쑥쑥 자라니께. 걔가 기른 감자와 양배추는 다른 사람들 것보다 배는 크고 다른 감자엔 없는 향기가 난다니께."

소워비 부인은 일을 하다 짬이 나면 밖으로 나가 디컨과 이야기를 나누었다. 저녁을 먹은 후에도 여전히 일을 할 만큼 길고 맑은 황혼 빛이 남아 있으면 그때가 부인이 유유자적한 시간이었다. 부인은 야트막한 거친 돌담 위에 앉아서 아들을 보면서 하루의 이야기를 들었다. 부인은 이 시간을 좋아했다. 이 정원에는 채소만 있는 것이 아니었다. 디컨은 1페니짜리 씨앗 봉투를 이따금씩 사 와서 구스베리 덤불과 양배추 사이에 환하고 달콤한 향이 나는 것들의 씨를 뿌렸다. 또 목서초와 패랭이꽃, 팬지를 줄 따라 길렀고, 해마다 모아 놓은 씨앗이나 알뿌리에서 매년 꽃이 피고 때가 되면 고운 꽃송이로 퍼져 가는 식물들도 키웠다. 야트막한 담은 요크셔에서 가장 아름다운 곳 중 하나였는데, 디컨이 틈마다 황야의 디기탈리스를 심어 놓아 여기저기 돌이 힐끔 드러나 보일 뿐이었다.

"식물들이 자랄 수 있게 하려면 걔들과 확실히 친구가 되기만 하면 된다니께요, 엄니." 디컨은 입버릇처럼 말했다. "식물들도 동물들이나 마찬가지여라. 목이 마르면 마실 걸 주고, 배가 고프면 먹을거리를 주면 되지라. 식물들도 우리랑 똑같이 살아요. 식물들이 죽으면 제가 나쁜 애라 매정하게 대해서 그런 것 같은 기분이 들고요."

이처럼 어스름이 깔리는 시간에 소워비 부인은 미슬스웨이트 장원에서 일어난 모든 일에 관한 소식을 듣곤 했다. 처음에는 고작 '콜린 도련님'이 메리 양과 함께 마당에 나가고 싶어 했는데 그게 도련님에게 좋은 영향을 끼쳤다는 이야기였다. 하지만 머지않아 두 아이들은 디컨의 어머니도 '비밀에 끼워 줘도 좋다'는 데 뜻을 모았다. 어쨌든 부인이 '비밀을 말해도 확실히 안전한 사람'이라는 데는 의심의 여지가 없었다.

그래서 어떤 아름답고 잔잔한 저녁, 디컨은 모든 이야기를 털어놓았다. 묻혀 있던 열쇠, 울새, 죽은 듯 보였던 회색 안개, 메리 아씨가 밝힐 계획이 없었던 비밀 이야기들을 짜릿할 정도로 시시콜콜 해 주었다. 디컨이 저택에 간 후 비밀 이야기를 듣게 된 연유, 콜린 도련님이 의심을 품은 후 숨겨진 구역으로 안내를 받았던 마지막 극적인 순간, 거기에 웨더스태프가 담 위로 화난 얼굴을 내밀고 콜린 도련님이 갑자기 성을 버럭 내며 힘을 냈던 사건이 결합되자 소위비 부인의 고운 얼굴은 몇 번씩이나 붉으락푸르락했다.

"세상에나!" 어머니는 말했다. "그 꼬마 아가씨가 장원에 온 게 참 잘된 일이었네. 아씨에게는 이로운 일이고, 도련님에게는 구원받는 일이었어. 두 발로 서시다니! 우리 모두는 도련님이 곧은 뼈라고는 하나도 없는 불쌍한 반푼이 소년인 줄 알았제."

부인은 질문을 퍼부었고 푸른 눈은 깊은 생각으로 가득했다.

"그럼 장원에서는 어떻게들 생각하신다야? 도련님이 그렇게 몸이 좋아지고 명랑해져서 불평을 안 하니께?"

"생각이고 지시고 없어리." 디컨이 대답했다. "맨날맨날 도련님 얼굴이 달라져 보이는디. 살이 오르고 뾰족해 보이지도 않고 희끄무레한 밀랍 빛깔도 사라졌구먼이라. 하지만 아직도 조금은 불평을 하신다니께요."

이 말을 하면서 디컨은 자못 재미있다는 듯 씩 웃었다.

"뭣 땜에 그러신다? 당최 알다가도 모르겠네." 소워비 부인이 말했다.

디컨이 킥킥거렸다.

"뭔 일이 있나 다른 사람들이 짐작하지 못하게 하려고 그런 거라요. 도련님이 일어설 수 있다는 걸 의사 선생님이 알면 크레이븐 주인님께 편지를 써서 알리지 않겠어라. 콜린 도련님은 자기가 직접 말할 때까지 그 비밀을 아껴 두려고 한다니께요. 아버지가 돌아오셔서 다른 애들처럼 꼿꼿이 설 수 있다는 걸 보여 줄 때꺼정 맨날 다리에 마법을 연습하겠다고 하셔라. 그래서 도련님이랑 메리 아씨는 지금 당장은 다른 사람들이 냄새 맡지 못하게 하려면 끙끙대고 칭얼대는 게 가장 좋은 계획이라고 생각혀요."

소워비 부인은 디컨이 마지막 문장을 채 마치기도 전에 편안하고 나지막하게 쿡쿡댔다.

"아이고!" 부인이 말했다. "두 짝꿍이 신 났을 게 눈에 훤하네. 둘다 그런 흉내 내면서 연극 놀이를 신나게 할 거고, 애들한텐 연극 놀이만큼 재미진 게 없으니께. 둘이 뭘 하고 있는지 한번 들어 보자, 디컨."

디컨은 잡초를 솎다 말고 어머니에게 말해 주려고 주저앉았다. 눈은 흥미로 반짝거렸다.

"콜린 도련님은 매번 나올 때마다 휠체어까지는 시종에게 안겨서 오는디요." 디컨이 설명했다. "그런 다음 시종인 존에게 조심해서 나르지 않았다며 벌컥 화를 내지라. 도련님은 되는 한 아무것도 못하는 척하고 있고 집에서 보이지 않을 때까지는 고개도 들지 않아야. 그러면서 휠체어에 앉힐 때는 약간 툴툴대고 칭얼거려요. 도련님과 메리 아씨는 거기에 아주 재미를 붙여서 도련님이 끙끙거리며 투덜거리면 아씨가 그러지라. '불쌍한 콜린! 그렇게 아프니? 그렇게나 몸이 약하다니, 참 안됐구나.' 하지만 문제는 가끔 둘 다 웃음을 참지 못하는 거라요. 우리가 정원에 들어와서 안전해지면 두 사람 다 숨을 못 쉴 때까지 웃음을 터뜨린다께요. 그래서 정원사가 근처에 있거들랑 안 들리게 하려고 콜린 도련님 방석 가지고 얼굴을 막지라."

"더 많이 웃을수록 두 사람에게는 좋을 거여!" 소워비 부인도 웃으면서 맞장구를 쳤다. "애들이 깔깔 웃는 게 언제라도 알약보다는 더 낫다니께. 두 분 다 토실토실 살이 찌겠구먼."

"벌써 토실토실해지고 있어라." 디컨이 말했다. "둘 다 몹시 허기져서 배가 찰 때까지는 말도 안 하고 아귀아귀 먹는구먼요. 콜린 도련님은 먹을 걸 더 달라고 계속 그러면 사람들이 자기가 환자라는 걸 더 이상 믿지 않을 거라고 했어요. 메리 아씨는 도련님에게 자기 걸 양보해 주겠다고 했지만, 도련님은 아씨가 배고파지면 살이 빠질 텐데 둘 다 동시에 살이 쪄야 한다고 허요."

소워비 부인은 이런 곤란한 고백을 듣자 파란 밍도를 입은 몸을 앞뒤로 흔들면서 진심으로 깔깔 웃었고 디컨도 어머니와 함께 웃음을 터뜨렸다.

"있잖냐, 아들." 소워비 부인은 말을 할 수 있게 되자 이렇게 운을

"계속 그렇게 웃으라고 합시다."

뗐다. "나도 두 사람을 도울 방법을 생각하고 있었는디. 아침에 갈 때 신선한 우유 한 양동이를 가지고 가. 또 우리 애들이 좋아하는 바삭한 빵이나 건포도 빵을 구워 줄 테니 그것도 들고 가도록 혀. 신선한 빵과 우유만큼 좋은 건 없잖겠어. 그럼 정원에 있는 동안에 요기는 될 거고 안에 들어가서는 좋은 음식을 싹 다 먹을 수 있겠지."

"어이쿠, 엄니!" 디컨이 감탄했다. "참말로 대단하시구먼요. 엄니는 항상 해결책을 아신다니께요. 둘 다 어젠 야단법석을 떨었지라. 먹을 걸 더 달라고 하지 않고 어떻게 버틸 수 있을지 알지를 못해 갖고, 속이 허하다 하더라고요."

"둘 다 어린애들이고 쑥쑥 크니까 그러겠지. 건강도 돌아오고 하니께. 그런 어린아이들은 새끼 늑대맹키로 밥이 금방 피와 살이 되는구먼." 소워비 부인은 디컨과 똑같은 입 모양으로 빙그레 웃었다. "어쩌냐! 하지만 둘 다 재미있게 지내는갑네."

사람 마음을 편히 달래 주는 멋진 어머니로서 부인 말은 참으로 지당했다. 특히 '연극 놀이'가 아이들의 재미일 거라고 한 말은 정확했다. 콜린과 메리는 연극이 두 사람의 놀이에서 가장 짜릿한 원천임을 곧 알게 되었다. 사람들의 의심을 받지 않도록 해야 한다는 생각은 처음에는 영문을 몰라 하는 보모 때문에, 다음에는 크레이븐 박사 때문에 떠올랐다.

"콜린 도련님, 요새 부쩍 식욕이 늘었네요." 어느 날 보모가 말했다. "이전에는 아무것도 안 드시더니, 안 맞는 음식이 그렇게 많다고 하셨으면서."

"이젠 안 맞는 음식은 없어." 콜린이 대답했다. 보모가 신기하다는 듯 쳐다보자 콜린은 불현듯 아직은 너무 튼튼해진 모습을 보이면 안 된다는 것을 기억해 냈다. "적어도 그렇게 자주는 없어. 신선한 공기 때문인가 봐."

"어쩌면 그럴지도 모르겠네요." 간호사는 아직도 어리둥절한 표정으로 쳐다보고 있었다. "하지만 크레이븐 선생님과 얘기를 해야겠어요."

"너 쳐다보는 눈길 봤어!" 메리는 보모와 멀리 떨어졌을 때 말했다. "뭔가 캐내야겠다고 궁리하는 표정이었어."

크레이븐 박사가 그날 아침 왔을 때, 그 또한 영문을 모르는 얼굴이었다. 박사는 수없이 질문을 퍼부어서 콜린의 부아를 돋웠다.

"정원에 참 오래 나가 있는다며." 박사가 말을 꺼냈다. "어디 가니?"

콜린은 가장 좋아하는 태도, 무슨 의견에도 위엄 있게 심드렁한 태도를 취했다.

"내가 어딜 가는지 다른 사람에게 알리진 않을 거예요." 그가 대답했다. "내가 좋아하는 곳에 가니까. 모든 사람들은 멀리 있으라는 명령을 받았어요. 난 감시당하거나 사람들이 쳐다보는 게 싫어요. 삼촌도 그건 알잖아요!"

"넌 하루 종일 나가 있지만 그게 해로운 것 같진 않구나. 그런 생각은 안 들어. 보모 말로는 이전보다 입맛도 더 좋다고 하고."

"어쩌면요." 콜린은 갑작스레 좋은 생각이 떠올라 불쑥 말했다. "어쩌면 부자연스럽게 입맛이 도는 건지도 모르겠네요."

"그런 것 같진 않아. 음식이 잘 맞는 걸 보면." 크레이븐 박사가 말했다. "살도 빨리 찌고 있고 혈색도 더 나아졌구나."

"어쩌면, 어쩌면 붓고 열이 나서 그런지도 몰라요." 콜린은 짐짓 우울한 척 의기소침하게 말했다. "오래 살지 못할 사람들은 종종…… 다르잖아요."

크레이븐 박사는 고개를 저었다. 박사는 콜린의 손목을 잡고 소매를 걷어 올린 후 맥을 짚어 보았다.

"열은 없는데." 박사는 골똘히 생각에 잠겨 말했다. "최근에 찐 살도 건강하고. 이 상태만 유지하면 죽는다는 말은 할 필요가 없겠구나. 네 아버지도 이렇게 놀랍도록 좋아졌다는 소식을 들으면 무척 기뻐하실 거다."

"아버지에겐 말씀드리면 안 돼요!" 콜린은 별안간 격해졌다. "그러다 다시 나빠지기라도 하면 아버지는 실망하실 거예요. 오늘 밤에라도 나빠질 수 있잖아요. 열이 마구 오를 수도 있다고요. 지금 막 열이 나기 시작하는 느낌이에요. 아버지에게 편지 쓰시면 안 돼요. 안 돼요, 안 된다고요! 삼촌 때문에 화가 나는데, 그건 몸에 안 좋다는 거 삼촌도 아시잖아요. 벌써 몸이 뜨거워요. 사람들이 쳐다보는 것도 싫지만 내 얘기를 편지에 쓰는 것도, 이러쿵저러쿵하는 것도 싫다고요!"

"진정하렴, 애야." 크레이븐 박사가 달랬다. "네 허락 없이는 아무것도 쓰지 않으마. 넌 여러 일에 참 민감하구나. 기왕 몸이 이렇게 좋아졌는데 도로 해치면 안 되지."

박사는 크레이븐 씨에게 편지를 쓴다는 이야기를 더 이상 꺼내지 않았고, 보모를 보자 환자 앞에서 아버지에게 편지를 쓸 수도 있을지 모른다는 둥 말하지 말라고 남몰래 주의를 주었다.

"이 아이는 유달리 몸이 좋아졌어." 박사가 말했다. "이런 회복은 거의 비정상적이라고 할 수 있지요. 하지만 물론 이전엔 우리가 노력해도 시킬 수 없었던 걸 자기 뜻에 따라 하고 있으니까. 그래도 쉽게 흥분하기 쉬운 기질은 그대로니 애가 동요할 만한 얘기는 아무것도 해선 안 되겠소."

메리와 콜린은 무척 놀라서 걱정스럽게 의논했다. 이때부터 두 사람의 '연극 놀이' 계획이 시작된 것이었다.

"짜증 발작을 일으켜야 할지도 모르겠어." 콜린이 후회하듯이 말했다. "그렇게 하고 싶진 않고 이제는 크게 짜증을 낼 만큼 괴롭지도 않아. 어쩌면 일으킬 수 없을지도 모르고. 이제 목에 덩어리가 치밀지도 않고 끔찍한 일 대신에 좋은 일들만 계속 생각이 나. 하지만 사람들이 아버지에게 편지를 쓰겠다고 하면 뭔가 해야겠지."

콜린은 적게 먹기로 결심했지만 불행하게도 이 영리한 생각은 실행에 옮길 수 없었다. 매일 아침 일어날 때면 입맛이 몹시도 돌았고, 소파 가까이에 있는 탁자에는 집에서 구운 빵과 신선한 버터, 눈처럼 하얀 달걀과 라즈베리 잼, 고형 크림으로 아침 식사가 차려졌다. 메리는 항상 콜린과 아침 식사를 같이 했고 두 아이는 식탁에서—득히 뜨거운 은제 뚜껑 아래서 지글지글하며 군침 도는 냄새를 풍기는 햄 조각이 있을 때면—자포자기해서 서로의 눈을 들여다보곤 했다.

"오늘 아침에는 이걸 다 먹어야 할 것 같아, 메리." 콜린은 언제나

마지막에는 이렇게 말하고 말았다. "점심을 약간 돌려보내고 저녁을 많이 남기자."

하지만 아이들은 어떤 음식도 그저 돌려보낼 수 없었고, 싹싹 핥아 먹은 빈 접시들이 식기실로 돌아갈 때면 사람들이 다들 한 마디씩 한다는 것을 알게 되었다.

"정말 그랬으면 좋겠어." 콜린은 또한 이렇게 말하기도 했다. "햄 조각이 더 두꺼웠으면 좋겠어. 게다가 한 명에 머핀 한 개라니 어떤 사람에게도 충분하지 않은 양이야."

"죽어 가는 사람에게는 충분했지." 메리는 맨 처음 이 말을 들었을 때 대답했다. "하지만 살려는 사람에게는 충분하지 않아. 가끔 황야에서 곱고 신선한 히스와 가시금작화 향이 창문 너머로 솔솔 풍겨 오면 세 개도 먹을 수 있을 것 같다니까."

그날 아침, 아이들이 정원에서 두 시간 가까이 논 후에, 디컨은 커다란 장미 덤불 뒤로 돌아가 양동이 두 개를 가지고 왔다. 한 개에는 위에 크림 더껑이가 앉은 진하고 신선한 우유가 가득 차 있었고 다른 하나에는 오두막에서 구운 건포도 롤빵이 흰색과 파란색의 깨끗한 냅킨 안에 싸여 들어 있었다. 빵은 조심스럽게 싸서 아직도 따끈했고 아이들은 놀라고 기뻐서 야단법석을 피웠다.

소워비 아주머니는 얼마나 멋진 생각을 하셨는지! 얼마나 친절하고 현명한 분이신지! 빵은 또 얼마나 맛깔스러운지! 우유는 또 얼마나 맛나고!

"마법은 디컨에게만 있는 게 아니라, 아주머니에게도 있어." 콜린이 말했다. "그래서 일을 척척 해낼 수 있는 방법을 생각하실 수 있는 거지. 멋진 일들을. 아주머니는 마법사야. 우리가 아주 고마워하더라고 전해 줘, 디컨. 무척 감사하다고."

콜린은 때때로 약간 어른 같은 표현을 쓰는 버릇이 있었다. 그러면서 혼자 즐거워했다. 어찌나 이런 말투를 좋아했는지 더 발전시키기까지 했다.

"아주머니는 가장 관대하신 분이고 우리의 감사는 아주 지극하다고 전해 드려."

그렇지만 다음 순간 콜린은 자신의 위엄은 깡그리 잊어버리고 빵을 우걱우걱 입에 쑤셔 넣었으며 양동이에서 우유를 떠서 벌컥벌컥 마셨다. 평소와 다른 운동을 하고 황야의 공기를 들이마셨으며 아침 식사를 두 시간 전에 한 평범한 배고픈 소년과 뭐 하나 다를 게 없는 태도였다.

이날을 처음으로 그 후로도 비슷하게 즐거운 사건들이 이어졌다. 두 아이는 실제로 소워비 부인이 먹여 살려야 할 사람이 열넷이나 되기 때문에 매일 배고픈 아이 두 명까지 더 거둬 먹일 여유가 없을지도 모른다는 사실을 차차 깨달았다. 그래서 아주머니에게 자신들의 물건을 사도록 몇 실링을 보낼 테니 받아 달라고 부탁했다.

디컨도 아주 기운이 나는 발견을 했다. 메리가 처음 야생동물들에게 피리를 불어 주고 있던 디컨을 만난 공원의 숲 속에는 작지만 깊은 구덩이가 있어서 그 안에 돌로 작은 화덕 같은 것을 짓고 감자와 달걀을 구울 수 있었다. 구운 달걀은 이전에는 몰랐던 호화로운 음식이었고 아주 뜨거운 감자에 소금을 치고 신선한 버터를 발라 먹으면 맛으로 만족스러운 건 물론이고 숲 속의 임금님이 먹어도 어울릴 만한 식사가 되었다. 감자와 달걀을 사면 열네 명의 사람들 입에 들어갈 음식을 빼앗는다는 가책은 느끼지 않아도 되었다.

매일 아름다운 아침, 짧았던 꽃의 시기가 끝나고 푸른 이파리가 무성해져 차양을 이루었던 자두나무 아래 신비주의자 모임은 마법을 불러냈다. 의식을 거행한 후, 콜린은 항상 걷기 운동을 했고 온종일 띄엄띄엄 간격을 두고 새로 일은 힘을 써 보곤 했다. 매일 마법을 향한 콜린의 믿음은 점점 강해졌고 그럴 만도 했다. 아이들은 힘을 얻었다는 기분이 들어서 연이어 이런저런 실험을 했는데, 그중에서도 제일 멋진 실험을 보여 준 사람은 다름 아닌 디컨이었다.

"어제 말이제," 어느 날 아침 디컨은 이틀 만에 돌아와서 말했다. "어머니 심부름으로 스웨이트에 갔었는디 블루 카우 여관 근처에서 밥 하스를 봤어. 그 아저씨는 황야에서 가장 힘이 센 사람이여. 레슬링 챔피언인 데다 누구보다도 높이 뛰고 해머도 멀리 던진다니께. 몇 년 동안 운동한다고 스코틀랜드에 가 있었는디. 내가 꼬마 적부터 알고 지냈고 워낙 사근사근한 사람이라서 질문을 퍼부었어야. 동네 사람들이 그 사람보고 운동선수라 하길래 콜린 도련님 생각이 나더라고. 그래서 물어봤제. '그렇게 알통이 울퉁불퉁하게 나오려면 뭘 해야 한다요, 밥? 그렇게 튼튼해지려고 뭐 유별난 거라도 했어야?' 그랬더니 밥이 이러지 뭐여. '아, 그래, 꼬마야. 혔지. 언젠가 스웨이트에 왔던 서커스 쇼에 나온 힘센 남자가 팔과 다리, 온몸의 근육을 연

습하는 방법을 알려 주었거든.' 그래서 내가 이랬제. '밥 아저씨, 글케
하면 비실비실한 사람이라도 강해질 수 있다요?' 그랬더니 밥이 웃
으며 이러더라니께. '와, 너 비실비실한겨?' 그래서 내가 그랬지. '아녀
라, 하지만 오래 앓다가 이제 건강해지는 꼬마 신사분을 아는디, 개
한테 알려 줄 기술 같은 걸 알았으면 싶어서라.' 난 이름은 안 말했고
밥도 묻지 않더라고. 내가 말했지만 사근사근한 성격이라 일어나서
사람 좋게 보여 주지 뭐여. 그래서 밥이 하는 걸 그대로 따라 하면서
외워 왔제."

콜린은 들떠서 듣고 있었다.

"보여 줄 수 있어?" 콜린이 외쳤다. "보여 줄 거야?"

"하면." 디컨이 일어섰다. "하지만 밥 말로는 처음에는 살살 하면서
지치지 않도록 조심하라고 혔어. 간간이 쉬면서 숨을 깊이 들이쉬고
무리하지 말라고."

"조심할게." 콜린이 말했다. "보여 줘! 보여 줘! 디컨, 넌 세상에서
제일 마법을 잘 부리는 애야!"

디컨은 풀 위에 일어서서 조심스럽게 실용적이지만 간단한 근육
체조 동작을 연속으로 보여 주었다. 콜린은 눈을 휘둥그레 뜨고 바라
보았다. 자리에 앉은 채로 몇 가지 동작은 따라 할 수 있었다. 이윽고
콜린은 벌써 안정감이 생긴 발로 일어서서 몇 가지를 살살 따라 해 보
았다. 메리도 같이 하기 시작했다. 이 공연을 바라보던 검댕이는 안절
부절못하며 앉아 있던 나뭇가지를 떠나 초조하게 콩콩 뛰어다니기
시작했다. 까마귀는 아이들처럼 동작을 할 수 없었기 때문이었다.

그때부터 그 체조는 마법 의식처럼 하루 일과가 되었다. 콜린과 메리 둘 다 할 때마다 좀 더 많은 동작을 할 수 있게 되었고 결과적으로 식욕도 한층 더 솟았다. 그래서 디컨이 매일 아침 올 때 덤불 뒤에 놓아두는 바구니가 없었더라면 둘 다 어쩔 줄을 몰랐을 것이었다. 하지만 구덩이 속에 지은 작은 화덕과 소워비 부인이 너그럽게 챙겨 주는 간식만으로도 배불리 먹을 수 있어서 메들록 부인과 보모, 크레이븐 박사는 다시 어리둥절해졌다. 구운 달걀과 감자, 진한 거품이 인 갓 짠 우유와 귀리 케이크, 빵과 히스 꿀, 고형 크림을 배가 터져라 양껏 먹는다면 아침은 깨작깨작 먹고 저녁은 건너뛸 수도 있었다.

"둘 다 거의 입에 대지도 않아요." 보모가 말했다. "아이들을 꼬드 겨서 영양을 취하도록 하지 않으면 둘 다 굶어 죽고 말 거예요. 그런데도 애들 얼굴을 보세요."

"보세요!" 메들록 부인이 분개해서 외쳤다. "참나! 애들 때문에 속 상해서 죽겠다니까요. 꼬마 악마 한 쌍이에요. 어느 날은 윗도리가 터지려고 먹더니 다음 날은 요리사가 꼬이려고 만든 진수성찬에도 콧방귀를 뀌고 안 먹으려 해요. 어제는 그렇게 맛있는 영계 요리도 한 입도 안 먹고 브레드 소스(우유에 빵가루와 양념을 넣어 만든 걸쭉한 소스─옮긴이)에 숟가락 한 번 대지 않더라니까요. 불쌍한 요리사가 애들 먹으리고 개발한 푸딩인데 그걸 그대로 돌려보냈어요. 요리사는 울음을 터뜨릴 뻔했어요. 애들이 굶어서 죽으면 자기 탓이라고 할까봐 겁을 낸 거죠."

크레이븐 박사가 와서 콜린을 오랫동안 주의 깊게 살폈다. 보모가 이야기를 하면서 의사에게 보이려고 그대로 두었던, 콜린이 손도 안 댄 아침 식사 쟁반을 보자 박사의 얼굴에는 몹시도 근심스러운 표정이 어렸다. 하지만 콜린의 소파 옆에 앉아서 진찰할 때는 한층 더 걱정스러운 얼굴이었다. 박사는 그동안 업무차 런던에 다녀오느라 소년을 2주 가까이 보지 못했었다. 어린아이들이 건강해질 때는 그 속도가 무척 빠르기 마련이었다. 밀랍 같은 파리한 안색도 콜린의 피부에서 사라졌고 따뜻한 장밋빛이 떠올랐다. 아름다운 눈은 맑았고 눈 아래와 뺨, 관자놀이에 움푹 파인 그늘도 통통하게 차올랐다. 한때 어둡고 무거웠던 머리카락은 이마에서 건강하게 뛰어오를 것처럼 보이기 시작했고 활기가 넘쳐 부드럽고 따뜻했다. 입술은 더 도톰해졌고 정상 색깔로 돌아왔다. 기실, 만성 환자인 소년 흉내를 내는 것치고는 형편없었다. 크레이븐 박사는 한 손으로 턱 끝을 받치고 콜린을 찬찬히 살폈다.

"네가 아무것도 안 먹는다는 소리를 들으니 참 안타깝구나." 의사 선생이 말했다. "그러면 안 되지. 애써 건강을 얻었는데 모두 잃어버릴 거다. 참 대단하게도 다시 찾은 건강이 아니니. 얼마 전까지만 해도 잘 먹더니만."

"그건 부자연스러운 입맛일지도 모른다고 말했잖아요." 콜린이 대답했다.

가까운 걸상에 앉아 있던 메리가 갑자기 이상한 소리를 냈다. 그 소리를 참으려고 무던히 애쓰다가 마침내는 거의 목이 막힐 뻔했다.

"무슨 일이냐?" 크레이븐 박사는 메리를 돌아보았다.

메리는 뜬금없이 아주 진지한 태도를 취했다.

"재채기와 기침 같은 무엇이 나오려고 해요." 메리는 나무라듯 당당한 태도로 말했다. "그게 목에 걸렸어요."

"하지만," 메리는 나중에 콜린에게 말했다. "멈출 수가 없었어. 네가 먹은 커다란 감자와 입을 쫙 벌리고 잼과 고형 크림을 바른 두껍고 맛있는 빵 조각을 우걱우걱 씹는 네 모습이 떠올라서 웃음이 그저 터져 나오는 거야."

"저 아이들이 남몰래 끼니를 때우는 방법이 있나요?" 크레이븐 박사는 메들록 부인에게 물었다.

"땅에서 파내거나 나무에서 따지 않는 한 없어요." 메들록 부인이 대답했다. "아이들은 하루 종일 밖에 나가 있는데 자기들 말고 다른 사람은 만나지 않아요. 만약 안에서 보내 준 것 말고 다른 음식을 먹는다면 누군가에게 부탁할 수밖에 없을 거예요."

"이런." 크레이븐 박사가 말했다. "아이들이 끼니를 거르고도 잘 지내는 한 너무 소란을 피우진 맙시다. 남자애는 아주 사람이 싹 달라졌으니."

"여자애도 마찬가지예요." 메들록 부인이 말했다. "걔도 살이 오르니까 곧바로 예뻐지더니 그 못생긴 뚱한 표정도 사라졌지 뭐예요. 머리카락도 숱이 많아지고 건강해 보이는 데다 색도 환해졌어요. 이전에는 침울하고 성질 나쁜 꼬마였는데, 이젠 아씨랑 콜린 도련님은 마치 미친 아이들처럼 함께 깔깔거린다니까요. 어쩌면 둘 다 웃음을 먹고 통통해지는지도 모르죠."

"계속 그렇게 웃으라고 합시다."

"어쩌면 그럴지도." 크레이븐 박사가 말했다. "계속 그렇게 웃으라고 합시다."

제25장

커튼

그런 후 비밀의 정원은 꽃을 피우고 또 피웠으며 매일 아침 새로운 기적들을 드러냈다. 울새의 둥지에는 알이 생겼고 울새의 짝꿍은 그 위에 앉아 깃털 달린 작은 가슴과 조심스러운 날개로 따뜻하게 데웠다. 짝꿍은 처음에는 아주 불안해했고 울새도 부르르 성을 내며 감시했다. 그즈음에는 디컨조차 빽빽하게 풀이 우거진 모퉁이에 가까이 가지 않았고, 어떤 신비스러운 마법을 조용히 일으켜 이 작은 새 한 쌍의 영혼에 이런 얘기를 전달한 듯했다. 이 정원에는 그들과 비슷하지 않은 건 아무것도 없다고. 그들에게 일어나고 있는 일, 기대되고 부드럽고 무시무시하고 가슴이 부서질 것처럼 아름답고 장엄한 알이라는 경이로움을 이해하지 못하는 사람은 없다고. 만약 이 알을 가져가 버리거나 해치기라도 하면 전 세계가 우주 안에서 빙그르르 돌아 깨어져 종말을 맞을 것임을 마음속 깊숙이 모르는 사람이 이 정원으로 들어온다면, 이처럼 생각하지 않고 그에 따라 행동하지 않는 사람이 있다면 아무리 황금색의 봄날 공기 속이라 할지라도 행복을 누릴 순 없을 것이었다. 하지만 아이들은 모두 이 사실을 알았고, 그렇게 생각했으며, 울새와 그의 짝꿍은 아이들이 안다는 것을 알았다.

처음에 울새는 메리와 콜린을 날카롭게 경계하며 감시했다. 어떤 알 수 없는 이유로 울새는 디컨은 감시하지 않아도 된다는 것을 알았다. 이슬에 반짝이는 검은 눈을 처음 디컨에게 돌린 순간, 울새는 디컨이 낯선 사람이 아니라 부리나 깃털이 없는 울새라는 것을 알았다. 디컨은 울새의 말도 할 수 있었다. (다른 말로 오해하지 않을 만큼 구별되는 언어였다.) 울새 말을 울새에게 하는 것은 프랑스 사람에게 프랑스 말을 하는 것과 같았다. 디컨은 항상 울새에게 울새 말을 했기 때문에 사람과 이야기할 때 쓰는 이상한 뜻 모를 말은 전혀 문제가 되지 않았다. 울새는 디컨이 이 이상한 말을 사람들에게 쓰는 것은 사람들이 새의 말을 이해할 수 있을 정도로 똑똑하지 못하기 때문이라고 생각했다. 디컨의 몸동작 또한 무척 울새다웠다. 위험하거나 위협적으로 보일 만큼 갑작스레 움직여 울새를 놀래지 않았다. 어떤 울새라도 디컨을 이해할 수 있었고 그의 존재는 심지어 신경조차 쓰이지 않았다.

하지만 겉으로 보기에 나머지 두 아이는 경계해야 할 필요가 있을 성싶었다. 처음에 남자아이는 자기 발로 정원에 오지 않았다. 아이는 바퀴 달린 것에 실려서 왔고 야생동물 가죽을 덮고 있었다. 그 자체만으로도 충분히 미심쩍었다. 그러다 남자아이가 일어서서 움직이기 시작할 때는 이상하게 익숙하지 않은 양 움직였고 다른 사람들이 아이를 도와주는 것 같았다. 울새는 덤불 속에 몰래 숨어서 머리를 이쪽, 다음에는 저쪽으로 갸웃거리며 이 광경을 불안하게 쳐다보았다. 울새는 소년이 천천히 걷는 건 고양이가 그러듯이 펄쩍 뛸 준비를 하는 것이라 생각했다. 고양이들은 펄쩍 뛰려고 할 때 땅을 느릿느릿 기어 다니니까. 울새는 며칠 동안 짝꿍과 이에 대해 이야기를 많이 나눴지만, 이후로는 그 화제는 꺼내지 않기로 결심했다. 짝꿍이 너무 기겁하는 바람에, 되레 알에 해가 될까 걱정되었기 때문이었다.

그래서 소년이 혼자 걷기 시작하고 심지어 더 빨리 움직일 수 있게 되자 마음이 크게 놓였다. 그래도 오랫동안—혹은 울새에게는 오래처럼 보인 시간 동안—남자아이 때문에 걱정이 가시지 않았다. 그 아이는 다른 인간들처럼 행동하지 않았다. 걷기를 무척 좋아하는 듯하긴 했지만 잠시 앉거나 눕거나 하는 습관이 있었고 살며시 불안하게 비척비척 일어서서 다시 걷곤 했다.

어느 날 울새는 부모 새에게 처음 나는 법을 배워야 했던 때에 자기도 그런 비슷한 행동을 했었다는 기억을 문득 떠올렸다. 그때는 몇 미터 짧게 날다가도 쉬어야만 했었다. 그래서 이 아이도 나는 법, 아니 걷는 법을 배우는구나, 하는 생각이 들었다. 울새는 이 이야기를 짝꿍에게 했고 그 말을 하면서 지금 알 속에 있는 새끼들도 알에서 나오면 똑같이 해야 할 것이라고 말했더니 짝꿍 새는 무척 안심하며 심지어 관심을 갖게 되어 둥지 너머로 소년을 바라보며 크나큰 즐거움을 얻었다. 항상 자기 새끼들은 훨씬 더 영리하고 더 빨리 배울 거라 생각하긴 했다. 그런 후 울새는 너그럽게도 인간들은 늘 새끼 새들보다 더 서투르고 늦된 법이고 대부분은 아예 나는 법도 배우지 못하는 것 같다고 말했다. 하늘 위나 나무 위에서는 인간들을 만날 수 없으니까.

얼마 지나자 소년은 다른 애들처럼 걸어 다니기 시작했지만, 아이들 셋 모두 때때로 남다른 짓을 하곤 했다. 아이들은 나무 아래 서서 걷지도 뛰지도 앉지도 않으면서 팔과 다리, 머리를 이리저리 움직였다. 아이들은 매일 간격을 두고 이런 동작을 했으며 울새는 아이들이 무엇을 하는지, 무엇을 하려고 하는지 짝꿍에게 제대로 설명하지 못했다. 다만 새끼 새들이 알에서 깨어나면 그런 식으로 펄럭이진 않을 것이 확실하다는 말밖에 할 수 없었다. 하지만 울새 말을 술술 잘하는 소년이 같이 하고 있었기 때문에 새들은 그 행동이 위험한 것은 아니라고 믿을 수 있었다. 물론 울새도 그 짝꿍도 레슬링 챔피언인 밥 하스와 알통을 울퉁불퉁하게 키우려고 하는 운동 얘기는 들어 본 적이 없었다. 울새는 사람 같지 않았다. 그들의 근육은 처음부터 항상 운동을 해야 했기 때문에 자연스레 단련되었다. 매일 먹이를 찾아 날아다녀야 한다면 근육이 퇴화될 리는 없었다. (퇴화란 잘 쓰지 않아서 사라진다는 뜻이다.)

남자아이가 다른 아이들처럼 걷고 뛰고 땅을 파고 잡초를 뽑아내는 동안 구석에 있는 둥지에는 거대한 평화와 기쁨이 내려앉았다. 알들을 해치지 않을까 하는 두려움은 지난 일이 되었다. 일단 알이 은

행 금고 안에 넣어 놓은 것처럼 안전하다는 걸 알자 희한한 일들을 많이 구경할 수 있어서 되레 참 즐거운 오락 거리가 되었다. 비가 오는 날에는 아이들이 정원에 나오지 않기 때문에 어미 새는 약간 심심할 정도였다.

하지만 비 오는 날에도 메리와 콜린은 심심하다고는 할 수 없었다. 비가 주룩주룩 내리는 어느 날 아침, 일어나서 걸어 다니기에는 안전하지 않았기 때문에 콜린은 소파에 누워 약간 나른한 기분을 느끼고 있던 참이었는데, 메리가 좋은 생각을 해 냈다.

"이젠 난 진짜 소년이 되었나 봐." 콜린은 이런 말을 했었다. "내 다리와 팔, 온몸은 마법으로 가득 차 있어서 가만히 놔둘 수가 없어. 남자아이들은 항상 무얼 하고 싶어 하잖아. 메리, 아주 이른 아침에 일어날 때, 바깥에서 새들이 소리치고 나무나 우리 귀에 들리지 않는 것들까지 모두가 기뻐서 고함을 지르는 것 같을 때, 침대에서 벌떡 일어나서 나도 소리를 질러야 할 것 같은 기분이 들어. 내가 그렇게 하면 무슨 일이 일어날까!"

메리는 걷잡을 수 없이 킬킬 웃었다.

"보모가 뛰어오고 메들록 부인이 뛰어와서 다들 네가 미친 줄 알고 의사 선생님을 부르러 보내겠지."

콜린도 킥킥 웃었다. 모두가 어떤 표정을 지을지 눈에 훤했다. 발작을 일으킨 줄 알고 얼마나 질겁할 것이며, 똑바로 일어선 모습을 보고선 얼마나 놀랄 것인가.

"아버지가 집에 오셨으면 좋겠다." 콜린이 말했다. "내가 직접 말씀드리고 싶어. 난 항상 그 생각을 해. 하지만 이렇게는 오래 버티지 못할 거야. 난 이제 가만히 누워서 아픈 척하는 것을 참을 수 없으니까. 나는 완전히 달라졌어. 오늘 비가 오지 않았으면 좋았을걸."

메리가 좋은 생각을 해 낸 것은 바로 그때였다.

"콜린." 메리는 수수께끼처럼 말을 꺼냈다. "너 이 집에 방이 몇 개나 있는 줄 아니?"

"한 천 개 될 것 같은데." 콜린이 대답했다.

"아무도 들어간 적 없는 방이 백 개 된대." 메리가 말했다. "저번에 비가 오는 날 내가 가서 방 여러 개를 열어 봤어. 아무도 몰랐지만 하마터면 메들록 부인에게 들킬 뻔했어. 도로 나오다 길을 잃었는데, 네 방이 있는 복도 끝에 멈췄거든. 그때 네가 우는 소리를 두 번째로 들은 거야."

콜린이 놀라 소파에 앉은 몸을 일으켰다.

"아무도 들어가지 않은 방이 백 개라니." 콜린이 말했다. "비밀의 정원 같은 얘기다. 가서 구경해 볼까. 네가 내 휠체어를 밀면 우리가 어디로 가는지 아무도 모를 거야."

"내가 생각한 게 바로 그거야." 메리가 말했다. "아무도 우리를 따라오려 하지 않을 거야. 네가 뛰어다닐 수 있는 복도도 있어. 거기서 체조도 할 수 있고. 상아 코끼리가 가득 든 장식장이 있는 작은 인도 방도 있어. 별의별 방이 다 있어."

"종을 울려 봐." 콜린이 말했다.

보모가 들어오자 콜린이 명령을 내렸다.

"휠체어를 가져다줘. 메리 양과 나는 이 집에서 쓰지 않는 곳들을 구경하러 갈 작정이야. 존이 그림이 걸린 복도까지 나를 밀어다 줘. 거 긴 계단이 있으니까. 그런 다음 내가 다시 부를 때까진 우리 둘만 놔 두라고 해."

비 오는 그날 아침은 더 이상 지루하지 않았다. 시종이 휠체어를 그림이 걸린 복도까지 밀어 주고 명령에 따라 두 아이만 남겨 두고 가 자, 콜린과 메리는 좋아서 서로 얼굴을 바라보았다. 존이 계단 아래 자기 구역으로 돌아가는 것을 메리가 확인하자마자, 콜린은 의자에서 일어났다.

"복도 끝에서 끝까지 뛰어갈래." 콜린이 말했다. "그런 다음 폴짝 뛰어 볼 거야. 그런 후에 밥 하스 체조를 하자."

아이들은 이 모든 것들을 다 하고 다른 것도 하면서 놀았다. 초상 화를 죽 구경하다 녹색 문직 드레스를 입고 손가락에 앵무새를 얹은 수수한 소녀의 그림을 발견했다.

"여기 그림에 있는 사람은 다 모두 내 친척이야." 콜린이 말했다. "아주 오래전에 살았던 사람들이야. 저 앵무새를 든 애는 아마 나 의 할아버지의 할아버지의 할아버지의 동생 중 한 명일 거야. 쟤 약간 널 닮았다, 메리. 지금 모습과는 다르지만 네가 여기 처음 왔을 때랑. 너 지금은 훨씬 더 통통하고 더 보기 좋아."

"너도 그래." 메리의 말에 둘 다 웃음을 터뜨렸다.

아이들은 인도 방에 가서 상아 코끼리를 가지고 재미있게 놀았다. 아이들은 장미색 문직으로 장식한 여성용 내실을 찾았고 생쥐가 남기고 간 구멍을 보았다. 하지만 이제 생쥐들은 다 자라서 도망가 버렸는지 구멍은 비어 있었다. 방을 더 구경했고 메리가 처음 탐험을 나섰을 때보다 훨씬 더 많은 발견을 했다. 새로운 복도와 모퉁이, 계단을 발견했고 옛날 그림들을 새롭게 찾아 좋아하기도 했으며 쓰임새를 알 수 없는 이상한 옛날 물건들을 보기도 했다. 신기하게도 유쾌한 아침이었으며 다른 사람들과 함께 살지만 동시에 몇 킬로미터나 떨어진 곳에 있는 듯한 느낌으로 헤매고 다니는 기분은 참으로 멋졌다.

"여기 오기 잘했다." 콜린이 말했다. "내가 이렇게 크고 이상한 옛날 집에 사는지 몰랐어. 좋은데. 비 올 때마다 돌아다니자. 항상 이상한 모퉁이와 물건들을 새롭게 찾을 수 있을 거야."

그날 아침 이런저런 곳을 찾으며 헤매고 다닌 덕에 콜린의 방에 돌아왔을 때는 아이들의 입맛도 다시 돌아와서 이번에는 도저히 점심 식사를 손도 대지 않고 돌려보낼 수가 없었다.

보모가 아래층으로 쟁반을 가지고 와서 부엌 서랍장 위에 탁 올려놓자 요리사인 루미스 부인은 싹싹 닦아 먹은 접시들을 볼 수 있었다.

"오늘처럼만 계속 이렇게 먹어 준다면 한 달 전보다 몸무게가 배는 더 많이 나가는 게 그리 놀랄 일도 아닐 텐데." 튼튼한 젊은 시종 존이 말했다. "그렇게 되면 근육이 상할까 두려우니 이 일을 그만둬야 할지도 모르겠네요."

그날 오후 메리는 콜린의 방에 뭔가 새로운 일이 일어났다는 것을 깨달았다. 그 전날부터 눈치채기는 했지만 그런 변화가 우연일지도 모른다고 생각해서 아무 말 하지 않았었다. 오늘도 아무 말 하지 않기

는 했지만 가만히 앉아서 난로 선반 위의 그림을 빤히 바라보았다. 이제는 커튼이 옆으로 젖혀져 있어서 그림을 볼 수 있었다. 그것이 바로 메리가 깨달은 변화였다.

"네가 무슨 말 하고 싶은지 알아." 메리가 몇 분간 바라보자 콜린이 말했다. "네가 나한테 하고 싶은 말이 있을 땐 언제든지 알 수 있지. 어째서 커튼을 도로 젖혀 놓았는지 궁금하지? 이제부터 앞으론 계속 그렇게 하려고."

"어째서?" 메리가 물었다.

"이젠 저 그림이 웃는 모습을 봐도 더 이상 화나지 않으니까. 이틀 전 밤 환한 달빛 속에 잠에서 깼어. 마치 마법이 내 방을 가득 채워 모든 것들을 그처럼 근사하게 바꾸어 놓은 기분이라 가만히 누워만 있을 수 없었어. 난 일어서서 창밖을 내다보았어. 방은 무척 환했고 커튼에는 달빛 한 조각이 어렸어. 나는 무심결에 그리로 가서 끈을 잡아당겼지. 엄마가 웃는 모습으로 나를 똑바로 내려다보는 거야. 내가 거기 서 있는 게 기뻤기 때문이겠지. 그러니까 나도 엄마를 바라보고 싶더라. 엄마가 항상 그렇게 웃는 모습을 보고 싶었어. 어쩌면 엄마도 마법사 같은 거였을지 몰라."

"너 지금은 참 네 엄마를 닮았어." 메리가 말했다. "어떨 땐 네 어머니의 혼령이 남자아이의 모습으로 나타나서 네가 된 게 아닐까 하는 생각을 해."

이 생각에 콜린은 깊은 감명을 받은 듯했다. 콜린은 골똘히 생각에 잠겼다가 천천히 대답했다.

"내가 엄마의 유령이라면…… 아빠도 날 좋아하실지 몰라."

"고모부가 널 좋아해 줬으면 좋겠어?" 메리가 물었다.

"아빠가 날 좋아하지 않기 때문에 나도 이전엔 아빠가 싫었어. 아빠가 나를 점점 좋아하게 되면 아빠에게 마법 얘기를 해야 할지도 모르겠어. 그러면 아빠도 기운이 날 수도 있으니까."

제26장

"엄마야!"

마법을 향한 아이들의 믿음은 변함이 없었다. 아침에 주문을 외운 후 콜린은 이따금 마법에 관한 강의를 하곤 했다.

"강의하는 게 좋아." 콜린은 설명했다. "내가 커서 위대한 과학 발견을 하면 여기에 관해 강의를 해야만 할 거야. 그러니까 이건 연습이지. 지금은 짧은 강의만 할 건데, 내가 아주 어리기 때문이고 벤 웨더스태프는 교회에 있는 기분으로 졸아 버릴지도 모르니까."

"강의의 좋은 점은," 벤이 말했다. "하는 사람은 일어나서 아무 얘기나 원하는 대로 해도 다른 사람이 말대꾸를 못 하는 거구먼요. 지도 가끔은 강의를 해 봐도 나쁘지 않겠구먼 싶다니께요."

하지만 콜린이 나무 옆에 앉았을 때 벤 영감은 뭐든 먹어 치울 듯한 눈을 콜린에게 고정하고 떼지 않았다. 벤은 콜린을 비판적인 애정이 담긴 눈길로 아래위로 훑어보았다. 벤은 딱히 강의보다는 다른 것에 관심이 있었다. 날이 갈수록 더 곧고 튼튼하게 보이는 다리와 똑바로 쳐든 소년다운 머리, 지금은 점점 통통해져서 둥글어졌지만 한때는 날카로웠던 턱과 홀쭉했던 볼, 어떤 이의 눈을 떠올리게 하는 빛을 띤 두 눈. 가끔 콜린은 벤이 깊이 감동받아서 진지한 눈길로 쳐다보는 것을 느낄 때면 대체 무슨 생각을 하는 걸까 궁금했다. 그래서 한번은 벤이 무척 넋을 잃고 쳐다보자 직접 물어보았다.

"무슨 생각을 해, 벤 웨더스태프?"

"지금 하는 생각 말인가요." 벤이 대답했다. "도련님이 이번 주만 해도 1~2킬로그램은 살이 쪘겠구먼, 하는 생각이지라. 도련님 종아리랑 어깨를 보니 그런갑네요. 저울에 올려 보고 싶구먼요."

"그게 마법이야. 게다가 소워비 부인의 빵과 우유 덕분이기도 하고." 콜린이 말했다. "과학 실험이 성공했다는 것 알겠지."

그날 아침 디컨은 너무 늦어서 강의를 들을 수 없었다. 디컨이 왔을 때는 뛰어오느라 얼굴에 불그레했고 재미있게 생긴 얼굴은 평소보다 반짝거렸다. 비가 내린 후에는 솎아 내야 할 잡초가 많이 웃자라 있어서 아이들은 곧 일에 빠져들었다. 따뜻하고 깊이 스며드는 비가 내린 후에는 늘 할 일이 많았다. 꽃이 잘 자라게 하는 습기는 잡초가 자라는 데도 좋아서 가는 칼날 같은 풀잎과 뾰족한 이파리 끝이 쏙쏙 솟아났고 뿌리가 단단히 박히기 전에 뽑아내야 했다. 콜린은 요새 누구보다도 잡초를 잘 솎아 냈고 그러면서도 강의를 할 수 있었다.

"일을 직접 할 때 마법이 제일 잘 들어." 오늘 아침 콜린이 말했다. "뼈와 근육에서 느낄 수 있어. 뼈와 근육에 관한 책을 읽을 거야. 하지만 마법에 관한 책도 쓸 거고. 지금 마법을 일으키고 있어. 계속 이런 저런 걸 발견하고 있고."

이 말을 하고 나서 얼마 있다 콜린은 모종삽을 내려놓고 일어섰다. 그 전 몇 분간 콜린이 아무 말도 없이 있었기 때문에 다른 사람들은 콜린이 종종 그러듯이 강의 내용을 생각한다는 것을 알 수 있었다. 콜린이 삽을 떨어뜨리고 똑바로 일어서자 메리와 디컨에게는 콜린이 갑작스럽고 강한 생각에 사로잡혀 그런 듯 보였다. 콜린은 뻗을 수 있는 데까지 등을 쭉 펴고 환희에 차서 두 팔을 내뻗었다. 얼굴에 혈색이 돌아 빛났고 기묘한 눈은 기쁨으로 커졌다. 갑자기 그는 뭔가 확실히 깨달았다.

"메리! 디컨!" 콜린은 외쳤다. "나를 봐!"

아이들은 잡초를 뽑다 말고 콜린을 보았다.

"너희들이 나를 여기에 처음으로 데려왔던 아침 기억해?" 콜린이 물었다.

디컨은 콜린을 물끄러미 보았다. 동물을 부릴 줄 아는 아이로서 디컨은 보통 사람들이 볼 수 있는 이상을 보았지만 그중 많은 것들은 입 밖에 내지 않았다. 이제 이 소년에게서 그중 몇 가지를 볼 수 있었다.

"어, 그런디." 디컨이 대답했다.

메리도 빤히 쳐다보았지만 아무 말 하지 않았다.

"바로 이 순간." 콜린이 말했다. "갑자기 그 기억이 떠올랐어. 모종삽을 들고 땅을 파는 내 손을 보고 있으니까. 그래서 이게 진짜인지 확인하려고 일어서지 않을 수 없었어. 그런데 진짜야! 난 건강해! 건강하다고!"

"어, 정말 그렇구먼!" 디컨이 말했다.

"난 건강해! 건강하다고!" 콜린이 다시 말했다. 온 얼굴이 아주 빨개졌다.

어떤 면으로는 이미 알고 있던 사실이었고 바라기도 하고 느끼기도 했으며 생각도 했지만, 바로 그 순간 뭔가 콜린에게로 밀려왔다. 황홀한 믿음과 깨달음 같은 것이었다. 어찌나 그 느낌이 강했는지 콜린은 큰 소리로 외치지 않을 수 없었다.

"난 영원히 살 거야. 언제까지나 영원히!" 콜린은 위엄 있게 외쳤다. "수천 가지, 수만 가지 것들을 알아낼 거야. 사람들과 동물들, 땅에서 자라는 모든 것을 알아낼 거야. 디컨처럼. 쉬지 않고 마법을 일으킬 거야. 난 건강해! 난 건강하다고! 기분이 들어. 뭔가 외치고 싶은 기분이 들어! 감사하고 기쁜 기분!"

장미 덤불 가까이에서 일하고 있던 벤 웨더스태프는 콜린을 돌아보았다.

"무슨 영광송(신을 찬미하는 노래—옮긴이)을 부르는 것 같구먼요." 벤 웨더스태프는 그 특유의 건조하게 툴툴거리는 말투로 말했다. 벤은 영광송에 대해선 아무 생각이 없었고 특별한 존경심을 담아 그 말을 한 것도 아니었다.

하지만 콜린은 탐험 정신이 넘쳤고 영광송에 대해선 아무것도 몰랐다.

"그게 뭐야?"

"디컨이 도련님에게 불러 줄 수 있을 거구먼요." 벤 웨더스태프가 대답했다.

디컨은 동물을 부리는 아이다운 미소로 대답했다.

"교회에서 부르는 노래여." 디컨이 말했다. "엄니 말로는 종다리가 아침에 일어나서 그런 노래를 부를 거라고 혔어."

"아주머니가 그렇게 말씀하셨다면 진짜 좋은 노래겠다." 콜린이 대답했다. "난 교회에 한 번도 가 본 적이 없어. 언제나 너무 아팠거든. 불러 봐, 디컨. 듣고 싶어."

디컨은 아주 소박했고 그 말에도 허세를 부리지 않았다. 디컨은 콜린 본인보다도 그 기분을 더 잘 이해했다. 어떤 본능으로 아주 자연스럽게 이해하고 있어서 그게 이해라는 사실조차 몰랐다. 디컨은 모자를 벗고 여전히 웃음을 띤 채로 주위를 둘러보았다.

"도련님도 그 모자 벗어야 혀." 디컨은 콜린에게 말했다. "벤 할아버지도 벗어야 하는구먼요. 그리고 일어나셔야 혀요. 아시겠지만."

콜린이 모자를 벗었다. 디컨을 열심히 바라보는 콜린의 숱 많은 머리카락 위에 햇볕이 내리쬐어 따뜻했다. 쭈그려 앉아 있던 벤 웨더스태프도 모자를 벗었다. 그의 늙은 얼굴에는 이 괴상한 짓거리를 뭣 때문에 해야 하는지 정확히 모르겠다는 양 당황스럽고 반쯤은 아니꼽다는 기색이 어렸다.

디컨은 나무와 장미 덤불 사이에 서서 아주 소박하고 꾸밈없이, 부드럽고 강한 소년다운 목소리로 노래를 부르기 시작했다.

"만복의 근원 하느님

온 백성 찬송 드리고

저 천사여 찬송하세

찬송 성부 성자 성령,

아멘."

디컨이 노래를 마치자 벤 웨더스태프는 고집스럽게 입을 꾹 다물기는 했지만 콜린에게 못 박힌 눈동자에는 심란한 표정이 떠올랐다. 콜린은 생각에 잠겨 감탄한 얼굴이었다.

"아주 멋진 노래네." 콜린이 말했다. "마음에 들어. 어쩌면 마법에 고맙다고 외치고 싶다고 했을 때 내 뜻이 이거였을지 몰라." 콜린은 그러다 말을 멈추고 아리송하다는 듯 생각에 빠졌다. "어쩌면 둘 다 같은 걸까. 어떻게 우리가 모든 것들의 이름을 정확히 알 수 있겠어? 다시 노래해 봐, 디컨. 우리도 해 보자, 메리. 나도 노래하고 싶어. 이건 내 노래야. 어떻게 시작하지? '만복의 근원 하느님.'"

다시 노래를 시작했을 때 메리와 콜린은 한껏 음악적으로 목소리를 높였고 디컨의 목소리는 크고 아름답게 올라갔다. 두 번째 마디에 이르자 벤 웨더스태프도 콜록콜록 헛기침을 했고 세 번째 마디에선 거칠다 싶을 정도로 활기차게 따라 불렀다. 끝의 아멘에 이르렀을 때 콜린이 절름발이가 아님을 알았을 때 벤 웨더스태프에게 생겼던 일이 똑같이 일어났다는 것을 메리는 알 수 있었다. 벤의 턱이 실룩였고 눈은 앞을 빤히 바라보며 깜박였으며 늙어서 가죽처럼 된 뺨은 눈물로 젖었다.

"이전에는 영광송을 들어도 뭔 말인지 몰랐는디." 벤은 쉰 목소리로 말했다. "하지만 이제 마음을 바꿔야겠구먼요. 이번 주에는 2킬로그램은 족히 살이 붙으셨지라. 콜린 도련님, 2킬로그램도 넘었어라!"

콜린은 뭔가에 주의를 빼앗긴 듯 정원 저편을 바라보고 있었다. 화들짝 놀란 표정이었다.

"여기 들어온 저 사람은 누구지?" 콜린이 재빨리 말했다. "저기 누구야?"

담쟁이 덮인 벽에 난 문이 부드럽게 열리더니 어떤 여인이 한 명 들어왔다. 여인은 아이들이 노래의 마지막 소절을 부르고 있을 때 들어와서 가만히 서서 귀를 기울이며 아이들을 바라보았다. 등 뒤의 담쟁이, 나무 사이를 떠돌며 들어와 여인의 푸른 망토 위에 어른거리는 햇살, 초록 나무들 저편에서 미소 짓는 선하고 산뜻한 얼굴, 여인의 모습은 콜린의 책에 나오는 부드러운 색깔의 삽화 같았다. 애정이 듬뿍 담긴 멋진 눈은 모든 것을 다 이해하는 듯했다. 그들 모두, 심지어 벤 웨더스태프와 동물들, 활짝 핀 꽃들까지도. 별안간 나타나기는 했지만 여인은 아무에게도 침입자처럼 느껴지지 않았다. 디컨의 눈이 등불처럼 환히 빛났다.

"엄니여! 바로 우리 언니여!" 디컨은 외치더니 잔디밭 저편으로 뛰어갔다.

콜린도 그쪽으로 향했고 메리도 뒤를 따랐다. 두 아이 다 맥박이 빨리 뛰는 것을 느꼈다.

"엄니여!" 길 중간에서 그들이 만났을 때 디컨이 말했다. "너희들이 엄니를 보고 싶어 하는 줄 알고 문이 숨겨진 자리를 알려드렸제."

콜린이 수줍지만 왕족처럼 위엄 있는 태도로 한 손을 내밀었다. 하지만 콜린의 눈은 디컨 어머니의 얼굴을 집어삼킬 듯이 쳐다보고 있었다.

"아팠을 때도 만나고 싶었어요." 콜린이 말했다. "아주머니와 디컨과 비밀의 정원을요. 그전에는 어떤 사람도, 무엇도 만나고 싶었던 적이 없었는데."

위로 쳐든 콜린의 얼굴을 보자 디컨 어머니의 얼굴에도 갑작스러운 변화가 일어났다.

"아! 아가!" 어머니는 떨리는 목소리로 불쑥 말했다. "아, 아가!" 어머니 본인도 그런 말이 나올 줄은 몰랐던 듯했다. 어머니는 '콜린 도련님'이라고 하지 않고 무척 갑작스럽게 '아가'라고 불렀다. 어머니는 디컨의 얼굴에서도 마음에 와 닿는 면을 보았더라면 그처럼 똑같이 불렀을 것 같았다. 콜린은 그렇게 불러 준 게 마음에 들었다.

"내가 아주 튼튼해서 놀랐어요?" 콜린이 물었다.

어머니는 한 손을 콜린의 어깨 위에 올리고 물기 어린 흐릿한 눈으로 미소를 지었다.

"그려, 놀랐제!" 어머니가 말했다. "그렇지만 참말로 어머니랑 닮아서 내 심장이 다 뛰는구먼."

"그럼 어떻게 생각하세요?" 콜린이 약간 어색하게 물었다. "이제 아버지가 나를 좋아할까요?"

"아, 그럼. 물론이지, 애야." 어머니는 대답하며 어깨를 부드럽게 살짝 토닥였다. "집에 오셔야 할 건데. 집에 오셔야 혀."

"수전 소워비." 벤 웨더스태프가 가까이 다가왔다. "도련님 다리를 좀 볼텨? 두 달 전만 해도 양말 신은 닭 다리 같았구먼. 사람들이 밖으로 휘었다든가 안으로 굽었다든가 하며 수근거렸는디. 지금 자네가 한번 봐!"

수전 소워비는 편안하게 웃었다.

"조금 있으면 힘센 남자애 다리처럼 튼튼해지겠구먼요." 소워비 부인이 말했다. "정원에서 계속 놀고 일하고 양껏 먹고 신선하고 달콤한 우유를 꿀꺽꿀꺽 들이켜면 조만간 요크셔에서 이보다 더 튼튼한 다리는 없게 될 거여요. 주님께 감사할 노릇이제."

소워비 부인은 두 손을 메리 아씨의 어깨 위에 놓고 어머니 같은 태도로 조그만 얼굴을 훑어보았다.

"아기씨도 그렇구먼!" 부인이 말했다. "우리 리자베스 엘런맹키로 낯빛이 좋아졌네. 아기씨도 어머니랑 똑 닮았을 거여. 우리 마사 말로는 메들록 부인이 들었는데 아기씨 어머니가 아주 고운 분이었다던디. 아기씨도 어른이 되면 분홍 장미처럼 활짝 필 거여. 꼬마 아기씨에게 축복을."

부인은 마사가 '휴일'에 집에 와서 누리끼리한 못생긴 아이 외양을 묘사하면서 메들록 부인이 무슨 말을 들었든 간에 자기는 믿기지 않는다고 했다는 말은 꺼내지 않았다. "그렇게 고운 마님이 그처럼 못난 아이의 어머니라니 말이 안 되지 뭐여요." 마사는 고집스럽게 덧붙였었다.

메리는 그간 자기의 달라진 얼굴에 관심을 기울일 여유가 없었다. 오로지 '달라졌다'는 것만 깨달았을 뿐이었다. 머리숱이 더 많아졌으며 아주 빠르게 자라는 것 같기는 했다. 하지만 과거에 맴 사히브를 보면서 느꼈던 즐거웠던 기억을 떠올리자, 언젠가는 어머니처럼 될지도 모른다는 말을 들으니 기뻤다.

수전 소위비는 아이들과 함께 정원을 거닐면서 이야기 하나하나를 다 들어 주고 살아난 덤불과 나무들을 모두 구경했다. 콜린이 한쪽에 서고, 반대편에는 메리가 섰다. 아이들은 줄곧 소위비 부인의 편안한 장밋빛 얼굴을 올려다보며 부인에게서 받는 흥겨운 느낌이 뭘까 남몰래 궁금하게 여겼다. 따뜻하고 보살핌을 받는 느낌이었다. 디컨이 '동물 친구들'을 이해하듯 어머니도 아이들을 이해하는 듯했다. 부인은 꽃 위에 몸을 숙이고 마치 아이들에게 하듯 말을 걸었다. 검댕이가 어머니를 따라오며 한두 번 까옥까옥 울더니 디컨에게 하듯 어깨 위로 날아가 앉았다. 아이들이 울새의 이야기와 새끼들이 처음 날갯짓을 했던 이야기를 하자, 소위비 부인은 목에서 부드럽고 온화하게 어머니다운 다정한 웃음소리를 냈다.

"새끼 새들에게 나는 법을 가르치는 거나 애들에게 걸음마를 가르치는 거나 똑같겠지. 하지만 나도 내 새끼들이 다리 대신에 날개가 달렸더라면 걱정이 이만저만이 아니었을 거구먼."

부인은 아늑한 황야의 오두막에 어울리는 좋은 사람처럼 보였기 때문에 마침내 아이들은 마법 이야기까지 털어놓았다.

"아줌마는 마법을 믿어요?" 콜린은 인도 파키르에 대해 설명한 후 물었다. "믿었으면 좋겠어요."

"믿고말고, 아가." 부인은 대답했다. "이름은 몰랐지만 이름이 뭔 상 관이여? 프랑스에서는 딴 이름으로 부르고 독일에는 딴 이름으로 부르겠지. 씨앗에서 싹이 트고 햇빛이 너를 튼튼한 아이로 만들어 준 것도 다 그것 때문이니 좋은 것일 거여. 다른 이름으로 불리면 그걸 크게 신경 쓰고 그러는 우리 불쌍한 바보들하고는 다르겠지. 위대하고 좋은 분이 일하다 관두고 그런 자잘한 걱정을 하진 않잖어. 그분은 쉼 없이 수백만 가지 세계를 만든다니께. 우리가 사는 것 같은 세계를. 그러니께 위대하고 좋은 분을 계속 믿고 세상이 그것으로 가득 차 있다는 걸 알아야 혀. 그걸 뭐라고 좋을 대로 부르든 간에. 내가 정원에 들어왔을 때 그것을 향해 노래를 부르고 있지 않았는가."

"그땐 무척 기쁜 기분이 들었어요." 콜린은 아름답고 기묘한 눈을 활짝 떴다. "갑자기 아주 다른 사람이 된 기분이 들었어요. 팔과 다리가 얼마나 강해졌는지, 땅도 잘 파고 얼마나 똑바로 설 수 있는지. 그래서 펄쩍 뛰어올라 귀를 기울이는 무엇에게든지 노래를 불러 주고 싶었어요."

"너희들이 영광송을 부를 때 마법이 듣고 있었제. 너희들이 하는 노래는 뭐든 듣고 있었을 거여. 중요한 건 기쁨이여. 아이고! 아가, 아가. 이런 기쁨을 만드는 존재에 맞는 이름이 뭐겠어?" 그러면서 부인은 콜린의 어깨를 다시 한 번 부드럽게 빨리 토닥였다.

부인은 오늘 아침 평소처럼 새참을 담은 바구니를 싸 주었다. 배가 출출한 시간이 되어 디컨이 숨겨 놓은 장소에서 바구니를 꺼내 오자 부인은 아이들이 평소 앉는 나무 아래 함께 앉아 아이들이 음식을 먹어 치우는 모습을 웃음 띤 흡족한 표정으로 바라보았다. 부인은 무척 즐거워했고 온갖 기묘한 얘기들로 아이들을 웃겼다. 아이들에게 강한 요크셔 사투리로 이야기를 해 주기도 하고 새로운 단어를 가르쳐 주기도 했다. 콜린이 아직도 칭얼대는 환자인 척하는 것이 점점 힘들어진다는 얘기를 하자 부인은 차마 참지 못하고 웃음을 깔깔 터뜨렸다.

"우리가 함께 있을 때면 그렇게 웃음이 터져 나와서 참을 수가 없다니까요." 콜린이 설명했다. "그러면 전혀 아픈 사람 같지 않잖아요. 애써 억누르려고 하지만 터져 나와서 이전보다 더 시끄러워져요."

"무척 자주 마음속에 떠오르는 생각이 하나 있어요." 메리가 말했다. "갑자기 그 생각이 떠오르면 참을 수가 없어요. 콜린의 얼굴이 보름달같이 될 거라는 생각이 계속 들어요. 아직 되지는 않았지만 매일 점점 통통해지니까요. 그럼 어느 날 아침 보름달처럼 될 거예요. 그땐 어떻게 해요!"

"맙소사, 다들 연극 놀이를 잘해 왔네." 수전 소워비가 말했다. "하지만 오래 하진 않아도 될 거여. 크레이븐 나리가 곧 집에 오실 거니께."

"그러실 것 같아요?" 콜린이 물었다. "언제요?"

수전 소워비는 부드러운 소리로 큭큭 웃었다.

"직접 말씀드리기 전에 크레이븐 나리가 알아내신다면 실망할 테니께." 부인이 말했다. "계획을 짜느라 밤을 뜬눈으로 새웠을 것인디."

"다른 사람이 말하는 건 참을 수 없어요." 콜린이 말했다. "매일 여러 방법을 궁리해요. 지금은 아버지 방에 그냥 뛰어갈 것 같지만요."

"크레이븐 나리가 깜짝 놀라시겠지." 수전 소워비가 말했다. "그 얼굴을 좀 보고 싶네. 그러고 싶어! 그분은 돌아오실 거여. 돌아오시겠지."

그들은 여러 가지 이야기를 의논했지만 그중 하나는 부인의 오두막에 언제 갈까 하는 것이었다. 계획은 다 세워졌다. 아이들은 황야까지 마차를 타고 가서 히스 들판에서 점심을 먹기로 했다. 열두 아이들을 만나고 니컨의 정원을 구경한 후 지칠 때쯤에야 돌아오기로 했다.

수전 소워비는 마침내 집으로 가서 메들록 부인을 만나려고 자리에서 일어섰다. 콜린도 다시 휠체어를 타고 들어갈 시간이었다. 하지만 콜린은 휠체어에 앉기 전 수전 옆에 가까이 서서 당황스러운 존경의 마음을 품은 눈으로 부인을 빤히 바라보았다. 그러다가 불쑥 부인의 푸른 망토 주름을 잡고 꼭 움켜쥐었다.

"아줌마는 내가…… 내가 바라던 그대로예요." 콜린이 말했다. "아줌마가 내 엄마였으면 좋았을걸. 디컨의 엄마인 것처럼!"

갑자기 수전 소워비는 몸을 숙이며 콜린을 따뜻한 팔로 푸른 망토 아래 가슴까지 닿도록 꼭 끌어안았다. 콜린은 마치 디컨의 동생이라도 된 듯했다. 다시 촉촉한 물기가 빠르게 부인의 눈동자 속으로 퍼져 나갔다.

"아, 귀여운 아가!" 부인이 말했다. "네 어머니도 지금 이 순간, 이 정원에 계실 거여. 난 그렇게 믿어. 어머니가 여길 어떻게 떠날 수 있었어. 네 아버지도 네게 꼭 돌아오실 거여. 반드시!"

"엄마야!"

제27장

정원에서

세계가 시작된 후 세기마다 멋진 것들이 발견되었다. 지난 백 년 동안에는 이제껏 어떤 세기보다도 더 놀라운 것들을 찾아냈다. 이 새로운 세기에는 더 근사한 수백 가지 것들이 밝혀지리라. 처음에 사람들은 기묘하고 새로운 것이 이루어지리라 믿으려 하지 않다가 나중에는 이루어지기를 바라고 급기야는 이루어질 수 있음을 알게 된다. 그런 후에 그런 일들이 이루어지면 전 세계는 어째서 몇 세기 전에는 그것을 이룰 수 없었는지 궁금히 여긴다. 지난 세기에 사람들이 발견하기 시작했던 새로운 일들의 하나는 생각이—그저 생각만으로—전기 전지처럼 강력한 동력이 될 수 있다는 것이었다. 생각은 사람에게 햇빛처럼 이롭기도 하고 독약처럼 해롭기도 했다. 슬픈 생각이나 나쁜 생각이 마음속에 끼어들도록 놔두는 건 성홍열 세균이 몸속에 들어오도록 놔두는 것처럼 위험하다. 그게 몸속에 들어

온 후에도 오래 머무르도록 가만두면 살아 있는 동안에는 절대로 극복할 수 없다.

마음이 사람들에 대한 미움과 삐딱한 의견들로 인한 불쾌한 생각과 무엇에도 기뻐하거나 관심을 가지지 않겠다는 결심으로 가득 차 있는 동안, 메리는 얼굴이 노리끼리하고 아팠으며 지루하고 불쌍한 아이였다. 하지만 미처 모르는 사이에도 환경은 메리에게 무척 친절했다. 주변의 것들은 이로운 방향으로 메리를 밀어붙였다. 마음이 점차 울새와 아이들이 바글거리는 황야의 작은 집, 괴상하고 괴팍한 늙은 정원사와 평범한 요크셔 하녀들, 봄날, 날마다 살아나는 비밀의 정원, 황야 출신 소년과 그의 '동물 친구들'로 가득하게 되자 이는 메리의 간과 소화기관에 좋은 영향을 끼쳤고, 혈색을 노리끼리하게 만들고 쉽게 지치게 했던 불쾌한 생각은 들어설 자리가 없어졌다.

방 안에 틀어박혀 오로지 공포와 병, 자기를 보는 사람들에 대한 혐오를 생각하고 등의 혹과 때 이른 죽음에 대해서 언제나 곰곰 떠올리던 동안, 콜린은 건강을 지나치게 염려하는 바람에 히스테리를 부리고 반쯤 정신이 나간 꼬마였다. 햇빛과 봄에 관해서는 아무것도 모르고, 노력하면 병이 나을 수 있다거나 자기 발로 설 수 있는 것조차 몰랐다. 새로운 아름다운 생각이 오래된 흉악한 생각들을 밀어내자 삶이 다시 돌아왔고 혈관에서는 피가 선상하게 흘렀으며 힘이 홍수처럼 쏟아져 들어왔다. 과학적 실험은 무척 실용적이고 단순해서 괴상하다 싶은 점은 아무것도 없었다. 불쾌하거나 의기소침한 생각이 마음속에 들어올 때면 제때 정신을 차리고 유쾌하고 결의에 찬 용감

한 생각을 불어넣어 나쁜 생각을 몰아낼 수 있을 만큼 영리한 사람이
라면, 한층 더 놀라운 일들이 벌어진다. 두 가지 다른 생각이 같은 자
리에 있을 수 없으니까.

"장미를 가꾸는 곳에서, 젊은이여,
  엉겅퀴는 자랄 수 없다네."

비밀의 정원이 활기를 얻고 두 아이도 그와 함께 활기를 얻어 가는
동안 저 멀리 노르웨이의 피오르와 스위스의 골짜기, 산속 아름다운
곳들을 헤매는 한 남자가 있었다. 10년 동안이나 어둡고 아픈 생각들
로 마음을 가득 채웠던 남자였다. 그는 용감하지 않았다. 어두운 생
각 대신에 다른 생각을 집어넣으려 애쓰지 않았다. 푸른 호수 옆을 방
랑할 때도 어두운 생각을 했다. 진청색 용담 꽃이 둘레에 환히 피어
있고 꽃들이 숨결을 공기 중으로 뿜어내는 산 위에 누워 있을 때도
어두운 생각을 했다. 한때는 행복했으나 무시무시한 슬픔이 덮쳐 왔
고, 그 영혼이 암흑으로 가득 차도록 놔두면서 고집스럽게 빛줄기 하
나도 뚫고 들어오지 못하게 했다. 가정과 그에 따른 책임은 잊고 버렸
다. 여기저기 여행할 땐 어둠이 그를 덮었고 우울함으로 공기를 오염
시킨 양 모습만으로도 다른 사람에게 폐를 끼쳤다. 처음 만나는 사람
들은 대부분 그가 반쯤 미쳤거나 남몰래 범죄를 저지르고 몸을 숨기
고 있는 것이라 생각했다. 키가 컸지만 표정이 굳고 어깨가 굽은 사람
이었다. 호텔 숙박부에 이름을 적을 때는 항상 '영국, 요크셔 주, 미슬

스웨이트 장원, 아치볼드 크레이븐'이라고 적었다.

서재에서 메리와 만나 '땅 조금'을 가지도록 허락했던 그날 이후 그는 멀리 두루 여행을 했다. 유럽에서 가장 아름다운 곳들을 찾아다녔지만 며칠 이상 머무르지 않았다. 가장 조용하고 동떨어진 장소만을 골랐다. 봉우리가 구름에 잠긴 산꼭대기에 올라갔고, 해가 돋아 세상이 마치 갓 태어난 양 보이게 하는 신선한 빛을 다른 산에 뻗치는 광경을 내려다보았다.

하지만 빛이 그에게까지 가닿는 것 같지는 않았다. 어느 날 10년 만에 처음으로 이상한 일이 일어났음을 깨달았을 때까지는. 크레이븐 씨는 오스트리아 쪽 티롤 산맥 안 근사한 골짜기에 갔다가 어떤 사람의 영혼이라도 그늘 속에서 빠져나올 수 있을 만큼 아름다운 풍경을 홀로 걷게 되었다. 그런 곳을 한참 동안 걸었지만 크레이븐 씨의 기분은 여전히 우울했다. 그리고 마침내 피곤해져서 시냇가에 양탄자처럼 깔려 있는 이끼 위에 털썩 주저앉아 휴식을 취했다. 맑고 좁은 시내는 상쾌하고 촉촉한 녹초 사이로 명랑하게 졸졸 흘러갔다. 이따금 시냇물은 조약돌 위와 옆을 보글보글 흐르면서 나지막한 웃음 같은 소리를 냈다. 크레이븐 씨는 새들이 날아와 물을 마시려고 시내에 머리를 담갔다 날개를 부르르 턴 후 저 멀리 날아가는 모습을 보았다. 새는 참으로 생명력이 넘쳐 보였지만 작은 목소리는 정적을 한층 더 깊게 할 뿐이었다. 골짜기는 무척, 무척이나 고요했다.

가만히 앉아서 흘러가는 맑은 물줄기를 들여다보고 있으려니 아치볼드 크레이븐은 마음과 몸, 둘 다 골짜기처럼 조용히 가라앉는 것을 차차 느꼈다. 졸음이 슬슬 오는 듯했지만 잠에 빠지지는 않았다. 그는 앉아서 햇빛이 비치는 물을 바라보았고 물 가장자리에서 자라는 것들에 눈길이 가기 시작했다. 곱게 핀 푸른색 물망초 무리가 시냇물에 바짝 붙어 있어서 이파리가 물에 젖어 있었다. 이 모습을 보자자기도 모르게 몇 년 전 그런 꽃들을 보던 기억이 떠올랐다. 실제로 그 꽃이 얼마나 고왔으며 작은 꽃 수백 송이가 피어 있으면 푸른색이 얼마나 멋졌던지를 정다운 기분에 젖어 생각했다. 그렇게 소박한 생각이 슬슬 마음을 채운다는 것은 몰랐다. 채우고 채워 다른 생각들이 밀려났다는 것을. 마치 달콤하고 맑은 샘물이 오래 고여 있던 웅덩이에서 퐁퐁 솟아나 점점 넘쳐서 어두운 물들을 다 흘려보낸 듯했다. 하지만 물론 본인 스스로는 이런 생각을 하지 못했다. 앉아서 선명하고 섬세한 파란 꽃들을 쳐다보는 동안 골짜기가 점점 더 고요해진다는 것만 깨달았을 뿐이었다. 얼마나 오래 그렇게 앉아 있었는지, 무슨 일이 벌어지고 있는지는 미처 몰랐다. 그러다 마침내 잠에서 퍼뜩 깬 듯 몸을 움직였다. 크레이븐 씨는 천천히 일어나 이끼 융단 위에 서서 길고 깊은 숨을 부드럽게 들이마시며 스스로도 의아해했다. 몸 안에서 뭔가 풀려 빠져나간 듯했다. 아주 조용히.

"뭐지?"

크레이븐은 속삭임에 가까운 소리로 중얼거리며 한 손으로 이마를 쓸었다. "마치 살아 있는 기분이 들잖아!"

그에게 어떻게 이런 일이 일어났는지를 설명할 수 있는, 아직 발견되지 않은 미지의 경이에 대해선 나도 잘 아는 바가 없다. 아직 어떤 사람도 알지 못하리라. 크레이븐 본인도 이해하지 못했다. 하지만 크레이븐은 이 기묘했던 시간을 몇 달 후 미슬스웨이트에 왔을 때도 기억했고, 우연하게도 이날이 콜린이 비밀의 정원으로 들어가 외쳤던 날이었음을 알게 된다.

"나는 영원히 살 거야. 영원히 언제까지나!"

이 특별한 고요가 저녁 내내 남아 있어서 크레이븐 씨는 새롭게도 편안히 잠들 수 있었다. 하지만 그 편안함도 그렇게 오래가지는 않았다. 그는 계속 그 상태를 유지할 수 있다는 사실을 알지 못했다. 다음 날 밤이 되자 그는 다시 어두운 생각에 문을 활짝 열었고 그 생각들은 무리 지어 다시 쿵쿵 밀고 들어왔다. 크레이븐 씨는 골짜기를 떠나 다시 방랑을 계속했다. 그런데 참 이상하게도 어떤 순간들이 드문드문 찾아왔다. 가끔은 30분이 넘는 시간이기도 했다. 이럴 때는 영문도 알 수 없이 검은 짐이 두둥실 떠올라 그의 등에서 내려간 느낌이 들었고, 그럴 때면 크레이븐은 그가 죽은 사람이 아니라 살아 있는 사람이라는 것을 새삼 깨달았다. 서서히, 서서히, 알지 못할 이유로 그는 정원과 함께 '활기를 얻었다'.

황금 여름이 진한 황금색 가을로 바뀔 때 크레이븐은 코모 호수로 갔다. 거기서 꿈처럼 사랑스러운 광경을 만났다. 며칠 동안 수정처럼 맑은 푸른 호수 위에서 노닐거나 다시 언덕 위에 부드럽고 울창하게 자란 푸르른 나무들 속으로 걸어 들어가 피곤해져서 잠이 솔솔 올 때까지 거닐었다. 하지만 이번에는 잠이 더 잘 왔고 이제는 무서운 꿈을 꾸지 않게 되었다.

"어쩌면 몸이 더 튼튼해지는지도 모르겠군." 크레이븐 씨는 생각했다.

몸은 분명히 더 튼튼해지고 있었지만 생각이 바뀐 후 드물게 평화로운 시간을 보낸 덕분에 영혼도 천천히 튼튼해지고 있었다. 미슬스웨이트 생각이 더 많이 났으며 집에 가야 하지 않을까 하는 생각이 들었다. 이따금 어렴풋이 아들이 어떻게 지내나 궁금했고 집에 돌아갔을 때 아이가 잠든 동안 다시 조각 기둥 침대 옆에 서서 끌로 깎은 듯한 상앗빛 얼굴과 눈을 두른 짙은 속눈썹을 내려다보면 어떤 기분이 들까 싶었다. 그 생각을 하니 몸이 움츠려졌다.

어떤 놀랍도록 멋진 날, 크레이븐이 무척 멀리까지 걸어 나가는 바람에 돌아올 때는 둥근 달이 높이 떠올랐고 온 세계가 자주색으로 그늘지고 은색으로 반짝였다. 물과 호숫가, 숲의 고요함이 참으로 멋져 크레이븐 씨는 지금 머물고 있는 빌라로 들어가지 않았다. 대신 호수 가장자리의 나무 그늘에 둘러싸인 작은 테라스로 내려가 의자에 앉은 후 천상의 것과도 같은 밤의 향기를 깊이 들이마셨다. 이상한 평온함이 슬그머니 덮쳐 오는 기분이 들었고 그 느낌은 더욱 깊어져 마침내 그는 잠에 빠져 버렸다.

크레이븐은 언제인지도 모르게 잠에 빠져 꿈을 꾸기 시작했다. 꿈이 어쩌나 생생한지 꿈이라는 것조차 느낄 수 없었다. 나중에 이 경험을 돌이켜 보면 그때는 무척이나 맑은 정신으로 완전히 깨어 있다고 생각했었다. 일어나 앉아 늦게 핀 장미 향기를 들이마시며 발에 찰싹찰싹 밀려오는 물소리에 귀 기울이고 있었을 때 어떤 목소리를 들은 것만 같았다. 다정하고 청명하고 행복하며 아련한 목소리였다. 저 멀리서 들려오는 듯했지만 바로 옆에 있는 양 무척이나 똑똑하게 들렸다.

"아치! 아치! 아치!" 목소리는 그의 이름을 부르더니 이전보다 더 다정하고 맑은 소리로 또 불렀다. "아치! 아치!"

생각 속에서 그는 놀라지도 않고 벌떡 일어섰다. 진짜 목소리처럼 생생했고 무척 자연스러웠기 때문에 들을 수밖에 없는 소리였다.

"릴리어스! 릴리어스!" 그는 대답했다. "릴리어스! 어디야?"

"정원이에요." 마치 황금 피리 소리처럼 목소리가 되돌아왔다. "정원에 있어요!"

그때 갑자기 꿈이 끝났다. 하지만 크레이븐은 잠에서 깨지 않았다. 그 고운 밤 내내 편안히 푹 잠을 잤다. 마침내 잠에서 정말로 깨었을 때는 환한 아침이었고 시중꾼이 서서 그를 바라보고 있었다. 그는 이탈리아 사람이라 빌라의 시중꾼이 다 그러하듯 외국인 주인이 무슨 기묘한 행동을 하든 묵묵히 받아들이는 데 익숙했다. 아무도 크레이븐이 언제 나가는지, 들어오는지, 어디서 자는지 몰랐고 정원 주변을 돌아다니는지 밤새 호수 위의 보트에 누워 자는지 알 수가 없었다. 시중꾼은 편지 여러 통이 놓인 작은 쟁반을 들고 크레이븐 씨가 편지를 집어 들 때까지 아무 말 없이 기다렸다. 시중꾼이 가자, 크레이븐 씨는 한 손에 편지를 든 채로 잠시 동안 가만히 앉아 호수만 바라보았다. 이상한 평온이 아직도 그에게 남아 있을뿐더러 무언가 변한 듯 다른 것도 거기 더해졌다. 과거에 있었던 잔인한 일들이 마치 없었던 일인 양 가벼운 느낌이 들었다. 그는 꿈을 기억해 냈다. 진짜로, 진짜로 생생하던 꿈.

"정원에!" 그는 혼자 의아해했다. "정원에 있다고! 문은 잠겼고 열쇠는 깊이 묻혀 있는데."

몇 분 후 크레이븐이 편지들을 보았을 때, 맨 위에 놓여 있는 편지는 영어로 쓰였고 요크셔에서 온 것임을 알 수 있었다. 평범한 여인의 글씨체였지만 그가 아는 필체는 아니었다. 크레이븐은 편지를 쓴 사람이 누군지 거의 생각도 하지 않고 편지를 뜯었지만 첫 문장이 즉시 시선을 끌었다.

"나리님께

저는 일전에 황야에서 송구하게도 말을 걸었던 수전 소워비입니다. 그때는 메리 아씨에 관한 일이었지요. 다시 한 번 송구스럽게도 편지를 씁니다. 제발 부탁드립니다. 제가 나리라면 집으로 돌아오겠어요. 돌아와 보시면 무척 기쁜 일이 있을 겁니다. 무례를 무릅쓰고 말씀드리자면 마님께서도 살아 계셨다면 그런 부탁을 하셨을 것입니다.

실례를 용서해 주시길 바라며,

수전 소워비."

크레이븐 씨는 편지를 거푸 읽은 후 도로 봉투에 넣었다. 그는 줄곧 꿈에 관해 생각했다.

"미슬스웨이트에 돌아가야겠어. 즉시 가야겠어."

그는 정원을 가로질러 빌라로 간 후 피처에게 영국으로 돌아갈 채비를 하라는 명을 내렸다. 어느덧 지난 10년 동안이나 한 번도 떠올리지 않았던 아들 생각을 하고 있었다. 그 세월 동안은 오로지 아들의 존재를 잊고만 싶었다. 이제, 굳이 아들 생각을 할 작정은 아니었지만, 기억이 끊임없이 마음속으로 흘러 들어왔다. 아이는 살았고 그 엄마는 죽었기 때문에 미친 사람처럼 아우성치던 어두운 나날이 떠올랐다. 아기를 보고자 하지 않았고 막상 아기를 보러 갔을 때는 너무나 약하고 불쌍한 존재라 모든 이늘이 며칠 안에 죽으리라고 확신했다. 하지만 아기를 돌보던 이들이 놀랄 정도로, 며칠이 지났는데도 아기는 살아남았다. 그러자 이제 모든 이들은 아기가 기형이고 절름발이로 자라날 것이라 믿었다.

크레이븐은 나쁜 아버지가 될 작정은 아니었지만 전혀 아버지 같은 기분이 들지 않았다. 그는 의사와 간호사를 부르고 온갖 사치스러운 물건을 사 주었지만 아이를 생각만 해도 몸이 움츠러들어 자기 자신의 비참한 기분에 빠져들었다. 1년 동안 자리를 비우고 미슬스웨이트에 처음으로 돌아갔던 때 작고 불쌍하게 보이는 것이 나른하고 심드렁히 얼굴을 들자 검은 속눈썹이 난 커다란 회색 눈동자와 마주쳤다. 그가 그다지도 사랑했던 행복했던 눈과 꼭 닮았지만 끔찍하게도 비슷하지 않은 그 눈의 모습에 그는 참을 수가 없어서 창백한 얼굴을 돌려 버렸다. 그 후로 크레이븐은 아이가 잘 때밖에 본 적이 없었고 그가 아이에 관해 아는 사실이라곤 이제 병자로 확실히 굳어졌으며 사악하고 히스테리를 부리며 반쯤 제정신이 아니라는 것뿐이었다. 화를 많이 내면 아이의 몸에 해롭기 때문에 모든 면에서 자기 마음대로 하도록 놔두어야 화를 내지 못하게 막을 수 있었다.

이 모든 일은 돌이킬 만큼 유쾌한 기억들은 아니었지만 그를 태운 기차가 산길과 황금 들판을 구불구불 지나는 동안 '활기를 얻은' 이 남자는 새로운 사고방식을 갖게 되었다. 그는 한참을 꾸준히 깊은 생각에 빠졌다.

"어쩌면 10년 동안 내가 완전히 잘못했는지도 모르겠군." 그는 혼잣말했다. "10년은 긴 세월이야. 이젠 뭔가 하기엔 너무 늦었는지도 모르겠어. 너무 늦었는지도. 그동안 대체 무슨 생각이었는지!"

물론 이건 틀린 마법이었다. 시작부터 '너무 늦었는지도'라고 말하면 안 되니까. 콜린이라도 그 사실을 일깨워 줄 수 있었으리라. 하지만 크레이븐은 마법에 관해선 아무것도 몰랐다. 이로운 마법이든 해로운 마법이든 마찬가지였다. 이것은 아직 배우지 못하였다. 그는 수전 소워비가 용기를 내어 편지를 쓴 이유는 그저 이 모성애 넘치는 사람이 그 아이 상태가 더 나빠졌다는 것을, 심각하게 아프다는 것을 알았기 때문이 아닐까 생각했다. 지금 그를 사로잡은 기묘한 평온의 마법에 걸려 있지 않았더라면 그는 이전보다도 한층 더 비참한 기분을 느꼈을 것이었다. 그러나 평온한 기분은 용기와 희망도 함께 가지고 왔다. 최악의 생각에 빠지는 대신에 그는 실제로 더 나은 것들을 믿으려고 했다.

"내가 그 아이에게 좋은 영향을 끼치고 다스릴 수 있을지 모른다고 그 부인은 믿는 건가?" 그는 생각했다. 미슬스웨이트에 가는 길에 부인에게 들러 봐야겠어."

하지만 황야를 가로질러 가는 길에 오두막 앞에 마차를 멈췄을 때, 일고여덟 명의 아이들이 근처에서 떼 지어 놀고 있다가 그를 보더니 친근하고 예의 바르게 무릎을 까닥거려 인사를 하고는, 어머니는 오늘 아침 일찍 다른 집 해산바라지하러 황야 저편으로 갔다고 전했다. 게다가 묻지도 않았는데 '우리 디컨'은 매주 며칠 동안 정원 일을 도우러 장원에 간다고 알려 주었다.

크레이븐 씨는 이렇게 튼튼하고 뺨이 불그스레한 둥근 얼굴의 아이 무리를 죽 훑어보았다. 아이들 하나하나가 각자 특유한 방식으로 웃음을 짓고 있었다. 그는 아이들이 모두 건강하고 호감이 간다는 사실에 퍼뜩 정신이 들었다. 아이들의 친근한 웃음에 그도 미소를 지었고 주머니에서 소브린 금화(1파운드짜리 영국 금화. 지금 가치로는 68파운드나 125달러 정도—옮긴이)를 꺼내 그중 가장 나이가 많은 '리자베스 엘런'에게 주었다.

"그걸 여덟이서 나누면 반 크라운 정도는 돌아갈 거다."

함박웃음을 짓거나 킬킬거리거나 무릎을 굽혀 인사를 하는 아이들을 뒤로하고 크레이븐 씨는 마차를 타고 떠났다. 그의 뒤에서 아이들은 환희에 사로잡혀 서로 팔꿈치로 쿡쿡 찌르거나 기뻐서 폴짝폴짝 뛰거나 했다.

경이로운 황야를 가로질러 가노라니 크레이븐 씨는 마음에 위안을 느꼈다. 이제껏 한 번도 느낄 수 없었는데 어째서 이처럼 고향에 돌아온 감각을 받는 것일까. 어째서 땅과 하늘, 저 멀리 보라색 꽃들이 무척 아름답다 여겨지고 6백 년 동안 그의 혈족이 살았던 오래된 대저택에 가까워질수록 마음이 따뜻해진단 말인가? 지난번에는 닫힌 방과 무늬 비단 커튼이 달린 네 기둥 침대에 누운 소년 생각에 몸을 부들부들 떨며 그 집에서 어떻게든 빨리 멀어지려고 했건만. 어쩌면 그가 더 나은 방향으로 변했고 이제는 아이에게서 물러나고 싶은 충동을 극복한 것일까? 그 꿈은 어쩌면 이다지도 생생하고 "정원이에요, 정원에 있어요!"라며 그를 도로 부르던 목소리는 어쩌면 이다지도 아름답고 선명할까!

"열쇠를 찾아봐야겠어." 그는 중얼거렸다. "문을 열어 봐야지. 꼭 그렇게 해야만 할 것 같아. 왜인지는 모르지만."

크레이븐이 장원에 도착하자 평소처럼 예를 갖춰 주인을 맞던 하인들은 주인의 모습이 훨씬 더 좋아 보이고 평소처럼 피처의 시중을 받으며 외딴 방에 틀어박히려 하지 않는다는 사실을 깨달았다. 그는 도서관으로 가서 메들록 부인을 불렀다. 부인은 약간 들뜬 모습으로 호기심에 차 얼굴을 붉히며 나타났다.

"콜린은 어떤가요, 메들록?" 크레이븐은 물었다.

"그게 말입니다, 주인님." 메들록 부인이 대답했다. "도련님이, 도련님이 달라지셨어요. 굳이 말씀을 드리자면요."

"악화되었소?" 그가 질문을 던졌다.

메들록 부인은 정말로 얼굴을 빨갛게 붉혔다.

"음, 그게 말이지요." 부인은 설명하려고 애썼다. "크레이븐 박사님도 보모도 저도 정확하게 도련님의 상태를 이해할 수가 없습니다."

"어째서 그런가요?"

"솔직히 말씀드리자면 콜린 도련님은 좋아지셨을 수도 있고 나빠지셨을 수도 있는 것 같습니다. 식욕도 이해하기가 어렵고 거동도……"

"그 애가 더, 한층 더 이상해졌어?" 주인은 눈썹을 찌푸리며 물었다.

"바로 그렇습니다, 주인님. 아주 이상하세요. 아무것도 먹지 않다가 갑자기 아귀아귀 드시기 시작했어요. 그러다 갑자기 식욕이 뚝 떨어졌는지 이전처럼 식사를 돌려보내시더군요. 설대 영문을 알 수가 없답니다. 주인님은 모르셨겠지만 이전에는 절대 밖에 나가려고 하지 않았거든요. 저희가 도련님을 휠체어에 앉혀 모시고 나가려고 얼마나 고생을 했는지 생각해 보면 몸이 이파리처럼 파르르 떨린답니다. 억지로 앉히려 하면 얼마나 화를 내는지, 크레이븐 박사님도 억지로 그랬다간 책임을 질 수 없다고 하셨어요. 음, 그런데 어느 날 아무 기색도 없이, 평소처럼 짜증 발작을 일으키고 얼마 있지 않아 갑자기 매일 밖으로 나가겠다고 우기시지 뭐예요. 휠체어는 메리 아씨와 수전 소워비의 아들 디컨이 밀면 된다고 하시면서요. 메리 아씨와 디컨을 어찌나 좋아하시는지 모른답니다. 디컨은 길들인 동물들을 데려오는데, 믿으실지 모르겠지만 그 애는 아침부터 밤까지 밖에서 시간을 보내지요."

"그 애 모습은 어떤가?" 크레이븐의 다음 질문이었다.

"식사를 제대로 하고만 계시다면, 살이 붙었다고 생각할 만한 모습이세요. 하지만 저희는 그게 단순히 부기가 아닌가 걱정하고 있답니다. 가끔 메리 아씨와 있을 때면 아주 이상하게 웃으세요. 이전에는 전혀 웃지 않으셨는데 말이에요. 크레이븐 박사님은 부르시기만 하면 주인님을 뵈러 올 거예요. 평생 이처럼 영문을 모를 일이 없다고 하신 답니다."

"콜린은 지금 어디 있소?" 크레이븐 씨가 물었다.

"정원에요. 항상 정원에 계신답니다. 하지만 사람들이 보는 게 싫다 고 다른 이들은 얼씬도 못하게 하셔요."

크레이븐 씨의 귀에는 마지막 말은 거의 들리지도 않았다.

"정원에."

크레이븐 씨는 메들록 부인을 물린 후 자리에서 일어서며 몇 번이 고 반복했다. "정원에 있다!"

그는 지금 서 있는 자리로 자기 자신을 끌어 내리려고 노력을 쏟아 야만 했다. 다시 땅을 밟았다는 느낌이 들자 몸을 돌려 방에서 나갔 다. 그는 메리가 그랬던 것처럼 덤불과 월계수, 분수 화단을 지나 성큼 성큼 나아갔다. 이제 분수에서는 물이 솟아 나오고 분수 주변을 두 른 화단에는 환한 가을꽃이 피어 있었다. 그는 잔디밭을 가로지른 후 긴 산책로로 접어들어 담쟁이덩굴이 덮인 담 옆에 섰다. 서두르지 않 고 천천히 걸으며 길에서 눈을 떼지 않았다. 마치 오랫동안 버려두었 던 장소로 다시 이끌려 온 느낌이 들었지만 이유는 알 수 없었다. 정 원에 가까이 가면 갈수록 발걸음이 한층 더 느려졌다. 비록 담쟁이가 무성하게 자라 그 위를 덮었지만 그는 문 위치를 똑똑히 알고 있었다. 하지만 열쇠를 묻은 자리가 어딘지는 정확히 알지 못했다.

그래서 그는 발걸음을 멈추고 가만히 서서 두리번거렸다. 발길을 멈추자마자 그는 화들짝 놀라 귀를 기울이며 지금 꿈속을 걷는 게 아닐까 하고 생각했다.

문 위에는 담쟁이가 짙게 덮여 있고 열쇠는 관목 아래 묻혀 있으며 거의 10년이라는 외로운 시간 동안 그 문지방을 넘은 사람은 아무도 없을 텐데 정원 안에서는 소리가 들렸다. 나무 아래서 서로를 쫓느라 발을 질질 끄는 소리였다. 또, 이상하게도 나지막하게 죽인 소리도 들렸다. 감탄사와 억누른 환호성노. 실제로 아이들이 웃는 소리, 남이 듣지 못하도록 참으려 했지만 다음 순간 무척 신이 나서 결국 어쩌지 못하고 터져 나온 웃음소리 같았다. 대체 무슨 꿈을 꾸고 있는 걸까? 대체 무슨 소리를 들은 걸까? 이제 정신이 나가서 인간의 귀에는 들리지 않는 소리를 듣게 된 걸까? 아련하지만 똑똑히 들렸던 저 말소리의 의미가 그런 걸까?

곧이어 그 순간이 왔다. 조용히 참는 것을 잊어버린 소리가 터져 나오는 어찌할 수 없는 순간이. 점점 더 빨라진 발소리가 들렸다. 누가 정원 문으로 가까이 오고 있었다. 튼튼한 어린아이가 빠르게 숨을 내쉬는 소리가 들렸고 마음속에 얌전히 담아 둘 수 없는 웃음소리와 환호성이 와르르 터져 나왔다. 그때 담에 난 문이 활짝 열리고 담쟁이덩굴이 뒤로 흔들리더니 한 소년이 전속력으로 뛰어나왔다. 아이는 이 외부인이 누군지 보지도 않고 그의 품 안으로 뛰어들었다.

크레이븐 씨는 마침맞게 두 팔을 뻗어 소년이 보지도 않고 덤벼들다가 넘어지는 것을 간신히 구할 수 있었다. 크레이븐은 그런 자리에 남자아이가 있는 것에 놀라서 몸을 떼고 얼굴을 내려다보다, 정말로 숨을 헉 들이켰다.

키가 크고 잘생긴 소년이었다. 활기가 철철 넘쳐 빛이 났고, 뛰어다닌 덕에 얼굴에는 보기 좋은 불그레한 혈색이 감돌았다. 소년은 색이 짙은 머리카락을 이마 뒤로 넘기고 기묘한 회색 눈을 들었다. 소년다운 웃음이 가득하고 속눈썹이 장식처럼 둘레를 두른 눈이었다. 크레이븐 씨가 숨을 들이켠 것도 바로 그 눈동자 때문이었다.

"누구지, 뭐야? 누구야!" 크레이븐 씨는 더듬거렸다.

콜린이 전혀 기대하지 못한 상황이었다. 계획과는 완전히 딴판이었다. 그런 식으로 아버지와 만나리라고는 생각도 하지 못했다. 그렇지만 그렇게 달리기경주를 하다가 이겨서 휙 뛰어나오게 된 것이 어쩌면 훨씬 더 잘된 일인지도 몰랐다. 콜린은 한껏 키가 커 보이게 몸을 쭉 폈다. 콜린과 함께 뛰다가 문으로 튀어나온 메리도 콜린이 이제까지 중 가장 키가 커 보인다고 생각했다.

"아버지, 전 콜린이에요. 믿을 수 없으실 거예요. 저도 믿을 수 없으니까요. 제가 콜린이에요."

메들록 부인이 어리둥절했듯이 콜린 또한 아버지가 어째서 허겁지겁 이렇게 말하는지 그 뜻을 이해하지 못했다.

"정원에! 정원에 있구나!"

"네." 콜린이 서둘러 말했다. "정원이 이렇게 했어요. 메리와 디컨과 동물 친구들, 마법하고요. 아무도 몰라요. 아버지가 오실 때까지 비밀로 했어요. 난 건강해요. 달리기경주에서 메리도 이기는걸요. 난 나중

에 운동선수가 될 거예요."

콜린은 건강한 아이답게 이 모든 말들을 했다. 얼굴은 붉어졌고 열의 때문에 단어가 서로 엉켰다. 이 모습에 크레이븐 씨의 영혼은 믿기지 않는 기쁨으로 흔들렸다.

콜린은 한 손을 뻗어 아버지의 팔 위에 올려놓았다.

"기쁘지 않으세요, 아버지?" 콜린은 말을 맺었다. "기쁘지 않으세요? 나는 앞으로 영원히 언제까지나 살 거예요!"

크레이븐 씨는 두 손을 아이의 양어깨 위에 올려놓고 가만히 붙잡았다. 순간 말조차 꺼낼 수 없었다.

"날 정원으로 안내해 주렴, 아들아." 마침내 크레이븐 씨가 입을 열었다. "그리고 내게 다 얘기해 다오."

그래서 아이들은 크레이븐 씨를 정원 안으로 데려갔다.

정원에는 가을의 황금빛과 자줏빛, 보랏빛이 도는 푸른색과 불타오르는 선홍색이 가득 펼쳐져 있었고 사방에는 때늦게 핀 백합 송이가 함께 무리 져 있었다. 순백색, 혹은 백색과 루비색이 섞인 백합이었다. 크레이븐은 이젠 죽어 버렸지만 찬란한 영광이 빛났던 그해의 이 계절에 이 꽃들을 처음 심었던 기억을 떠올렸다. 철 늦은 장미 덩굴이 위로 기어올라 늘어지거나 얽혀 있고, 햇살에 노랗게 변해 가는 나무의 색이 한층 더 짙어져 마치 빽빽한 숲 속의 황금 사원에 서 있는 기분이었다. 이제야 정원에 나타난 크레이븐은 아이들이 회색 그늘진 정원에 왔을 때 그러했듯이 아무 말 없이 서 있기만 했다. 그는 여기저기를 둘러보았다.

"정원이 죽어 버렸을 줄 알았는데."

"메리도 처음엔 그렇게 생각했어요." 콜린이 말했다. "하지만 살아났어요."

그런 후 모두들 평소 앉는 나무 아래 둘러앉았다. 하지만 콜린만은 이야기하는 동안 줄곧 서 있겠다고 했다.

콜린이 저돌적인 소년다운 방식으로 쏟아 내는 이야기를 들으며 아치볼드 크레이븐은 이제까지 들은 중에 가장 기이한 소리라고 생각했다. 수수께끼와 마법, 야생동물들, 이상한 한밤의 만남, 찾아온 봄, 자존심을 모욕당하자 격한 마음에 늙은 벤 웨더스태프에 맞서기 위해 두 발로 일어선 어린 라자. 기묘한 우정과 연극 놀이, 조심스럽게 지켜 온 커다란 비밀. 이야기를 듣던 크레이븐은 눈물이 날 정도로 웃음을 터뜨렸고 가끔 웃지 않을 때도 눈물이 눈에 고였다. 운동선수, 강연자, 과학 발견자는 웃기고 사랑스럽고 건강한 어린아이였다.

"자," 콜린은 이야기의 끝에 말했다. "이젠 더 이상 비밀로 할 필요가 없어요. 사람들이 날 보면 깜짝 놀라 거의 까무러칠 거예요. 하지만 이제 다시 휠체어엔 앉지 않을 거예요. 난 아버지랑 같이 걸어가겠어요. 집으로."

벤 웨더스태프는 주로 정원에서 일하기 때문에 그 자리를 뜰 일이 거의 없지만, 이번만은 채소를 부엌까지 나른다는 핑계를 대고 집 안까지 갔다. 메들록 부인이 들어와서 맥주나 한잔하고 가라고 권하자 벤은 못 이기는 척 하인 식당으로 들어갔다. 그 덕분에 바라던 대로 지금 시대의 미슬스웨이트 장원에서 가장 극적인 사건이 실제로 일어나던 순간에 때마침 자리에 함께할 수 있었다.

마당을 향한 창문에서는 잔디밭이 흘긋 내다보였다. 메들록 부인은 벤이 정원에서 나오는 것을 보고 주인님의 모습을 보았을지 모른다고 생각했다. 어쩌면 주인님이 콜린 도련님과 만나는 모습을 우연히 목격했을지도 몰랐다.

"두 분 중 누구라도 봤어요, 웨더스태프?" 부인이 물었다.

벤은 맥주잔을 입에서 떼고 손등으로 입술을 쓱 닦았다.

"암, 봤구먼요."

그는 의뭉스럽게 짐짓 의미심장한 분위기를 풍기며 대답했다.

"두 분 다요?" 메들록 부인이 넌지시 물었다.

"두 분 다요." 벤 웨더스태프는 대꾸했다. "고맙구먼요, 부인. 한 잔 더 마셨으면 좋겠는디."

"함께요?" 메들록 부인은 잔을 가득 채우면서 흥분해서 외쳤다.

"함께 계셨지요." 벤은 새로 따른 맥주를 한 모금에 반이나 꿀꺽 마셔 버렸다.

"콜린 도련님은 어디 있었어요? 어때 보이던가요? 두 분이 서로 뭐래요?"

"못 들었는디요." 벤이 말했다. "나야 사다리에서 담 너머로 넘겨다본 거라. 하지만 이거 하나는 말씀드릴 수 있겠구먼요. 여기 집안 사람들은 아무것도 모르는 일이 바깥에서 벌어지고 있었지라. 이제 곧 알게 될 것이지만서도."

그 말을 하고 2분도 채 지나지 않아 벤 웨더스태프는 마지막 남은 맥주를 꿀꺽 삼켜 버리고 창밖 너머 나무들 사이로 난 잔디밭을 향해 잔을 엄숙하게 흔들었다.

"저길 보시구려." 그가 말했다. "궁금하시다면 말이지라. 잔디밭 너머로 누가 오는지."

메들록 부인은 그쪽을 쳐다보더니 두 손을 들며 작은 비명을 내질렀다. 그 소리를 들을 만한 거리에 있었던 남자 여자 하인들이 하인 식당 저편에서 뛰어왔고 창문 앞에 몰려서서 밖을 내다보았다. 그들의 눈은 머리에서 튀어나올 것만 같았다.

잔디밭 너머로 미슬스웨이트의 주인님이 걸어오고 있었다. 주인님의 모습은 하인들이 한 번도 본 적이 없는 것이었다. 그 옆에서 머리를 위로 쳐들고 웃음기가 가득한 눈으로 걸어오고 있는 사람은 요크셔의 어떤 소년보다도 튼튼하고 꿋꿋해 보였다. 바로 콜린 도련님이었다!

옮긴이의 말

어렸을 때 나는 약간 병약한 아이였다. 학교에 들어간 첫해에는 이유 모를 두통 때문에 엄마 손 잡고 여러 병원을 전전했고, 감기나 몸살에도 쉽게 걸려서 자주 앓아누웠다. 어른들은 아이에게도 귀가 있다는 사실을 종종 잊곤 한다. 친척 어른들은 내가 앞에 있는데도 "이렇게 몸이 약해서 어디다 쓰누……"라며 혀를 찼고, 사이비 점술가 같은 사람이 "이 아이는 스무 살까지도 살지 못할 것"이라고 얼굴 앞에 대고 말한 적도 있었다. 큰 병이 있는 건 아니지만 활력이 넘치는 것도 아닌 아이답게 집에서 주로 책을 읽었다. 책에는 나와 비슷한 아이들이 있었다. 『알프스의 소녀 하이디』의 친구 클라라라거나, 『작은 아씨들』의 베스라든가, 『비밀의 화원』도 그렇게 쉽게 감정을 이입할 수 있는 책이었다. 낯빛이 나쁘고 심통맞은 메리, 어렸을 때부터 약한 몸 때문에 방 안에 틀어박혀 있으면서 제멋대로 자란 콜린. 두 아이의 심정을 상상하기란 그리 어렵지 않았다.

내가 가장 먼저 읽은 『비밀의 화원』은 클로버 문고의 만화 『비밀의 화원』이었다. 돌돌 만 머리카락을 양옆으로 묶은 '메어리'가 다들 죽고 없는 빈집 안에서 나오는 으스스한 첫 장면이 기억난다. 사실 『비밀의 화원』에는 영국 고딕 소설에서 흔히 볼 수 있는 신비스러운 분위기가 흐르고 있어서, 비슷한 시기에 읽었던 프랜시스 호지슨 버넷의 다른 책들인 『소공녀』나 『소공자』보다도 어린 마음에 강렬한 인상을 남겼던 듯하다. 전염병이 도는 인도라는 이국적 공간을 지나 영국의 황야로 왔지만, 이곳의 저택도 역시 유령의 집처럼 비밀을 간직하고 있다. 밤의 빈 복도에서 들리는 울음소리, 옛날 사람들의 초상화가 걸린 빈방들, 그리고 수수께끼 같은 저택의 주인과 죽은 마님의 영혼. 하지만 무엇보다도 어린 마음을 가장 사로잡았던 것은 아무래도 아이들밖에 들어갈 수 없는 아름다운 정원이었다. 오래전 어른의 상처로 봉인되었지만, 죽지 않은 채로 잠들어 있다 아이들과 함께 깨어난 환상의 공간. 누구나 가고 싶고, 누구나 꿈꾸는 동화의 장소이다.

다시 만난 『비밀의 화원』은 아이 때 읽었던 편집된 동화책의 회상보다는 훨씬 다채로운 소설이었다. 누구나 『비밀의 화원』을 알지만, 여기에는 미처 알아채지 못했던 여러 상징과 의미가 있다. 이 책은 당시 영국의 기후와 시생에 관한 기술을 담은 일종의 식물지와도 같이 읽힌다. 황야에 자라는 꽃과 나무를 상세히 설명하고 있어, 당시 영국의 자연과 원예 역사를 알 수 있다. 또한, 당시의 시대상이나 의학적 미신도 담고 있어서 20세기 초의 사상의 일면도 엿볼 수 있다. 『비밀의 화원』은 1910년부터 연재를 시작하여 1911년에 완전한 형태로 출간된 소설이다. 소설에서 어린이들은 갖가지 의학적 미신의 희생자이다. 아이가 곱사등이가 될지도 모르니 억지로 척추 교정기를 부착한다거나 야외에 나가기만 해도 감기에 걸려 갖은 병을 옮아온다거나 하는 미신들이 오히려 건강한 삶을 방해하고 있었다. 하지만 아이들은 상식과 긍정적인 믿음으로 의학적으로 잘못된 생각을 극복하고 활기를 찾는다. 이는 20세기에 만개하는 과학적 사고와도 연관이 있을 것이다.

그러나 한편으로 『비밀의 화원』이 흥미로운 점은 논리와 상식이 승리하는 밝은 세계를 그리면서도 동시에 종교적인 상징이나 자연의 힘과 같은 고전적이며 신화적인 신념도 고수하고 있다는 것이다. 디컨은 마법사처럼 동물과 대화를 할 수 있고 예수처럼 어린양을 이끄는 양치기이기도 하다. 디컨 어머니의 푸른 망토에서는 푸른 옷을 걸친 성모 마리아가 연상된다. 크레이븐 씨는 저 먼 이국의 땅에서 자기를 부르는 죽은 아내의 목소리를 꿈에서 듣고 고향으로 돌아온다. 무엇보다도 이 책은 당대의 의학으로는 설명할 수 없는 자연 치유의 힘에 대한 강력한 증거를 준다. 아이들은 건강한 공기를 마시고, 뛰어다니고, 식물을 심고 가꾸면서 어린 시절을 괴롭혔던 병을 이겨 낸다. 땅과 꽃이 사람들에게 새 삶을 선사한다.

무엇보다도, 이제 어른이 된 내게는 이 책이 모든 이가 자기 손을 놀려 일하고 그로 인해 꽃을 피우고 수확을 얻는 단순한 기쁨에 대한 이야기로 읽히기도 한다. 우리의 노동은 정직한 것이다. 계절의 순리에 맞춰 땀 흘려 일하고 꽃을 키운다. 아이든 노인이든, 귀족이든 평민이든 할 것 없이 생명을 틔우고 자라게 돕는 일에 자신의 시간을 바치면서 삶의 의미를 찾을 수 있다. 다시 읽은 『비밀의 화원』은 어찌 보면 삶과 노동, 자연의 흐름에 대한 순박한 찬양가처럼 보이기도 했다. 『비밀의 화원』은 환상과 모험, 신비의 놀이터일 뿐만 아니라 그저 매일매일을 자기 몸을 써서 일하는 사람들이 가꾸어 낸 결과물이기도 한 것이다. 나는 여기서 카렐 차페크의 『정원사의 1년』*이라는 책을 떠올렸다.

그 책에 보면 이런 구절이 있다.

"관찰자가 되어 잘 가꿔진 정원을 아무 생각 없이 바라보았을 때, 정원을 가꾸는 사람은 새소리를 들으면서 꽃향기를 즐기는, 특별히 시적이고 고결한 성품을 지녔을 것이라고 생각했다. 하지만 보다 가깝게 정원을 바라보는 지금, 진정한 아마추어 정원사란 꽃을 만들고 즐기는 사람이 아니라, 흙을 만들고 즐기는 사람이라는 것을 발견한다. 정원사는 자신의 두 손으로 부지런히 땅을 일궈, 흙 속에 무엇이 있는지 궁금해하며 멍청히 바라보는 게으름뱅이를 위해 하나의 구경거리를 선물하는 사람이다. 정원사는 흙 속에 파묻혀 살아간다."

『비밀의 화원』에서 정원뿐만 아니라, 미슬스웨이트 장원 자체는 살아 있다고 할 수 없이 그저 잠든 공간이었다. 아름답게 가꾼 정원도

* 국내에는 『원예가의 열두 달』(맑은소리, 홍유선 역, 2002)과 『초록숲 정원에서 온 편지』(다른세상, 윤미연 역, 2005) 두 판본으로 출간되어 있다. 여기 인용한 문구는 『초록숲 정원에서 온 편지』의 49쪽에서 따왔다.

그저 바라보는 대상일 뿐이었다. 하지만 아이들이 잠긴 문을 열고 들어가 그곳의 땅을 파기 시작했을 때, 흙을 만들고 즐기며 새순 하나하나에 마음을 주었을 때 남이 볼 수 있는 장엄한 풍경이 펼쳐졌다. 정원이 주는 교훈은 꽃을 보기 위해서는 직접 흙을 파고 씨앗을 뿌리고 잡초를 솎아야 한다는 것. 그 작업에서 우리를 병들게 하고 죽음을 기다리게 하는 나쁜 기운을 몰아낼 수 있다. 이는 단지 식물로서의 꽃에만 해당되는 이야기는 아니다. 우리 삶이 하나의 정원이라면 거기서 피울 꽃도 직접 흙을 파는 사람에게만 보이는 것이리라. 푸른 이파리도, 화사한 꽃잎도, 달콤한 열매도 나의 손끝에서부터 태어나는 것이다. 이제 아이의 방 안에서 나와 어쨌든 자기 몸을 써서 일하는 어른으로서 다시 읽는 『비밀의 화원』의 의미이다.

책을 마무리하는 오늘, 왠지 꽃집에 가고 싶은 날이다. 정원을 가질 수 없는 도시의 주민으로 살지만, 작은 화분 하나라도 키워 볼까 싶다. 흙을 만지고 작은 식물을 키우면서 삶을 가꾸는 뜻을 다시 새롭게 할 수 있도록. 나만의 작은 정원이 내게도 마법을 보여 주었으면 하는 바람이 든다.

2013년 10월
박현주

비밀의 화원

지은이 | 프랜시스 호지슨 버넷
옮긴이 | 박현주
펴낸이 | 양숙진

초판 1쇄 펴낸날 | 2013년 10월 18일

펴낸곳 | ㈜현대문학
등록번호 | 제1-452호
주소 | (137-905) 서울시 서초구 잠원동 41-10
전화 | 02-2017-0280
팩스 | 02-516-5433
홈페이지 www.hdmh.co.kr

ISBN 978-89-7275-661-3 04840
ISBN 978-89-7275-563-0 (세트)

* 책값은 뒤표지에 있습니다.